春秋左傳 百景

춘추좌전 백경

최종례 편역

明文堂

_ 머리말

춘추시대는 한 축의 두루마리 그림과 같다. 거기에는 지금의 우리와 닮은 것도 있지만 낯설고 때로는 낭만적인 풍경이 펼쳐지기도 한다. 깃발이 휘날리는 사마(駟馬) 전차, 장중한 빙문(聘問)과 회맹(會盟), 약방의 감초 같은 거북점과 시초점(蓍草占), 점잖고 운치 있는 향연과 부시언지(賦詩言志), 장엄하고 엄숙한 제천(祭天)과 경신(敬神) 의식, 전장에 꽃피는 무사도(武士道)의 낭만이 있다.

여기에다 역사의 흐름을 가미하면 주왕실은 낙양 동천(洛陽東遷) 이후 거듭된 왕자의 난 등으로 줄곧 세력이 쇠미하고, 제후(諸侯)는 약육강식으로 겸병(兼倂)을 일삼으며, 대국은 패자(霸者)의 자리를 노리는 쟁패 전쟁으로 춘추 한 시대를 지새운다. 덧붙여서 말하면 제후에게서 나오던 예악정벌(禮樂征伐)이 급기야는 대부에게서 나오는 시대로 옮겨간다. 그것은 곧 열국 내부의 계급투쟁을 의미한다. 그래서 춘추시대를 예악이 붕괴되는 시대라고 부르는 것이다.

《춘추좌전(春秋左傳)》은 곧 춘추(春秋)의 역사요, 춘추의 역사가 곧 《춘추좌전》이다. 《춘추좌전》, 약칭해서 《좌전》은 노나라 은공(隱公) 원년(기원전 722년)에서 시작하여 노나라 애공(哀公) 27년(기원전 468년)에 이르는 255년간의 춘추시대 열국의 역사를 적은 편년체 역사책이다. 편년체란 연월일의 순서에 따라 적은 사서의 한 형식이며, 전(傳)이라고 한 것은 공자가 편수한 노나라의 역사서 《춘추(春秋)》를 좌구명(左丘明)이 해설하고 사실(史實)을 보강했기 때문이다.

《좌전》은 구체적으로 노나라 임금 열두 분의 재위 순서에 따라 노나라를 비롯한 춘추 열국의 역사를 기록했는데, 기사 내용은 오히려 진(晉)나라와 초(楚)나라를 중심으로 노(魯), 제(齊), 진(秦), 주

(周), 정(鄭), 송(宋) 등 주변국의 정황을 상세히 소개하고 있다. 그 내용은 당시 제후국의 전쟁, 회맹(會盟), 빙문, 혼인, 내란을 다루는 한편 천문, 역법, 예언, 월령(月令), 신화, 전설, 가요, 속담 등도 대량으로 소개하고 있다.

그러나 무엇보다도 ≪좌전≫은 무미건조한 역사 사건을 재미있고 생동감 넘치는 역사적 고사(故事)로 바꾸어 놓았다. ≪상서(尙書)≫는 주로 상고시대의 공문서나 통치자의 담화가 전부이다. 그 말투는 무미건조하다. 반면에 ≪춘추≫는 일이나 사건의 기술이 매우 간단하다. 단지 일기장처럼 일을 연월일순으로 적어 놓았을 뿐 거기에는 고사도 없고, 줄거리도 없고, 인물의 활동도 없다. 그러나 ≪좌전≫은 "언사상겸(言事相兼)"이라, 말과 사건을 반반씩 다루고 있다. 그것도 역사 사건은 고사화(故事化)하고, 말은 행인(行人)의 절묘한 사령(辭令)으로 바꾸어 놓았다.

≪좌전≫의 큰 줄거리는 아무래도 쟁패 전쟁이다. 우선 제환공(齊桓公)부터 시작하여 진문공(晋文公), 진목공(秦穆公), 초장왕(楚莊王), 오왕(吳王) 합려(闔閭), 월왕(越王) 구천(句踐)이 차례로 굴기(屈起)하고 쇠망하는 과정을 기술한다.

≪좌전≫의 문장은 가히 고대 서술 문학의 으뜸이라고 칭송한다. 일의 묘사는 비단 순서가 분명할 뿐만 아니라 실감나고, 인물의 묘사는 사람마다 독특한 개성이 있고, 생동적으로 묘사하고 있다. 그 문장은 간결하고 군더더기가 없으며 우아하고 아름답다. 이제 그 전편을 통하여 드러나는 몇 가지 특색을 살펴보자.

1. 색다른 전쟁의 묘사법

전쟁의 묘사는 ≪좌전≫의 가장 뛰어난 장기에 속한다. 거기에 기술된 전쟁의 횟수는 무려 492회나 된다. 전쟁의 기사는 ≪좌전≫ 기사의 40%를 차지하고 있다. 그 중에서 특출한 것은 5대 전쟁으로, 진초(晋楚) 성복(城濮)의 전쟁, 진진(秦晋) 효(殽)의 전쟁, 진초(晋楚)

필(鄔)의 전쟁, 제진(齊晋) 안(鞌)의 전쟁, 진초(晋楚) 언릉(鄢陵)의 전쟁을 꼽는다. 그러나 제진(齊晋) 평음(平陰)의 전쟁과, 오초(吳楚) 백거(柏擧)의 전쟁이나 진정(晋鄭) 철(鐵)의 전쟁도 흥미진진하다.

≪좌전≫의 전쟁 묘사의 특색은 첫째, 싸우기 전에 전쟁 외적인 요소를 중점적으로 기술하고, 정작 전투 장면 자체의 묘사는 뜻밖에 간단히 처리한다는 점이다. 둘째 특징은 전체적인 전투 장면은 개술(概述)하되 그 대신 전투중의 일련의 무용담, 또는 무사도의 소절(小節)이나 중요 장면을 삽입하여 그것을 보충한다. 셋째 특징은 전술과 전략에 관한 명언을 많이 남기고 있다. 예를 들면 "군대가 전쟁에 이긴다는 것은 화합에 있는 것이지 병력의 다과에 있지 않다(師克在和, 不在衆)"든가, "군대는 명분이 곧아야 사기가 높다(師直爲壯)", "전쟁이란 용기로 싸우는 것이다(夫戰, 勇氣也)" 등이다.

2. 덕(德)과 예(禮)의 중시

≪좌전≫에서 덕과 예는 한 쌍의 자매 개념이다. 합덕(合德)과 합례(合禮)가 사회의 최고 가치였을 뿐만 아니라 수신과 치국의 척도였다. 또한 이 덕과 예는 심미(審美)의식의 핵심이기도 했다. ≪좌전≫ 중에 "예에 맞는다", "예에 안 맞는다"는 말로 역사 사건과 역사 인물을 평가한 곳이 141곳이나 된다. 읍하고 교제하는 예절(읍양주선지례揖讓周旋之禮)은 예의(禮儀)이지 예가 아니다. 예라는 것은 외재적인 형식이 아니라 내재적인 본질, 즉 사회의 규범을 말하는 것이다. 다시 말하면 예는 몸이고, 예의는 신발이라고 할 수 있다.

그러면 덕이나 덕행이란 무엇인가? ≪예기(禮記)≫ 중용(中庸)에 보면 〈지(智)·인(仁)·용(勇) 이 세 가지는 천하에 통용되는 미덕이기 때문에 오상(五常)을 널리 추진하는 준칙이다. 공부하기를 좋아하는 성품은 지(智)에 가깝고, 선을 베풀려고 노력하는 성품은 인(仁)에 가까우며, 염치를 아는 성품은 용(勇)에 가깝다. 이 세 가지를 알면 자기 몸을 다스릴 줄 알게 되고, 나아가서 천하만국을 다스릴 줄 알게 된다>고 했다. "덕(德)"자는 글자의 모양으로 보면 "종직종심(從直從心)" 즉 곧은 마음을 따르다, 심사가 정직하다는 뜻이다.

3. 민본사상(民本思想)의 대두

춘추시대에 들어와서 위정자들은 전쟁을 자주 치르는 과정에서 민심의 향배가 중요하다는 것을 새삼 인식하고, 서주(西周)의 경천보민(敬天保民) 사상을 계승하면서도 사회의 발전과 변화에 따라 경신(敬神)보다는 조세와 병역을 부담하는 백성을 더 중요시하게 되었다. 백성이 귀하고 사직은 그 다음이라는 생각이 싹트게 된 것이다. 그것은 "백성은 신령의 주인이다(民, 神之主也)"든가 "백성을 자식같이 여긴다(視民如子)"는 말로 대표되는 사상이다.

4. 부시언지(賦詩言志)의 생활화

≪좌전≫의 또 하나의 특색은 ≪시경(詩經)≫의 인용이 너무 많다는 것이다. 다시 말하면 ≪좌전≫은 ≪시경≫의 지침서라 부를 수 있을 만큼 그 내용이 광범하고 자세하다. ≪시경≫에 실린 305수 중에서 적어도 150수 이상의 시편이 편명만 인용되거나 부분적인 시구가 인용되고 있다. 이들 시구의 인용은 그저 음풍농월(吟風弄月)하기 위한 것이 아니라 자기의 뜻을 말로 하는 대신 시구로 대변하는 부시언지(賦詩言志)를 위한 것이다. 즉 시를 읊어 자기 뜻을 전달하고 화답하던 낭만의 시대였던 것이다.

부시언지는 단장취의(斷章取義)를 원칙으로 한다. 시구의 원래 뜻은 무시한 채 앞뒤를 잘라 버리고 자기가 필요로 하는 부분만 인용한다는 말이다.

5. 예언(預言)의 기호

≪좌전≫에서 예언은 많이 애호되었다. 통계에 의하면 ≪좌전≫에 실린 예언의 총수는 130여 건이나 된다. 예언의 유형은 거북점과

시초점(蓍草占), 겉모양, 꿈, 낌새, 가요의 5대 유형으로 나눌 수 있으며, 그 공능은 주로 전쟁의 승패, 국가의 재앙과 길상, 씨족의 흥망, 개인의 화복, 행동의 진퇴 등이다.

≪좌전≫에는 시초점 즉 ≪주역(周易)≫의 사례가 19건 실려 있다. 괘상(卦象), 괘사(卦辭), 혹은 상사(象辭) 두 가지를 결합해서 추리하는 과정을 알기 쉽게 설명하고 있다. 그래서 상병화(尙秉和)는 "≪주역≫의 선생을 들자면 좌씨(左氏)를 앞설 사람이 없다."고 했다.

6. 행인 사령(行人辭令)의 숭상

춘추시대의 행인(行人)이란 외교관 또는 사자를 일컫는 말이다. 행인은 대부분 귀족 계층의 지식분자로서 우선 그들은 ≪시경≫, ≪상서(尙書)≫ 등 각종 문학과 역사 전적에 통달해야 한다. 그 다음은 한 사람의 행인으로서 "말재주"가 뛰어나야 한다.

제나라 환공(齊桓公)을 상대로 비굴하지도 않고 거만하지도 않게 응수한 초나라의 굴완(屈完), 밤중에 진(秦)나라 진영으로 잠입하여 진목공과 담판한 끝에 정나라의 포위를 풀게 한 촉지무(燭之武), 전고(典故)를 인용함으로써 제나라 군사를 맨손으로 돌아가게 만든 노나라의 전희(展喜)는 그 중의 몇 예에 불과하다.

이 책은 ≪좌전≫의 많은 고사 중에서 100편의 명편을 정선하여 편마다 본문(번역문), 주석, 도움말 순으로 엮었다. 본문은 춘추시대의 관건적인 사건과 대표적인 사회상을 고르려고 노력했다. 춘추인의 미덕과 가치관을 작자 좌구명의 뛰어난 필치를 통하여 재미있게 읽을 수 있을 것이다. 도움말 중에는 제후국이 처음 등장할 때에는 그 나라의 강역(疆域), 초대 임금, 수도 같은 기본적인 사항을 간단히 적었다. 또 춘추시대의 특유한 문화 상식, 예를 들면 전차전이나 맹세와 같은 것에 대한 해설도 간간이 끼워 넣었다. 각 편에서 탄생한 성어에 대하여는 ≪좌전≫에 많이 나오는 문장, 단어, 속담이 점차 성어로 응고되어 버린 것 이른바 '좌전 성어'만을 뽑아 모았다. 이 책에 나온 성어의 총수는 180여 개나 된다.

≪고사성어로 읽는 춘추좌전≫을 낸 지 어느덧 10년이 넘었다. 그 후 돌미륵을 찾아 방방곡곡을 휘젓고 다닌 끝에 ≪미륵의 나라≫를 내고 보니 내친 김에 삼세번은 채워야겠다는 엉뚱한 욕심이 나서 이 책을 내게 되었다.

이 책을 읽는 분들에게 ≪시경≫ 한 권과 중국 지도 한 장을 준비하기를 권한다. 그만큼 ≪좌전≫에는 ≪시경≫에 있는 시구의 인용이 많고, 지도 위에서 지명을 추적하는 재미가 쏠쏠하기 때문이다. 서한(西漢)의 대좌전학자 류자정(劉子政, 즉 향向)이 얼마나 ≪좌씨(左氏)≫를 탐독했던지, 집안의 사내아이 종과 처자가 모두 그것을 휑하게 암송했다고 하는 고사를 다시 떠올리면서 머리말을 맺는다.

2016년 봄

안성 송정(松亭) 우거(寓居)에서

월암(月庵) 최종례(崔鍾禮)

_ 차 례

1. 정백(鄭伯)이 단(段)을 언(鄢)에서 이기다

은공隱公 원년

처음에, 정(鄭)나라 무공(武公)이 신(申)나라에서 부인을 맞이했는데 그 이름을 무강(武姜)[1]이라 했다. 이분이 장공(莊公)과 공숙단(共叔段)[2]을 낳았는데, 장공은 태어날 때 발부터 먼저 나와서 강씨를 놀라게 했기 때문에 이름을 오생(寤生)이라 했고, 그래서 그이를 미워했다. 강씨는 공숙단을 사랑하여 태자로 세우고 싶어 여러 번 무공을 졸랐으나 무공은 허락하지 않았다.

장공이 즉위하자 강씨는 단을 위하여 제(制)읍을 봉읍(封邑)으로 주도록 청했으나 장공은 말했다.

"제는 요충지여서 옛날 괵숙(虢叔)[3]이 목숨을 잃은 곳입니다. 다른 고을이라면 분부대로 따르겠습니다."

그러자 강씨는 경(京)[4] 땅을 원하매 그곳에 살게 했다. 사람들은 그이를 경성태숙(京城大叔)이라 불렀다. 대부 제중(祭仲)이 장공에게 말했다.

"무릇 지방의 도성은 성벽의 길이가 300장(丈)을 넘으면 나라의 해가 됩니다. 옛날의 선왕이 제정한 법도에 따르면 큰 도성은 수도의 3분의 1, 중간은 5분의 1, 작은 것은 9분의 1을 넘지 못하도록 되어 있습니다. 현재 경성의 경우는 분수에 맞지 않고 법도에도 어긋납니다. 주상께서 감당하시기 어려울 것입니다."

"강씨가 원하는 것인데 해가 된들 어찌할 도리가 없네."

"강씨의 욕심에 한도가 있겠습니까? 일찌감치 조치하시는 것이 상책입니다. 무성하게 자라도록 놔두어서는 안 됩니다. 풀이 우거지면 손을 쓸 수가 없습니다. 풀도 무성하면 없애 버릴 수가 없는데, 하물며 주상의 총애를 받는 아우님이야 말할 것 있겠습니까?"

"나쁜 짓을 많이 하면 반드시 스스로 목숨을 잃게 되는 것이니 잠시 기다려 보게나."

이윽고 경성태숙은 정나라의 서쪽 변경과 북쪽 변경에 있는 고을에 명하여 장공과 자기에게 두 다리를 걸치도록 했다. 공자(公子) 여(呂)가 말했다.

"나라는 이런 양다리 걸치기가 있으면 지탱할 수 없습니다. 주상께서는 장차 이 일을 어찌 하시렵니까? 만약 대권을 태숙에게 양도하신다면 저는 그 쪽을 섬기고 싶습니다. 만약 그이에게 양도하실 의향이 없으시다면 그이를 제거하시기 바랍니다. 민심이 흔들리지 않도록 하셔야 합니다."

"그럴 필요 없다. 곧 스스로 자기 무덤을 팔 걸세."

태숙은 더 나아가 양다리를 걸친 두 고을을 접수하여 자기 영토로 삼고 그 세력을 늠연(廩延)까지 뻗쳤다. 자봉(子封)이 말했다.

"이젠 됐습니다. 영토가 더 많아지면 가세하는 군중이 더 늘어납니다."

그러나 장공은 대답했다.

"정의를 모르고 사람을 붙일 줄 모르니 영토가 불어나더라도 아마 무너질 거야."

태숙은 성벽을 수리하고, 양식을 비축하며, 갑옷과 무기를 손질하고, 보병과 전차병을 혼합 편성하여 수도를 습격할 준비를 마쳤다. 강씨는 수도에서 내응하여 성문을 열어 주기로 되어 있었다. 장공은 거사 날짜를 듣자마자,

"이제는 됐다!"

하고 자봉에게 명하여 전차 200대를 이끌고 경(京)을 치게 했다. 경 사람들은 태숙 단에게 반기를 들었고, 공숙 단은 언(鄢)으로 도망쳤으며, 장공은 그이를 언에서 쳤다. 5월 신축날, 태숙은 공(共)나라로 도망쳤다. 《춘추》에 <정백(鄭伯)5이 단을 언에서 이겼다>고 쓴 것은, 단이 아우 노릇을 제대로 못했기 때문에 '아우'라 하지 않았고, 두 임금이 적대한 것처럼 행동했기에 '이겼다'고 한 것이다. 또 '정백'이라고 작위를 붙인 것은 그가 아우를 잘 가르치지 못했다는 것을 비꼬는 동시에 모든 일이 장공의 속셈이었다는 것을 말한 것이다. '출분(出奔)했다'고 쓰지 않은 것은 공숙 단이 제 발로 도망쳤다고 쓰기에는 사관(史官)의 입장이 난처했기 때문이다.

이에 장공은 강씨를 성영(城潁)에 가두고 맹세했다.

"황천에 가기 전에는 만나보지 않으리라!"

이윽고 이를 후회했다. 그때 영고숙(潁考叔)이라는 자가 영곡(潁谷)을 지키는 봉인(封人)6으로 있었는데 이 소문을 듣고 장공에게 바칠 물건이 있다고 해서 찾아왔다. 장공이 그 사람에게 식사를 하사했더니 고기는 먹지 않고 남겼다. 장공이 그 이유를 물으니 대답했다.

"소인에게는 어머니가 계신데 소인이 먹는 음식은 다 먹어 보았으나 임금님이 드시는 고깃국은 아직 든 일이 없기 때문에 이것을 어머니께 선물로 갖다 드리고 싶습니다."

"자네는 선물을 갖다 드릴 어머니가 계시지만 아, 나 혼자 어머니가 없구나!"

"외람된 일입니다만 그게 무슨 말씀입니까?"

장공은 그 이유를 말하고, 덧붙여 지금은 후회하고 있다고 말했다. 그러자 영고숙이 대답했다.

"걱정하실 것 없습니다. 만약 땅을 파내려 가다가 샘이 있는 곳에 닿거든 그곳에 굴을 뚫어서 만나 보시면 그 누가 주상께서 맹세를 깼다고 말하겠습니까?"

장공은 그이의 말에 따랐다. 장공은 굴속으로 들어가 읊었다.

  "커다란 굴속에서
  만나는 기쁨 훈훈하구나."

강씨는 굴에서 나와 읊었다.

  "커다란 굴 밖에서
  만나는 기쁨 후련하구나."

마침내 모자간의 정이 처음과 같이 되었다.

군자7는 말했다.

"영고숙은 지극한 효자였다. 그 사람은 자기 어머니를 사랑했고 그 효심이 장공에게 옮겨갔다. ≪시경≫에 이르기를,

  효자가 퇴락하지 않으니
  길이 네 겨레붙이를 하사하리라.8

고 했는데 아마 이런 일을 두고 한 말일 게다."

1. 무강(武姜) 무(武)는 정나라 무공의 시호. 강(姜)은 친정의 성.
2. 공숙단(共叔段) 장공의 아우, 공은 씨, 이름은 단. 공씨가 된 것은 후에 단이 공(共)나라로 도망갔기 때문이다.
3. 괵숙(虢叔) 옛날 동괵(東虢)의 임금. 동괵은 지금의 하남 형양(滎陽).
4. 경(京) 지명. 지금의 하남 형양(滎陽).
5. 정백(鄭伯) 정나라의 백작이라는 뜻, 여기에서는 정장공을 가리킨다. 당시의 오등작호(五等爵號)인 공(公)·후(侯)·백(伯)·자(子)·남(男)의 하나.
6. 봉인(封人) 변방 수비를 맡은 지방 장관.
7. 군자 작가 자신의 의견이거나 다른 사람의 언론을 빌린 경우에 쓰는 말.
8. 효자가……하사하리라 출처는 《시경》 대아·기취(旣醉).

도움말

정나라는 비교적 늦게 건국했다. 희성(姬姓)의 나라로서, 초대 임금은 환공(桓公)이며 주선왕(周宣王)의 아우 우(友)이다. 첫 봉읍은 서주 왕기 내의 정읍(鄭邑, 지금의 섬서 화현華縣)이었고, 주평왕 동천 후에는 유(留, 지금의 하남 진류陳留)를 거쳐 마침내 하남 신정(新鄭)으로 천도하였다.

이 편은 《춘추좌전》 첫머리에 등장하는 고사로서, 정나라 내부의 갈등과 권력 투쟁을 그리고 있다. 화근의 시작은 장공이 거꾸로 태어나서 어머니 강씨에게 미움을 산 데 있으며, 아우 공숙 단은 어머니의 편애와 용인 하에 차츰차츰 세력을 확장하여 대권 탈취를 도모한다. 정장공은 내색하지 않고 아우를 잡기 위해 일부러 놓아주며 기회를 기다렸다가 끝내 아우를 이긴다.

이러한 장공의 치밀한 심산을 두고 흔히 '노모심산(老謀深算)'이란 말을 쓴다. 그렇지만 장공이 무공의 뒤를 이어 즉위했을 때의 나이는 불과 14세, 아우 단과는 세 살 터울이었다.

특히 정장공이 말한 '다행불의(多行不義), 필자폐(必自斃)'는 천고의 명언으로 전해지고 있다.

공숙단이 싸워서 패배한 전투에 대한 묘사는 어이없이 간단하지만, 그가 도망간 경로를 지도상에서 찾아보면 그 낭패상을 짐작할 수 있다. 우선 봉지인 정나라 중부의 경(京)에서 출발하여 남부의 언(鄢, 지금의 하남 언릉鄢陵)으로 도망갔다가, 마지막으로 도망간 곳이 정나라 북쪽 황하 저편의 공(共, 지금의 하남 휘현輝縣)이라는 곳이다.

여기에서 《춘추》 경과 《춘추좌전》의 서법(書法)상의 차이를 살펴보고자 한다. 《춘추》는 성인 공자(孔子)가 찬술한 경전으로 기사가 간략하고 그 뜻은 심오하다. 소위 '미언대의(微言大義)' 즉 간단하지만, 심오한 말로 큰 뜻을 이야기하므로 말수가 아주 적다. 반면 《좌전》은 흔히 《춘추》 경을 해석한 책 정도로 이해하고 있는 사람이 많다.

그러나 사실은 해석하는 기능은 한참 뒤에 속하며 중점은 오히려 사실(史實)을 보충하는 데 있다. 하나의 단적인 예를 들어보자. 우리가 방금 감상한 이 편을 《춘추》 경의 은공(隱公) 원년 5월조의 기사와 비교해 보자. 《춘추》 경의 기사는 다음과 같이 단 아홉 자의 기사가 전부이다.

夏五月, 鄭伯克段于鄢.(여름 5월, 정백이 단을 언에서 이기다.)

그러나 《좌전》은 다르다. 근 500자(제목은 생략)에 달하는 길이로써 풍부한 사료를 보충하여 정백이 단을 이긴 역사적 사실의 전 과정을 묘사하고 있다. 즉 그 경위를 분명하게 설명하고, 서술에 두서가 있으며, 인물 묘사가 구체적이고도 생동적이다. 이것은 한 편의 문학과 역사를 아우르는 역사 산문이다.

다시 말하면 ≪춘추≫는 원래 개요식 역사책이며, 유학자들은 오히려 그런 성질 때문에 그것을 미언대의적인 유가 경전으로 삼았다. 말이 나온 김에 소개하자면 역시 '춘추 삼전'의 하나로 일컬어지는 ≪공양전(公羊傳)≫과 ≪곡량전(穀梁傳)≫은 다같이 ≪춘추≫를 주석하고, 축자식(逐字式)으로 ≪춘추≫의 '미언대의'를 밝힌 책으로, ≪좌전≫과는 그 성격이 판이하게 다른, 일종의 상세한 주석서에 불과하다.

이 대목에서 나온 성어는 자만난도(滋蔓難圖), 다행불의(多行不義) 필자폐(必自斃), 황천상견(黃泉相見), 군갱유모(君羹遺母)이다.

문화 상식 이야기

일반적으로 여자는 성을 쓰고, 남자는 씨(氏)를 쓴다. 씨는 귀천을 밝히기 위하여 쓰고, 성은 혼인을 구별하기 위하여 쓴다. 여자의 호칭 순서는 출가 전에는 자국의 성을 뒤에 놓고 맹(孟) 또는 백(伯)·중(仲)·숙(叔)·계(季)와 같은 형제 항렬을 앞에 붙여야 한다. 예를 들면 맹강(孟姜), 백희(伯姬), 숙희(叔姬), 계미(季芈) 등과 같다. 형제 항렬은 남녀가 다 같이 쓴다.

주왕실과 동성국인 노(魯), 진(晋), 정(鄭), 위(衛), 우(虞), 괵(虢), 오(吳) 등 나라는 모두 희성(姬姓)이다. 이성국(異姓國)의 예를 들면 제(齊)나라는 강(姜), 진(秦)나라는 영(嬴), 초(楚)나라는 미(芈), 송(宋)나라는 자(子), 월(越)나라는 사(姒)성이다.

출가 후에는 남편의 나라 이름이나 씨(氏), 죽은 뒤에는 남편이나 본인의 시호를 성 앞에 놓는다. 즉 진영(秦嬴), 여희(驪姬), 식규(息嬀), 하희(夏姬), 문강(文姜) 등과 같다. 구별할 필요가 있을 때에는 성 앞에 출신 국명이나 씨를 놓는다. 즉 제강(齊姜), 진희(晋姬), 진규(陳嬀) 등과 같다.

2. 주왕과 정나라가 인질(人質)을 교환하다

은공隱公 3년

정나라 무공(鄭武公)과 장공(莊公)은 연달아 주나라 평왕(周平王)의 경사(卿士)[1] 직을 맡아 왔다. 평왕이 몰래 정권을 반분하여 괵공(虢公)[2]에게 나누어 주려고 했다. 정장공이 주평왕을 원망하자 주평왕은 말했다.

"그런 일 없소."

그래서 주왕과 정나라는 인질을 교환하게 되어 왕자 호(狐)가 정나라에 인질로 가고, 정나라 공자 홀(忽)[3]이 주나라에 인질로 갔다. 주평왕이 세상을 뜨자 주나라 사람이 정권을 괵공에게 넘겨줄 준비를 했다. 4월, 정나라 제족(祭足)[4]은 군사를 거느리고 가서 온(溫) 땅의 보리를 빼앗았다. 가을에는 또 성주(成周)[5]의 곡식을 빼앗으니 주나라와 정나라는 서로 미워하게 되었다. 군자는 말했다.

"말이 진심에서 우러나오지 않으면 설사 인질을 교환한다 해도 아무 소용이 없다. 처지를 바꾸어 서로 이해하고 일을 치르며, 약속을 하고 그것을 예로써 굳힌다면 비록 인질이 없다 하더라도 누가 그들 사이를 갈라놓겠는가? 만약 정성만 담겨 있다면, 산골짜기나 못가에 자라는 수초와, 물 위에 뜬 풀과, 네가래,

다북쑥, 덩어리 마름 따위의 나물이라도 상관없고, 네모나거나 둥근 대 광주리, 발이 달렸거나 안 달린 솥 따위 아무 제기라도 좋으며, 물도 방천이나 못의 물, 노상의 유수(流水)라도 귀신에게 바칠 수 있고, 왕공(王公)에게 드릴 수 있다.

그런데 하물며 군자가 두 나라 사이에 신의(信義)를 맺고 예로써 집행하는데 무슨 인질이 필요하단 말인가? ≪시경(詩經)≫ 국풍(國風)에 '채번(采蘩)'과 '채빈(采蘋)'의 노래가 들어 있고, 대아(大雅)에 '행위(行葦)'와 '형작(泂酌)'의 노래가 들어 있는 것은 모두 정성(精誠)을 밝히기 위한 것이다."

주 석

1. 경사(卿士) 주왕조의 집정관. 정무공과 장공은 서로 이어가며 주왕조의 사도(司徒)를 지냈다. 정나라 임금은 국군이자 왕신이었다.
2. 곽공(虢公) 북곽(北虢)을 가리킨다. 봉지는 지금의 하남 삼문협시(三門峽市). 일설에 서곽이라고 하나 서곽은 주왕실 동천 후 견융(犬戎)에게 멸망되었다.

_ 마름

3. 공자 홀(忽) 정장공의 아들, 태자 홀이라고도 칭한다. 뒷날 정소공 (鄭昭公)으로 즉위한다.
4. 제족(祭足) 제중(祭仲), 정나라 대부.
5. 성주(成周) 동주의 수도, 지금의 하남 낙양(洛陽).

───────── 도움말

동주 왕실의 수도는 지금의 낙양(洛陽)이다. 왕실의 강역은 북은 태행산(太行山) 남에 닿고, 남으로는 하남 여주(汝州), 남양(南陽) 분지에 이르며, 동으로는 호뢰관(虎牢關)을 지난다. 주혜왕(周惠王) 22년 (기원전 655년)에 진헌공(晋獻公)이 괵나라를 멸망시키니 관중(關中) 지방을 잃었다.

그 후 황하 이북을 진나라에 하사하고, 호뢰 이동을 정나라에 하사하며, 신(申, 지금의 남양南陽) 땅은 초나라가 점령하는 바가 되었다. 춘추 말기에는 주왕실은 단지 낙양 주위의 몇 현만을 소유하는 처지로 몰락한다.

이 대목은 정장공이 주평왕의 경사로 있으면서 잇단 싸움에 이겨서 점차 주왕이 안중에 없는 듯 행동하므로, 주평왕이 이 기회에 대권을 괵공에게 반분하려고 하다가 정장공에게 들켜 주왕과 정장공이 인질을 교환하게 된 이야기를 적고 있다. 이것이 사칭(史稱) "주정교질(周鄭交質)"이라는 것이다.

주천자가 애당초 천하를 나누어서 71개 제후국을 분봉했을 때 정나라와 괵국을 주천자를 보좌하는 우선 국가로 뽑았다. 그것은 이 두 나라가 주천자와 동족이고, 국력이 적당하며, 양국의 조상이 다 같이 주나라의 경사를 지낸 전통이 있고, 양국이 지리적으로 각각 수도 성주의 동서에 인접해서 울타리 역할을 하고 있었기 때문이었다. 주평왕은 천자이고, 정장공은 제후국의 군주이므로 그들 두 사람은 군신관계이다. 정상적인 상황에서는 인질을 교환한다는 것은 엄두도 못 낼 일이다.

그러나 이런 일이 실제로 발생하고야 말았다. 파천황(破天荒)적인 사건이다. 이것은 주왕조가 연약 무력하고, 정장공이 강압적이었기 때문이다.

인질 교환 과정만 하더라도 주나라 쪽에서 먼저 왕자 호가 정나라에 인질로 가고, 그런 다음에야 공자 홀이 주나라에 인질로 갔다. 인질 교환의 목적이 정장공을 무마하기 위해서라지만 횡포이다. 주평왕이 서거한 후 주나라 사람이 대권을 괵공에게 넘겨주려 하자 정장공은 두 차례나 주왕조의 농작물을 약탈해 갔다. 이것은 정치적 손실에 대한 경제적인 보복이요, 일종의 무력시위이다.

군자는 이 사건을 두고 주나라와 정나라 양국이 인질에 기대어 관계를 유지한다는 것은 "믿음"이라 할 수 없고, 또한 상하 군신간의 "예"라고 할 수도 없다고 비평했다.

그러면서 정성만 담겨 있다면 하찮은 풀이나 나물, 사용하는 제기 종류와 물의 품질을 따질 것 없이 제사에 쓸 수 있다고 말하고, 나아가 ≪시경≫의 4편의 노래를 예로 들어 "정성"의 중요성을 강조한다.

이 대목에서 나온 성어는 언불유충(言不由衷)이다.

3. 위나라 주우(州吁)의 난

은공隱公 3, 4년

위(衛)나라 장공(莊公)이 제(齊)나라 태자 득신(得臣)의 누이동 생을 부인으로 맞이하여 장강(莊姜)이라 불렀다. 미인이었으나 아들을 낳지 못했고, 위나라 사람이 그분을 위해 지은 '석인(碩 人)'[1]의 주인공이 바로 이 사람이다. 장공은 다시 진(陳)나라에 서 부인을 맞이했는데 여규(厲嬀)라 불렀고, 효백(孝伯)을 낳았 으나 이 아이는 일찍 죽었다. 여규에 딸려온 여동생[2] 대규(戴 嬀)가 환공을 낳으니 장강은 그 아이를 자기 아들로 삼았다.

공자 주우(州吁)는 장공이 총애하는 희첩의 아들이었다. 그 아 이는 장공의 사랑을 받았고 전쟁놀이를 좋아했다. 장공은 그것 을 막지 않았고, 장강은 그 아이를 미워했다. 석작(石碏)이 장 공에게 간했다.

"제가 들은 바로는, <아들을 사랑하는 방법은 정도(正道)를 가 르쳐서 나쁜 길에 빠져들지 않게 하는 것이다>고 합니다. 교만 하고[驕], 함부로 날뛰며[奢], 향락이 무도하고[淫], 방자하기 그지없음[泆]은 몸을 망치는 시발점입니다. 이 네 가지 행실이 생기는 이유는 총애와 녹봉이 지나치기 때문입니다. 주우를 태 자로 세우시려면 이를 확정하소서. 만일 그렇지 않고 그대로 두신다면 점차 화를 조성할 것입니다. 대저 사랑을 받으면서 교만하지 않고, 교만하면서 낮은 자리에 앉을 줄 알며, 낮은 자리에 있어도 불평하지 않고, 불평이 있더라도 자제할 줄 아는 사람은 매우 드뭅니다. 뿐만 아니라 무릇 천한 자가 귀한 사람을 방해하고, 나이 적은 자가 나이 많은 사람을 능멸하며, 소원한 자가 친근한 사람을 이간하고, 새내기가 고참을 이간하며, 약소한 자가 강대한 사람을 업신여기고, 불의가 정의를 이기는 것을 이른바 육역(六逆)이라고 합니다.

임금은 정의에 맞추고, 신하는 명을 받아 집행하며, 아비는 자애롭고, 자식은 효도하며, 형은 아우를 사랑하고, 아우는 형을 공경하는 것을 이른바 육순(六順)이라고 합니다. 순(順)을 버리고 역(逆)을 따른다는 것은 화를 부르는 지름길입니다. 백성을 다스리는 임금은 마땅히 화를 없애는 데 앞장서야 함에도, 오히려 화를 불러들인다면 그것은 안 되는 것 아닙니까?"

장공은 듣지 않았다. 석작의 아들 후(厚)가 주우와 함께 어울려 놀기에 석작이 말렸으나 말을 듣지 않았다. 환공이 즉위하자 석작은 은퇴했다. (이상 은공 3년)

4년 봄, 위나라 주우가 환공을 시해하고 자신이 임금 자리에 올랐다.

송나라 상공(殤公)이 즉위했을 때 공자 풍(馮)은 (아버지 목공의 명으로) 정나라에 망명해 있었는데, 정나라 사람은 기회를 보아 그분을 임금으로 본국에 들여보내고 싶었다. 위나라의 주우가 자립하자 우선 정나라에 대한 선대 임금의 원한을 풀어서 제후들의 환심을 사고 그것으로 위나라 백성을 무마하려고 하였다. 그래서 사자를 송나라로 보내 말했다.

"당신이 만일 정나라를 쳐서 당신의 골칫거리를 제거하고 싶으면 당신께서 주동자가 되십시오. 저희 나라는 군대를 내어 진(陳)나라·채(蔡)나라와 함께 뒤를 따르고자 하오며 이것이 곧 위나라의 소원입니다."

송나라 사람이 이를 허락했다. 이 무렵 진나라와 채나라는 바야흐로 위나라와 우호적인 관계를 유지하고 있었다. 그러므로 송나라 상공·진나라 환공·채나라 사람·위나라 사람이 정나라를 쳐서 국도의 동문을 포위했으나 닷새 만에 돌아갔다.

상황이 이러할 때 우리 은공(隱公)께서 중중(衆仲)에게 물으셨다.

"위나라 주우는 잘 해낼까?"

중중은 대답했다.

"제가 들은 바로는 덕으로 백성을 무마한다는 말은 들었지만 병란으로 한다는 말은 못 들었습니다. 병란으로 한다는 것은 마치 엉킨 실타래를 도리어 더 엉키게 만드는 것과 같습니다. 저 주우는 무력을 믿고 예사로 잔인한 짓을 합니다. 무력을 믿으면 편들 대중이 없고, 예사로 잔인한 짓을 하면 친근한 사람이 없게 됩니다. 대중이 배반하고 친근한 사람이 떨어져나가면 성공하기 어렵습니다. 무력이란 것은 마치 불과 같아서 잘 단속하지 않으면 반드시 자기가 그 불에 타죽게 됩니다. 저 주우는 자기 임금을 시해하고 게다가 백성까지 혹사하면서도, 지금이야말로 미덕을 닦기에 힘쓰지 않고 오히려 전란으로 야망을 달성하려 하고 있으니 반드시 화를 면하지 못할 것입니다."

가을에 제후들이 다시 정나라를 쳤다. 송나라 상공이 노나라에 사자를 보내와 원군을 요청했으나 은공은 거절하였다. 우보(羽

父, 즉 공자 휘翬)가 군대를 거느리고 가서 참가하기를 진언했으나 은공이 허락하지 않으니 고집스레 청하고는 그대로 출동했다. 《춘추》에 <휘(翬)가 군대를 거느렸다>고 (본명을 밝히고) 쓴 것은 그 사람이 미워서 그런 것이다. 제후들의 군대는 정나라의 보병을 깨트리고, 그곳의 벼를 훔쳐 귀환했다.

주우가 아직 백성을 무마하지 못하자 석후가 아버지 석작에게 임금 자리를 굳히는 방법에 대해 물었다. 석작은 대답했다.

"천자를 조현하면 될 것이다."

"어떻게 하면 조현할 수 있습니까?"

"진(陳)나라 환공(桓公)이 바야흐로 천자의 총애를 받고 있고, 진나라와 위나라는 한창 사이가 좋으므로 만약 진나라를 찾아가 부탁하면 반드시 잘 될 거야."

그래서 석후는 주우를 따라 진나라로 갔다. 석작은 사자를 진나라에 보내어 말했다.

"위나라는 땅이 협소하고, 저는 너무 늙어서 아무 일도 할 수 없습니다. 이 두 사람이 바로 과군(寡君)3을 시해한 놈들이니 부디 즉시 처결하여 주시기 바랍니다."

진나라 사람이 두 사람을 잡아놓고, 직접 와서 처치하도록 위나라에 요청했다. 9월, 위나라 사람은 우재(右宰) 추(醜)를 보내 복(濮)에서 주우를 죽이고, 석작은 자기의 가신장 누양견(獳羊肩)을 보내 진나라 도성에서 석후를 죽였다.

군자는 말했다.

"석작은 충직한 신하의 귀감이다. 주우를 미워한 나머지 아들 석후까지도 같이 죽였다. <대의를 위하여 육친을 죽인다>는 말은 이를 두고 한 말일 게다."

1. 석인(碩人) ≪시경≫ 위풍의 편명.
2. 딸려온 여동생 ≪공양전(公羊傳)≫ 장공 19년조에 <제후는 한 나라에서 부인을 맞이할 때 두 나라가 각기 몸종[媵]을 딸려 보내고, 또 조카 자매(姪娣)를 딸려 보낸다>고 했다.
3. 과군(寡君) 신하가 남의 나라에 대하여 본국의 임금을 칭하는 말.

도움말

위나라는 주문왕(周文王)의 아들 강숙(康叔)이 분봉 받은 희성의 나라이며, 도성은 처음에 조가(朝歌, 지금의 하남 기현淇縣)였으나 문공 때 제구(帝丘, 지금의 복양시濮陽市)로 옮겼다.

위나라 장공은 적자(嫡子)도 아닌 희첩의 아들인 주우를 너무 사랑한 나머지 올바른 지도를 하지 못하고 방치했다가, 끝내 주우가 환공을 시해하고 자립하는 비극이 일어난다. 노신(老臣) 석작은 사전에 내란의 징조를 간파하고 교(驕)·사(奢)·음(淫)·일(泆)의 폐해를 들어 간언하나 먹혀들어가지 않자 은퇴하여 괴수인 주우와 공범인 자기 아들 석후를 죽일 계획을 짠다. 주우와 석후가 잡혀 죽은 진(陳)나라는 환공의 외가이므로 주우는 진나라 측에서 보면 생질을 죽인 원수인 셈이다.

대의(大義)의 "의"는 일종의 도덕규범이다. 그것이 내포하는 의미는 시대와 배경에 따라 다를 수 있지만 일반적인 해석은 "의(義)는 즉 의(宜)", 다시 말하면 "의(義)란 정의 또는 도리에 합치하고 마땅히 해야 할 행위나 일"이라고 할 수 있다. 정의를 위해 목숨을 바치거나, 대의를 위해서는 육친도 돌보지 않는다는 두 가지 용기는 대장부가 입신처세하기 위하여 추구하는 당시의 최고 가치였다.

이 대목에서 나온 성어는 교사음일(驕奢淫逸), 치사이분(治絲而棼), 중반친리(衆叛親離), 완화자분(玩火自焚), 대의멸친(大義滅親)이다.

4. 장희백(臧僖伯)이 고기잡이 구경을 간하다

은공隱公 5년

5년 봄, 은공이 어부의 고기잡이를 구경하러 당(棠)[1]에 가려 하자 장희백(臧僖伯)[2]이 간했다.

"무릇 물건이라는 것은, 나라의 큰일, 즉 전쟁과 제사를 강습하는 데 도움이 되거나, 그 재료가 제기나 무기를 만드는 데 도움이 되지 않는 이상 임금 자리에 있는 사람은 거동을 하지 않는 법입니다. 임금은 백성을 이끌어 궤(軌)와 물(物)의 틀 안으로 들어오게 할 의무가 있습니다. 그러므로 대사(大事)를 연습시켜 올바른 법도에 맞추는 것을 궤(軌)라 하고, 재료를 골라서 물건을 색깔로 구별하는 것을 물(物)이라고 합니다.

연습(演習)이 법도에 맞지 않고, 기물의 색깔이 드러나지 않는 것을 어지러운 정치라고 부르며, 어지러운 정치가 반복되면 나라가 망하는 원인이 됩니다. 그러므로 춘수(春蒐), 하묘(夏苗), 추선(秋獮), 동수(冬狩)라는 네 계절의 사냥은 모두 농한기에 실시하며, 또 겸하여 군사 훈련을 실시하는 것입니다. 3년에 한 번씩 대연습을 실시하는데, 끝나면 국도에 들어와서는 군대를 정비하고, 종묘에 돌아오면 사당에 고하고, 술잔치를 베풀고 위로하는 음지(飮至)의 식을 거행하며, 잡은 짐승의 수를 계산하고, 또 이 기회를 이용하여 거마의 복식과 기치의 색깔을 뚜렷이 구별하고, 신분의 귀천을 밝히며, 상하의 등급을 분명히 하고, 장유(長幼)의 질서를 순리에 맞게 하며, 예의범절을 익히게 합니다.

조수의 살코기는 제사상에 올리지 못하고, 잡은 짐승의 가죽·치아·뼈·뿔·털·깃 등은 기물의 장식에 쓰지 못하는 것이므로 임금은 그러한 것들을 쏘지 않는 것이 예부터 내려오는 법도입니다. 한편 산이나 숲·내·못 등에서 잡히는 것들이나, 기물의 재료로 쓰는 물건에 이르러서는 이것은 노예들이 다루는 일이고, 관리들이 감독하는 일로써 임금이 관여할 일이 아닙니다."

그러나 은공은 말했다.

"나는 변경을 시찰하러 갈 뿐이오."

그리고 기어이 가서 어부를 출동시켜 물고기 잡는 작업을 구경하였는데 희백은 병을 핑계대고 따라가지 않았다. ≪춘추≫에 <노은공이 당(棠)에서 물고기 잡는 작업을 구경했다>고 쓴 것은 그 일이 예의에 맞지 않고, 게다가 당이 도성에서 너무 멀리 떨어진 곳이었기 때문이다.

주 석

1. 당(棠) 노나라의 지명, 지금의 산동 어대(魚臺) 서남. 관어대(觀魚臺) 유적이 있다.
2. 장희백(臧僖伯) 노나라 공자 구(彄), 자는 자장(子臧), 시호는 희(僖), 식읍이 장이었으므로 후손이 봉지를 씨(氏)로 삼았다.

노나라는 주공 단(周公旦)이 분봉 받은 희성의 나라로, 국도는 산동의 곡부(曲阜)이다. 주공 단이 왕조의 요직을 맡아 바빴으므로 장자인 백금(伯禽)을 대신 보내 국정을 돌보게 했다. 노나라의 첫 봉지는 아마 산동이 아닌 지금의 하남 노산(魯山) 지구로 추정된다.

노은공이 어부의 고기잡이를 구경하러 가겠다는 것은 아마 메마르고 단조로운 궁중생활을 잠시 떠나, 휴양 겸 오락시간을 가져 보려는 생각이었을 것이다.

그런데 대부 장희백은 "나라의 대사는 제사와 전쟁"이라는 대전제를 끄집어내어 당시의 예제(禮制) 사상을 늘어놓는다. 군주의 일거수일투족은 전쟁과 제사에 도움을 주는 것이 아니면 삼가야 하고, 백성을 궤와 물이라는 틀 속에 끌어들이는 것이 임금 된 자의 의무이기에, 임금은 신하와 만민의 본이 되어야 한다고 역설한다. 네 계절에 실시하는 사냥도 군사 연습이지 단순한 오락이 아니라고 설명하고, 고기잡이를 구경하러 가는 나들이는 사소한 것이니 중지해야 한다고 간한다.

그러나 일부 학자는 천택과 호수가 많은 노나라에서는 어업도 중요한 강국 부민의 생업이므로, 노은공의 관어(觀魚) 행차는 민정 시찰에 속하는 것으로 볼 수 있으므로 장희백의 간언은 불필요한 것이 아닌가 하는 지적도 있다.

장희백과 그의 아들 장애백(藏哀伯)은 비록 ≪좌전≫에 똑같이 한 번씩만 나오지만, 그들은 직언하고 간언을 서슴지 않는 인물로 사람들에게 깊은 인상을 남겼다.

이 대목에서 나온 성어는 불궤불물(不軌不物), 모도불궤(謀圖不軌)이다.

5. 환숙(桓叔)이 곡옥(曲沃)에 봉읍을 받다

환공桓公 2년

처음에, 진(晉)나라 목후(穆侯)의 부인 강씨가 조(條)의 전쟁 때에 태자를 낳아 구(仇, 즉 원수)라고 이름을 지었다. 그 아우는 천묘(千畝)의 전쟁 때에 태어났으므로 성사(成師, 즉 승자)라고 이름을 붙였다.

대부 사복(師服)이 말했다.

"이상도 하다, 주상의 아들 명명(命名) 방법은! 무릇 이름이란 명분을 나타내야 하고, 명분은 예를 낳는 본바탕이며, 예는 정치를 구현하는 수단이고, 정치는 백성을 바로잡는 방편인 것이다. 그래야만 정치가 성공하고, 백성이 따라오는 법이거늘 이 수순을 어기면 난이 일어난다.

그런데 좋은 배필을 비(妃)라 부르고, 나쁜 배필을 구(仇)라고 부르는 것은 예로부터 내려오는 호칭법이다. 지금 주상께서는 태자에게는 구라는 이름을 붙이고, 동생에게는 성사라 이름 지었으니 변란이 일어날 조짐이 시작된 것이다. 형이 아마도 쇠퇴하리라!"

노혜공(魯惠公) 24년(기원전 745년)에 진나라가 어지러워지기 시작했다. 환숙(桓叔, 즉 성사)이 곡옥(曲沃)[1]에 분봉을 받았고,

진정후(晋靖侯)의 손자뻘 되는 난빈(欒賓)이 사부를 맡았다. 사복이 말했다.

"내가 듣기로는 국가가 존립하려면 뿌리가 크고 가지는 작아야만 비로소 공고해질 수 있다고 한다. 그러므로 천자는 제후국을 세우고, 제후는 채읍(采邑)을 세우며, 경(卿)은 측실(側室)²을 두고, 대부는 이종(貳宗)³을 두며, 사(士)는 자제를 예속하고, 서민, 공장, 상인도 각기 친소에 따라 분가를 하지만 등급이 모두 다르다. 그래야만 백성이 윗사람을 잘 섬기고, 밑에서는 분수를 넘어 위를 넘겨다보는 마음이 없어진다.

지금 진나라는 왕기(王畿) 안에 있는 전복(甸服)⁴에 속하는 제후국에 불과한데도 오히려 분봉해서 나라를 세웠다. 뿌리인 본국이 이미 약해졌으니 오래 버틸 수 있겠는가?"

주 석

1. 곡옥(曲沃) 지금의 산서 문희(聞喜).
2. 측실(側室) 벼슬 이름, 즉 차경(次卿). 방계 성원 중에서 임명하며, 종중의 사무를 관장한다.
3. 이종(貳宗) 벼슬 이름, 대부의 보좌관.
4. 전복(甸服) 왕기 즉 국도의 교외 주위 5백 리 이내의 지역을 말하며 주대 5복(服)의 하나. 왕기 밖은 매 5백 리마다 거리의 원근에 따라 후복(侯服)·수복(綏服)·요복(要服)·황복(荒服)이라고 했다.

도움말

진(晋)나라는 주성왕(周成王)의 아우 숙우(叔虞)가 "동엽봉제(桐葉封弟)"의 고사로 분봉 받은 희성의 나라로, 처음에 지금의 산서 태원(太原)에 봉읍을 받아 당(唐)이라 불렀다가 나중에 진(晋)으로 개명했다. 목후(穆侯) 때 수도를 강(絳, 지금의 산서 익성翼城)으로 옮겼다. 진경공(晋景公) 15년에 신전(新田, 지금의 산서 후마시侯馬市)으로 천도했다.

이 편은 대부 사복이 진목후의 두 아들의 작명을 보고 아우가 형을 꺾고 진나라의 주인이 되리라는 것을 예언한다. 사복은 또 왕기 천리 안에 있는 전복의 제후국이 또 하나의 분국을 세운 것을 보고는 본국이 망하리라고 예언하고, 나아가서 춘추시대의 정치제도를 개관한다. 이 개관은 춘추시대를 이해하는 데 매우 중요하다.

환숙, 즉 성사가 진소후(晋昭侯)로부터 곡옥(曲沃, 지금의 산서 문희聞喜)에 봉읍을 받은 것은 기원전 745년의 일이다. 곡옥은 큰집의 익(翼)보다 컸다. 사복의 예언대로 곡옥의 강력한 소종(小宗)의 겨레붙이가 67년간의 투쟁 끝에 노장공 16년(기원전 678년)에 큰집인 대종(大宗)을 병탄하기에 이른다.

춘추시대의 정치제도의 중심 사상은 분봉제(分封制)와 종법제(宗法制)이다. 분봉제란 위에서부터 내린 분봉, 즉 토지를 나누어 주는 것이다. 천자는 제후(諸侯)에게 토지를 나누어 주어 후국을 세우게 하고, 제후는 채읍(采邑)을 설립하여 경대부(卿大夫)에게 분봉하며, 경은 측실을 두고, 대부는 이종을 가지며, 사(士)는 그 자제를 노예로 삼을 수 있다. 경대부는 채읍 — 식읍(食邑)이라고도 한다 — 을 다스리는 영주인 셈이다.

제후, 경대부, 사는 토지를 가진 귀족이다. 수봉한 각급 귀족은 그들의 상급자에게 차례로, 납공하거나 필요시 출병하여 그 이익을 보호할 의무가 있다. 주나라의 이러한 등급 분봉제도는 세습적인 것이었다. 이것을 전승하는 방법이 적장자(嫡長子) 계승제(繼承制)이다.

즉 <적자를 세우는 데 나이가 많은 것을 근거로 삼고, 현명한 것을 근거로 하지 않는다.>(≪공양전≫ 은공 원년) 적장자 계통은 대종(大宗, 즉 큰집)이 되고, 서자 계통은 소종(小宗, 즉 작은집)이 된다. 소종은 반드시 대종에게 복종해야 한다. 이것이 종법제의 핵심이다.

여기서 서자라고 하는 것은 첩에서 난 아들뿐만 아니라 정실에서 난 차남 이하까지 포함한다.

≪좌전≫에는 예언이 많이 나오는데 예언의 매개는 여기에 든 작명 외에 꿈, 거북점과 시초점(蓍草占), 겉모양, 낌새, 가요 등이 있다. 그 효능은 주로 전쟁의 성패, 나라의 존망, 개인의 화복, 씨족의 성쇠 등이다.

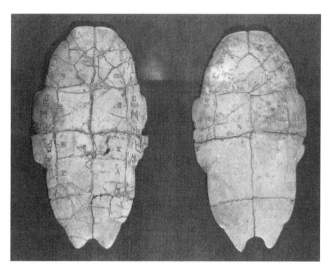

_ 귀갑龜甲

6. 주환왕(周桓王)이 정나라를 정벌하다

환공桓公 5년

주환왕이 정장공(鄭莊公)으로부터 정권을 박탈하자 장공은 더 이상 주왕을 찾아뵙지 않았다. 그래서 가을에 주환왕은 제후를 거느리고 정나라를 쳤고 장공은 이를 막았다. 주왕은 몸소 중군(中軍)을 통솔하고, 괵공(虢公) 임보(林父)가 우군을 이끌고, 채나라 사람과 위나라 사람이 여기에 배속되었고, 주공(周公) 흑견(黑肩)은 좌군을 이끌고 진(陳)나라 사람이 여기에 배속되었다.

정나라의 자원(子元)이 좌방진(左方陣)을 편성하여, 채나라 사람과 위나라 사람을 저지하고, 우방진(右方陣)으로는 진나라 사람을 저지하자고 건의하면서 말했다.

"진나라는 내란 때문에 백성이 싸울 의지가 조금도 없습니다. 만약 먼저 그들을 공격한다면 반드시 도망갈 것입니다. 주왕의 군졸이 이런 상황을 보면 맥이 빠져 반드시 혼란에 빠질 것이며, 진나라와 위나라의 군사가 지탱하지 못하면 반드시 걸음아 날 살려라 하고 먼저 도망갈 것입니다. 그런 다음 아군이 주왕의 군대를 집중 공격하면 성공할 수 있습니다."

장공은 이 의견을 채택했다. 만백(曼伯)이 우방진, 제중족(祭仲

足)이 좌방진을 이끌고, 원번(原繁)과 고거미(高渠彌)가 중군으로 장공을 모시고 어려지진(魚麗之陣)1이라는 군진을 전개하여, 전방에 전차대[偏], 후방에 보병대[伍]를 배치하고 도보부대가 그 뒤를 따르며 전차와 전차의 틈새를 메우게 했다.

수갈(繻葛)2에서 싸웠다. 장공은 좌우 양 방진에 명령했다.

"대장기가 흔들리거든 진격의 북을 쳐라."

채·위·진나라의 군사가 모두 달아나고 주왕의 군사도 혼란에 빠졌다. 이에 정나라 군대가 합세하여 공격하니 주왕의 군대는 대패했다. 축담(祝聃)이 주왕을 쏘아 어깨를 맞혔다. 그러나 주왕도 군사를 잘 지휘했다. 축담이 주왕의 군대를 추격하자고 건의했으나 장공은 말했다.

"군자는 필부일지라도 함부로 능멸하는 법이 아니거늘 하물며 감히 천자를 능멸하다니! 만약 나 자신이 살아남을 수만 있다면 사직이 무너지지 않을 것이니 그것으로 족하다."

밤에 장공은 제족(祭足)을 사자로 보내 주왕에게 문안을 드리게 하고 좌우 시종에게도 안부를 묻게 했다.

주 석

1. 어려지진(魚麗之陣) 좌우에 방진을 배치하고 중군을 양개 방진의 중앙에서 약간 뒤에 배치하는, 어망처럼 생긴 진법.
2. 수갈(繻葛) 정나라 땅, 지금의 하남 장갈(長葛).

도움말

주평왕이 세상을 떠난 후 손자 환왕은 정장공이 군대를 동원하여 왕실의 온(溫)과 성주(成周)의 보리와 곡식을 강탈해가는 행패에 화가 나서 괵공 기보(忌父)를 우경사, 정장공을 좌경사로 임명했다. 그리고 이윽고 경사의 직위를 아예 박탈하니 장공은 조현(朝見)을 포기한다.

수갈의 전쟁에서 사용한 어려진(魚麗陣)이라는 군진은 장공의 아들 공자 돌(突, 자는 자원子元)이 개발한 새로운 전술이다. 일반적인 좌중우(左中右)의 3진에 병력을 고루 나누어 포진하는 방식과는 달리, 주력을 좌우의 방진에 두고, 주장은 양개 방진의 중앙에서 약간 후방에 위치한다. 주력은 양 방진에 있고 그 모양이 벌린 집게 같고, 또 벌어진 어망과도 같다.

이에 비해 주환왕의 군대는 구식대로 좌중우 3군이 횡으로 균일하게 배치되었고, 중군 역시 주력이 위치하는 곳이었다. 그래서 정나라의 두 방진이 주왕실의 중군을 포위하자 어망에 걸린 물고기처럼 일거에 섬멸된 것이다. 어려지진의 "려(麗)는 즉 이(罹)"이므로 물고기가 어망에 걸려들었다는 뜻이다.

정장공은 재위 43년으로, 수갈의 전쟁 이후 한때 실제상 패주(霸主)의 지위를 누렸기 때문에 그를 "정장소패(鄭莊小霸)"라고 불렀다. 그러나 그 기간은 짧고 규모도 적었으며, 그 역량도 크지 않았다.

7. 초무왕(楚武王)이 수(隨)나라를 치다

환공桓公 6년

초무왕(楚武王)[1]이 수(隨)나라[2]를 침략하여 위장(薳章)[3]을 보내 강화를 교섭하게 하고는 군대를 하(瑕)에 주둔시키고 그 결과를 기다렸다. 수나라 사람은 소사(少師)[4]를 파견하여 강화를 주관하게 했다. 투백비(鬪伯比)[5]가 무왕에게 말했다.

"우리가 한수(漢水)[6] 이동에서 뜻을 이루지 못하는 것은 우리가 스스로 그렇게 만들었기 때문입니다. 우리가 3군을 확장하고 완전 무장하여 무력으로 그들을 압박하니, 그들은 겁을 먹고 서로 협력하여 공동으로 우리에게 대항하고 있습니다. 그러니 이간질하기가 어렵습니다.

한동(漢東)의 나라 중에서는 수나라가 제일 큽니다. 수나라가 우쭐해지면 반드시 소국을 거들떠보지도 않을 것이며, 소국이 떨어져 나가면 그것은 곧 초나라가 땡잡은 것입니다. 저 소사라는 작자는 오만방자하니 한번 불러서 우리 군대를 허약한 군대처럼 보이게 해서 그를 더욱 교만하게 만들어 줍시다."

웅률저비(熊率且比)[7]가 말했다.

"수나라에는 계량(季梁)[8]이 있으니 그렇게 한다고 무슨 소용이 있겠소?"

투백비는 말했다.

"이것은 훗날을 위한 포석입니다. 소사는 장차 자기 임금의 신임을 얻게 될 것이니까요."

이에 초왕은 일부러 군대를 뒤죽박죽으로 만들어 놓고 소사를 맞아들였다.

소사는 돌아가서 초나라 군대를 추격하자고 건의했다. 수후(隨侯)가 이를 허락하려 하자 계량이 말리면서 말했다.

"하늘이 바야흐로 초나라를 도우려 하고 있는데 초나라가 겉으로 허약해 보이는 것은 우리를 유인하려는 수작입니다. 무엇 때문에 그렇게 서두르십니까? 제가 듣건대 <소국이 대국에 맞서 싸울 수 있는 경우는 소국이 도(道)를 잘 지키고, 대국이 무도할 때에 한한다>고 합니다. 도라는 것은 백성을 섬길 줄 알고 신(神)을 속이지 않는 것입니다. 윗사람이 백성의 이익을 생각하는 것을 섬길 줄 안다고 하고, 축사(祝史)9가 축문을 사실대로 거짓 없이 읽는 것을 신을 속이지 않는다고 하는 것입니다. 지금 백성은 굶주리고 있는데 임금은 사욕에 눈이 어둡고, 축사는 거짓 공덕을 늘어놓고 제사를 지내고 있으니 제 생각으로는 초나라 군사를 추격하는 일이 옳지 않다고 생각합니다."

수후는 말했다.

"내가 제사에 바치는 소나 양 같은 희생은 깃털이 순색이고 살진

_ 두표 (굽이 높은 제기祭器)

것이며, 제기에 담은 곡식도 풍성하게 갖추었거늘 어찌 신을 속인다고 말하는가?"

계량이 대답했다.

"무릇 백성은 신령의 주인입니다. 그렇기 때문에 옛날의 성왕은 먼저 백성부터 잘살게 해놓고 그런 다음에 신에게 정성을 다했던 것입니다. 그러므로 희생을 바치면서 축원하기를 '박석비돈(博碩肥腯)'이라고 했습니다. 이것은 백성의 살림이 두루 넉넉하다는 말이고, 그 가축이 크고 잘 번식했다는 말이며, 병에 걸리지 않고 허약하지 않다는 말이고, 가축이 품질과 살짐을 아울러 갖추었다는 말입니다.

그리고 곡식을 차려 놓고 축원하기를 '결자풍성(絜粢豐盛)'이라고 했습니다. 이것은 농사철인 세 계절[10]에 백성에게 폐를 끼치지 않아서 백성이 화목하고 풍년이 들었다는 말입니다. 또 감주를 바치면서 축원하기를 '가율지주(嘉栗旨酒)'라고 했습니다. 이것은 아래위가 모두 아름다운 덕을 지니고 있어 삐뚤어진 마음이 없다는 말입니다. 이른바 '향기로운 향내에 중상과 모략도 사라진다'는 것입니다.

그러므로 백성은 세 농사철에는 농사에 전념하고, 오교(五教)[11]를 닦으며, 구족(九族)[12]과 친하게 지내고, 그런 다음 신에게 제사를 지내는 것입니다. 이래야만 백성은 화목하고, 신도 복을 내려주므로 무슨 일을 하든지 다 성사가 되는 것입니다. 지금 백성은 저마다 딴 마음을 품고 있고, 신을 맞이할 주인이 없으니 주상께서 혼자 제사를 풍성하게 지내 보았자 무슨 복이 돌아오겠습니까? 주상께서는 잠시 국정에 힘쓰시고, 형제국들과 친하게 지내시면 아마 재난을 피할 수 있을 것입니다."

수후는 듣고 나서 두려워서 정사에 힘썼으므로 초나라는 감히 칠 엄두를 못 내었다.

주 석

1. 초무왕(楚武王) 초나라 임금. 미성(芈姓), 웅씨(熊氏), 이름은 통(通). 재위 51년. 노환공 8년(기원전 704년) 스스로 "무왕(武王)이라 칭했다. 시호는 무(武).
2. 수(隨)나라 희성(姬姓) 국명, 지금의 호북 수주시(隨州市).
3. 위장(薳章) 위(薳)는 위(蔿)라고도 쓴다. 분모(蚡冒)의 아들. 읍명을 씨로 삼았다. 자는 무구(无鉤). 위씨는 미성의 한 갈래이다.
4. 소사(少師) 벼슬 이름. 그 직책은 태자를 보도(輔導)하는 것이다.
5. 투백비(鬪伯比) 투씨는 미성의 한 갈래. 약오(若敖)의 아들.
6. 한수(漢水) 강 이름으로서 호북 서북부와 중부를 경유하여 무한시(武漢市)에 이르러 장강(長江)에 합류한다. 한수 이동이란 한수 동쪽에 있는 소국들을 말하며, 강(江), 황(黃), 육(六)과 같은 나라. 대부분이 희성 국가이다.
7. 웅률저비(熊率且比) 초나라 대부.
8. 계량(季梁) 수나라 현신(賢臣).
9. 축사(祝史) 벼슬 이름. 제사지낼 때 기도하는 벼슬아치.
10. 세 계절 봄에 갈고, 여름에 김을 매며, 가을에 수확함을 가리킨다.
11. 오교(五敎) 부의(父義), 모자(母慈), 형우(兄友), 제공(弟恭), 자효(子孝)를 가리킨다.
12. 구족(九族) 외조부·외조모·이모의 자녀·장인·장모·고모의 자녀·자매의 자녀·딸의 자녀 및 자기 동족.

도움말

초나라의 초대 임금은 웅역(熊繹)이며 미성(芈姓)이다. 주성왕(周成王)이 웅역을 초만(楚蠻)의 땅에 봉하고 자남(子男)의 작위와 토지를 하사하여 수도를 단양(丹陽, 지금의 호북 자귀현秭歸縣)에 정하게 하였다. 주나라 초기에는 관계가 좋았으나 소왕(昭王)과 목왕(穆王) 이후에는 점점 관계가 나빠져 주선왕(周宣王)은 신(申, 지금의 하남 남양南陽)에 신후(申侯)를 봉하여 초나라 사람의 북상을 막게 했다. 초문왕(楚文王) 때 국도를 영(郢, 지금의 호북 강릉江陵 기남성紀南城)으로 천도하였다.

초나라는 남방에서 북방으로 진출하려면 한수 이동에 있는 여러 희성 국가가 큰 장애물이다. 그 중에서 수나라가 가장 강력한 우두머리이므로 초나라는 수나라를 부추겨서 교만하게 만드는 술책으로 적을 마비시키려고 한다. 이때 수나라의 현신(賢臣) 계량이 나타나 먼저 도(道)를 강조한다.

도란 백성을 섬길 줄 알고 신(神)을 속이지 않는 것이라고 한다. 그런 다음 신보다도 백성을 우선시하는 민본사상(民本思想)을 역설한다. 그것은 백성은 신을 대접하는 주인이라는 생각이다. 계량은 또 축사가 상투적으로 쓰는 세 가지 경신 사령(敬神 辭令)을 하나하나 해석한다. 그래서 결론적으로 임금은 국정에 힘쓰고, 형제국들과 우호적인 관계를 유지해야 한다고 간한다.

초무왕의 호칭에 대하여 살펴보면 ≪사기≫ 초세가의 무왕 35년조 (노환공 6년)에 초나라 임금이 수후(隨侯)에게 "나에게도 군대가 있으므로 중국의 정치에 관여하고자 하니 주 왕실에다 나의 작호를 높여 달라고 부탁해 주시오."라고 했다는 기사가 보인다. 그러나 주 왕실이 이를 허락하지 않자 37년에 스스로 무왕이라 자칭했다.

이 편에는 초나라에 특이한 이름이 등장하기로 설명을 붙인다. 위장(蔿章), 투백비(鬪伯比), 웅율차비(熊率且比)가 그것이다. 위(蔿)는 위(薳)라고도 쓰지만 세 사람 모두 초나라 왕실 성인 미성(羋姓)의 갈래이며, 위(蔿), 투(鬪), 웅(熊)은 모두 씨(氏)이다.

문화 상식 이야기

춘추시대의 이름은 성(姓)·씨(氏)·명(名)·자(字)의 네 개로 이루어져 있는 것이 특색이다. 성이 있고 또 씨가 더 있는 것이다. 두 번째 특색은 일인다명제(一人多名制)라는 것이다. 한 사람이 적게는 2~3개, 많게는 7~8개의 이름을 가졌다. 그 제일 큰 이유는 씨(氏)가 자꾸 늘어나기 때문이다. 성(姓)은 혈통을 구별하는 족호이고, 씨(氏)는 성의 갈래로써 귀천을 밝히는 족호이다.

성은 고정되어 있고 씨는 증가한다. 씨는 흔히 채읍이나 조상의 자(字)에서 따온다. 보통 남녀간에 어려서는 이름, 어른이 되면 자를 부여받는다. 호칭의 순서는 남자의 경우 자(字)나 씨(氏)를 앞에 놓고 이름[名]을 뒤에 놓는다. 남자는 성은 사용하지 않는다. 아버지와 임금 앞에서는 이름만 쓴다. 여자는 반드시 성을 밝혀야 한다.

남자의 자(字) 앞이나 뒤에 "子"자를 붙여 남자의 존칭으로 삼는다. 예를 들면 자산(子産, 즉 공손교公孫僑), 자범(子犯, 즉 호언狐偃), 자서(子胥, 즉 오원伍員), 자공(子貢, 즉 단목사端木賜), 공자(孔子), 헌자(獻子), 선자(宣子), 노자(老子) 등이다. 또한 남자의 자(字) 뒤에 보(甫)나 보(父)를 붙여 남자의 미칭으로 삼는다. 예를 들면 백금보(伯禽父), 중산보(仲山甫), 중니보(仲尼父) 등이다.

8. 우공(虞公)이 옥과 검을 탐내다

환공桓公 10년

처음에, 우숙(虞叔)이 옥을 가지고 있었는데 형 우공(虞公)이 그것을 갖고 싶어 했다. 주지 않고 있었으나 이윽고 그것을 후회하고 말했다.

"주나라 속담에 <사람은 죄가 없더라도 옥[璧]을 가진 것이 죄>라고 하는데, 내가 갖고 있어 봤자 아무 소용이 없는 일. 화만 부를 뿐이야."

그리고는 곧 옥을 갖다 바쳤다. 그러자 이번에는 보검을 달라고 했다. 우숙은 말했다.

_ 벽옥[璧玉]

"형은 욕심이 사납다. 욕심에 한이 없으니 급기야는 내 목숨까지 위험하겠구나."

우숙은 곧 우공을 쳤고, 우공은 공지(共池)로 달아났다.

도움말

우(虞)나라는 희성(姬姓)의 나라로서 태백(太伯), 우중(虞仲)이 건국한 나라이다. 국도는 지금의 산서 평륙(平陸)이다.

욕심이 끝이 없으면 종내는 화를 부르고 만다. 우나라는 47년 후인 노희공 5년(기원전 702년) 진(晉)나라에게 멸망되었다.

이 대목에서 나온 성어로는 회벽기죄(懷璧其罪)이다.

9. 투렴(鬪廉)이 운군(鄖軍)을 패배시키다

환공桓公 11년

초나라의 굴하(屈瑕)[1]가 장차 이(貳)·진(軫)과 동맹을 맺으려 하는데 운(鄖)나라 사람이 포소(蒲騷)에 진을 치고, 수(隨)·교(絞)·주(州)·요(蓼)와 함께 초군을 치려 하였다. 막오(莫敖)[2]는 이것을 걱정했다. 투렴(鬪廉)[3]이 말했다.

"운나라 사람은 자기네 교외에 진을 치고 있으니 반드시 경계를 소홀히 하고 있을 것입니다. 게다가 매일같이 네 나라[4]에서 지원군이 도착하기만을 고대하고 있습니다. 그러니 어른께서는 교영(郊郢)에 주둔하고 계시다가 네 나라 군대를 막아내십시오. 저는 정예를 이끌고 밤에 운군을 기습하겠습니다. 운나라 군사는 원군을 기다리는 마음이 있고, 또 자기네 도성을 믿고 있으니 싸울 의지가 도무지 없습니다. 만약 운군을 깨뜨리기만 하면 네 나라 군대는 반드시 돌아설 것입니다."

"그래도 대왕께 증원군을 청하는 게 좋지 않겠소?"

"군대가 싸움에서 이긴다는 것은 인화(人和)에 있는 것이지 병력의 다과(多寡)에 달려 있지 않습니다. 상(商)나라와 주나라가 병력면에서 상대가 되지 않았다는 것은 어른께서도 잘 알고 계시지 않습니까? 이미 군대를 편성하여 출전한 이상 무엇을 더

보탤 것이 있겠습니까?"

"그럼 점이나 쳐 봅시다."

"점이란 것은 의심나는 것을 결정할 때 치는 것입니다. 의심나는 것이 없는데 무슨 점을 친단 말입니까?"

이에 운군을 포소에서 패배시키고 마침내 이·진 두 나라와 맹약을 맺고 돌아갔다.

─────── 주 석

1. 굴하(屈瑕) 초무왕의 아들 공자 하(瑕). 채읍이 굴이므로 후인이 씨(氏)로 삼았다.
2. 막오(莫敖) 이때의 막오는 초나라의 재상이었고 또 굴하가 맡았다. 정치, 군사를 총괄하고 솔군, 출정은 물론 회맹을 주재하는 대권을 갖고 있었다. 그 후 막오를 없애고 대신 영윤(令尹), 영윤 밑에 사마(司馬)를 두어 "이경사(二卿士)"라고 불렀다.
3. 투렴(鬪廉) 초나라 대부.
4. 네 나라 원문은 읍(邑). 옛날에는 나라를 읍이라고 불렀다.

─────── 도움말

이 편은 초나라의 투렴이 "이소승대(以少勝大)" 즉 적은 군사로 많은 군사를 이긴다는 전술로 운(鄖)나라 군사를 패배시킨 경위를 적고 있다.

초나라 대부 투렴이 막오 굴하에게 방책을 건의하는 대화중에 매우 중요한 발언을 하고 있다. 즉 "군대가 싸움에서 이긴다는 것은 인화(人和)에 있는 것이지 병력의 다과에 달려 있지 않다"고 하면서 주무왕이 상나라 주왕을 이긴 목야(牧野)의 싸움을 예로 들고 있다.

또 하나는 "점이란 것은 의심나는 것을 결정할 때 치는 것이다"고 한 점이다. 점에는 거북점과 시초점의 두 가지가 있는데 ≪상서(尚

書)≫ 홍범(洪範)에 보면 <큰 의문이 있을 때에는 먼저 자신의 마음에 물어보고, 그 다음은 대신들에게 묻고, 서민에게 물으며, 거북점과 시초점으로 물어보라>는 말이 있다.

문화 상식 이야기

회맹(會盟) 절차를 알아본다.

첫째, 사방신의 신위를 설치한다. 둘째, 주맹자가 우선 땅에 방형(方形)의 구덩이를 판다. 이것을 "감(坎)"이라 한다. 셋째, 소·양·돼지·말 같은 희생의 왼쪽 귀를 잘라 쟁반 위에 놓고 그 피를 받아 옥그릇에 담는다. 이것을 "집우이(執牛耳)"라고 한다. 넷째, 미리 적어 놓은 "재서(載書)"라고 부르는 맹세문을 대중 앞에서 낭독하여 천지신명에게 고하고 먼저 맹주가 "삽혈(歃血, 피를 약간 마시거나 입술에 바른다)"한 다음 참가자가 차례로 삽혈한다. 다섯째, 죽간이나 옥석 위에 적은 재서를 정본은 희생 위에 놓아서 구덩이에 묻고, 부본은 회맹자가 한 부씩 가지고 간다.

≪좌전≫에 실린 제후국간의 회맹은 근 2백 차례에 달한다. 1965년, 옛 진나라 도성이 있었던 산서성 후마시(侯馬市)에서 5천여 건의 붉은 색으로 쓴 돌조각이 발견되어 세상을 놀라게 했는데, 큰 구덩이에서는 소, 양, 말과 함께, 작은 구덩이에서는 단지 양과 함께 묻은 맹세서가 발견되었다.

10. 제중(祭仲)이 옹규(雍糾)를 죽이다

환공桓公 11, 15년

정소공(鄭昭公, 즉 홀忽)이 북융(北戎)을 패배시켰을 때 제나라 사람이 그이에게 딸을 시집보내려고 하였으나 소공이 사양했다. 그러자 제중(祭仲)이 말했다.

"꼭 취하셔야 합니다. 주상(정장공)께서는 내총(內寵)이 많으시고, 공자님에게는 든든한 외부의 후원자가 없으시니 장차 임금 자리를 이어받지 못할 것입니다. 다른 세 공자님도 모두 임금 자리를 노릴 자격이 있습니다."

그러나 소공은 그 의견에 따르지 않았다.

여름에 정장공(鄭莊公)이 세상을 떠났다.

처음에 제(祭) 땅에 봉인으로 있었던 중족(仲足)[1]이 정장공의 총애를 받아 경(卿)으로 발탁된 이후 그이는 장공의 심부름으로 등만(鄧曼)[2]을 부인으로 맞이하였고, 그분은 소공(昭公)[3]을 낳았다. 그러므로 제중은 소공을 임금으로 앉혔다. 그런데 송(宋)나라의 옹씨(雍氏)가 정장공에게 첩을 들여 이름을 옹길(雍姞)[4]이라 했고, 여공(厲公)[5]을 낳았다. 옹씨는 명망이 높은 위인으로 송장공(宋莊公)의 총애를 받고 있었다. 그러므로 제중을 꾀어내어 붙잡아 놓고는,

"돌(突, 여공)을 세우지 않으면 죽을 줄 알라."

하고 협박했고, 또 여공을 잡아서는 뇌물을 요구했다. 그리하여 제중은 송나라 사람과 맹약을 맺고 여공을 데리고 돌아가 임금으로 세웠다.

가을 9월 정해날에 소공은 위(衛)나라로 도망가고, 기해날에 여공이 즉위했다. (이상 환공 11년)

제중이 나랏일을 제멋대로 처리하니 정여공은 이를 걱정하여 제중의 사위 옹규(雍糾)를 시켜 그이를 죽이게 했다. 옹규는 제중을 교외로 불러내어 대접하려고 생각했다. 아내인 옹희(雍姬)⁶가 눈치 채고 자기 어머니보고,

"아버지와 남편 중에 누가 더 친한 존재입니까?"

하고 물었다.

"남자는 아무나 남편이 될 수 있지만 아버지는 한 분뿐이잖니? 어찌 비교가 된단 말이냐?"

옹희는 곧바로 제중에게 일러바쳤다.

"옹가는 자기 집을 놔두고 아버지를 교외에 불러내어 대접하려 하고 있습니다. 이상한 생각이 들어서 알려드립니다."

제중은 옹규를 죽이고 그 시체를 주씨(周氏)네 못가에 늘어놓았다. 여공은 그 주검을 수레에 싣고 도망가면서 말했다.

"모사(謀事)를 여자에게 누설했으니 죽어도 싸다."

주 석

1. 중족(仲足) 제중족(祭仲足), 제는 씨, 중은 자, 족은 이름.
2. 등만(鄧曼) 등나라의 딸, 만성(曼姓).
3. 소공(昭公) 정나라 임금, 이름은 홀(忽), 재위 2년.

4. 옹길(雍姞) 옹씨의 딸, 길성(姞姓).

5. 여공(厲公) 정나라 임금, 이름은 돌(突), 자는 자원(子元), 재위는 두 차례로 합계 11년.

6. 옹희(雍姬) 옹규의 아내. 희는 친정의 성.

도움말

"돌(突)을 임금으로 세우지 않으면 죽여 버리겠다"는 송나라 옹씨의 협박을 받은 재상 제중(祭仲)은 정의를 위하여 목숨을 바치는 사람이라기보다는 재빨리 시대적 요구를 알아차릴 줄 아는 걸출한 인물이라고 할 수 있다.

≪공양전(公羊傳)≫ 환공 11년조에 이러한 계책을 한마디로 "권(權)"이라는 말로 해설하고 있다. 잠시 길지만 그 정의를 읽어 보자.
<권(權)이란 무엇인가? 권은 상도(常道)에 위배되지만 결국은 좋은 효과를 가져온다. 권의 시행은 임금이 죽고 나라가 망하는 한계 상황을 제외하고는 시행하지 말아야 한다.

권을 실행하는 데는 정해진 원칙이 있는 바 자신을 폄하(貶下)하여 권을 실행하여야 하며, 남을 해치면서 권을 실행해서는 안 된다. 남을 죽이고 자기가 살아남거나, 남을 망치고 자기는 보존하는 따위의 일은 군자가 하는 일이 아니다.>

그러면서 옛사람도 권을 사용한 예가 있다고 했는데, 그 사람은 이윤(伊尹)을 말한다. 탕손(湯孫) 태갑(大甲)이 교만하고 문란하여 제후들이 모반할 뜻을 가지자, 재상 이윤이 왕을 동궁(桐宮)에 유배하여 반성하도록 하였던 바 3년 만에 성탕(成湯)의 도를 회복했다.

처음에는 비록 임금을 쫓아내는 부담은 있었으나 나중에는 천하를 안정시키는 공로가 있었다. 제중이 임금을 내쫓고 정나라를 보존한 권도 바로 이런 것이라고 결론짓고 있다. 다시 말하면 권이란 건곤일척(乾坤一擲)의 상황에서 쓰는 임시방편이란 말이다.

"남자는 아무나 남편이 될 수 있다"고 한 옹희의 어머니 말에서 연상되는 것이 있다. 정나라의 수도는 신정(新鄭, 지금의 하남 신정新鄭)인데 이 큰 도회지에서는 매년 3월 상사절(上巳節)에는 대대로 남녀가 진유(溱洧) 강변에서 봄놀이하는 습속이 유행했다고 한다. ≪시경≫ 국풍·정풍에 나오는 시가의 대부분이 연애를 읊은 것이 많은데, 이것이 정풍(鄭風)의 특색이다.

이 대목에서 나온 성어는 인진가부(人盡可夫), 모급부인(謀及婦人)이다.

문화 상식 이야기

군주의 호칭 방법에 대하여 말하면 첫째는 이른바 오등작호(五等爵號, 즉 公·侯·伯·子·男)라는 것이 있는데, 당초 봉읍을 받을 때 받은 작호로 호칭하는 것이다.

예를 들면 정백(鄭伯), 진후(晋侯), 초자(楚子)와 같이 쓰지만 대우에 차등이 있는 것은 아니다. 또 하나 군주의 호칭 방법에는 시호(諡號)를 쓴다. 은공(隱公), 정장공(鄭莊公), 초장왕(楚莊王) 등과 같다.

주의를 요하는 인칭이 있다. 진인(晋人), 제인(齊人), 초인(楚人)처럼 나라 이름 뒤에 '사람 인(人)'자를 붙여서 '모인'이라고 부르는 것이다. 이 것은 문맥에 따라 ①그 나라 임금 ②그 나라 대부 ③그 나라 수도 안, 또는 온 나라 사람을 가리킨다. 대개 그 나라 임금을 가리키는 경우가 많다.

11. 제나라 연칭(連稱)·관지보(管至父)의 난

장공莊公 8년

제(齊)나라 양공(襄公)이 연칭(連稱)과 관지보(管至父)에게 명하여 규구(葵丘)를 지키게 했다. 참외가 익을 때 부임했는데 양공은 말했다.

"내년에 참외가 익을 때 교대시켜 주마."

1년의 수자리 기간이 지났으나 양공의 교대 명령이 떨어지지 않았다. 교대를 요청했으나 허락되지 않았다. 그러므로 그들은 반란을 꾸몄다. 희공(僖公)의 동복(同腹) 아우의 이름을 이중년(夷仲年)이라 했는데, 그가 공손무지(公孫無知)를 낳았다.

이 공손무지가 희공에게 사랑을 받아, 입는 의복, 사용하는 거복(車服), 예우의 등급이 태자와 똑같았으나 양공이 즉위하자 이를 강등시켰다. 연칭과 관지보 두 사람은 무지와 결탁하여 난을 일으켰다. 연칭에게 사촌 누이동생이 있었는데 궁에서 일했으나 총애를 받지 못했다. 무지는 이 여자를 시켜 양공의 동정을 살피게 하고 말했다.

"일이 잘 되면 너를 정부인으로 앉혀 주마."

겨울 12월, 제나라 양공은 고분(姑棼)으로 놀러갔다가 그길로 패구(貝丘)에서 사냥을 했다. 그때 큰 멧돼지 한 마리가 나타난

것을 보고 수행원이,

"팽생(彭生)¹ 공자님이십니다!"

하고 말하자 양공은 버럭 화를 내고,

"팽생이 감히 어디라고 나타나!"

하고 활로 그것을 쏘니 돼지는 사람처럼 일어서서 소리 내어 울었다. 양공은 겁이 나서 수레에서 굴러 떨어져, 발을 다치고 신발을 잃었다. 숙소로 돌아와 내시 비(費)보고 신발을 찾아오라고 다그쳤지만 찾지 못했다. 매로 때리니 피가 흘러 비가 도망쳐 나가다가 문간에서 역적들을 만났다. 역적이 협박해서 결박하려 하니 비가 말했다.

"내가 무엇 때문에 반항을 하겠소?"

웃통을 벗어 등의 매 맞은 자리를 보이니 역도들은 곧이들었다. 비는 자기가 청해서 먼저 안에 들어가, 양공을 숨기고는 나가서 싸우다가 대문의 복도에서 죽었다. 내시 석지분여(石之紛如)는 섬돌 밑에서 죽었다. 역도들은 이내 안으로 들어가 맹양(孟陽)을 양공의 침대에서 죽였으나 저희끼리 말했다.

"임금이 아니다. 안 닮았어."

그러다가 문짝 밑에서 양공의 발을 발견하고 곧바로 시해하고 무지를 세웠다.

처음에 양공이 즉위하였으나 정치가 엉망이었다. 포숙아(鮑叔牙)는,

"주상께서 백성을 다스리는 방법이 너무 느슨하다. 이래 가지고는 난리가 나지 않을 리 없다."

하고 공자 소백(小白)²을 받들고 먼저 거(莒)나라로 도망가 있었다. 이 소동이 일어나자 관이오(管夷吾)와 소홀(召忽)은 공자

규(糾)를 받들고 우리 노나라로 도망 왔다.

주 석

1. 팽생(彭生) 노환공 18년에 노환공을 납치해 죽이고 제양공에게 속죄양의 누명을 쓰고 억울하게 죽은 사람.
2. 공자 소백(小白) 제양공의 아우, 제희공(齊僖公)의 아들. 즉 훗날의 제환공(齊桓公)이다.

도움말

제나라는 산동성 동부와 북부에 자리 잡고 있어 바다를 끼고 있는 우월한 조건을 갖추고 있다. 초대 임금은 유명한 강태공(姜太公)으로 도성을 처음에 영구(營丘, 지금의 산동 창락현昌樂縣) 부근에 잡았다가 그 후 임치(臨淄, 지금의 치박시淄博市)로 옮겼다. 서남쪽에 있는 태산(泰山) 산맥은 노나라와 천연 경계선을 이룬다. 강성(姜姓)의 나라이다.

제환공이 즉위하기 이전의 제나라의 첫 번째 내란을 기술했다. 내란의 발생 원인은 제양공의 황음무도하고 정령이 문란한 데서 연유한다. 연칭과 관지보가 임기가 다 되었는데도 바꿔 주지 않는 데에 대한 불만, 그리고 공손무지의 대우 삭감에 대한 불만이 세 사람을 결탁하게 만든 동기가 되었다.

양공이 사냥을 나갔다가 팽생을 만나 수레에서 떨어져 신발을 잃고, 내시 비를 비롯한 여러 내시들이 양공을 위해 전사하는 등 각종 장면들이 눈앞에 생생하게 묘사되어 있다. 이 대목은 문장 기법상 상세한 것은 생략하고, 번잡한 것은 간단하게 쓴다는 《좌전》의 특색을 잘 보여준다.

이 대목에서 나온 성어는 급과이대(及瓜而代)이다.

12. 조귀(曹劌)가 전쟁을 논하다

장공莊公 10년

10년 봄, 제나라 군사가 우리 노나라를 쳤다. 노나라 장공(魯莊公)이 나가 싸우려 하는데 조귀(曹劌)라는 자가 면회를 요청했다. 그러자 마을 사람이 말했다.

"고기 먹는 사람들이 꾀한 일인데 또 무슨 참견인가?"

조귀는 대답했다.

"고기 먹는 사람들은 안목이 짧아 먼 앞날을 내다볼 줄 모른단 말야."

곧 들어가 뵙고 물었다.

"무엇을 믿고 싸우시려는 겁니까?"

"나는 의식 등 사람을 편안하게 하는 물건은 독점하지 않고 반드시 백성들에게 나누어 주고 있소."

"그것은 작은 은혜이고 두루 미치는 것이 아니므로 백성은 따라오지 않습니다."

"제사에 쓰는 소·양·돼지 등 희생과 옥백을 바칠 때에는 함부로 보태어 말하지 않고 반드시 거짓 없이 진실을 고하고 있소."

"그것은 작은 믿음이고 사람을 신복시킬 만한 큰 믿음이 아니므로 신은 복을 내리지 않을 것입니다."

"크고 작은 소송 사건은 다 살피지 못할지라도 반드시 실제 정황을 가지고 임하고 있소."

"그것은 백성을 위하여 진심갈력하는 마음가짐과 일치합니다. 이것을 바탕으로 한바탕 싸움을 벌일 수 있겠습니다. 싸우실 때에는 저도 따라가고 싶습니다."

장공은 조귀와 함께 한차를 타고 장작(長勺)1에서 싸웠다. 장공이 진격의 북을 치려 하자 조귀는 말했다.

"아직 멀었습니다."

제나라 사람이 세 차례 북을 치고 나니 그제야 말했다.

"이제 쳐도 됩니다."

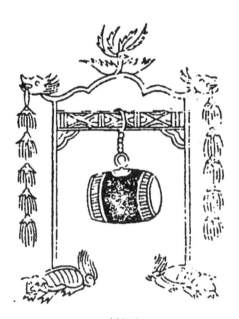

_ 북[鼓]

제나라 군사가 패배했다. 장공이 추격하려 하자,

"아직 멀었습니다."

라고 말하고 내려서 적군의 전차 바퀴 자국을 살펴보고, 전차의 가로대에 올라서서 적군을 바라보고 말했다.

"이제는 괜찮습니다."

그래서 곧바로 제나라 군사를 뒤쫓았다.

각설하고 싸움에 이기고 나서 장공이 그 이유를 묻자 대답했다.

"대체 전쟁이란 용기로 싸우는 것입니다. 한 번 북을 치면 용기가 치솟고, 두 번째는 용기가 쇠퇴하며, 세 번째는 용기가 사그라집니다. 말하자면 적은 힘이 다 빠지고 아군은 용기가 충만했던 것입니다. 그래서 우리가 이긴 것입니다. 또 대국은 그 동향을 예측하기 어려운지라 복병이 있을까 두려웠습니다. 그런데 제가 살펴보니 전차의 바퀴 자국이 어지러웠고, 바라보니 그들의 깃발이 쓰러져 있었습니다. 그래서 그들을 뒤쫓은 것입니다."

주 석

1. 장작(長勺) 노나라의 지명으로, 지금의 산동 곡부(曲阜) 부근.

도움말

조귀는 벼슬이 없는 평민인데도 노장공에게 면회를 요청하는 위인이니 보통사람은 아니다. 더구나 육식자들은 안목이 짧고 앞을 내다볼 줄 모른다고 질타한다.

조귀가 노장공과 나눈 대화의 목적은 임금이 백성의 신뢰를 얻고 있는지를 확인하는 데에 있다. 백성의 후원과 지지가 전쟁의 승패를 좌우하는 동인이 된다는 전략 사상에서 나온 것이다. 그것을 확인하고 조귀는 종군할 뜻을 밝힌다.

춘추시대에 유행한 ≪군지(軍志)≫에 이런 말이 있다,

<선인유탈인지심(先人有奪人之心), 후인유대기쇠(後人有待其衰)―즉 남에게 기선을 잡으면 적의 혼을 빼놓을 수 있고, 남에게 후수를 쓴다는 것은 적이 지치기를 기다리는 것이다.>

적이 세 번 북을 치고 난 다음에 아군이 공격한다는 것은 바로 후자의 전술이다. "적을 지치게 만든 후 우리가 공격한다(敵疲我打)"거나, 또는 조귀의 말대로 "적은 힘이 다하고, 우리는 힘이 솟아난다(彼竭我盈)"는 전술이다.

조귀는 전기(戰氣)를 잘 잡는 선수이기도 하다. 북 치는 것도 그렇거니와, 매복에 대한 두려움이라든가, 전차의 바퀴 자국이나 깃발이 쓰러져 있는 것을 예사로 보아넘기지 않는 혜안을 가졌다.

조귀는 "전쟁이란 용기로 싸우는 것이다(夫戰, 勇氣也.)"라든가 일고작기(一鼓作氣)라는 유명한 말을 남겼지만 이 용기, 또는 사기에 관하여 손자(孫子)도 일찍이 이런 말을 했다.

<아침의 기는 날카롭고, 낮의 기는 게으르며, 저녁의 기는 쇠미하다. 그러므로 용병에 뛰어난 자는 기가 날카로울 때는 피하고, 게으르고 쇠미할 때는 치는 것이니, 이런 사람은 기를 다스릴 줄 아는 자라고 할 수 있다.>

이 대목에서 나온 성어는 육식자비(肉食者鄙), 일고작기(一鼓作氣), 재쇠삼갈(再衰三竭), 피갈아영(彼竭我盈), 철란기미(轍亂旗靡)이다.

13. 채애후(蔡哀侯)가 식규(息嬀)의 미모를 칭찬하다

장공莊公 10, 14년

채나라 애후(蔡哀侯)가 진(陳)나라로부터 부인을 맞이했고, 식후(息侯)도 역시 진나라에서 부인을 맞이했다. 식규(息嬀)[1]가 식나라로 시집가는 길에 채나라에 들렀다. 채후는,

"이분은 나의 처제요."

하고는 붙들어 머물게 하고 만나보았는데 손님 대접을 제대로 하지 않았다. 식후가 그것을 듣고 노하여, 초나라 문왕(楚文王)에게 사자를 보내 말하게 했다.

"우리 식나라를 치십시오. 그러면 나는 채나라에 구원을 요청할 테니 그때 그놈들을 칩시다."

초문왕은 그 말에 따랐다. 가을 9월, 초나라는 채나라 군사를 신(莘)에서 쳐부수고, 채후 헌무(獻舞)를 잡아 데리고 돌아갔다. (이상 장공 10년)

채애후는 신의 전쟁에서 당한 일을 앙갚음하기 위하여 식규의 미모를 찬양하면서 초문왕에게 하소연했다. 문왕은 식나라로 가서 갖고 간 음식으로 잔치를 벌여 대접하고, 그길로 식나라를 멸망시키고 식규를 데리고 돌아갔다.

식규는 초문왕에게서 도오(堵敖)와 성왕(成王)을 낳았지만 먼저

말을 거는 법이 없었다. 문왕이 그 이유를 물으니 식규가 대답했다.

"저는 한 여자로서 두 남편을 섬겼습니다. 비록 죽을 수는 없을지언정 또 어찌 말까지 하오리까?"

초문왕은 채후 때문에 식나라를 멸망시켰다고 생각하고, 곧 채나라를 쳐, 가을 7월에 채나라로 들어갔다.

군자는 말했다.

"'상서(商書)'2에 이른바 <악이 널리 번지는 것은 마치 불이 벌판을 태우는 것과 같아서, 가까이 다가갈 수 없는 것이거늘 어찌 꺼서 없앨 수 있으랴?>고 한 것은 아마도 채나라 애후 같은 사람을 가리킨 것이리라."

───── 주 석

1. 식규(息嬀) 식은 남편의 씨, 규는 친정의 성.
2. 상서(商書) '상서(商書)'에 수록된 상대(商代)의 문건을 상서라고 한다. 이 말의 출처는 ≪상서(尙書)≫ 상서(商書) · 반경(盤庚)이다.

───── 도움말

진(陳)나라는 정나라의 동남방에 있으며 수도는 완구(宛丘, 지금의 하남 회양淮陽)이며 성은 규성(嬀姓)이다. 전하는 바에 따르면 우순(虞舜)의 후손이라고 한다.

채나라는 주문왕의 아들 숙도(叔度)가 분봉 받은 희성의 나라이다. 도성은 처음에 하남 상채(上蔡)에 정했으나 채평후 때 지금의 신채(新蔡)로 천도했다. 진 · 채 두 나라는 진(晋) · 초(楚) 사이에 놓여 있어 훗날 다 같이 초나라에게 멸망되었다.

이 사건은 채애후가 스스로 일으킨 화(禍)이다. 그는 식후와 동서인

사이이면서 오히려 처제에게 불경스러운 짓을 해서 식후에게 죄를 짓고, 식후도 식후대로 늑대 무서운 줄 모르고 늑대를 집안으로 불러들인다. 채애후는 또 식규의 절세 미모를 찬양하여 초문왕을 꾀어 식나라를 멸망시킨다. 그러나 채후도 잡히는 신세가 된다. 남을 해치면 결국 자기도 해를 본다는 도리를 보여준다.

춘추시대에 유행한 "여색화국론(女色禍國論)"의 대표적인 예는 매희(妹喜), 달기(妲己), 포사(褒姒), 여희(驪姬) 등이다. 이들 네 여성은 절세미인이었던 까닭에 멸망한 나라에서 약탈되어 왔고, 임금의 총애를 기둥 삼아 향락을 마음대로 했다는 공통점이 있다.

서한(西漢)의 류향(劉向)은 위에 든 네 여인을 '얼폐(孼嬖)' 즉 임금의 총애를 받는 요물이라고 불렀다. 그러나 식규만은 '정순한 여자'라고 했다.

이 대목에서 나온 성어는 식규무언(息嬀無言)이다.

14. 육권(鬻拳)이 초왕에게 성문을 닫다

장공莊公 19년

19년 봄, 초문왕은 파(巴)나라 사람의 침공을 막으러 나갔다가 진(津)에서 싸워 대패했다. 회군하여 돌아왔으나 성문을 지키는 육권(鬻拳)이 문을 열어 주지 않았다. 이에 문왕은 그길로 황(黃)나라를 쳐서 황나라의 군사를 적릉(踖陵)에서 패배시키고 돌아가던 길에, 추(湫)까지 와서 병이 나서 여름 6월 경신날에 세상을 떠났다. 육권은 왕을 석실(夕室)[1]에서 장사지내고 자기도 목숨을 끊었다. 사람들은 그이를 왕묘의 앞뜰에다 장사지냈다.

처음에, 육권은 초문왕에게 거세게 간한 적이 있었는데 왕이 듣지 않자 검을 들이대니 그제야 겁이 나서 말을 들었다. 육권은,

"나는 도검(刀劍)으로 임금을 위협하였으니 죄가 이보다 더 클 수는 없다."

하고 이내 스스로 자기의 두 발을 잘랐다.[2] 초나라 사람은 그이를 수문장으로 삼고 태백(大伯)[3]이라 불렀다. 그리고 그 직책을 자손에게 대물리게 했다. 군자는 말했다.

"육권이야말로 임금을 사랑한 사람이라고 할 수 있다. 충간한

후 스스로 자기 몸에 형벌을 가했다. 스스로 형벌을 가한 후에
도 임금을 정도(正道)로 인도하는 것을 잊지 않았다."

1. 석실(夕室) 지명.
2. 두 발을 잘랐다 고대 오형(五刑)의 하나로 죄인의 발꿈치를 베던
   형벌. 빈형(臏刑) 또는 월형(刖刑)이라고도 한다.
3. 태백(大伯) 우두머리라는 뜻.

도움말

육권은 초나라의 충신이요, 열사이다. 억지로, 무리하게 간하는 강간
(强諫) 방식을 취한 것은 국익을 앞세운 충성 때문이며, 자해(自害)
방식을 취한 것은 임금에 대한 신하의 예를 지키려는 충용 때문이
다. 육권이 초문왕의 입성을 거절한 것은 초왕이 전쟁에 패배해서
돌아왔기 때문이다.
초나라에서는 전쟁에 지는 것을 크나큰 치욕과 수치로 여겼기 때문
에 전쟁에 진 장군은 흔히 자살로써 갚는다. 육권의 성문 폐쇄는 따
라서 애국정신의 발로인 것이다.
육권은 2차에 걸친 강간 방식에 대한 사죄를 2차에 걸친 자해 방식
으로 갚았다. 한 번은 두 발을 자르는 월형, 또 한 번은 자살이다.
군신간의 예의를 행동으로써 준수한다는 것은 매우 어려운 일이다.
용기가 있어야 할 수 있는 일이기에 육권은 열사였다.

15. 진공자(陳公子) 완(完)이 제나라로 망명하다

장공莊公 22년

22년 봄, 진(陳)나라 사람이 태자 어구(御寇)를 죽였다. 그래서 공자 완(完, 경중敬仲)[1]이 전손(顓孫)과 함께 제나라로 망명했으며, 전손은 제나라에서 다시 우리 노나라로 왔다.

제환공(齊桓公)은 경중에게 경(卿)의 작위를 주었다. 경중은 사양하며 말했다.

"나그네 신세인 저로서는 요행히도 용서받아 이 나라에 머무를 수 있고, 저의 배우지 못한 미련함을 용서받아서 망명의 죄를 면제받고, 어깨의 짐을 내려놓을 수만 있다면 그것은 전적으로 임금님의 은혜이며, 제가 얻는 선물은 그것으로 족합니다. 어찌 감히 높은 자리를 욕되게 하여 관가의 지탄을 자초할 수 있겠습니까? 이 일은 죽음을 무릅쓰고 사양하겠습니다. ≪시경≫[2]에,

　임금님은 높은 수레 위에서
　활을 흔들어 나를 부르시네.
　어찌 안 가고 싶으랴만
　겨레붙이의 비방이 두렵구나.

라고 읊었습니다."

이에 환공은 경중을 공정(工正)[3]에 임명했다.

어느 날 경중이 환공에게 술자리를 마련했는데 환공이 흥겨워,

"불을 켜놓고 밤새도록 술을 마시자."

라고 했다. 경중은 사양하며 말했다.

"저는 주상을 대접하기 위하여 낮일은 점을 쳤지만 밤까지는 점을 치지 않았습니다. 말씀을 따를 수가 없습니다."

군자는 말했다.

"술의 용도는 예를 마무리하는 데 있는 것이니 계속해서 과음하지 않은 것은 옳은 일이다. 또 임금을 모시고 예를 마무리하는 자리에서 임금이 방종에 빠지지 않도록 한 것은 어진 일이다."

처음에, 진나라의 의씨(懿氏)가 경중을 사위로 삼고 싶어서 거북점을 치는데, 그 아내가 점4을 쳤다. 점치고 나서 말했다.

"길합니다. 이것은 <봉황이 날아올라 서로 화답하는 소리가 맑고도 곱도다. 규씨(嬀氏)의 후손이 장차 강씨(姜氏)의 손에서 자라나리라. 5대에 가서는 번창하여 정경(正卿)과 어깨를 나란히 하고 8대가 되면 아무도 그 권세를 겨룰 사람이 없으리라>는 점괘입니다."

진여공(陳厲公)은 채나라 부인에게서 태어났다. 그러므로 채나라 사람이 오보(五父)를 죽이고 여공을 세웠던 것인데, 경중은 그분의 아들이다. 경중이 어릴 때 주나라 사관 중에 ≪주역(周易)≫5을 가지고 진여공을 만나러 온 자가 있었는데 진여공이 시초점을 치게 했더니 '관괘(觀卦)'▦가 '비괘(否卦)'▦로 변하는 지괘(之卦)6가 나왔다. 풀이하여 말했다.

"이것은 <왕국의 빛을 보고, 임금의 손님이 되는 것이 이롭다>는 괘입니다. 이분이야말로 진나라 대신에 다른 나라를 향유하

게 될 것입니다. 이 나라가 아니고 다른 나라가 될 것이며, 또 이분의 대가 아니고 그 후손의 대가 될 것입니다. 빛이 멀리서 그리고 다른 곳에서 환하게 비치고 있기 때문입니다. 곤(坤)은 흙이고, 손(巽)은 바람이며, 건(乾)은 하늘입니다. 바람이 하늘에서 일어 흙 위를 지나가니 이것은 산의 형국입니다. 산에는 물산이 있고, 그것을 하늘의 빛이 비추고 있으며, 거기에다 산이 흙 위에 도사리고 있으므로 <왕국의 빛을 본다>고 한 것입니다.

뜰 안에 조빙용 예물이 산더미처럼 쌓여 있고, 거기에 금옥과 포백을 더하여 바치게 되니 천지간의 아름다운 것이 모두 갖추어졌으므로 <임금의 손님이 되는 것이 이롭다>고 한 것입니다. 게다가 더 볼 것이 있다고 했으므로 자기 대가 아니고 자손의 대라고 한 것입니다. 바람이 날아가서 흙에 닿는다고 했으므로 다른 나라에서 일어난다고 한 것입니다.

만약 외국이라면 반드시 강성의 나라일 것입니다. 강씨(姜氏)는 태악(大岳)[7]의 후손입니다. 산악은 하늘에 버금가지만 양자가 같이 장대할 수는 없습니다. 진이 쇠망한 다음 이쪽이 창성할 것입니다."

과연 진나라가 처음 망하기[8] 시작했을 때 진환자(陳桓子)[9]가 제나라에서 크기 시작했고, 그 후 진나라가 다시 망하자[10] 성자(成子)[11]가 비로소 제나라의 정권을 잡았다.

주 석

1. 공자 완(完) 진여공의 아들, 시호는 경중(敬仲). 후에 제나라에서 벼슬했고, 전씨(田氏)로 개명했다.

2. ≪시경≫ 원시는 없어졌다.

3. 공정(工正) 백공을 장악하는 벼슬 이름.

4. 점 거북점을 말한다. 점치는 것을 점복(占卜)이라고 하며, 거북점은 복(卜), 시초점은 서(筮)라고 한다.

5. ≪주역(周易)≫ 중국 고대의 철학 사상이 들어 있는 점복서. ≪역경(易經)≫이라고도 부른다.

6. 지괘(之卦) 연산(演算) 결과 얻은 본괘가 변효의 발생으로 다른 괘로 변할 때 그 괘를 지괘라고 부른다.

7. 태악(大岳) 사악(四岳), 벼슬 이름. 사악의 제사를 주관한다.

8. 처음 망하기 노소공 8년(기원전 534년) 초나라가 진나라를 멸망시켰다.

9. 진환자(陳桓子) 경중의 5세손 진무우(陳無宇).

10. 다시 망하자 노애공 17년(기원전 478년) 초나라가 다시 진나라를 멸망시켰다.

11. 성자(成子) 진상(陳常) 또는 전상(田常), 경중의 8세손. 제나라 정권을 장악했다.

도움말

이 편에서는 ≪좌전≫의 커다란 특색의 하나인 예언이 이번에는 거북점과 시초점의 두 매체를 통하여 나타난다. 의씨가 경중의 사윗감의 길흉을 점친 것이 거북점이고, 진여공이 주나라 사관을 시켜 진나라의 장래를 점치게 한 것이 시초점이다.

이 두 가지 예언은 한 씨족의 흥망의 징조를 말한 것인데 진공자 완이 제나라의 공정에 임명되면서, 제나라에 발을 붙인 때로부터 헤아려 무려 290여년이란 긴 세월에 걸쳐, 그의 5세손이 정경과 동등하게 되고, 8세손이 재상이 된다는 예언이 적중한다. 이것이 역사상 소위 "전씨대제(田氏代齊)"라는 것이다.

거북점의 결과는 주사(繇辭)에 나와 있는 그대로이다. 주나라 사관은 시초점을 추리하는 과정에서 본괘와 지괘를 가지고 괘상(卦象)과

효사(爻辭)를 결합한 추리 방식을 취하고 있다. 이런 추리 방식은 《좌전》에서 흔히 쓰는 방식이다. 이 예에서는 변효가 하나 즉 관괘의 육사(六四)뿐이기 때문에 변효 규칙에 따라 본괘인 관괘의 변효사로 점을 친다. 그것이 <왕국의 빛을 보고, 임금의 손님이 되는 것이 이롭다>는 것이다. 괘상을 보면 <바람이 땅 위를 불며 지나가는 것이 관괘이다>로 나온다.

<바람이 하늘에서 일어 흙 위를 지나가니 산의 형국이다>란 말은 《주역》 설괘에 보면 건(乾)은 원(圜)을 상징하고, 손(巽)은 높음을 상징한다고 한다. 곤(坤) 위에 건(乾)이 있고, 손(巽)이 있다는 것은 토지가 높고 둥글다는 것을 상징하니 곧 산의 특징이다. 그러므로 산의 형국이라고 말한 것이다.

뜰 안에 조빙용 예물이 산더미처럼 쌓여 있고, 거기에 금옥과 포백을 더한다는 말은 간(艮)은 문정(門庭)을 상징하고, 건(乾)은 금과 옥을, 곤(坤)은 포백을 상징하기 때문이다.

이 대목에서 나오는 성어는 식견이담(息肩弛擔), 복주복야(卜晝卜夜), 난봉화명(鸞鳳和鳴), 오세기창(五世其昌), 막지여경(莫之與京)이다.

문화 상식 이야기

거북점과 시초점에 대하여 소개한다.

거북점은 "복(卜)"이라고 하며, 소뼈와 거북의 등껍데기를 사용한다. 그 순서는 첫째, 점칠 일을 거북에게 기원한다. 둘째, 등딱지의 한 곳에 구멍을 뚫고 셋째, 불로 구멍을 태워서 넷째, 갈라진 틈이 생기게 한다. 복자는 균열의 모양을 보고 판단을 내리는데 그것을 주사(繇辭)라고 한다.

시초점(蓍草占)은 "서(筮)"라고 하는데 시초, 즉 톱풀 줄기 50개를 사용한다. 시초점을 치는 데에는 네 단계가 있다. 첫째는 "명서(命筮)"인데 톱풀의 신에게 시초점에 부칠 안건을 고하는 것이다. 둘째는 "설시(揲

蓍)"인데 시촛대를 여섯 차례 연산(演算)하여 여섯 숫자를 얻어서 한 개의 중괘(重卦)로 바꾸는 작업이다. 가장 중요하고 약간 시간이 걸리는 단계이다. 셋째는 "획괘(劃卦)"로서 연산한 숫자를 근거로 해서 사전에 준비한 목판 위에 중괘의 부호를 그리는 것이다. 마지막은 "점괘(占卦)"인데 ≪주역(周易)≫에 나온 괘사(卦辭)와 효사(爻辭), 그리고 상수(象數)를 분석, 추리하여 길흉화복을 추단하는 것이다.

연산(演算) 단계를 통상 "십팔변법(十八變法)"이라 부르는데 서법의 절차에 대하여는 고형(高亨)의 ≪주역대전금주(周易大傳今注)≫ 계사상(繫辭上)에 나와 있는 것을 추천한다.

≪주역≫의 기본은 3효(爻)로 구성되는 팔괘(八卦)이다. 팔괘를 두 개씩 포개면 64개의 중괘(重卦)가 된다. 팔괘는 여덟 개의 기본적인 자연현상을 상징하며 그 명칭, 상징물 그리고 부호는 다음과 같다. 즉 건(乾, 하늘)☰, 곤(坤, 땅)☷, 진(震, 우레)☳, 손(巽, 바람)☴, 감(坎, 물)☵, 이(離, 불)☲, 간(艮, 산)☶, 태(兌, 못)☱.

≪좌전≫에는 모두 19개의 시초점의 실례가 실려 있다. 상병화(尙秉和)는 ≪주역상씨학(周易尙氏學)≫에서 <무릇 ≪주역≫의 스승으로서는 좌씨(左氏)를 앞서는 사람이 없다>고 칭찬하고 있다. 그만큼 19건의 예는 ≪주역≫의 추리 방법을 알기 쉽게 이끌어 주고 있어서 가히 ≪주역≫의 교과서라 할 만하다.

16. 신(莘) 땅에 신(神)이 내리다

장공莊公 32년

가을 7월, 괵(虢)나라의 신(莘)[1] 땅에 신이 내렸다. 주나라 혜왕 (惠王)이 내사(內史) 과(過)에게 물었다.

"이는 무엇 때문인가?"

"나라가 흥하려 할 때에는 신이 내려와 그 나라 임금의 덕을 살핍니다. 망하려 할 때에도 신이 내려와 그 악을 살핍니다. 그러므로 신이 내려와서 흥하는 나라도 있고 내려와서 망하는 나라도 있습니다. 우(虞)·하(夏)·상(商)·주(周)의 모든 나라가 다 그러했습니다."

"그러면 어떻게 하면 좋은가?"

"소정의 물건으로 제사를 지내면 됩니다. 신이 내려온 날의 간지(干支) 날에 알맞은 것[2]을 제물로 쓰면 됩니다."

혜왕은 그이의 말에 따랐다. 내사 과가 신 땅으로 제사지내러 가다가 괵공(虢公)이 이미 신에게 복을 빌었다는 소식을 듣고 돌아와서 말했다.

"괵나라는 반드시 망할 거야. 정치는 포학하게 하면서 신에게 복이나 빌고 앉았으니 말이다."

이 신은 신(莘)에 여섯 달 동안이나 머물렀다. 괵공이 축응(祝

應)·종구(宗區)·사은(史嚚)을 시켜 제사를 지내게 했더니 신은 토지를 주겠다고 했다. 사은이 말했다.

"괵나라는 망할 것이다. 내가 들은 바로는 <나라가 흥하려 할 때에는 백성에게 의견을 묻고, 나라가 망하려 할 때에는 신에게 복을 빈다>고 했다. 신은 총명하고 정직하여 한결같으시며, 사람의 행동에 따라 적절한 조치를 내리신다. 괵나라는 악한 짓을 많이 했다. 무슨 토지를 얻는단 말인가?"

괵나라에는 동, 서, 북의 세 가닥이 있었다. 동괵은 지금의 하남 범수(氾水)에 있었는데 정나라에게 멸망되었고, 서괵은 지금의 섬서 보계(寶鷄)에 있었으나 주왕실 동천 후 견융(犬戎)에게 멸망되었으며, 그리고 셋째가 지금의 삼문협시에 있는 북괵(北虢)이다.

"신에 신이 내렸다"는 기사는 ≪좌전≫에서는 맨 처음으로, 신이 인간 세상에 강림한 기사이다. 지금 보면 허망한 이야기지만 당시의 사회상을 반영하고 있다.

춘추시대 사람들은 서주(西周)의 경천보민(敬天保民) 사상을 계승하면서도 사회의 발전과 변화에 따라 천(天)·명(命)·귀(鬼)·신(神)이 반드시 믿을 건 못되고, 오히려 조세와 병역을 부담하는 백성이 더 믿을 만한 존재라는 인식을 갖게 된다. 주나라의 내사 과나 괵나라의 사은은 그러한 새로운 사상을 가진 사람들의 대표적인 인물이라 할 수 있다.

사은이 말한 "나라가 흥하려 할 때에는 백성에게 의견을 묻고, 나라가 망하려 할 때에는 신에게 복을 빈다."고 한 말은 탁견이다.

내사 과와 사은이 예언한 대로 괵나라는 과연 불과 7년 후인 노희공 5년(기원전 655년)에 진(晋)나라에게 멸망되었다.

17. 위의공(衛懿公)이 학을 좋아하다

민공閔公 2년

겨울 12월, 적인(狄人)[1]이 위나라를 쳤다. 위나라 의공(懿公)은 학을 좋아하여 개중에는 대부만 타는, 사방이 가려진 수레를 타는 놈도 있었다. 적인과 싸우려 할 때 무기를 수령한 나라 사람들이 모두 말했다.

"학보고 싸우라고 해! 학이 사실 녹봉과 작위를 누리고 있는데 우리가 어째서 나가 싸운단 말이냐?"

의공은 석기자(石祁子)에게 결옥(玦玉)[2] 한 개를 주고, 영장자(甯莊子)에게는 화살을 주며, 남아서 지키도록 명하고 말했다.

"그것으로 나라를 돕고, 유리하다고 판단하는 대로 행동하라."

또 부인에게는 수의(繡衣)[3]를 유품으로 주면서 말했다.

"저 두 사람에게 물어서 하십시오."

거공(渠孔)이 의공이 탄 전차를 몰고, 자백(子伯)이 거우(車右), 황이(黃夷)가 선봉, 공영제(孔嬰齊)가 후위가 되어 적인과 형택(熒澤)에서 싸웠으나 위나라 군사는 대패하고, 적인은 그 기회를 타서 위나라를 멸망시켰다. 이때 의공은 자기의 신분을 알리는 깃발을 내려놓지 않았기 때문에 참패를 당했다. 적인은 태사 황용활(黃龍滑)과 예공(禮孔)을 사로잡아 그들을 앞세우고 위나라 사람을 뒤쫓았다. 두 사람은 말했다.

"우리는 위나라의 태사요. 위나라 제사는 사실 우리가 맡고 있소. 우리가 먼저 들어가지 않으면 위나라를 점령할 수가 없소." 그래서 적인은 두 사람을 먼저 들어가게 했다. 그들이 수도에 도착하자 도성을 지키고 있는 사람들에게 일러 말했다.

"도저히 막아낼 수가 없다."

그리고 밤에 나라 사람들과 함께 빠져나갔다. 적인은 위나라 안으로 치고 들어가, 곧장 도망간 사람들을 뒤쫓아, 황하 가에서 또다시 그들을 쳐부수었다.

주 석

1. 적인(狄人) 옛 중국의 북쪽에 살았던 이민족 집단. 북적(北狄)이라고 한다. 옛 중화(中華) 민족의 주위에 4대 이민족 집단이 살았다. 그들을 동이(東夷), 북적(北狄), 서융(西戎), 남만(南蠻)이라 불렀다.
2. 결옥(玦玉) 고리 모양의 옥인데 한쪽이 트여 있다. 결심이나 결별을 표시할 때 사용했다.
3. 수의(繡衣) 채색화를 수놓은 예복.

도움말

위나라 의공은 자기의 황당한 학 사랑이 군인들의 출전 거부 운동을 불러일으키자 사태가 심상치 않다고 판단하여 닥쳐올 전패신망(戰敗身亡)의 훗날에 대비한 포석을 깔기 시작한다.

남아서 나라를 지킬 두 장관에게 각각 결옥과 화살을 건넨 것은 완전한 신임과 병권을 상징하는 것으로, 국가 보위의 사명을 다해 줄 것을 위촉한 것이다. 부인에게는 평소에 입던 채색화가 그려진 예복을 남기면서 결별의 정을 표한다.

깃발을 내려놓지 않아 그 때문에 위의공이 잡혀 죽었다는 깃발은 정(旌)이라는 깃발로서, 깃발의 온폭이 비단이 아닌 깃털로 짠 지휘기 또는 장수기를 말한다. 이 고사는 제법 유명했던 듯 ≪좌전≫ 성공 16년조에도 인용되고 있다.

옛말에 "완인상덕, 완물상지(玩人喪德, 玩物喪志)"라는 말이 있다. 사람을 갖고 놀면 덕을 잃고, 물건을 너무 좋아하면 포부를 잃는다는 뜻이다. 쓸데없는 놀이에 빠지면 큰 뜻을 잃고, 취미생활에 너무 빠지면 본업에 지장이 있다는 말인데, 무슨 일이든지 적정(適正)을 기해야 한다는 것은 고금의 이상이요 진리인 것이다.

이 대목에서 나온 성어는 노학승헌(老鶴乘軒)이다.

_ 청동으로 만든 준尊
(주기酒器)

18. 제환공(齊桓公)이 초나라를 정벌하다

희공僖公 3, 4년

제나라 환공(齊桓公)이 채희(蔡姬)와 같이 정원의 못에서 뱃놀이를 하는데 채희가 장난삼아 배를 흔들었다. 환공은 겁이 나서 발칵 안색을 바꾸고 말렸으나 듣지 않았다. 환공은 화가 나서 부인을 친정으로 돌려보냈지만 인연을 끊지는 않았다. 그런데 채(蔡)나라 사람은 그 여자를 다른 데로 시집보내 버렸다. (이상 희공 3년)

4년 봄, 제나라 환공은 도합 8개 제후국의 군사를 거느리고 채나라를 쳤다. 채나라가 무너지자 그길로 초나라를 정벌했다. 초나라 성왕(成王)은 제후의 진영에 사자를 보내 말하게 했다.

"당신은 북해(北海)에 살고 있고, 과인은 남해에 살고 있어서 바람난 말이나 소가 서로 유인해도 만날 수 없는데 당신이 내 땅을 밟다니 뜻밖의 일이오. 그 이유가 무엇이오?"

관중(管仲)이 대답했다.

"그 옛날 소(召)나라 강공(康公)[1]께서 우리 제나라 시조 태공(大公)[2]에게 말씀하시기를, <오후(五侯)[3]와 구백(九伯)[4]이 잘못이 있으면 그대가 직접 이를 정벌하여 주나라 왕실을 도우라>고 하셨소. 그리고 우리나라 시조에게 정벌의 범위를 정해 주

섰는데 동쪽은 바다에 닿았고, 서쪽은 황하에 닿았으며, 남쪽은 목릉(穆陵)에 닿았고, 북쪽은 무체(無棣)에 닿았던 것이오. 당신네 나라에서 공물로 바쳐야 할 포모(苞茅)[5]가 들어오지 않아 천자께서 올리는 제사에 차질을 빚고, 제사에 쓸 술을 거를 방법이 없어 과인은 이것을 문책하러 왔소. 그리고 또 소왕(昭王)[6]께서 남방으로 순수를 나가셨다가 돌아오시지 못했는데 과인은 거기에 대한 해명도 듣고 싶소."

초나라 사자는 대답했다.

"공물을 드리지 못한 것은 과인의 잘못이오. 꼭 보내 올리도록 하겠소. 그러나 소왕이 돌아가지 못한 일은 한수(漢水) 물가에 가서 물어보시오."

제후들의 군사는 전진하여 형(陘)에 진을 치고 머물렀다.

여름, 초나라 성왕이 굴완(屈完)을 시켜 군사를 거느리고 제후들의 진영에 보내니 제후들의 군사는 물러나 소릉(召陵)[7]에 진을 치고 머물렀다. 제나라 환공은 제후들의 군사를 도열하게 하고 굴완과 같은 차를 타고 사열했다. 환공이 말했다.

"이 출병이 어찌 나 개인을 위한 것이겠소? 선군들이 맺은 우호관계를 이어가기 위한 것이오. 어디, 나와 함께 잘 지내보는 게 어떻겠소?"

"임금님께서 저희 나라의 사직(社稷)에 복을 베푸시어 과군을 용납하신다면 그것은 바로 과군의 소원입니다."

"이 많은 군사로 싸운다면 누가 대적할 수 있으며, 이 군사로 성을 공격한다면 어느 성인들 함락시키지 못하겠소?"

"임금님이 만약 덕으로 제후를 다스리신다면 누가 감히 복종하지 않겠습니까? 만약에 힘으로 대하신다면 초나라는 방성(方

城)**8**을 성으로 삼고, 한수(漢水)를 못으로 삼아 대항하겠습니다. 아무리 군사가 많더라도 소용없을 것입니다."

굴완은 제후들과 맹세를 맺었다.

주 석

1. 소(김)나라 강공(康公) 주성왕 때의 태보(太保) 소공석(김公奭).
2. 태공(大公) 태공망, 제나라의 초대 임금 강상(姜尙). 주무왕을 도와 주(紂)를 토벌하는 데 공이 있었으므로 제(齊)에 봉읍을 받았다.
3. 오후(五侯) 공·후·백·자·남의 오등 제후를 가리킨다.
4. 구백(九伯) 구주의 방백, 즉 각 주의 제후의 우두머리.
5. 포모(苞茅) 포는 꾸러미 또는 묶음. 모는 정모(菁茅)라는 띠로 초나라에서 나는 특산식물인데 술을 거르는 데 쓴다. 정모 다발.
6. 소왕(昭王) 옛날 주소왕이 남방으로 순시 갔다가 한수를 건너는데, 아교로 붙인 배가 중류에서 아교가 풀어져 물에 빠져 죽었다는 고사.
7. 소릉(召陵) 지명, 지금의 하남 누하(漯河) 부근.
8. 방성(方城) 춘추시대에 초나라가 건설한 장성, 지금의 하남 방성현(方城縣) 북에서 시작하여 남으로는 지금의 필양현(沘陽縣) 동북에 이른다.

도움말

초나라가 중원으로 진출하는 데 가장 큰 걸림돌은 초나라와 북방 경계선을 맞대고 있는 정나라였다. 대군을 이끌고 누차에 걸쳐 정나라를 핍박한 초나라는, 자기의 패업을 공고히 하려는 제환공에게는 최대의 위협이자 심복지환(心腹之患)이었다. 그래서 일어난 것이 이 8국 연합에 의한 무력시위였다.

8국 연합군은 주력인 제나라를 제외하면 노·송·진(陳)·위·정·허·조의 7개국 군대이다. 명분은 채나라를 치는 것이었지만 사실은 초나라를 굴복시키는 것이 진정한 목적이었다.

이 대목은 춘추오패 중의 첫째 패주인 제환공이 8개국의 대군을 믿고 "포모 미납"과 "소왕 불복"이라는 두 가지 죄목을 꾸며 초나라를 압박한 사건을 적고 있다. 그러나 주로 다룬 내용은 제·초 양국의 사자가 벌이는 흥미 있는 설전과 지혜로운 외교사령이다. 초나라 대부 굴완의 거만하지도 않고 비굴하지도 않으면서 정기(正氣) 늠름한 태도가 돋보인다.

굴완이 말한 방성산(方城山) 성벽은 초나라가 외부 군대의 침입을 막기 위하여 건설한 장성(長城)이다. 초나라 장성은 중국 역사상 가장 이른 장성이다. 그것은 진시황(秦始皇)이 그 후에 건설한 장성에 비하여 몇백 년이 이르다. 제환공은 무력으로 초나라를 굴복시킬 수 없다는 것을 알고 단지 굴완과 소릉에서 맹약만 맺고 만다.

이 대목에서 나온 성어는 풍마우불상급(風馬牛不相及), 문제수빈(問諸水濱)이다.

19. 진나라 여희(晉驪姬)의 난

희공僖公 4년

처음에, 진(晉)나라 헌공(獻公)이 여희(驪姬)[1]를 부인으로 삼으려고 거북점을 쳤더니 불길하다고 나왔고, 시초점을 쳤더니 길하다는 점괘가 나왔다. 헌공이,

"시초점을 따르자."

라고 말하니 점친 사람이 말했다.

"시초점은 잘 안 맞고, 거북점은 영검하오니 잘 맞는 쪽을 따르심이 좋을 듯합니다. 게다가 거북점의 주사(繇辭)에 이르기를 <한 사람만 애오라지 사랑하면 나쁜 마음이 생겨 임금의 숫양을 훔치리라. 향기 나는 풀과 구린내 나는 풀을 한데 놓아두면 10년이 지나도 고약한 냄새만 남는다>고 했으니 절대로 안 됩니다."

그러나 듣지 않고 여희를 부인으로 삼았다. 이이가 해제(奚齊)를 낳았고 그 여동생이 탁자(卓子)를 낳았다. 여희가 해제를 태자로 세우려고 마음먹었을 때에는 이미 중대부(中大夫)[2]와 계획을 짜놓은 뒤였다.

하루는 여희가 태자(신생)에게 말했다.

"주상께서는 꿈에 그대의 생모이신 제강(齊姜)을 보셨다 하니

속히 제사를 지내도록 하세요."

태자 신생(申生)은 곡옥(曲沃)에서 제사지내고, 제사에 쓴 술과 고기를 헌공에게 갖다 바쳤다. 그때 마침 헌공은 사냥을 나가고 없었으므로 여희는 그 제육을 엿새 동안 궁 안에 두었다. 헌공이 돌아오자 독을 넣어 올렸다. 헌공이 먼저 땅에 뿌려 지신(地神)에게 제를 올리니 땅이 부풀어 올랐고, 개한테 주니 개가 죽었으며, 어린 내시에게 주니 내시도 죽었다.

여희가 울면서 말했다.

"음모는 태자에게서 나왔습니다."

태자는 신성(新城)³으로 도망갔고, 헌공은 태자의 스승인 두원관(杜原款)을 죽였다. 어떤 사람이 태자에게 말했다.

"변명을 하십시오. 주상께서는 반드시 진상을 가려내실 것입니다."

"주상께서는 지금 여희가 없으면 좌불안석(坐不安席)하시고, 식불감미(食不甘味)하신다. 내가 변명을 한다면 여희는 반드시 죄를 면할 수 없을 것이다. 주상께서는 나이도 많으시고, 나도 그러고 싶지 않다."

"그러면 외국으로 나가시렵니까?"

"주상께서 직접 나서서 누구의 죄인지를 가려내지 않으시는 마당에 이 누명을 쓰고 나라를 떠나간다면 그 누가 나를 받아주겠는가?"

12월 무신날, 태자는 신성에서 목을 매고 죽었다. 여희는 곧이어 두 공자를 헐뜯어 말했다.

"두 분도 다 미리 알고 있었습니다."

이에 중이(重耳)는 포(蒲)로 도망가고, 이오(夷吾)는 굴(屈)로 도망갔다.

주 석

1. 여희(驪姬) 진헌공이 여융(驪戎)을 쳤을 때 얻은 여자.
2. 중대부(中大夫) 진나라의 관직 등급명.
3. 신성(新城) 곡옥(曲沃).

도움말

진나라 헌공의 여희에 대한 마음이 굳어져 있는 가운데 여희는 자기 아들 해제를 태자로 세우려고, 다른 공자에 대한 모함이 착착 진척되고, 진나라는 서서히 내란으로 빠져든다.

이 대목에서 나온 성어는 서단귀장(筮短龜長), 일훈일유(一薰一蕕)이다.

20. 사위(士蔿)가 포(蒲)와 굴(屈)에 축성(築城)하다

희공僖公 5년

처음에 진(晉)나라 헌공은 사위(士蔿)를 시켜 두 공자를 위하여 포(蒲)와 굴(屈)에 성을 쌓게 했더니 일을 건성으로 처리하여 흙속에 땔나무가 섞여 들어갔다. 공자 이오(夷吾)가 이 사실을 헌공에게 호소하니 헌공은 사람을 시켜 꾸짖게 했다. 사위는 계수(稽首)[1]의 절을 하고 대답했다.

"제가 들은 바로는 <상을 당하지도 않았는데 슬퍼하면 반드시 근심이 생기고, 전쟁이 나지 않았는데도 성을 쌓으면 반드시 원수의 소굴이 된다>고 합니다. 적의 소굴이 될 바엔 무엇 때문에 정성을 들여야 합니까? 그렇지만 벼슬을 맡은 몸으로 명령을 어긴다는 것은 불경(不敬)이요, 적의 소굴을 단단히 한다는 것은 불충(不忠)이온데 충과 경을 잃어버린다면 무엇으로 주상을 섬길 수 있겠습니까? ≪시경≫에 이르기를,

　덕을 생각하면 나라가 편안하고
　종자(宗子)[2]는 나라 지키는 성이로다.[3]

라고 했습니다. 주상께서 덕을 닦으시고 종자의 지위를 단단히 하신다면 무슨 성이 이보다 낫겠습니까? 3년 안에 전쟁이 일어날 것인데 어째서 정성을 들인단 말입니까?"

그리고 물러나와 읊었다.

 "여우 갓옷[4]이

 갈기갈기 찢어졌구나.

 한 나라에 임금이 셋

 나는 누구를 따라야 하나?"

난리가 일어나자 헌공은 내시 피(披)에게 명하여 포를 치게 했다. 중이는 말했다.

"임금이신 아버지의 명령을 대항해서는 안 된다."

그리고는 바로 널리 선포했다.

"대항하는 자는 내 원수다."

그리고 담을 뛰어넘어 도망갔다. 내시 피가 그 소매를 잘랐으나 그대로 바로 적(翟)[5]나라로 도망갔다.

──── 주 석

1. 계수(稽首) 머리를 땅에 대고 절하다.
2. 종자(宗子) 뭇 동족 자제. 중이와 이오를 가리키며 태자 신생을 가리키는 것이 아니다.
3. 덕을……성이로다 ≪시경≫ 대아·판(板).
4. 여우 갓옷 옛날 대부 이상의 벼슬아치가 입던 겨울 옷. 일종의 두루마기.
5. 적(翟) 적(狄)과 통한다.

──── 도움말

진나라 사위는 축성을 대강대강 해넘기고 교묘한 논리로 책임을 벗어나려 하지만, 그 속에는 진헌공의 내정에 대한 불만이 담겨 있다.

이 대목에서 나온 성어는 일국삼공(一國三公), 무소적종(無所適從)이다.

문화 상식 이야기

주대의 모든 절[拜]은 번거로운 궤배례(跪拜禮) 즉 꿇어앉아서 하는 절이다. 궤배례란 다시 말하면 상체는 세우고 무릎만 꿇고 앉아 머리를 숙이는 절을 말한다. ≪주례(周禮)≫ 춘관(春官)・대축(大祝)에 따르면 절에는 절할 때의 머리와 손의 높낮이, 그리고 절하는 횟수에 따라 아홉 가지 종류가 있다. 즉 계수(稽首), 돈수(頓首), 공수(空首), 진동(振動), 길배(吉拜), 흉배(凶拜), 기배(奇拜), 포배(褒拜), 숙배(肅拜)이다. 그 중에서 공수, 계수, 돈수, 숙배의 네 가지에 대해서만 설명한다.

공수(空首)는 배수(拜手)라고도 하며, 간단히 절[拜]이라고도 부른다. 공수는 우선 꿇어앉아 공수(拱手)하고, 그 다음 머리를 수그려 손 위에 놓는데 가슴 높이와 같게 한다. 공수(空首)라고 부르는 이유는 머리가 땅에 닿지 않고 공중에 떠 있기 때문이다. 공수는 남자가 하는 보통 예절로서 존비(尊卑)에 두루 사용되었다. 옛날 사람은 계수(稽首)와 돈수(頓首)의 절을 할 때 일반적으로 배수의 절을 먼저 했다. 신하가 임금에게 행하는 절은 모두 "재배계수(再拜稽首)"다. 재배란 두 번 절한다는 말이다. 배수라고 쓰지 않아도 그것은 생략된 것이다.

계수(稽首)는 공수보다 무겁고, 두 단계로 이루어진다. 우선 꿇어앉아 머리를 손에 댄 다음, 공수(拱手)한 채 무릎 앞의 땅 위에 갖다 댄다. 이 절이 절 중 가장 공경을 표시하는 예절이다.

돈수(頓首)는 계상(稽顙), 고상(叩顙), 그냥 상(顙)이라고도 부른다. 상이란 이마란 뜻이다. 돈수도 먼저 절을 하고 그 다음 공수(拱手)해서 땅에 이르러 머리를 갑자기 내밀어 이마로 땅을 친다. 돈수는 아홉 가지 절 중 가장 무거운 예절로서 지극한 애통함과 특별히 숭배하는 뜻을 나타내며 흉사가 있을 때 사용한다. 돈수는 본시 제사 때 사용하는 절이지만 후에 사죄하는 절로 변했다.

≪순자(荀子)≫ 대략(大略)에는 이렇게 요약하고 있다. 즉 "머리를 가슴 높이로 숙이면 절, 가슴 아래로 숙이면 계수(稽首), 머리가 땅에 닿으면 계상(稽顙)이라고 한다."

아홉 가지 절은 모두 꿇어앉아 하는 절이고, 또 반드시 머리를 숙여야 하며, 서서 절하는 법은 없다. 다만 군대에서는 갑주를 입고 있어서 꿇어앉아 절하면 모양새가 망가지기 때문에 그냥 선 채로 고개만 숙여서 읍례(揖禮)만 하면 된다. 이것을 숙배(肅拜)라고 한다. 숙배는 본시 부인네가 하는 예절이다.

한 가지 잊어서는 안 될 것은 아홉 가지 절을 할 때에는 모두 반드시 공수(拱手)를 해야 된다는 것이다. 공수는 오른손을 안으로 하고, 왼손을 밖으로 하는 상좌법(尚左法)을 지켜야 한다.

_ 반리문감蟠螭文鑑 (반리는 몸을 휘감고 엎드린
형태의 용무늬)

21. 궁지기(宮之奇)가 가도(假道)를 말리다

희공僖公 5년

진(晋)나라 헌공(獻公)이 다시 우(虞)나라한테서 길을 빌려[1] 괵(虢)나라를 쳤다. 궁지기(宮之奇)가 간언했다.

"괵나라는 우리 우나라의 울타리입니다. 괵나라가 망하면 우나라는 반드시 그 뒤를 따라 망하게 될 것입니다. 진나라의 길잡이가 되어서는 안 되고, 외구를 만만하게 보아서도 안 됩니다. 한 번도 과분한데 다시 빌려 준단 말입니까? 속담에 이른바, <수레의 덧방나무와 찻간이 서로 의존하고, 입술이 없으면 이가 시리다>는 말은 우나라와 괵나라의 관계를 두고 한 말입니다."

우공(虞公)이 말했다.

"진나라와 우리나라는 동성동본[2]인데 어찌 나를 해치겠는가?"

"태백(大伯)과 (우리나라 선조이신) 우중(虞仲)은 태왕(大王)의 아드님[昭][3]이십니다. 태백께서 부왕(父王)의 명을 따르시지 않고[4] 오(吳)나라로 떠났으므로 우중도 천자 자리를 계승하시지 않았습니다. 괵중(虢仲)과 괵숙(虢叔)은 왕계(王季)[5]의 아드님[穆]으로, 문왕(文王)의 경사(卿士)가 되어서 주왕실에 공훈을 세운 바가 있어 그 기록이 맹부(盟府)[6]에 남아 있습니다. 진나라는 그 괵나라마저도 멸망시키려고 하는 터에 무엇 때문에 촌수가 더 먼 우나라를 아끼겠습니까?

게다가 설사 진나라가 우나라를 자애한다 하더라도 우나라가 환숙(桓叔)과 장백(莊伯)7의 자손보다 더 가까울 리가 있겠습니까? 환숙과 장백의 자손이 무슨 죄가 있다고 진헌공에게 몰살을 당해야8 했겠습니까? 단지 위협적인 존재가 되었다는 이유 뿐이지 않습니까? 친척이 총애를 믿고 유세를 부린다는 이유 하나만으로 그들을 죽여 없앴거늘 하물며 나라임에야 말할 것 있겠습니까?"

"나는 조상의 제사에 제수를 넉넉하고 정갈하게 바치고 있으니 귀신은 반드시 나를 도와주실 걸세."

"제가 들은 바로는 <귀신은 사람을 친하게 여기는 것이 아니라 오직 덕을 가까이한다>고 합니다. 그러므로 '주서(周書)'에 이르기를, <황천은9 사람의 친소가 따로 없고 다만 덕 있는 자를 보우한다>고 했고, 또 말하기를 <신에게 바치는10 메기장과 찰기장이 향기로운 것이 아니라 사람의 밝은 덕이 바로 그윽한 향기이다>라고 했으며, 또 <사람들은11 이러한 방물(方物)을 가볍게 보지 않았고 오직 그것을 미덕의 소치로 여겼다>고 했습니다.

이와 같이 덕이 없으면 백성은 화합하지 못하고, 귀신도 제사를 받지 않습니다. 신이 기대는 곳은 덕입니다. 만약 진나라가 우나라를 차지했더라도 덕을 닦아 향기로운 제수를 바친다면 신이 그것을 토해 내겠습니까?"

그러나 우공은 듣지 않고 진나라 사자에게 허락했다. 궁지기는 자기 일족을 거느리고 타국으로 떠나면서 말했다.

"우나라는 섣달의 납제(臘祭)**12**를 지내지 못할 것이다. 진나라
는 이번 출동으로 다시 군사를 일으키지 않아도 될 것이다."

겨울 12월 병자날 초하루, 진나라는 괵나라를 멸망시키고, 괵
공(虢公) 추(醜)는 경사(京師)로 도망갔다. 진나라 군사는 돌아
가는 길에 우나라에서 머물렀다가, 이내 우나라를 습격하여 멸
망시키고, 우공과 그 대부 정백(井伯)**13**을 잡아, 두 사람을 진
(秦)나라로 시집가는 목희(穆姬)**14**의 몸종으로 삼았다.

주 석

1. 다시 우(虞)나라한테서 길을 빌려 첫 번째 길을 빌린 것은 노희공 2
년이다.
2. 동성동본 진, 우, 괵나라는 모두 희성국으로 조상이 같다.
3. 소(昭)와 목(穆) 태왕의 아드님[소昭]과 왕계의 아드님[목穆]이란
말은 모두 "아들"이라는 뜻이나 위계가 다르다. 도움말 참고.
4. 따르시지 않고 태백과 우중은 태왕이 그들의 어린 아우 계력(즉 왕
계王季)에게 양위할 뜻이 있음을 알고 이에 함께 도망을 감으로써
왕계에게 왕위를 양보했다. 그래서 태왕을 곁에서 모시지 못했다는
뜻이다. 태왕은 고공단보(古公亶父)로 주문왕의 조부이다.
5. 왕계(王季) 태왕의 아들이자 주문왕의 아버지. 태왕은 고공단보(古
公亶父).
6. 맹부(盟府) 맹서를 관장하고 보관하는 관청.
7. 환숙(桓叔)과 장백(莊伯) 환숙은 진문후(晉文侯)의 아들로서 처음 곡
옥(曲沃)에 봉읍을 받아 호를 곡옥환숙(曲沃桓叔)이라 했다. 환숙이
장백을 낳고, 장백이 진무공을 낳고, 진무공이 진헌공을 낳았으니
장백은 진헌공의 조부가 되고, 환숙은 증조부가 된다.
8. 몰살을 당해야 진헌공이 사위(士蔿)의 계략을 써서 뭇 공자를 모두
죽였다. 이 사건에 대해서는 노장공 23년부터 25년조까지 참고.
9. 황천은 '주서'는 《상서》 중의 주대 문서. 이 글은 《상서》 채중

지명(蔡仲之命)에 보이고, 위고문에 속한다.
10. 신에게 바치는 이 글은 위고문 ≪상서≫ 군진(君陳)에 보인다.
11. 사람들은 이 글은 위고문 ≪상서≫ 여오(旅獒)에 보인다.
12. 납제(臘祭) 납평제(臘平祭). 옛날 연말에 농사를 위해 백신에게 지내던 제사.
13. 정백(井伯) 우나라의 대부, 즉 백리해(百里奚).
14. 목희(穆姬) 진목공의 부인, 진헌공의 딸. 희는 친정의 성.

도움말

이 편은 진나라가 괵나라를 치기 위하여 희공 2년에 이어 두 번째로 우나라에 길을 빌리고자 했을 때, 현신 궁지기가 반대하면서 펼친 의론을 적고 있다.

우나라와 괵나라는 서로 인접한, 둘 다 희성(姬姓)인 나라이다. 괵나라의 수도는 지금의 하남 섬현(陝縣)이고, 우나라의 수도는 산서의 평륙(平陸)이다. 진나라가 괵나라를 치기 위해서는 우나라를 경유하지 않으면 안 된다. 우회하는 방법도 있지만 공이 많이 들고 위험도도 높다. 그래서 처음 길을 빌릴 때 북굴(北屈) 소산의 명마 네 필과 수극(垂棘)산 벽옥(璧玉)을 우나라에 "통과세"조로 바쳤다. 이번에 다시 길을 빌리자 궁지기는 또 간언을 하지만 우공은 여전히 듣지 않는다.

궁지기는 세 각도에서 의론을 전개한다. 유명한 속담 "순망치한(脣亡齒寒)"의 이치로써 괵나라가 망하면 다음 차례는 필연적으로 우나라라는 것을 따끔하게 지적한다.

둘째는 우공이 동성동본을 들먹일 때 사실(史實)을 들어 반박한다. 진헌공이 사위(士蔿)의 계략을 받아들여, 공실을 압박한다는 이유로 동족인 뭇 공자를 몰살한 사건을 상기시킨다. 이것은 사실 진헌공이 자기 아버지 곡옥의 진무공이 대종인 익성(翼城, 즉 강절)을 꺾은 전철을 밟지 않기 위하여 취한 조치였다.

94

셋째는 신의 가호를 신봉하는 우공의 사상을 고서를 인용하여 논박한다. "메기장과 찰기장이 향기로운 것이 아니라 사람의 덕이 바로 그윽한 향기이다"라든가 "신이 기대는 곳은 덕이다"고 강조한다.

일본이 16세기 말에 명(明)나라를 친다는 명목 아래 조선을 침략한 임진왜란(壬辰倭亂)은 가도멸괵(假道滅虢)의 전형적인 예다.

"소목(昭穆)"이란 말은 옛날 종묘 혹은 묘지의 배열 순서를 말한다. 그 배열 방법은 시조를 가운데에 모시고, 그 뒷분은 임금의 즉위 순서에 따라 좌소우목(左昭右穆)의 원칙에 따라 모신다. 즉 1,3,5,7 등 기수대의 임금은 시조의 왼쪽에 모시고 소(昭)라 하고, 2,4,6,8 등 우수대의 임금은 시조의 오른쪽에 모시고 목(穆)이라고 한다.

주대는 후직(后稷)을 시조로 삼기 때문에 태왕은 후직의 12대손으로 우수대에 속하므로 목이 된다. 태백과 우중은 모두 태왕의 아들이며, 후직의 13대손에 해당하므로 기수에 속하고 소가 된다. 이 구분으로써 종족 내부의 장유(長幼)와 친소(親疎)를 구분했다.

이 대목에서 나온 성어는 가도멸괵(假道滅虢), 일지위심(一之謂甚) 기가재호(豈可再乎), 보거상의(輔車相依), 순망치한(脣亡齒寒), 소목윤서(昭穆倫序), 모괵조우(暮虢朝虞)이다.

22. 규구(葵丘)의 회맹

희공僖公 9년

여름, 제후들이 규구(葵丘)[1]에 모여 옛 맹약을 다시 다지고, 또 우호관계를 돈독히 한 것은 예(禮)에 맞았다. 주나라 양왕(襄王)은 재공(宰孔)[2]으로 하여금 제나라 환공(桓公)에게 제사에 썼던 고기를 하사하게 했다. 재공은 말했다.

"천자는 문(文)·무(武) 두 왕께 제사를 지냈기에 재공을 시켜 경(卿)[3]에게 제사상에 올렸던 고기를 하사한다."

환공이 뜰로 내려가 절[4]을 하려 하자 재공이 말했다.

"천자께서는 그 뒤에 더 하신 말씀이 있습니다. '경은 이미 나이가 많으니 공로를 치하하는 동시에 한 급을 하사[5]하노니 뜰로 내려가 절할 필요가 없다'고 하셨습니다."

환공은 말했다.

"하늘의 위엄이 제 얼굴에서 지척지간에 있거늘 저 소백(小白)이 어찌 감히 버릇없이 천자의 명을 그대로 좇아 아래로 내려가 절을 하지 않았다가는, 뜰 아래로 굴러 떨어져 천자께 치욕이나 끼쳐 드리지나 않을까 두렵습니다. 꼭 내려가 절을 올리겠습니다."

그리고는 내려가 절을 하고, 당으로 올라와서 하사품을 받았다.

가을, 제환공은 규구에서 제후들과 맹세를 하고 말했다.

"무릇 우리와 함께 동맹을 맺은 제후들은 이왕에 동맹을 맺은 이상 전과 같이 사이좋게 지냅시다."

재공은 한발 먼저 돌아가다가 길에서 진나라 헌공(獻公)을 만났다. 재공이 말했다.

"회합에 가지 마십시오. 제나라 환공은 덕을 닦을 생각은 않고 멀리 남의 나라 치는 일에만 열을 올리고 있습니다. 그래서 북으로는 산융(山戎)을 쳤고, 남으로는 초나라를 쳤으며, 서로는 이번 회합을 가진 것입니다. 동으로는 어느 나라를 칠지 알 수 없지만 서방의 공략은 지금으로서는 어려울 것입니다. (진나라에 만약 문제가 생긴다면) 그것은 아마 내란일 것입니다. 임금님은 부디 내란을 막는 데 힘쓰시고, 애써 멀리 회합에 가실 필요는 없습니다."

이에 진헌공은 되돌아갔다.

주 석

1. 규구(葵丘) 지명, 지금의 하남 난고(蘭考).
2. 재공(宰孔) 즉 재주공(宰周公). 재(宰)는 태재, 벼슬 이름, 천관의 장을 태재라고 한다. 주(周)는 채읍. 천자에게는 삼공이 있으므로 공(公)이라 한다. 공(孔)은 그 이름.
3. 경(卿) 천자가 이성(異姓)의 제후를 부를 때의 존칭. 동성의 제후는 백부 혹은 숙부라 부른다.
4. 절 모든 절[拜]은 상체를 세우고 무릎만 꿇고 앉아 머리를 숙이는 궤배례(跪拜禮)가 원칙이다.
5. 한 급을 하사 급(級)이란 섬돌을 가리킨다. 한 급을 하사한다는 말은 섬돌을 내려가지 않아도 된다는 말이다.

이 대목은 제환공이 규구의 회맹에서 제육을 받는 예절과, 왕사(王
使) 재공이 진헌공을 노상에서 만나 이야기한 내용을 적고 있다.

천자가 제사지낸 고기를 이성 제후에게 하사하는 것은 파격적이요,
또 뜰로 내려가 절하지 않아도 된다는 것도 이례적인 대우이다. 그
러나 여기에는 그만한 이유가 있다. 주양왕이 등극하는데는 제환공
이 힘쓴 바가 컸다.

희공 5년의 "수지지회(首止之會)"에서는 폐출 위기에 놓였던 왕태자
의 지위를 확고히 굳혔고, 3년 후의 "도지회(洮之會)"에서는 왕실
대표와 제후의 협조로 주양왕의 등위를 확정했던 것이다. 흔히 제환
공의 공적을 "구합제후, 일광천하(九合諸侯, 一匡天下)"라고 부른다.
즉 제후를 아홉 번 규합하였고, 천하를 한 번 바로잡았다는 뜻이다.
그러나 물은 차면 넘치고, 달은 차면 이지러진다고, 이 규구의 회합
은 제환공의 패업의 정점이자 내리막길의 시작이었다.

규구의 맹약 내용은 《맹자(孟子)》 고자장구하(告子章句下)에 실려
있다. 내용은 주양왕의 다섯 가지 금지사항이다. 아무데나 방죽을
만들지 말고, 양곡의 수출을 막지 말며, 태자를 폐하고 서자를 세우
지 말고, 첩을 부인으로 삼아서는 안 되며, 부인을 국사에 참여시키
지 말아야 한다는 것들이다. 그리고 마지막에 나오는 구절이 "무릇
우리와 함께 동맹을 맺은 제후들은 이왕에 동맹을 맺은 이상 전과
같이 사이좋게 지냅시다"라는 것이다.

춘추시대의 첫째 패자인 제환공의 패업은 한마디로 "존왕양이(尊王
攘夷)"의 네 글자로 요약할 수 있다. '존왕'은 자기가 칭패하는 깃발
이요 명분이었고, '양이'는 오히려 역사에 실제로 일정한 공헌을 남
긴 업적이 되었다.

이 대목에서 나온 성어는 언귀우호(言歸于好)이다.

23. 순식(荀息)이 충성을 다하다

희공僖公 9년

9월, 진(晉)나라 헌공이 세상을 떠났다. 이극(里克)과 비정(丕鄭)은 외국에 나가 있는 문공(文公, 즉 중이重耳)을 임금으로 맞아들이려고 세 공자(태자·중이·이오)를 따르는 무리를 거느리고 난동을 꾸몄다.

처음에, 헌공은 순식(荀息)을 해제(奚齊)의 스승으로 삼았다. 헌공은 병이 나자 순식을 불러 말했다.

"그 어리고 외로운 자식을 대부에게 맡겼는데 장차 어떻게 할 참이오?"

순식은 계수(稽首)의 절을 하고 대답했다.

"저는 팔다리의 힘을 다하고 거기에다 충(忠)과 정(貞)을 더하여 섬기겠습니다. 일이 성사되면 주상의 은혜 덕분이고, 실패하는 날에는 죽음으로써 뜻을 잇겠습니다."

"무엇을 충과 정이라 하는가?"

"왕실에 이익이 된다는 것을 알면 무엇이든 못할 짓이 없는 것을 충이라 하고, 돌아가신 분을 잘 보내 드리고 새로운 임금님을 잘 섬겨, 두 분이 다 같이 의혹을 품지 않도록 하는 것을 정이라고 합니다."

이극이 해제를 죽이려고 했을 때 먼저 순식을 찾아와 알렸다.

"세 공자 편의 원망을 품은 사람들이 난동을 일으키려 하고 있고, 진(秦)·진(晉) 두 나라가 모두 그들 편에 섰소. 당신은 장차 어떻게 할 작정이오?"

"죽을 생각이오."

"부질없는 짓이오."

"나는 돌아가신 임금님과 언약을 했으니 바꿀 수가 없소. 무슨 재주로 약속도 지키고, 또 동시에 목숨도 아낄 수가 있겠소? 소용없는 줄은 알지만 어찌 죽음을 피할 수가 있겠소? 게다가 사람이 좋은 일을 하고 싶은 마음은 누구나 나와 같을 것이오. 자기는 약속을 지키고 싶으면서 어떻게 남더러 그만두라고 말할 수가 있겠소?"

겨울 10월, 이극은 해제를 거상중인 초가에서 죽였다.

≪춘추≫에 <임금의 아들을 죽였다>고 쓴 것은 아직 헌공의 장사를 지내지 않았기 때문이다.

순식이 죽으려 하자 어떤 사람이 말했다.

"탁자(卓子)를 임금으로 세워서 보필하는 편이 낫습니다."

순식은 공자 탁을 임금으로 세우고, 헌공의 장사를 치렀다.

11월, 이극이 공자 탁을 조정에서 죽였고, 순식도 순절했다. 군자는 말했다.

"≪시경≫에 이르기를,

  흰 옥의 티는 그래도 갈면 없어지지만

  한번 뱉은 말의 흠은 어찌할 수 없네.[1]

라고 한 것은 순식의 경우를 말한 것이다."

1. 흰 옥의 티는……없네 ≪시경≫ 대아 · 억(抑).

진나라에 내란이 나자 순식은 약속을 지키고, 충성을 다하고 죽는다.

이 대목에서 나온 성어는 송왕사거(送往事居)이다.

24. 범주(汎舟)의 역(役)

희공僖公 13, 14년

겨울, 진(晉)나라는 전해에 이어 계속 기근이 들어 진(秦)나라에 양곡의 수출을 요청했다. 진나라 목공(秦穆公)이 자상(子桑, 즉 공손지)에게 물었다.

"허락할까?"

자상이 대답했다.

"여러 번 베풀어 주고 보답을 한다면 주상께서는 그 이상 무엇을 바라겠습니까? 여러 번 베풀어 주어도 보답이 없으면 그 나라(진나라) 백성은 반드시 자기 임금에게 정떨어질 것입니다. 백성이 떨어져 나간 뒤에 그 나라를 친다면 싸울 대중이 없어 반드시 패할 것입니다. (양곡을 보내줍시다)"

이번에는 백리(百里, 즉 백리해)에게 물었다.

"진나라에 양곡을 팔아줄까?"

"천재(天災)라는 것은 돌고 도는 것이어서 나라가 번갈아가며 당하는 것입니다. 재앙을 구하고 이웃 나라를 돕는 일은 도에 맞는 일이고, 도를 행하면 나라에 복이 옵니다."

그때 진(晉)나라 비정(丕鄭)의 아들 표(豹)가 진(秦)나라에 머물고 있었는데 진나라를 치자고 진언했으나 목공은 말했다.

"임금이야 나쁘다 치더라도 백성에게 무슨 죄가 있느냐?"

그래서 진(秦)나라는 식량을 진나라로 수출했다. 곡식을 실은 배가 진(秦)나라의 서울인 옹(雍)에서 진(晉)나라의 서울인 강(絳)까지 잇닿았다. 사람들은 이것을 "범주(汎舟)의 역사(役事)"라고 불렀다. (이상 희공 13년)

14년 겨울, 진(秦)나라에 기근이 들어 진(晉)나라에 곡식의 수출을 요청했으나 진나라는 허락하지 않았다. 경정(慶鄭)이 말했다.

"은혜를 배반한다는 것은 친분을 없애는 것이고, 남의 재앙을 기뻐하는 것은 어질지 못한 일이며, 자기 재물에 연연하는 것은 상서롭지 못한 일이고, 이웃 나라를 화나게 하는 것은 옳은 일이 아닙니다. 이 네 가지 덕을 모두 잃어버린다면 어떻게 나라를 지키겠습니까?" (찬성쪽)

그러나 괵석(虢射)은 말했다.

"가죽이 없는데 털이 어디에 붙는단 말인가?"[1] (반대쪽)

경정은 계속했다.

"믿음을 저버리고 이웃을 배반하면 우환이 생겼을 때 누가 우리를 동정하겠소? 신의가 없으면 우환이 생기고, 도움을 잃으면 반드시 망하는 법인데 이번 일이 꼭 그런 꼴이오."

괵석은 말했다.

"진나라의 원망을 덜 수 있는 것도 아니고, 오히려 적의 힘만 키워줄 뿐이니 안 주는 게 좋소."

"은혜를 저버리고 남의 재앙을 기뻐하는 것은 백성들도 싫어하는 바요. 가까운 사람마저 원수로 여길 것인데 하물며 원망을 품은 적이야 말할 것 있겠소?"

그러나 혜공(惠公)은 경정의 말을 듣지 않았다. 그이는 임금 앞에서 물러나와 말했다.

"주상께서는 언젠가는 이 일을 후회하실 거요."

주 석

1. 가죽이 없는데……말인가? 여기에서 가죽은 진(秦)나라에 주기로 약속한 다섯 개의 성읍, 털은 곡식에 비유한 말. 이미 진나라의 은혜를 저버려서 원한이 깊은 터에 비록 곡식을 준다 하더라도 아무 도움이 안 된다는 뜻이다. 사물이 의존하는 존재의 기초를 잃어버렸다는 뜻으로, 소도 언덕이 있어야 비빈다는 우리나라 속담과 비슷하다.

도움말

진(秦)나라는 서주 초에 주나라의 속국으로 있다가 서주 말년 평왕이 동천할 때 진양공(秦襄公)이 호송한 공로로 제후로 분봉 받은 영성(嬴姓)의 나라이다. 주평왕 동천 후 서주 왕기(王畿) 내의, "팔백리진천(八百里秦川)"으로 이름난 관중 평원을 고스란히 물려받았다. 덕공 때 수도를 옹(雍, 지금의 섬서 봉상鳳翔)으로 천도했다.

두 단의 문단은 각각 희공 13년과 14년의 기사이다. 이웃 나라가 미곡을 수입해야 할 사정이 생겼을 때 진(秦)·진(晉) 양국의 임금이 제각기 대부들과 의논한 끝에 진목공(秦穆公)은 정확한 의견을 청취하지만, 진혜공(晉惠公)은 잘못된 주장을 받아들인다. 진목공은 마음이 솔직하고 안목이 원대하나, 진혜공은 이기적이고 분명하지 못하며 베풂이 적고 무능함이 쉽사리 드러난다.

이 대목에서 나온 성어는 구재휼린(救災恤隣), 피지부존(皮之不存) 모장언부(毛將焉附), 행재낙화(幸災樂禍)이다.

백리해(百里奚)는 역사상 유명한 현상(賢相)이다. ≪사기≫ 진본기(秦本紀)의 기재에 따르면 그는 본시 우(虞)나라 대부로 있었는데 진헌공(晉獻公)이 우나라와 괵(虢)나라를 멸망시켰을 때 우나라 임금과 함께 포로가 되었다. 진헌공이 딸을 진목공(秦穆公)에게 시집보낼 때 백리해를 몸종으로 딸려 보냈는데 백리해는 그것을 수치로 여겨 도중에 초나라로 도망갔다. 진목공은 그이가 어진 사람이라는 것을 알고 많은 예물을 주고 데려오고 싶었으나 초나라 사람이 눈치를 챌까봐 걱정하여 거짓으로 탐탁하지 않은 체 하면서 "우리나라 노비 하나가 너희 나라로 도망가 있으니 검정 숫양의 가죽 다섯 장과 바꾸자."고 해 백리해를 진나라로 데려왔다. 이때 백리해의 나이는 이미 70을 넘겼다.

진목공이 그이와 사흘 동안 국사를 논의한 끝에 그이를 지극히 신임하여 집정 대권을 넘겨주고 이름을 오고대부(五羖大夫)라 불렀다. 백리해는 그때 진목공에게 친구인 건숙(蹇叔)을 추천했고, 진목공은 그이를 맞아들여 상대부(上大夫)로 삼았다. 백리맹명시(百里孟明視)는 그 아들이다.

_ 백리해百里奚

25. 진진(秦晋) 한(韓)의 전쟁

희공僖公 15년

진나라 혜공(晋惠公)이 자기 나라로 환국할 때 진나라 목공(秦穆公)의 부인 목희(穆姬)가 (죽은 동생 신생의 태자비였던) 가군(賈君)을 잘 봐주라고 부탁하고, 덧붙여 말했다.

"외국에 나가 있는 뭇 공자를 국내로 불러들이세요."

그랬는데도 혜공은 가군과 간통했을 뿐만 아니라 뭇 공자를 불러들이지도 않았다. 그 때문에 목희는 혜공을 원망했다. 또 혜공은 본국에 남아 있는 중대부(中大夫)들에게 자기가 귀국하여 임금이 되면 뇌물을 주겠다고 약속을 해놓고, 막상 되고 나서는 흐지부지하고 말았다.

또 진나라 목공에게는 황하 이남과 이서의 다섯 개나 되는 많은 성읍과, 동쪽은 괵략(虢略)까지, 남쪽은 화산(華山)까지, 하북으로는 해량성(海梁城)까지의 땅을 주기로 약속을 해놓고 이것도 유야무야로 끝냈다. 그리고 또 진(晋)나라에 기근이 들었을 때 진(秦)나라가 곡식을 수출해 주었는데, 진(秦)나라에 기황이 들었을 때에는 진(晋)나라는 양곡의 수출을 막았다. 그러므로 진목공은 진(晋)나라를 치게 된 것이다.

우선 복도보(卜徒父)가 시초점을 쳐 보고 말했다.

"길합니다. <황하를 건너서 임금의 전차가 부서진다>고 나왔습니다."

목공이 따져 물었더니 대답했다.

"반드시 대길합니다. 세 번 격파하고 나서 반드시 진나라 임금을 사로잡을 것입니다. 나온 괘는 '고괘(蠱卦)'☶☴이옵고, 그 괘사에 이르기를 <천승(千乘)의 나라를 세 차례 격퇴한 연후에야 그 숫여우를 잡으리라>[1]고 했습니다. 여우는 사람을 매혹하는 동물이니 반드시 진나라 임금을 가리키는 것입니다. 고괘의 아랫부분은 바람, 윗부분은 산입니다. 철은 바야흐로 가을이라 아군이 산의 열매를 불어서 흩뜨리고 산의 재목을 베는 격이니 우리가 싸워 이길 이유입니다. 열매는 떨어지고 재목은 베어 없어지니 진나라는 망하는 길밖에 다른 방도가 어디 있겠습니까?"

진(晉)나라는 세 차례의 싸움에 진 후 한(韓)[2]까지 물러났다. 진 혜공이 경정에게 일렀다.

"적이 너무 깊이 들어왔다. 이걸 어찌하면 좋을꼬?"

경정이 대답했다.

"주상께서 몸소 깊이 끌어들이신 건데 무얼 어떻게 한단 말입니까?"

"불손하다!"

그리고 혜공이 자기가 탈 전차의 거우(車右)를 점쳐 보니 경정이 좋다고 나왔지만 그를 쓰지 않고, 보양(步揚)이 임금의 전차를 몰고 가복도(家僕徒)가 거우가 되었다. 소사(小駟)라는 말이 전차를 끌었는데 이것은 정나라가 갖다 바친 선물이었다.

경정이 말했다.

"옛날에는 전쟁이 나면 반드시 국산 말을 탔습니다. 자기 땅에서 태어나고 자라서 주인의 마음을 잘 알고, 그 가르침에 익숙하며, 나라 안의 도로를 잘 알아서 어디로 부리든 뜻대로 안 되는 일이 없습니다. 지금 외국산을 타고 싸움에 임하시면 말이 낯선 것을 보고 놀라는 순간, 성질이 변하여 부리는 사람의 말을 듣지 않게 됩니다. 숨이 가빠지고 성미가 거칠어지며, 혈액순환이 빨라져서 혈관이 부풀어 오르게 됩니다. 겉으로 보기에는 강해 보이지만 속은 물러 진퇴하려 해도 말을 안 듣고, 회전 동작을 할 수 없으니 반드시 후회하시게 될 것입니다."

그러나 혜공은 말을 듣지 않았다.

9월, 진나라 혜공은 진(秦)나라 군사를 맞아 싸웠다. 우선 한간(韓簡)으로 하여금 적정을 탐지하러 내보냈더니 돌아와서 복명했다.

"군사 수는 우리보다 적으나 싸우겠다는 용사는 우리의 배가 넘습니다."

"그건 왜 그런가?"

"(임금님이) 나라 밖에 있을 때에는 그분의 신세를 졌고, 환국할 때에는 총애의 덕을 보았으며, 기근이 들었을 때에는 쌀을 수출 받았고 세 번이나 은혜를 입고도 아무런 보답을 하지 않았습니다. 그래서 그들이 쳐들어온 것입니다. 지금 또 그들을 치려 하는데 우리는 내키지 않고, 진나라 군사는 분발하고 있으니 싸우는 실력을 따진다면 우리의 배도 더 될 것입니다."

"보통사람이라도 깔보아서는 안 되거늘 하물며 상대는 나라가 아닌가?"

그리고 바로 개전을 청하면서 말하게 했다.

"과인은 못난 사람이지만 대중을 결집시킬 수는 있어도 해산시킬 줄은 모르는 사람이오. 당신이 만약 돌아가지 않는다면 싸우자는 당신의 분부를 피할 길이 없습니다."

진나라 목공은 공손지(公孫枝)를 시켜 대답하게 했다.

"당신이 본국으로 들어가지 못하고 있을 때에는 당신을 걱정했고, 들어갔어도 제대로 자리를 잡지 못한 동안에는 여전히 근심했소. 이제 만일 자리가 완전히 잡혔다면 어찌 감히 분부를 받들지 않겠습니까?"

한간은 임금님 앞에서 물러나와 말했다.

"나는 운이 좋아야 포로감이다!"

임술날, 두 나라가 한원(韓原)에서 싸웠다. 진나라 혜공의 전차를 끄는 말이 수렁에 빠져 빙빙 돌기만 하고 빠져나오지를 못하자 혜공은 큰 소리로 경정을 불렀다. 경정은,

"간언은 듣지 않고, 점괘도 무시한 채 처음부터 질 작정을 해놓고, 이제 와서 어디로 도망을 간단 말인가?"

하고는 그냥 떠나가 버렸다. 그때 한간이 탄 전차는 양유미(梁由靡)가 몰고, 괵석(虢射)이 거우가 되어, 진나라 목공을 맞아 싸워서 막 사로잡을 참이었는데 경정이 임금을 살리라고 소리지르는 바람에 갈팡질팡하다가 그만 목공을 놓치고, 도리어 진(秦)군이 혜공을 사로잡아 데리고 갔다. 진(晉)나라 대부들은 방향을 바꾸어 산 넘고 물 건너 진나라 군사를 따라 서쪽으로 갔다. 목공은 사람을 시켜 그러지 못하게 하고 타일렀다.

"여러분은 어찌 그리 슬퍼하고 있는 게요? 과인이 그대들의 임금을 따라 서쪽으로 가는 것은 단지 진나라의 요망한 꿈[3]이 영검한지를 시험해 보려는 것뿐이오. 어찌 감히 심한 일이야 하

겠소?"

진나라 대부들은 삼배(三拜)하고, 계수(稽首)한 다음 말했다.

"임금님은 대지를 밟고 하늘을 이고 계십니다. 하늘과 땅의 신도 지금 하신 말씀을 분명히 들으셨고, 저희들 군신도 바람 부는 아랫녘에서 똑똑히 들었습니다."

목희는 혜공이 잡혀서 온다는 소식을 듣고 태자 앵(罃)과 아우 홍(弘)과 딸 간벽(簡璧)을 데리고 누대에 올라, 땔나무를 쌓고 그것을 딛고 섰다. 그리고 사람을 시켜 관을 벗고 머리를 삼끈으로 묶은 후 상복을 입고 목공을 맞이하게 하고, 또 말하게 했다.

"하늘이 재앙을 내려 두 나라 임금이 서로 옥백을 가지고 만나 보지 못하고, 오히려 전쟁으로 응대했습니다. 만약 진나라 임금이 아침에 들어오신다면 저는 저녁에 죽을 것이고, 저녁에 들어오신다면 다음날 아침에 죽을 것입니다. 주상의 재량에 맡기겠습니다."

그래서 혜공을 도성 밖에 있는 영대(靈臺)에 두기로 했다. 대부들은 혜공을 데리고 도성으로 들어가도록 진언했으나 목공은 말했다.

"혜공을 사로잡은 것은 전과를 올리고 개선할 생각이었는데 결과적으로 장사를 치르기 위해 돌아온 꼴이 되고 말았다. 그렇게는 할 수 없다. 대부 여러분도 무슨 보람이 있단 말인가? 게다가 진나라 사람들은 근심과 슬픔으로 나를 짓누르고 있고, 천지신명도 나를 얽어매고 있다. 진나라 사람들의 근심을 헤아려 주지 않는다면 그들의 분노만 키울 뿐이고, 내가 약속을 저버린다면 천지를 배신하는 것이 된다. 가중된 분노는 감당하기

▓ 춘추 열국 및 주요 전쟁터 ▓

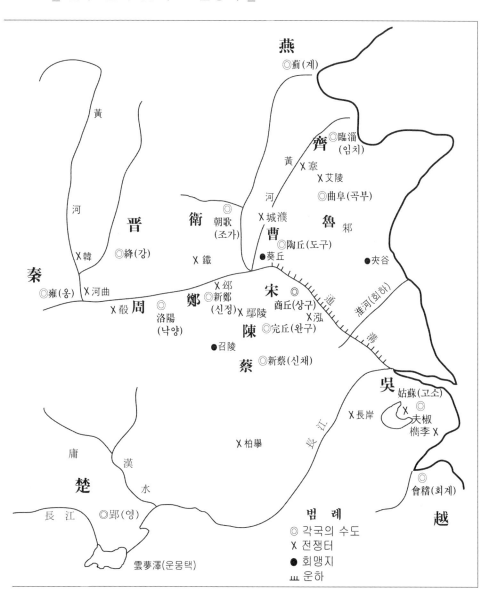

燕
薊(계)

齊
◎臨淄(임치)
黃 X 鞌
X 艾陵
◎曲阜(곡부)

黃
河

晉
衛 朝歌
X 韓 ◎絳(강) (조가)
X 鐵

秦
◎雍(옹) X 河曲
X 殽 周
洛陽
(낙양)

鄭
X 邲
◎新鄭
(신정)

城濮

曹
◎陶丘(도구)
●葵丘

魯
邾

夾谷

宋
X 鄢陵 商丘(상구)
X 泓
陳
X 完丘(완구)
●召陵

蔡
◎新蔡(신채)

淮河(회하)

吳
姑蘇(고소)
X
X 長岸 夫椒
檇李 X

X 柏擧

長
江

庸
漢
水

楚

長 江
◎郢(영)

雲夢澤(운몽택)

◎ 會稽(회계)

越

범 례
◎ 각국의 수도
X 전쟁터
● 회맹지
ㅛ 운하

어렵고, 천지를 배반한다는 것은 상서롭지 못한 일이니 아무래도 혜공을 돌려보내야 되겠소."

그러자 공자 칩(縶)이 말했다.

"죽여 버리는 게 상책입니다. 응어리가 쌓이게 해서는 안 됩니다."

자상(子桑)은 말했다.

"혜공을 돌려보내고 그 태자를 인질로 삼으면 반드시 매우 유리한 조건으로 강화를 얻을 수 있을 것입니다. 진나라는 아직 멸망시킬 수는 없습니다. 그런데 그 임금을 죽인다면 단지 미움만 살 뿐입니다. 더구나 사일(史佚)이 한 말에도 <화를 먼저 일으키지 말고, 남의 혼란한 틈을 이용하지 말며, 남의 노여움을 가중시키지 말라. 가중된 분노는 감당하기 어렵고, 남을 업신여김은 불길한 것이다>고 했습니다."

이에 진나라에 강화를 허락하기로 했다.

주 석

1. 천승(千乘)의 나라를……잡으리라 이 구절은 지금의 ≪주역≫에는 없다.
2. 한(韓) 지명, 즉 한원(韓原), 지금의 산서 하진(河津)과 만영(萬榮) 사이.
3. 요망한 꿈 노희공 10년 호돌(狐突)이 신생의 망령을 본 일.

도움말

이 전쟁은 진(秦)·진(晋)간에 폭발한 한판 대규모 전쟁이다. 전쟁의 원인에서부터 진군(秦軍)이 진혜공(晋惠公)을 사로잡아 귀국하고, 진목공은 내외의 압력을 받아 그분을 돌려보낼 생각을 한다. 특히 진

(晋)나라의 두 대부 경정과 한간이 진혜공에 대하여 취한 대응은 흥미진진하다. 교전 상황도 생동감 있게 묘사되어 있다.

이 대목에서 나온 성어는 외강중건(外强中乾), 대천이지(戴天履地), 황천후토(皇天后土), 감배하풍(甘拜下風)이다.

문화 상식 이야기

춘추시대는 말 네 필이 끄는 전차(戰車)를 주역으로 하는 전쟁 시대에 속한다. 이 전쟁보다 2백여 년 뒤인 기원전 431년에 지구 반대쪽 고대 그리스에서 일어났던 펠로폰네소스 전쟁의 주역이 중장보병(重裝步兵)과 삼단도선(三段櫂船)이었던 것처럼. 이 시대의 전차 또는 병거(兵車) 한 대는 "승(乘)"이라 불렀고, 말 네 필 끌었다. 흔히 "천승의 나라(千乘之國)"라고 하는데 이것은 말 4천 필을 보유한 대국을 일컫는 말이다.

당시의 보전(步戰) 연합 표준 편제에 따르면 1승에 무장병 10명, 보졸 20명 합계 30명이었다. 그러나 춘추 중·후기에는 무장병 3명, 보졸 72명 합계 75명으로 늘어난다. 매 승의 탑승 인원은 대체로 3명이었다. 탑승 요령은 일률적으로 입승(立乘)이며, 탑승자에게는 고정된 위치와 직분이 있다. 가운데에 타는 사람이 "말몰이[御]"로서 고삐를 쥐고 수레를 매며 말을 몬다. 왼쪽에 타는 사람을 "거좌(車左)"라 하고 좌상이 되며 활쏘기를 담당하고, 오른쪽에 타는 사람을 "거우(車右)"라 하고 전문적인 전사(戰士)로서 긴 창을 가지고 주로 찔러 죽이는 것이 임무지만 온갖 잡일을 도맡아 처리한다. 작전시에는 임금이나 장수가 가운데에서 깃발과 북을 장악하고, 말몰이는 좌로 가며, 거우는 우를 지킨다.

전차 자체에 관련된 거마구 명칭 중 중요한 것은 고삐[轡], 멍에[衡], 수레채[輈], 가로대[軾], 끌채[車轅], 그리고 말 네 필 중에 안쪽 두 필을 복마(服馬), 바깥쪽 말을 곁마[참마驂馬]라 부른다.

춘추시대의 전차전에서 사용한 5대 병기는 궁시(弓矢), 과(戈, 갈고리창), 모(矛, 척살창), 극(戟, 미늘창), 수(殳, 곤봉)이다.

26. 노주(魯邾) 승형(升陘)의 전쟁

희공僖公 22년

주(邾)나라 사람이 수구(須句)나라의 일 때문에 출병했다. 노나라 희공(僖公)은 주나라를 얕잡아보고 방비도 하지 않고 방어하려 했다. 장문중(臧文仲)이 말했다.

"나라에는 대소의 구별이 없기 때문에 얕잡아보아서는 안 됩니다. 방비가 없으면 수적으로 군사가 많더라도 믿고 의지할 것이 못 됩니다. ≪시경≫에 이르기를,

　두려워하여 조심하기를 깊은 연못에 다다른 듯하며

　얇은 살얼음을 밟고 건너는 듯해야 하네.[1]

라고 했고, 또 이르기를,

　근신하고 또 근신할지니라.

　하늘이 밝은 눈으로 살피시고

　천명은 지켜 내기 쉽지 않다네.[2]

라고 했습니다. 선왕은 그 밝은 덕으로도 일을 버겁게 여기지 않음이 없었고, 일을 두려워하지 않음이 없었습니다. 하물며 우리와 같은 소국은 말할 것도 없습니다. 주상께서는 주나라를 작은 나라라고 말씀하시면 안 됩니다. 벌이나 전갈 같은 미물에도 독이 있습니다. 하물며 상대는 나라가 아니겠습니까?"

희공은 듣지 않았다.

8월 정미날, 희공은 주나라 군사와 승형(升陘)에서 싸워서 우리 나라 군사가 대패했다. 주나라 사람은 희공의 투구를 노획하여 자기 나라 도성의 어문(魚門)에 매달았다.

───── 주 석

1. 두려워하여……듯해야 하네 ≪시경≫ 소아·소민(小旻).
2. 근신하고……쉽지 않다네 ≪시경≫ 주송·경지(敬之).

───── 도움말

주(邾)나라는 일명 추(鄒), 주류(邾類)라고도 부른다. 전욱(顓頊)의 후예로 알려져 있다. 조협(曹挾)이 처음 분봉 받아 첫 도읍을 주(邾, 지금의 산동 곡부曲阜 동남)에 정했다가 나중에 추(鄒, 지금의 산동 추현鄒縣 동남)로 천도했다.
노희공이 주(邾)나라를 얕잡아보고 방비하지 않았다가 주나라에 대패를 당했다. 장문중은 노나라의 어진 대부로, 그이가 한 말은 무게가 있고, 그 견식이 고명함으로 유명했다.

이 대목에서 나온 성어는 봉채유독(蜂蠆有毒)이다.

27. 초송(楚宋) 홍(泓)의 전쟁

희공僖公 22년

초나라 사람이 송나라를 쳐서 정나라를 구하려고 했다. 송나라 양공(襄公)이 이와 싸우려 하자 대사마(大司馬)[1]가 굳이 간했다.

"하늘이 상(商)나라를 버린 지가 오래되는데 주상께서 부흥시키려 해도 하늘은 허락하지 않을 것입니다."

그러나 양공은 듣지 않았다. 겨울 11월, 기사날 초하루에 송나라 양공은 초나라 사람과 홍수(泓水)[2] 가에서 싸웠다. 송나라 군사는 이미 전열을 가다듬었으나 초나라 사람은 미처 강을 다 건너지 못하고 있었다. 사마(司馬)가 말했다.

"적은 수적으로 우세하고 아군은 열세하니 저들이 강을 다 건너기 전에 해치웁시다."

그러나 양공은 허락하지 않았다. 초나라 군사가 다 강을 건넜으나 미처 전열을 벌이지 못하고 있을 때 또 치자고 건의했으나 양공은 허락하지 않았다. 초나라 군사가 전열을 갖춘 뒤에 공격을 가했으나 송나라 군사는 대패하여 양공은 다리에 부상을 입고, 양공을 좌우에서 지키던 호위병들은 다 전사했다. 수도의 사람들은 모두 양공을 탓했다. 양공은 말했다.

"군자는 한번 부상한 사람은 다시 상해를 입히지 않고, 머리가

반백인 노인은 사로잡지 않는 법이다. 옛날에 싸움을 할 때에
는 적을 험준한 지형에서 가로막는 일은 없었다. 나는 비록 망
국의 후예이기는 하나, 전열을 갖추지 못한 적을 보고 진격의
북을 치지는 않는다."

그러나 자어(子魚)는 말했다.

"주상께서는 전술을 잘 모르십니다. 강력한 적이 험준한 지형
에서 전열을 갖추지 못한 것은 하늘이 우리를 도운 것입니다.
적을 가로막고 진격의 북을 쳤더라면 얼마나 좋았겠습니까? 그
렇게 했더라도 꼭 이긴다는 보장은 없었을 것입니다. 게다가
지금 이 싸움에서 대드는 자는 모두 우리의 적입니다. 설사 8,
90세 되는 늙은이라 할지라도 사로잡을 수 있으면 다 잡아야지
머리가 반백인 노인이라 해서 구별할 필요가 어디 있습니까?
군인에게 먼저 나라의 수치가 무엇인지를 가르치고, 그 다음에
싸우는 법을 가르치는 목적은 적을 찾아 죽이는 데 있습니다.
부상을 입고도 아직 죽지 않았으면 죽여도 상관없는 것입니다.
만약에 부상자를 해쳐서는 안 된다면 처음부터 상해를 입히지
않는 것이 옳고, 노인을 사로잡지 말아야 한다면 차라리 적에
게 항복하는 것이 옳을 것입니다.
3군이 있는 목적은 이익을 위하여 사용하는 데 있고, 금정(金
鉦)과 북3의 목적은 소리로 사기를 북돋우는 데 있는 것입니다.
이익이 있을 때 사용하는 것이니 험준한 지형에서 적을 가로막
아도 좋고, 금정과 북소리로 사기가 고무되었을 때는 전열을
갖추지 못한 적을 공격해도 좋은 것입니다."

1. 대사마(大司馬) 사마(司馬)라고 부르기도 한다. 송나라의 벼슬 이름
   으로 사도(司徒), 사성(司城, 즉 사공司空)과 함께 삼사(三司)의 하
   나.
2. 홍수(泓水) 강 이름, 지금의 하남 자성(柘城) 부근.
3. 금정(金鉦)과 북 금정은 방울을 닮은 군악기. 금정으로는 진격을,
   북으로는 퇴각을 지시한다.

도움말

송나라는 노나라 서쪽에 있으며 상(商)나라의 후손으로 초대 임금은
은주왕(殷紂王)의 큰형 미자계(微子啓)이다. 수도는 지금의 하남 상
구(商丘)이다.

초나라와 송나라가 교전하는데, 부상한 사람은 다시 상해를 입히지
않고, 반백 노인은 사로잡지 않으며, 험준한 지형에서 적을 가로막
지 않고, 전열을 갖추지 못한 적은 공격하지 않는다는 송양공의 진
부하고 황당무계한 이념과 작전 원칙 때문에 대패했다.

이 대목에서 나온 성어는 불금이모(不擒二毛), 금고제명(金鼓齊鳴)이다.

28. 진나라 공자(晉公子) 중이(重耳)의 유랑

희공僖公 23, 24년

진나라 공자(晉公子) 중이(重耳)가 여희와 신생의 난리에 말려 들었을 때, 진나라 사람은 공자가 있는 포성(蒲城)으로 쳐들어 갔다. 포성 사람이 막으려고 하자 중이가 말리며 말했다.

"임금이신 아버님의 명에 의지하여 생활비를 받아 살아가고 있고, 그 때문에 백성의 옹호까지 받고 있는 몸이오. 그런데 그런 백성을 거느리고 아버님에게 대항한다면 그것은 더없는 죄를 저지르는 것이오. 나는 차라리 도망을 가겠소."

그리하여 곧 적(狄) 땅으로 도망갔다. 그때 수행한 사람은 호언(狐偃)·조최(趙衰)·전힐(顚頡)·위무자(魏武子)·사공계자(司空季子)였다. 각설하고, 적 사람이 장구여(廧咎如)를 쳐서 그 두 딸 숙외(叔隗)와 계외(季隗)를 잡아다가 공자에게 바쳤다. 공자는 동생 계외를 아내로 취하여 백숙(伯儵)과 숙류(叔劉)를 낳았고, 언니 숙외는 조최에게 시집가 돈(盾)을 낳았다. 중이는 제(齊)나라로 가려고 계외에게 말했다.

"25년간 기다렸다가 내가 돌아오지 않거든 그때에는 시집을 가시오."

"지금 제 나이가 스물다섯입니다. 25년을 더 있다가 시집을 간다면 그때에는 관 속으로 들어갈 나이입니다. 언제까지나 당신을 기다리겠습니다."

그래서 중이는 12년간을 적에서 살고 나서 그곳을 떠났다.

위(衛)나라에 들렀는데 위문공(衛文公)은 예에 맞는 대접을 하지 않았다. 오록(五鹿)에서 나와서 농부에게 먹을 것을 구걸했더니 그 사람은 공자에게 흙 한 덩이를 주었다. 공자가 화가 나서 매질하려 하자 자범(子犯, 즉 호언)이 간했다.

"하늘이 주신 선물입니다."

그래서 공자는 흙덩이보고 계수의 절을 하고 받아서 수레 위에 실었다.

제(齊)나라에 당도하니 환공은 딸을 중이에게 아내로 주고, 말 80필을 주었다. 공자는 제나라 생활에 만족하여 주저앉으려 했다. 수행원들은 이래서는 안 되겠다고 여기고, 떠날 무렵에 뽕나무 밑에서 의논했다. 그때 누에를 치는 여자 노예가 나무 위에 있다가 이것을 듣고 강씨(姜氏)에게 일러바쳤다. 강씨는 그 여자 노예를 죽이고 공자를 보고 말했다.

"당신은 원대한 포부를 갖고 계십니다. 그 얘기를 들은 사람을 제가 죽여 버렸습니다."

공자는 말했다.

"난 그런 마음이 없소."

"떠나셔야 합니다. 아내를 잊지 못하고 안일만을 일삼는 것은 명성을 망가뜨리기가 십상팔구입니다."

그러나 공자는 듣지 않았다. 강씨는 자범과 짜고, 공자에게 술을 먹여 취하게 만들어 떠나보냈다. 술에서 깨어나자 중이는 창을 들고 자범의 뒤를 쫓았다.

조(曹)나라에 도착했다. 조나라 공공(共公)은 공자의 갈비뼈가 통뼈로 되어 있다는 소리를 듣고, 그 발가숭이를 보려고 공자가 목욕할 때 바싹 다가가 훔쳐보았다. 희부기(僖負羈)의 아내가 남편에게 말했다.

"제가 진나라 공자의 수행원들을 보니 다 나라의 대신이 되고도 남을 인재들입니다. 만일 그들이 공자를 보좌한다면 반드시 본국으로 돌아갈 수 있을 것입니다. 본국으로 돌아가면 반드시 제후 중의 패자(霸者)가 될 것입니다. 패자가 된 다음에 이전에 무례한 짓을 한 자를 응징한다면 우리 조나라가 맨 먼저 당할 것입니다. 그런데 어찌 당신은 일찌감치 공공과는 다르다는 것을 보여 드리지 않습니까?"

그래서 희부기는 소반에 저녁밥을 담아 선사하면서 바닥에 벽옥(璧玉)을 넣었다. 공자는 음식은 받고 옥은 돌려보냈다.

송나라에 당도하니 송양공(宋襄公)은 공자에게 말 80필을 선사했다.

정나라에 도착하니 정문공(鄭文公) 역시 공자를 예로써 대우하지 않았다. 숙첨(叔詹)이 간했다.

"제가 들은 바로는 <하늘이 보우하는 사람은 인력으로 방해하지 못한다>고 합니다. 진나라 공자에게는 그런 하늘이 돕는 세 가지 증거가 있습니다. 하늘이 어쩌면 그분을 진나라 임금으로 세울지도 모릅니다. 주상께서는 대우에 소홀함이 없도록 하십시오.

우선 부부가 동성이면 자손이 번성하지 못한다고 하는데, 진나라 공자 중이는 양친이 모두 희성(姬姓)인 부모에게서 태어났지만 현재까지 무탈한 것이 첫째 증거입니다. 공자가 화란을 당하여 외국을 떠돌아다니는 동안에도 하늘이 본국을 어지러운 상태 그대로 두었다는 것은 다분히 공자를 임금 자리에 앉히려는 하늘의 뜻인 듯하니 이것이 둘째 증거입니다. 또 공자에게는 세 선비[1]가 있어 능히 사람을 부릴 수 있는 사람들인데 그들이 그분을 수행하고 있으니 이것이 곧 셋째 증거입니다. 진나라와 정나라는 동배이므로 지나가는 자제분은 마땅히 예우해야 하거늘 하물며 하늘이 돕는 사람이야 말할 나위 있겠습니까?"

그러나 문공은 듣지 않았다.

초나라에 당도하니 초성왕(楚成王)이 잔치를 베풀어 대접하며 말했다.

"공자가 만약 진나라로 돌아가게 된다면 나한테 무엇으로 보답하겠소?"

"남녀 노예와 옥이나 비단 같은 것은 지천으로 갖고 계시고, 아름다운 새 깃이나 짐승의 털, 상아나 쇠가죽 등은 다 초나라에서 생산됩니다. 그것들이 진나라까지 흘러 들어온 것들은 임금님께서 쓰다 남은 것들이니 무엇으로 보답해야 할지 모르겠습니다."

"그렇더라도 나는 꼭 보답을 받고 싶소."

"제가 만일 임금님의 은혜로 진나라로 돌아갈 수가 있어서, 진나라와 초나라가 군사를 거느리고 중원(中原)에서 만나게 되는 날에는 제가 임금님을 피해 90리를 물러나 그것으로 보답을 대신하겠습니다. 그래도 싸움을 그만두자는 명령을 내리시지 않으신다면, 그때에는 왼손에 말채찍과 활을 들고, 오른편에는 화살통과 활집을 차고 임금님과 한판 승부를 겨루겠습니다."

영윤 자옥(子玉)은 죽이자고 요청했으나 성왕은 허가하지 않고 말했다.

"진나라 공자는 포부가 원대하고, 태도가 겸손하며, 행동거지가 우아하고 예의가 있고, 그 수행자들은 엄숙하면서도 너그러우며, 충직하면서도 정성스럽다. 그런데 현재의 진나라 혜공은 친근한 사람이 없고, 국내외가 다 그 사람을 미워하고 있다. 내가 들은 바로는 <희성의 나라 중에서는 당숙(唐叔)의 후손이 최후까지 남는다>고 한다. 그것은 어쩌면 진나라 공자 때문에 나온 말일 것이오. 하늘이 일으키는 사람을 그 누가 없앨 수가 있겠는가? 하늘의 뜻을 어기면 반드시 큰 벌을 받을 것이오."

이렇게 말하고는 중이를 진(秦)나라로 보내주었다.

진나라 목공(秦穆公)은 중이에게 여자 다섯을 아내로 붙여주었는데 그 중에는 회영(懷嬴)[2]도 끼어 있었다. 하루는 회영이 손대야로 물을 부어 공자의 세수를 도왔는데 공자가 씻고 나서 손을 털었더니 물이 튀었다. 회영이 성이 나서 말했다.

"진(秦)나라와 진(晉)나라는 동격인데 어찌 나를 업신여기는 것이오?"

공자는 겁이 나서 웃통을 벗어던지고 죄수인 양 꿇어앉아 빌었다. 어느 날 목공이 공자에게 잔치를 베풀게 되었다. 자범(子犯)이 말했다.

"저는 조최처럼 말을 잘 하지 못합니다. 조최를 데리고 가십시오."

잔치 자리에서 공자가 '하수(河水)'[3]를 읊으니 목공은 '유월(六月)'[4]을 읊었다. 그러자 조최가 말했다.

"중이씨는 하사품을 절을 하고 받으시오."

공자는 섬돌을 내려가 뜰에서 먼저 절을 한 후 다시 계수(稽首)의 절을 했다. 그러자 목공도 당상에서 한 계단 내려가 절을 사양했다. 조최가 대답했다.

"임금님께서 윤길보(尹吉甫)가 천자를 보필한 공로를 칭송한 시편으로 중이씨에게 분부하시는데 어찌 절을 안할 수가 있겠습니까?" (이상 희공 23년)

24년 봄, 주력으로 정월, 진나라 목공은 중이를 호송하여 진나라로 들여보냈다. 《춘추》에 이 일을 쓰지 않은 것은 진나라가 이 일을 노나라에 알리지 않았기 때문이다. 일행이 황하에 이르렀을 때 자범은 벽옥(璧玉)⁵ 한 개를 공자에게 주면서 하직인사를 했다.

"신은 말굴레와 말고삐를 짊어지고 주상을 따라 천하를 순행하는 동안 너무나 많은 죄를 저질렀습니다. 제 자신도 가책을 느끼고 있거늘 하물며 주상께서는 모르실 리가 있겠습니까? 그런즉 이쯤에서 떠나게 해주시기 바랍니다."

그러나 공자는 말했다.

"나는 앞으로도 반드시 외삼촌의 간언에 따를 것을 이 황하의 신에게 맹세합니다."

그리고는 그 옥을 황하의 물에 던져 버렸다. 그들은 황하를 건너 영호(令狐)를 포위하고, 상천(桑泉)에 입성하며, 구최(臼衰)를 점령했다. 2월 갑오날, 진(晉)나라 군사가 여류(廬柳)에 진을 쳤다. 진나라 목공이 공자 칩(縶)을 진나라 군진에 보내 이해득실을 따지게 했더니 진나라 군대는 순(郇)으로 물러났다.

신축날, 호언이 중이를 대리하여 진·진 두 나라의 대부들과 순에서 맹세를 했다. 임인날, 공자는 진나라 군진으로 들어가

군권(軍權)을 장악하고, 병오날에는 곡옥(曲沃)에 들어갔으며, 정미날에는 진나라 무공(武公)의 묘에 참배하고, 무신날에는 회공(懷公)을 고량(高梁)에서 죽이게 했다. ≪춘추≫에 아무 말이 없는 것은 역시 진나라가 노나라에 알리지 않았기 때문이다.

여생(呂甥)과 극예(郤芮) 두 사람은 박해 받을 것을 두려워하여, 궁전을 불태워 진문공을 죽이려 했다. 내시[寺人] 피(披)가 면회를 요청하니 문공은 안내자를 시켜 그 사람을 꾸짖고 또 면회를 거절하게 했다.

"포성을 쳐들어왔을 때 주상께서는 하루 저녁만 묵고 공격하라고 지시하셨는데도 너는 곧장 달려왔다. 그 후 내가 적나라 임금과 위수(渭水) 가에서 사냥했을 때 너는 혜공의 명령으로 나를 찾아와 죽이려 했다. 그때 주상께서는 사흘 밤을 자고 가라고 했는데도 너는 이틀 밤만 자고 당도했다. 아무리 주상의 명령이라 하더라도 오는 것이 너무 이르지 않았느냐? 그때 잘린 옷소매를 지금도 갖고 있다. 썩 도망가지 못할까!"

내시 피는 대답했다.

"신은 주상께서 본국으로 돌아오실 때에는 치국의 도리를 어느 정도 알고 오신 걸로 알았습니다. 만일 아직도 모르고 계신다면 앞으로 또 곤경에 처하게 될 것입니다. 임금의 명령에는 두 마음이 없어야 한다는 것은 예로부터 내려온 법도입니다. 임금을 해치는 자를 제거하기 위해서는 최선을 다하는 것이 신하된 도리입니다. 포(蒲) 사람, 적(狄) 사람이 저하고 무슨 상관이 있습니까?

그러나 지금은 주상께서 즉위하신 이상 어찌 포·적과 같은 반대파가 없겠습니까? 제환공(齊桓公)은 자기 허리띠 고리를 쏘아 맞춘 원한을 접어두고 관중(管仲)을 재상으로 앉혔습니다. 주상께서 만약 제환공과 생각이 다르시다면 굳이 떠나라는 명을 내리실 필요가 없습니다. 떠날 사람은 엄청 많습니다. 어찌 신 혼자뿐이겠습니까?"

이 말에 문공은 피를 만나 보았고, 피는 그 자리에서 여생들이 꾸미고 있는 음모를 문공에게 일러바쳤다. 3월, 진문공은 진목공(秦穆公)을 몰래 왕성(王城)에서 만났다. 기축날 그믐에 궁전에 불이 났다. 하생과 극예는 문공을 놓치고 황하 위쪽으로 도망갔으나 진목공이 꾀어내어 죽였다. 진문공은 부인 영씨(嬴氏)를 맞이하여 돌아갔다. 진목공은 그때 경호원 3천 명을 딸려 보내어 궁궐의 궐문을 지키는 문지기에 충당했다.

처음에 진문공이 공자로 있던 시절에 두수(頭須)라는 어린 창고지기를 데리고 있었는데 공자가 망명할 때 그는 창고의 재물을 훔쳐 도망가서 그것을 다 써가면서 중이의 복국운동을 도왔다. 문공이 나라로 돌아오자 면회를 요청했으나 문공은 마침 머리를 감고 있는 중이라는 이유로 면회를 사절했다. 그러자 두수는 하인을 보고 말했다.

"머리를 감으려면 심장이 거꾸로 되고, 심장이 거꾸로 되면 생각하는 것도 틀리는 법이니 내가 만나 뵐 수 없는 것도 당연하지. 그러나 나라 안에 남았던 사람은 국가를 지켰고, 외국으로 따라 나갔던 사람은 말고삐를 잡았던 것이니 양쪽 다 중요한 사람들인데 어찌 남았던 사람들만 책망하시는 것이오? 나라의 임금으로서 평민을 원수로 여긴다면 두려워할 사람이 많을 것일세."

하인이 이 말을 전하니 문공은 급히 두수를 만나 보았다.

적(狄)나라 사람이 계외(季隗)를 진나라로 돌려보내고, 그이가 낳은 두 아들은 적나라에 넘겨 달라고 요청을 해왔다. 또 문공은 자기 딸을 조최에게 시집보내 그들 사이에 원동(原同)·병괄(幷括)·누영(樓嬰)이 태어났다. 조최의 아내 조희(趙姬)가 남편에게 적에 남아 있는 돈(盾)과 그 어머니를 불러오자고 청하니 자여(子餘, 즉 조최)는 사양했다. 그러나 조희는 말했다.

"사랑하는 사람이 새로 생겼다고 해서 옛정을 잊는다면 어떻게 아랫사람을 부릴 수가 있겠습니까? 꼭 맞이해 와야 합니다."

굳이 요청하니 조최가 허락해서 그들이 도착했다. 조희는 돈(盾)이 능력 있는 아이라고 보고, 문공에게 간청하여 조최의 적자(嫡子)로 삼고, 자기가 낳은 아이 셋을 그 밑에 두며, 숙외를 정실로 삼고, 자기는 숙외의 밑에 들어갔다.

───── 주 석

1. 세 선비 ≪국어≫ 진어(晉語) 4에 따르면 세 선비란 호언(狐偃), 조최(趙衰), 그리고 가타(賈佗)를 가리킨다고 한다. 가타는 호언의 아들 호역고(狐射姑)로, 식읍이 가(賈), 자는 계타(季佗).

2. 회영(懷嬴) 진회공(晉懷公)의 처 영씨(嬴氏). 태자 어(圉)가 진나라로 혼자 도망쳐 들어갈 때 그분은 진(秦)나라에 남아 있다가 지금 또 중이에게 시집을 간 것이다.

3. '하수(河水)' 하수는 면수(沔水)의 잘못인 듯. ≪시경≫ 소아·면수. 황하의 물이 바다(진나라에 비유)로 흘러 들어간다는 뜻. 진(晉)나라 인사들이 진(秦)나라로 귀의함에 비유한 것이다.

4. '유월(六月)' ≪시경≫ 소아·유월. 윤길보(尹吉甫)가 주선왕(周宣王)의 중흥을 도운 일을 찬양한 노래. 진목공은 은연중에 중이를 윤길보에 비유하여 반드시 진나라로 귀국할 수 있을 것이라고 미리 축하하고, 아울러 중이가 주왕을 도와 공업을 이루도록 격려한 것이

다.

5. 벽옥(璧玉) 여섯 가지 옥기(玉器) 중에서 가장 중요한 옥기. 벽옥은 원형 옥편으로 가운데에 둥근 구멍이 하나 나 있다. 보통 테두리가 구멍의 직경보다 배나 크다. 선물용이나 산천에 제사지낼 때 쓴다.

도움말

중이가 적(狄) 땅으로 도망갈 때의 나이는 겨우 17세, 망명생활 19년 동안 8개국을 역방하고, 철없는 귀공자에서 용기와 지모를 갖춘 정치가로 단련되어가는 전 과정을 소설처럼 엮어 놓았다. 이런 일들이 희공 23년조에 실렸다고 해서 모두 그 한 해에 일어난 것이 아니다. 적 땅으로 간 것이 희공 5년(기원전 655년), 제나라를 떠난 것이 희공 22년이다. 망명 경위를 회상하면서 보충 설명한 것이다.

망명 기간 중 허다한 군상이 등장하지만 몇 가지만을 골라 본다.

이야깃거리가 될 만한 것을 꼽아보면 계외와 이별하는 대목, 흙덩이를 받는 일, 취중 탈출, 알몸 훔쳐보기, 소반에 옥 숨겨넣기, 정나라 숙첨의 이야기, 초성왕과 나눈 대화, 진목공의 환대 등 모두 유머와 희극성이 풍부하고 흥미진진한 삽화들이다.

숙첨이 든 세 선비는 호언(狐偃), 조최(趙衰), 가타(賈佗)인데, 호언은 중이의 외삼촌이자 지모가 있는 사람으로 중이가 아버지처럼 섬겼고, 조최는 문재가 뛰어나 중이가 스승처럼 섬겼으며, 가타는 공족으로 중이가 형처럼 섬겼다. 이 세 사람은 사실 공자에 대한 영향력이 매우 컸다.

또 이 편에는 평범하면서도 비범한 품성을 보여주는 네 명의 여자가 있다. 즉 진정으로 중이를 사랑한 계외(季隗), 깊고 멀리 생각하는 제강(齊姜), 스스로의 품위를 지키려는 회영(懷嬴), 그리고 숙외를 불러오자는 공명정대한 조희(趙姬)이다.

내시 피와 두수의 면회 신청은, 군명의 집행이 너무 일렀다는 것과 창고 물건을 훔치고 도망간 사실밖에 모르는 문공에게는, 임금의 도리를 일깨워주는 계기가 된다.

이 대목에서 나온 성어는 행장취목(行將就木), 지재사방(志在四方), 수손반벽(受飧反璧), 자녀옥백(子女玉帛), 퇴피삼사(退避三舍), 진진지호(秦晉之好), 유력시시(唯力是視), 기설지복(羈紲之僕)이다.

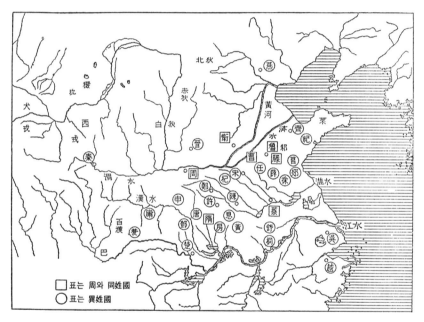

_ 춘추시대 지도

29. 개지추(介之推)가 포상을 말하지 않다

희공僖公 24년

진문공(晉文公)이 망명 당시의 수행자들을 포상했다. 그 중 한 사람인 개지추(介之推)[1]는 포상을 말하지도 않았지만 차례가 돌아오지도 않았다. 개지추는 말했다.

"헌공(獻公)의 아드님이 아홉 분 계셨지만 지금은 주상만 남아 계신다. 혜공(惠公)과 회공(懷公)에게는 친한 사람이 없었고, 국내외가 모두 그분들을 버리다시피 했다. 그래도 하늘이 진나라의 명줄을 끊지 않은 것은 반드시 진나라에 옳은 주인을 앉히려는 하늘의 의지가 있었기 때문이니, 진나라의 조상을 제사지낼 사람은 주상이 아니고는 누가 있겠는가? 다름 아닌 하늘이 심은 사람이건만 여러 사람들은 마치 자기들의 힘으로 그렇게 된 양 여기고 있으니 이것은 사람을 속이는 짓이 아닌가? 남의 재물을 훔쳐도 도적이라 하거늘 하물며 하늘의 공을 가로채어 자기의 공으로 치부하다니! 아래에서는 그 죄를 정당하다 하고, 위에서는 간사한 자를 포상하여 상하가 서로 속이고 있으니 그들과 상종하기가 참 어렵구나."

그 어머니가 말했다.

"왜 상을 달라고 해보지 않느냐? 이대로 죽으면 그 누구를 원망하겠느냐?"

"남을 탓해 놓고 오히려 그들을 본받는다면 죄가 더 크고, 게다가 이미 원망하는 말까지 뱉어 놓았으니 임금님의 녹을 받아먹을 처지가 못 됩니다."

"그렇다면 네 속내라도 윗분에게 전달하는 게 어떠냐?"

"말이란 몸의 치장입니다. 몸을 숨기려고 하는 마당에 무슨 몸을 꾸민단 말입니까? 몸을 꾸미는 것은 출세를 바라기 때문입니다."

"네가 말대로 그렇게 할 수 있다면 나도 너와 함께 숨어살겠노라."

그리하여 모자는 곧 어딘가에 숨어서 살다 죽었다. 진문공은 그들을 찾았으나 찾지 못하고 면상(綿上)²의 땅을 그들을 위한 제전(祭田)으로 하사하고 말했다.

"이것으로 내 잘못을 기록에 남기고, 또한 훌륭한 사람을 기리는 기념으로 삼는 바이다."

주 석

1. 개지추(介之推) 개는 성, 추는 이름, 지는 성명 중의 어조사. 진문공이 망명생활 때 수종 신하.
2. 면상(綿上) 지금의 산서 개휴시(介休市).

도움말

이 대목은 진공자 중이가 19년간의 망명을 마치고 진(秦)나라에서 환국하여 즉위 후, 망명시 수종 공신을 포상했을 때 일어난 사건이다. 이 편은 첫머리와 끄트머리를 빼면 개지추가 그 어머니와 나눈 대화가 전부이다. 첫머리는 문공이 환국 후 진나라의 제사를 지낼 수 있었던 것은 하늘의 뜻인데도 몇몇 사람은 하늘의 공을 가로채고 있으니 아래위가 서로 속이고 있는 사람들과 상종하고 싶지 않다는 것이 개지추가 포상을 요구하지 않는 이유의 전부이다.

그 어머니가 "왜 상을 달라고 해보지 않느냐?"고 물었을 때 개지추의 대답은 "남을 탓해 놓고 본본다면(尤而效之) 그 죄가 막심하다"고 했다. 어머니가 연달아 "그래도 알리는 게 어떠냐?"고 했을 때 개지추는 말하고 싶지 않은 이유가 "출세를 바라지 않기 때문"이라고 답했다. 그리고 모자가 "숨어서 살다 죽었다"로 끝맺는다. 일문일답식 방법이 개지추의 청렴하고 고상한 품격을 잘 보여주고 있다. 개지추에 관한 전설이 있다. 류경숙(劉敬叔)의 ≪이원(異苑)≫에 실린 이야기는 이렇다.

개지추가 포상을 구하지 않고 은거했을 때 문공이 찾지 못하자 산에 불을 질러 나오게 핍박했으나 그이는 여전히 나올 생각을 않고 나무를 끌어안고 죽었다. 진문공이 그 타버린 나무줄기를 찾았을 때, 너무 비통한 나머지 그 나무로 나막신 한 쌍을 만들어 신고, 개지추를 그리워할 때 머리를 숙여 자기의 나막신을 보고 "아, 발밑이 그립구나!"고 탄식했다. 후세 사람들이 "족하(足下)"를 동년배에 대한 경칭으로 사용한 것은 여기에서 유래한다.

이 대목에서 나온 성어는 탐천지공(貪天之功) 이위기임(以爲己任), 우이효지(尤而效之)이다.

30. 전희(展喜)가 제나라 군사를 호로(犒勞)하다

희공僖公 26년

제나라 군사가 우리 노나라의 서북 변경을 침범한 것은 거(莒)·위(衛) 두 나라와 맺은 양다리 걸치기 식 맹세를 규탄하기 위한 것이었다. 여름, 제나라 효공(孝公)이 우리 노나라 북쪽 변방을 쳤다. 그러자 위나라 사람이 제나라를 쳤다. 그것은 조(洮)의 맹세를 지키기 위한 의무였다.

노희공(魯僖公)은 전희(展喜)에게 명하여, 가서 제나라 군사를 호로하고, 또 가서 할 말은 전금(展禽)[1]한테서 지시를 받도록 했다. 전희는 제효공이 아직 노나라 국경을 넘어 들어오기 전에 따라가서 말했다.

"과군께서는 임금님이 친히 대군을 거느리시고 저희 나라로 납신다는 소식을 들으시고, 저로 하여금 집사(執事)님[2]을 호로케 했습니다."

제효공이 물었다.

"노나라 사람은 겁먹고 있겠지?"

"소인배는 겁먹고 있으나 군자는 그렇지 않습니다."

"집이란 집은 모두 마치 경쇠[磬]를 매단 것처럼[3] 속이 텅 비어 있고, 들판에는 푸른 풀 한 포기 없는데도 무얼 믿고 겁을 안 먹는단 말인가?"

"선왕의 명령을 믿기 때문입니다. 옛날 주공(周公)과 태공(大公)4께서는 주나라 왕실의 팔다리가 되어 성왕(成王)을 좌우에서 도우셨습니다. 성왕께서는 두 분을 위로하시고 분부하시기를, <세세손손 두 집안은 서로 해치지 말지어다>라고 하셨습니다. 그 기록은 아직도 맹부(盟府)에 남아 있으며 태사(大師)께서 그것을 주관하셨습니다. 제환공(齊桓公)께서는 그렇기 때문에 제후를 규합하여 협조하지 않는 자는 제거하고, 제후의 부족한 점을 보완하여 제후를 재난에서 구하셔서 조상 전래의 직분을 천명하셨습니다.

임금님께서 즉위하시자 제후가 모두 바라고 말하기를, <반드시 환공이 쌓은 공을 계승하실 것이다>고 했습니다. 저희 나라는 이 때문에 성지(城池)를 지키거나 병사를 소집하지 않고 말하기를, <어찌 새 임금님이 자리를 이어받은 지 9년밖에 안 되었는데 선왕의 명령을 저버리고, 선조의 직분을 그만두시겠는가? 그렇다면 선군의 체면이 어떻게 되겠는가? 제나라 임금님은 절대 그러실 분이 아니다>고 하고 있습니다."

이에 제효공은 되돌아갔다.

주 석

1. **전금(展禽)** 전씨, 이름은 확(穫), 자는 금(禽), 식읍은 유하(柳下), 시호는 혜(惠), 그러므로 유하혜(柳下惠)라고도 부른다. 현재(賢才)로 이름이 높았다.
2. **집사(執事)님** 바로 당자를 가리키지 않고 그 아랫사람을 불러서 경의를 표하는 호칭법. 여기서는 제효공을 가리킨다. 종자(從者), 좌우(左右) 등도 마찬가지이다.

3. 경쇠[磬]를 매단 것처럼 텅 비어 아무것도 없다. 극히 궁핍함을 형용한 말. 경(磬)은 磬과 같고, 다각형의 갈고리 모양을 한 평판 악기. 석경(石磬)이 흔히 사용된다. 경쇠를 매달면 가운데가 높고 양편이 낮으며 중간이 비어 있다. 그래서 비었거나 아무것도 없다는 뜻이 된다.
4. 태공(大公) 태공망(太公望), 강태공이라고도 부르며, 즉 강상(姜尙). 제나라 개국시조. 태사(大師)라고도 불렸다.

도움말

제나라가 노나라를 침공했는데 결과는 전희의 한바탕 이야기로 제효공이 아무 공을 이루지 못하고 돌아갔다. 전희의 외교사령은 정의롭고 완곡하면서도 감동적이다.

무엇보다도 주성왕의 "세세손손 서로 해치지 말라"고 한 역사적 전고(典故)를 근거로 삼은 것이 주효했다. 또 이것을 외교사령에 밝은 전금(展禽)의 손을 거쳐 검토, 윤색했다는 것은, 노나라 사람들이 위험에 처했을 때 놀라지 않고 나라를 다스릴 줄 아는 재능을 가졌음을 보여주는 것이라 할 수 있다.

이 대목에서 나온 성어는 실여현경(室如懸磬), 유시무공(有恃無恐)이다.

31. 진초(晋楚) 성복(城濮)의 전쟁

희공僖公 27, 28년

겨울, 초나라 성왕(成王)이 제후들과 함께 송나라를 포위했다. 송나라의 공손고(公孫固)가 진(晋)나라로 가 위급을 알렸다. 선진(先軫)이 말했다.

"이전에 입은 은혜를 갚고, 지금의 환난을 구하며, 국위를 세우고, 패자가 되는 기회는 여기에 있습니다."

호언(狐偃)이 말했다.

"초나라는 이제 방금 조(曹)나라를 길들였고, 그 위에 위(衛)나라와 혼사를 치른 지 얼마 되지 않습니다. 만약에 우리가 조나라와 위나라를 친다면 초나라는 반드시 두 나라를 구원하러 나설 것입니다. 그러면 제나라와 송나라는 화를 면할 수 있을 것입니다."

이에 진나라 문공은 피려(被廬)에서 사냥 겸 군사 연습을 실시하고, 3군¹을 편성하여, 원수(元帥)를 누구로 할 것인가를 의논하는 계제에 조최(趙衰)가 말했다.

"극곡(郤縠)이 좋습니다. 저는 여러 번 그 사람이 하는 말을 들은 적이 있습니다만 그이는 예악을 좋아하고, 시서(詩書)를 숭상합니다. 시서는 정의의 창고라 할 수 있고, 예악은 도덕의 규범이며, 도덕과 정의는 이익을 가져다주는 근본입니다. '하서(夏書)'에 이르기를, <말을 들어 보라, 일을 시켜 보라, 거마와 의복으로 공적을 포상하라>2고 했습니다. 한번 써 보십시오."

그래서 극곡을 중군원수, 극진(郤溱)을 중군 부원수로 임명했다. 또 호언을 상군대장(大將)으로 임명하였으나 그이는 그 자리를 호모(狐毛)3에게 양보하고, 자신은 부장(副將)이 되었다. 그리고 또 조최를 경(卿)4 자리로 높였으나 그이는 난지(欒枝)와 선진에게 양보하여 난지를 하군대장, 선진을 하군부장으로 임명했다. 순임보(荀林父)는 문공이 타는 전차의 말몰이, 위주(魏犫)는 거우가 되었다.

한편, 진문공은 환국하자 그때부터 백성을 훈련하기 시작하여 2년이 지나자 그들을 사용하여 전쟁을 일으켜 보고 싶어졌다. 그러자 자범(子犯)이 말했다.

"백성들이 아직 도의를 잘 모르고, 아직 생활이 안정되지 못했습니다."

그래서 문공은 밖으로는 양왕(襄王)을 주나라로 복귀시켜 그 지위를 안정시키고, 안으로는 풍족한 민생을 위하여 힘쓴 결과 백성들은 안정된 생계를 갖게 되었다. 드디어 백성을 써 보고자 하니 자범이 또 말했다.

"백성들은 아직 임금님의 마음을 잘 모르고, 모든 행사의 의도를 확실히 이해하지 못하고 있습니다."

그래서 이번에는 원(原)을 쳤을 때를 예로 들어 약속을 가르치니 그제야 백성들은 물건을 거래하면서 폭리를 취하지 않고 모두 가격을 명시하게 되었다. 문공은 말했다.

"이제는 되겠는가?"

자범은 대답했다.

"아직 예의를 모르니 윗사람을 공경하는 마음가짐이 덜 되어 있습니다."

이에 대규모 군사 연습을 실시하여 백성들에게 예절의 본을 보이고, 직무 담당관을 두어 관원의 신분과 직분을 바로잡았다. 백성들이 명령을 듣고 한 점의 의혹도 없게 된 연후에야 그들을 사용했다. 곡(穀) 땅에 있던 초군을 내쫓고, 송나라의 포위를 풀어 그 나라를 살리며, 초나라와 한바탕 전쟁을 치른 후에는 이미 패자(霸者)가 되어 있었으니 이것은 모두 진문공의 교화 덕분이었다. (이상 희공 27년)

28년 봄, 진문공이 조나라를 치고자 하여 위나라에 길을 빌려5 달라고 요청했으나 위나라 사람이 허락하지 않았다. 그래서 먼 길을 돌아 하남(河南)에서 황하를 건너 조나라를 치고, 위나라를 토벌하여 정월 무신날 오록(五鹿)을 빼앗았다. 2월 진나라 극곡이 세상을 뜨자 원진(原軫)이 중군원수, 서신(胥臣)이 하군 부장이 되었는데 원진이 하군부장에서 건너뛰어 원수가 된 것은 그이의 덕을 높이 산 것이다.

진문공과 제소공(齊昭公)이 염우(斂盂)에서 맹세를 하는데 위성 공(衛成公)이 그 맹세에 끼워 줄 것을 요청했으나 진나라 사람이 허락하지 않았다. 그래서 위성공은 초나라에 가담하고자 했으나 국도 사람들이 그것을 원치 않았으므로 결국 그들은 성공을 내쫓아 진나라의 비위를 맞췄다. 위성공은 도성을 나가 양우(襄牛)에서 살았다.

노나라의 공자 매(買)가 위나라를 수비하고 있었는데 초나라 사람이 위나라를 구원하러 왔으나 이기지 못했다. 노나라 희공은 진나라에 신경을 써서, 자총(子叢, 즉 매)을 죽여 변명을 삼고, 초나라 사람을 보고는 "수비의 임무를 끝내 완수하지 못했다"고 했다.

진문공이 조나라 국도를 포위하고 성문을 공격했는데 전사자가 많았다. 조나라 사람은 진나라 사람의 시체를 성벽 위에 늘어놓는지라 문공은 이것이 마음에 걸렸다. 그런데 군무원들이 모의하는 소리를 들으니 "조나라의 묘지에 진을 쳐라"고 떠들어대고 있기에 군사를 그곳으로 옮겼다. 조나라 사람은 당황하고 두려워서 그들이 회수한 시체를 관에 넣어 성 밖으로 내보냈다.

진나라 군사는 조나라 사람이 어수선한 틈을 타서 공격을 감행하여 3월 병오날, 조나라 수도로 들어가 조공공에게 희부기를 등용하지 않고, 자격도 없는 자가 3백 명이나 대부의 수레를 타고 다니는 것을 문책하고, 덧붙여 말했다.

"저 대부들의 공상(功狀)을 사실대로 적어 바쳐라."

문공은 또 희부기의 집에는 들어가지 말라는 금지령을 내리고, 그분의 일족을 처벌대상에서 제외했으니, 그것은 그전의 은혜에 대한 보답이었다. 그러자 위주(魏犨)와 전힐(顚頡)이 화를 내고 말했다.

"우리의 수고는 안중에 없으면서 무슨 놈의 보답이야?"

그리고는 희부기의 집에 불을 질러 태워 버렸다. 그때 위주는 가슴을 다쳤다. 문공은 그 사람을 죽이고 싶었으나 그 재주가 아까워 사람을 시켜 문병하고 또 병세를 살피게 했다. 상처가 심하면 죽일 작정이었던 것이다. 위주는 가슴을 동이고 사자를 보고 말했다.

"주상의 은혜를 입고 있는 터에 멀쩡하지 않을 수가 있겠습니까?"

그리고는 높이뛰기를 여러 번, 멀리뛰기도 여러 번 해보였다. 그래서 그이는 살려주기로 하고, 전힐은 죽여서 전군을 순회하며 전시했다. 그러고 나서 위주 대신 주지교(舟之僑)를 세워서 임금이 타는 융거(戎車)의 거우로 삼았다.

한편 초나라에 포위된 송나라는 문윤반(門尹般)을 사자로 진나라 군사에게 보내 위급한 사정을 알렸다. 문공이 말했다.

"송나라가 급한 모양이다. 버려두면 이탈할 거고, 초나라에 철병을 요구한들 들어주지 않을 것이다. 우리는 싸우고 싶으나 제(齊)나라와 진(秦)나라가 응하지 않을 것이니 이 일을 어찌하면 좋을꼬?"

선진이 받아 말했다.

"우리가 송나라를 일부러 모르는 척하고 내버려두면 송나라는 부득이 제나라와 진나라에 뇌물을 써서 초나라에 화해를 중재해 주도록 요청할 것입니다. 그러면 우리는 조공공을 잡아 조나라와 위나라의 토지를 나누어 송나라 사람에게 건네줍니다. 그리하면 초나라는 조나라와 위나라를 아끼는 처지에 있으므로 반드시 제·진의 요청을 받아주지 않을 것입니다. 제·진은 송나라의 뇌물을 받아 기쁜 터에 초나라의 완고한 태도에 화를 낼 것이니 싸우지 않을 수가 있겠습니까?"

이 말에 문공은 기분이 좋아서, 조나라 공공을 잡고 조·위 두 나라의 토지를 나누어 송나라 사람에게 넘겨주었다.

그러자 초성왕(楚成王)은 송나라에서 초나라로 철수하여 신(申) 땅에 머물면서 신숙(申叔)은 곡(穀)에서, 자옥(子玉)[6]은 송나라에서, 각각 철수하라고 명령하고 말했다.

"진나라 군사를 뒤쫓지 말라. 진문공은 외국에서 19년을 지내고 나서 결국 진나라를 차지했다. 온갖 간난신고를 두루 다 맛보았고, 인심세태를 소상히 알고 있다. 하늘은 그분에게 장수할 운을 주었고, 그분을 해치는 자를 제거했다. 하늘이 점찍은 사람을 없앨 수가 있겠는가?

≪병서(兵書)≫에 이르기를, <피아(彼我) 실력이 비등하면 회군하라>고 했고, 또 이르기를, <어렵다 싶으면 퇴군하라>고 했고, 또 이르기를, <덕을 갖춘 적을 상대해서 싸우지 말라>고 했다. 이 세 가지 지침은 진나라를 두고 한 말이다."

그러나 자옥은 백분(伯棼)을 시켜 개전을 건의하면서 말했다.

"군이 공을 세워 보겠다는 뜻은 아니옵고, 다만 저를 헐뜯는 자[7]의 입을 틀어막고 싶습니다."

성왕은 화를 내고 약간의 군대만 그이에게 내주었다. 즉 왕의 친위대인 서광(西廣)[8]과 태자의 친위대 및 약오씨(若敖氏)의 특수부대 전차 180대만 그 휘하에 들어갔을 뿐이었다.

자옥은 완춘(宛春)을 진나라 군진에 보내 제의했다.

"위성공을 복위시키고, 조나라를 다시 존속시켜 주시면 저도 송나라의 포위를 풀겠습니다."

자범(子犯)이 화를 내고 말했다.

"자옥은 무례하다. 임금은 한 가지만 얻고, 신하는 두 가지를 얻겠다는 심보이니 이 기회를 놓쳐서는 안 됩니다. 쳐야 합니다."

선진이 말했다.

"동의하는 게 좋겠습니다. 남을 안정시키는 것을 예(禮)라고 합니다만 지금 초나라는 한마디로 세 나라를 살리는데, 우리는 한마디로 세 나라를 망치려 하고 있습니다. 그러면 도리어 우리 측이 무례한 것이 되니 무엇을 믿고 싸우겠습니까? 초나라의 제안을 들어주지 않는다면 송나라를 버리는 것이나 다름없습니다. 구하러 왔다가 버린다면 제후들에게 무어라 변명할 것입니까?

초나라는 세 가지 시혜를 베풀고, 우리는 세 가지 원한을 사는 격이니 원수가 너무 많으면 어떻게 전쟁을 치를 것입니까? 이 상황에서는 비밀리에 조나라와 위나라를 회복시켜 주어 초나라와 손을 끊게 하고, 완춘을 잡아서 초나라의 약을 올려서 일단 싸움을 치른 다음, 조·위 문제는 나중에 생각하는 것이 상책입니다."

문공은 기분이 좋아서 곧 완춘을 위나라에서 구속하고, 아울러 암암리에 조·위 두 나라의 회복을 허락하니 조나라와 위나라는 초나라에 단교(斷交)를 통고했다.

자옥은 성이 나서 송나라에서 철수하여 진나라 군사를 추격하매 진나라 군사는 퇴각했다. 한 군관(軍官)이 말했다.

"임금으로서 신하를 피한다는 것은 수치입니다. 더구나 초나라 군사는 지쳐 있거늘 어찌하여 퇴각합니까?"

자범이 말했다.

"군사는 명분이 서 있으면 사기가 왕성하고, 명분이 굽었으면 사기가 떨어졌다고 하거늘, 어찌 사기가 국외 주둔의 장단에 달렸겠는가? 초나라 성왕의 은혜가 아니었더라면 오늘날 우리가 여기까지 이르지 못했을 것이오. 90리를 후퇴해서 초나라 군사를 피한 것은 그 은혜에 대한 보답이오. 은혜를 배반하여 약속한 말을 지키지 않고 초나라의 원수를 비호한다면, 우리의 명분은 비뚤어진 것이 되고, 초나라는 곧은 것이 되는 것이다. 그리고 초나라 군사는 줄곧 사기가 왕성하니 그들의 사기가 떨어져 있다고 말할 수는 없다.

우리가 후퇴하고 초나라 군사가 돌아간다면 우리는 그 이상 무엇을 바라겠는가? 만약 돌아가지 않는다면 임금의 군사는 후퇴했는데, 신하된 자가 공격의 잘못을 저지르게 되는 것이니 그때에는 비뚤어진 명분은 저편이 지게 되는 것이다."

그래서 진나라 군사는 90리를 후퇴했다. 초나라 군졸들은 전진을 멈추려고 했지만 자옥이 허락하지 않았다. 여름 4월 무진날, 진문공·송성공·제나라의 국귀보(國歸父)와 최요(崔夭)·진(秦)나라의 공자 은(憖)은 군사를 거느리고 성복(城濮)9에 진지를 잡았다. 초나라 군사가 구릉의 험준한 곳을 등지고 진을 치니 진문공은 이를 걱정하고 있었는데, 또 군무원들이 노래하는 소리가 들려왔다.

　"묵힌 밭에 초목이 무성하네.

　묵은 밭 버리고 새 밭 일구세."

진문공은 망설이고 결정을 못 했다. 그러자 자범이 말했다.

"싸웁시다. 싸워서 이기면 제후가 우리를 추대하는 것은 따 놓은 당상입니다. 만약 이기지 못한다 하더라도 진나라는 안으로는 태행산(太行山)이 있고 밖으로는 황하가 있어 반드시 아무런 위해가 없을 것입니다."

문공이,

"초나라한테서 받은 은혜는 어떻게 하고?"

하니 난정자(欒貞子)가 말했다.

"한수(漢水) 이북의 여러 희성(姬姓) 나라는 초나라가 모두 병탄해 버렸습니다. 작은 은혜를 생각한 나머지 큰 수치를 잊어서는 안 됩니다. 싸우는 수밖에 없습니다."

진문공이 꿈을 꾸었는데 초왕과 서로 치고받다가 초왕이 자기를 넘어뜨려 올라타고 자신의 뇌장(腦漿)을 빨아먹는 그런 내용이었다. 그래서 겁을 먹고 있었다. 자범이 말했다.

"길한 꿈입니다. 우리는 위를 쳐다보고 하늘을 얻고, 초나라는 엎드려 죄를 받는 형상입니다. 우리는 게다가 말하자면 억셈[이빨]을 부드러움[뇌]10으로 이긴 셈이니까요."

한편 자옥은 투발(鬪勃)을 진나라 군진에 보내 개전을 청하게 했다.

"임금님의 병사들과 한판 씨름놀이를 벌이고자 하오니 임금님께서는 수레의 가로대에 기대어 구경하십시오. 저 득신(得臣)도 함께 구경하겠습니다."

진문공은 난지(欒枝)를 시켜 대답하게 했다.

"과군은 잘 알아들었소. 초나라 임금님의 은혜는 감히 잊지 못하고 있으며, 그래서 90리를 물러나 이곳까지 와 있는 것입니다. 우리는 대부의 처지를 생각해서 후퇴하였지만 어찌 감히 임금님과 맞서 싸우겠습니까? 기왕에 싸움을 그만두라는 명령이 안 떨어진 이상 대부께서는 수고스럽지만 가서 윗분들에게 전하시오. <전차를 잘 정비하고, 맡은 바 직분을 잘 챙겼다가, 내일 이른 아침에 서로 만납시다>고."

진나라 전차 7백 대는 만반의 준비가 끝났다. 말마다 등·가슴패기·배·발에 가죽 끈을 튼튼히 매었고, 전차마다 전투장비가 완전히 갖춰졌다. 진문공은 유신(有莘)나라의 유적에 올라가 자기 군사를 내려다보고 말했다.

"젊은이와 늙은이가 예를 잘 지키고 있으니 싸움에 쓸 만하겠구나."

그리고는 바로 산의 나무를 베어 무기에 보태 썼다.

기사날, 진나라 군사는 신북(莘北)에 진을 치고, 서신은 하군부장으로서 진(陳)·채(蔡) 두 나라 군사와 대치했다. 초나라 자옥은 약오씨의 전차 180대를 거느리고 중군총수가 되어 말했다.

"오늘은 기필코 진나라 군사를 전멸시키고야 말겠다."

자서(子西)는 좌군통수가 되고, 자상(子上, 즉 투발)은 우군통수가 되었다. 진나라의 서신은 말에 호랑이 가죽을 씌워 앞장서서 진·채의 군대를 돌격하니 진·채 군대가 도망쳤고, 초나라의 우군은 무너졌다. 호모(狐毛)는 선봉대를 두 패로 나누어 적을 격퇴하고, 난지는 수레로 땔나무를 끌어서 먼지를 일으키게

_ 긴 창[矛]

_ 갈래 창[戟]

하여 거짓 도망가는 모양새를 보이니 이를 본 초나라 군사는 급히 추격했다.

원진과 극진(郤溱)이 중군의 공족(公族) 부대를 거느리고 중간에서 옆구리를 찌르고, 호모와 호언이 상군으로 자서를 협공하니, 초나라의 좌군이 무너져 초군은 대패했다. 자옥은 그때 자기의 직속부대를 일찌감치 수습하여 움직이지 않았다. 그래서 중군은 패전을 면할 수 있었다. 진나라 군사는 성복에서 사흘 동안 휴식하며 초나라 군사가 남겨 놓고 간 양식을 먹고 지내다가 계유날에 귀환했다.

주 석

1. 3군 노장공 16년(기원전 678년), 곡옥의 진무공이 1군을 가지고 진나라 임금으로 출발했다. 노민공 원년(기원전 661년)에 진헌공이 2군을 창설했고 이번에 상, 중, 하 3군을 창설하고 각 군에 장수와 부장을 두었다. 중군 장수를 원수(元帥)로 삼았다. 중군원수는 "6경(卿)"의 우두머리로서 재상 겸 군사 장관이다.

2. 말을……포상하라 ≪상서(尙書)≫ 익직(益稷).

3. 호모(狐毛) 호언의 형. 모와 언은 모두 호돌(狐突)의 아들.

4. 경(卿) 벼슬 이름. 춘추시대 천자와 제후가 설정한 벼슬의 최고 급수.

5. 길을 빌려 길을 빌려 통과하다. 조나라는 동쪽에 있고, 진나라는 서쪽에 있으므로 진나라가 조나라를 공격하기 위해서는 반드시 위나라에 길을 빌려 통과해야 한다.

6. 자옥(子玉) 성득신(成得臣), 당시 영윤.

7. 헐뜯는 자 위가(蔿賈)를 가리킨다. 위가는 일찍이 자옥을 비판하여 그이가 반드시 전쟁에 패하리라고 예언했다. 위가는 그때 아직 어렸다.

8. 서광(西廣) 초왕의 친위병은 좌우광으로 나뉘는데 매 광은 15승, 서

광은 즉 우광. 동궁은 동궁의 호위대, 약오는 자옥의 조상, "약오의 6졸"이란 약오의 종족 친군. 1졸은 병거 30승, 따라서 6졸은 180승.

9. 성복(城濮) 위나라 땅, 지금의 산동 범현(范縣) 임복집(臨濮集).

10. 부드러움 뇌는 부드럽고[柔] 이빨은 억세므로[强] 억셈을 부드러움으로 이겼다고 한 것이다.

도움말

춘추 시기를 통틀어 패권을 다투는 투쟁 시간이 가장 길고, 가장 격렬했던 것이 진(晋)·초(楚) 양국이다. 특히 두 나라 사이에 끼어 있는 정(鄭)·송(宋)·진(陳)·채(蔡)나라는 항상 그들의 쟁탈 대상이 되었고 따라서 입은 전화도 가장 참혹했다. 그 이유는 송나라는 소위 "천하의 한복판에 자리 잡고 있고", 정나라는 "중원을 차지한, 동서남북의 교통의 요충지"였기 때문이다. 이 두 나라의 향배가 패권 장악의 상징이 되었기 때문에 진·초의 쟁패 전쟁은 어느 정도 이 때문에 일어났다고 할 수 있다.

성복의 전쟁은 송나라가 희공 26년 원래의 상전(上典)이었던 초나라를 배반하고 친진(親晉)으로 돌아서자, 희공 27년에 초나라가 송나라를 포위한 것이 그 근인이 되었다. 송나라는 그때부터 진나라에 귀부해서 춘추시대 끝까지 친진 일변도의 길을 걸었는데 같은 두 대국 사이에 끼어 있던 정나라가 "담장 꼭대기에 난 풀"처럼 바람 따라 나부끼었던 것과는 좋은 대조를 이루었다.

앞에서 잠깐 언급한 펠로폰네소스 전쟁 때 에게해의 사모스(Samos)도 27년의 전쟁 기간 중 처음부터 끝까지 과두정치(寡頭政治)를 거부하고, 민주정치(民主政治)의 보루로서 아테네에 흔들림 없는 충성을 바친 유일한 도시 국가였다. 그래서 "왕관의 보석"이라는 칭송까지 들었다.

성복의 전쟁에는 허다한 동맹국이 관련되어 있다. 진나라 쪽에 속하는 나라로는 제(齊)·진(秦)·송(宋)나라가 있고, 초나라 쪽에 속하는 나라로는 조(曹)·위(衛)·정(鄭)·허(許)·진(陳)·채(蔡)나라가 있다.

이 성복의 전쟁에는 몇 가지 특색이 있다. 하나는 덕을 숭상하는 이념이 전편에 흐르고 있다는 점이다. 우선 하군부장이던 선진을 중군 원수로 임명한 것은 파격적인 등용이다. 하군부장이라 하면 6명의 장수 중에서 맨 하위에 속한다. 덕을 높이 산 인사라고 설명한다. 초나라 성왕은 송나라에서 철수한 자옥에게 진나라 군사를 뒤쫓지 말라고 분부하면서 진문공은 하늘이 점지한 사람이고, "덕을 갖춘 적을 상대로 싸우지 말라"고 권고한다.

탁월한 외교와 모공은 호언과 선진의 머리에서 나온다. 즉 조·위 두 나라를 치면 초나라는 반드시 이들 나라를 구할 것이니 송나라를 구할 수 있다는 계산이다. 이 "침조벌위(侵曹伐衛)" 책략은 훗날 전국시대의 손빈(孫臏)이 채택한, 위나라를 포위하여 조나라를 구한 "위위구조(圍衛救趙)" 전략의 효시가 되었다.

자범의 지략과 판단은 놀랍다. 문공이 군무원들이 노래하는 소리를 듣고도 반격을 망설일 때 자범은 결전을 주장한다. 자범은 또 문공이 꾼 흉몽을 길몽으로 억지 해석하여 기분전환을 도모한다.

문공이 공자 시절, 천하를 유랑할 때 초성왕에게 약속한 "퇴피삼사(退避三舍)"를 지킨 것은 이 성복의 전쟁이다. 자옥이 송나라에서 철수하여 진나라 군사를 추격하자 진군은 90리를 후퇴해서 비로소 성복 부근에서 양 진영이 대치한다.

그리고 다양한 전술적 궤계(詭計)를 십분 활용한 것도 이 전쟁이다. 서신은 말에 호랑이 가죽을 씌워서 적진에 돌진하고, 호모는 선봉대를 두 분견대(分遣隊)로 나누어 적을 격퇴한다. 난지는 수레로 땔나무를 끌어서 먼지를 일으키게 하여 도주를 위장한다. 이것은 이른바 "병불염사(兵不厭詐)"라는 것으로 전투에서는 적을 기만하는 전술을 쓸 수 있다는 뜻이다.

진나라가 이 전쟁에 승리하자 주양왕은 진문공을 패주(霸主)로 책봉

한다.

이 대목에서 나온 성어는 간난험조(艱難險阻), 천가지년(天假之年), 지난이퇴(知難而退), 일언이정(一言而定), 사직위장(師直爲壯), 표리산하(表裏山河)이다.

문화 상식 이야기

춘추시대 관제(官制)의 최대 특점은 군정합일(軍政合一)이라는 점이다. 각급 관리는 평시에는 국사를 처리하지만 전시에는 군사 수령이 된다. 각국의 중앙 정부는 사도(司徒), 사마(司馬), 사공(司空), 사구(司寇)의 사대 부문으로 나뉘어 있고, 그 위에 국정을 총괄하는 재상(宰相)이 있다. 나라에 따라 상(相), 집정(執政), 당국(當國), 초나라는 영윤(令尹), 송나라는 흔히 우사(右師)가 이 직위를 담당했고, 진나라는 중군원수가 이를 담당했다. 주왕실은 처음에는 경사(卿士), 후에는 태재(大宰)로 바뀌었다. 제후국에서는 경(卿)은 고급 작위로서 재상, 사사(四司)의 장관, 각 군의 장군과 같은 국가의 고급 관직을 맡았고, 대부(大夫)는 분봉 받은 채읍에 대한 군정 대권을 행사했다. 사(士)는 기층 관리였다.
초나라는 독특한 체제로서 재상이 처음에는 막오(莫敖)였다가 그 후 영윤(令尹)과 사마(司馬)의 이경사(二卿士)를 두어 국정을 담당케 했다. 초나라의 관명 중에는 '윤(尹)'자가 붙는 관명이 많고, 현관을 현윤(縣尹) 혹은 현공(縣公)이라 불렀다. 진나라는 진문공 때 3군을 창설하여 상, 중, 하로 이름을 붙이고, 각 군에 대장(大將), 부장(副將) 각 1인을 두었고, 중군대장을 "원수(元帥)"라 불렀다.

32. 초나라 자옥(子玉)의 죽음

희공僖公 28년

처음에, 초나라 자옥(子玉)은 말의 장식물인, 옥으로 꾸민 말머리 치장과 옥과 가죽으로 된 가슴걸이를 손수 만들었으나 한 번도 써보지 않았다. 싸움이 시작되기 전에 꿈에 황하의 신이 나타나 말했다.

"그것을 내게 주라. 그러면 너에게 맹저(孟諸)의 소택지를 주마."

그러나 그이는 주지 않았다. 아들인 대심(大心)과 자서(子西)가 영황(榮黃)을 시켜 간하게 했지만 듣지 않았다. 영계(榮季, 즉 영황)는 이렇게 말했다.

"죽어서 나라에 이익이 된다면 죽기까지 하는데 하물며 경옥(瓊玉) 따위가 무엇이 그리 대단합니까? 이것은 썩은 흙이나 다름없습니다. 그것으로 군대가 승리할 수 있다면 그것을 아낄 이유가 어디에 있습니까?"

그러나 듣지 않았다. 영계는 나와서 두 사람보고 말했다.

"신이 영윤을 지게 만드는 것이 아니라 영윤께서 백성을 위해 발 벗고 나서지 않으시니 사실 스스로 패배를 자초하고 있는 것입니다."

싸움에 지고 나서 성왕은 사람을 시켜 자옥에게 전하게 했다.

"대부가 만약 나라로 돌아온다면 신(申)과 식(息) 두 고을의 어르신네를 어떻게 대할꼬?"

자서와 손백(孫伯, 즉 대심)이 사자에게 대답했다.

"득신은 원래 자살하려 했습니다만 저희들 두 사람이 말려서 죽지 못하게 하고 <임금님께서 처벌을 내려주실 것이니 그때까지 기다리십시오>라고 했습니다."

자옥은 연곡(連穀)까지 돌아와서 그곳에서 자살했다. 진문공은 이 소식을 듣고 비로소 만면에 희색을 띠며 말했다.

"이제는 나를 해칠 자가 없어졌구나. 위여신(蔿呂臣)이 틀림없이 차기 영윤이 되겠지만 그 사람은 자기 몸만 사릴 줄 알았지 백성은 안중에도 없는 자다."

도움말

이 대목은 두 가지 일을 기술하고 있다. 하나는 자옥이 출정 전에 꿈을 꾸었는데 황하의 신이 말의 장식물을 달라고 한 것이고, 다른 하나는 자옥이 초왕의 명령에 압박을 느껴 자살한 일이다.

성복의 전쟁에서는 꿈 이야기가 두 개 나오는데 하나는 진문공의 꿈이요, 다른 하나는 자옥의 꿈이다. 진나라와 초나라가 교전한 성복은 지금의 산동 범현 부근으로 황하 건너 북쪽에 있다. 한수(漢水)나 장강(長江)이면 몰라도 황하는 초나라 사람에게는 낯설고 소원한 강이다. 도하하는 데는 불확실한 인소가 많으므로 자연히 공포심리가 작용한다.

옛사람은 산림과 천택의 신에게 제사지낼 때, 산림의 제사에는 희생과 옥백을 땅속에 묻었고, 천택의 제사에는 주로 옥을 던져 가라앉혔다. 《좌전》에는 황하나 한수를 건널 때 옥을 던져 맹세하거나 성공을 비는 기사가 자주 나온다. 황하의 신은 자옥에게 일종의 도하세를 요구한 것인데 굳센 인물이자 미신을 믿지 않는 자옥은 그것을 거절한 것이다.

영황이 자옥을 설득하기 위하여 말한 "죽어서 나라에 이익이 된다면 죽기까지 한다(死而利國, 猶或爲之)"는 말은 초나라 사람의 특점인 고도의 책임감과 애국정신을 나타낸 말이다.

자옥은 초성왕의 재촉하에 자살했다. 초성왕이 힐문한 말은 "대부가 만약 나라로 돌아온다면 신과 식 고을의 어르신네를 어떻게 대할꼬?"였는데, 신과 식 두 읍의 자제들이 자옥을 따라 참전했다가 많이 죽었다.

이 장면은 항우(項羽)가 오강(烏江) 나루터에서 "강동의 자제 8천 명을 데리고 갔다가 모두 죽어 무슨 낯으로 강동의 어르신네를 대할꼬?"하고 자책한 상황과 비슷하다. 애당초 초성왕은 덕을 갖춘 자하고는 싸우지 말라고 권고했는데도, 자옥은 개전을 고집했던 것이다.

이 대목에서 나온 성어는 막여독야(莫予毒也), 인막여독(人莫予毒)이다.

33. 촉지무(燭之武)가 진군(秦軍)을 물리치다

희공僖公 30년

9월 갑오날, 진문공(晉文公)과 진목공(秦穆公)이 정나라를 포위했다. 그 이유는 정나라가 진(晉)나라에 대하여 무례를 범했고, 게다가 초나라에 양다리를 걸쳤기 때문이다. 진(晉)나라 군사는 함릉(函陵)에 진을 치고, 진(秦)나라 군사는 범남(氾南)에 진을 쳤다. 일지호(佚之狐)가 정나라 문공(文公)에게 말했다.

"나라가 위태롭게 되었습니다. 만약 촉지무(燭之武)를 보내어 진목공을 만나보게 하신다면 진나라 군사는 반드시 물러갈 것입니다."

문공은 그리하기로 했으나 당사자인 촉지무는 사양하고 말했다.

"저는 젊었을 때에도 남과 같이 일을 하지 못했는데 지금은 늙어서 아무 일도 할 수가 없습니다."

"진작 당신을 쓰지 못하고 지금 다급하게 되어서야 당신을 찾은 것은 진실로 내 잘못이오. 그러나 정나라가 망하면 당신한테도 이로울 것이 없을 텐데."

촉지무는 허락하고, 밤에 밧줄을 타고 성을 빠져나가 진목공을 뵙고 말했다.

"진(秦)나라와 진(晉)나라가 정나라를 포위하고 있는 이상 우리나라는 이미 망할 것을 알고 있습니다. 만일 정나라가 망하고 임금님에게 이익 되는 점이 있다면 바로 그 점에 대해서 감히 집사님에게 말씀드리고자 합니다. 남의 나라를 건너뛰어 먼 지방을 변방1으로 삼는다는 것이 어렵다는 것은 임금님도 잘 알고 계실 겁니다. 어째서 정나라를 망쳐서 이웃나라를 배부르게 만들려고 하십니까? 이웃이 두터워진다는 것은 내가 얇아진다는 말입니다. 만일 정나라를 그대로 두었다가 동쪽으로 진출하실 때의 안내역으로 삼으시고, 사자의 왕래에 편의를 제공하게 하신다면 임금님께서도 손해될 일이 없을 것입니다.

그리고 또 임금님께서는 전에 진나라 임금님에게 은혜를 베푸신 적이 있사온데, 그 보답으로 진나라에서는 초(焦)와 하(瑕) 두 고을을 드리기로 해놓고서는 아침에 황하를 건너 본국으로 돌아갔다가 저녁에는 다시 돌아와 판축(版築)으로 성벽 쌓기에

_ 중국 고대의 전차戰車

154

바빴습니다. 잊지는 않으셨겠지요? 저런 진(晉)나라가 어찌 만족이란 것을 알겠습니까? 동방의 정나라를 차지하고 나면 이번에는 방자하게 서방으로 땅을 넓히려 할 것인데, 진(秦)나라 땅을 깎지 않으면 어디에서 땅을 차지할 것입니까? 진나라 땅을 깎아 진(晉)나라를 이롭게 한다는 이야기입니다. 임금님께서는 이 점을 깊이 살피소서."

진나라 목공은 기뻐하여 정나라 사람과 맹약을 맺고, 기자(杞子)·봉손(逢孫)·양손(楊孫)의 세 대부를 남겨 정나라를 수비하게 하고 돌아갔다. 진(晉)나라의 자범이 추격하기를 건의하니 진문공은 말렸다.

"안 된다. 저분의 도움이 없었더라면 내가 오늘날 이렇게 될 수 없었을 것이다. 남의 힘을 빌렸다가 그 사람을 해친다는 것은 어질지 못하고, 동맹국 하나를 잃어버린다는 것은 지혜롭지 못하며, 화목한 우호관계를 동란으로 바꿔 놓는다는 것은 무사도에 어긋난다. 우리도 돌아가는 게 좋겠다."

그래서 진(晉)나라 군사도 떠났다.

주 석

1. 먼 지방을 변방으로 정나라는 동쪽, 진(秦)나라는 서쪽, 그 중간에 진(晉)나라가 있으므로 진나라는 진나라를 건너뛰어야 비로소 정나라를 점령할 수 있다. 비지(飛地), enclave라고도 하며, 적지에 둘러싸인 외딴 영토를 가리킨다.

도움말

진목공이 촉지무의 이야기를 듣고 군사를 이끌고 말도 없이 떠나가

버려 진(晉)나라 사람의 불만을 샀고, 또 진(秦)나라는 세 대부를 정나라에 남겨 수비하도록 한 것은 3년 후에 진진(秦晉) 효(殽)의 전쟁을 일으키는 불씨가 되었다.

촉지무는 포위당한 나라의 사자 신분으로, 진목공에게 철군을 빌기는커녕 오히려 진목공을 향하여 시종일관 정나라를 살리고 죽일 경우의 이해관계만을 종횡으로 유세한다. 정나라를 죽일 경우 진나라로서는 정나라는 적지에 둘러싸인 외딴 섬과 같은 영토가 되므로 다스리기가 매우 어렵고, 또 정나라가 망하면 그것은 곧 이웃나라인 진(晉)나라만 배부르게 만들어주는 결과밖에 되지 않는다.

진혜공의 과거의 처사에서 보았듯이 욕심에 한이 없는 진나라는 서쪽으로 야망을 뻗칠 것인즉 진(秦)나라 땅을 깎지 않고 어디서 차지할 것인가 하고 반문한다. 반면에 정나라를 살려두어 진(秦)나라의 동방 진출의 교두보로 삼고 외교관의 왕래에 편의를 제공한다면 손해될 것이 없을 것이라고 설득한다.

이 촉지무의 외교사령은 뛰어난 문장의 하나로 평가되고 있다.

이 대목에서 나온 성어는 동도주(東道主), 사기서봉(肆其西封)이다.

156

34. 진진(秦晉) 효(殽)의 전쟁

희공僖公 32, 33년

겨울, 진문공(晉文公)이 세상을 떠났다. 경진날, 곡옥(曲沃)에서 하관식을 거행하려고 강(絳)¹을 나서는데 영구 안에서 소가 우는 소리 같은 것이 들렸다. 그러자 복언(卜偃)이 대부들보고 절하게 하고 말했다.

"주상께서 나라의 큰 일에 대해 말씀하고 계십니다. <곧 서쪽의 군사가 우리나라를 통과할 것이다. 그 군사를 치면 반드시 대승할 것이다>."

정나라에서 수비대를 지휘하고 있는 기자(杞子)가 정나라에서 사람을 시켜 진(秦)나라에 알렸다.

"정나라 사람이 저에게 북문의 열쇠를 맡겨 관리하고 있습니다. 만약에 남몰래 군사를 거느리고 온다면 이 나라를 차지할 수 있습니다."

진목공(秦穆公)이 그 일을 건숙(蹇叔)에게 물었다. 건숙은 대답했다.

"군사를 지치게 만들어 먼 나라를 습격한다는 것은 금시초문입니다. 우리 군사는 지쳐서 힘이 다 빠지고, 먼 데 있는 나라는 미리 방비하고 기다린다면 성공하기 어렵지 않겠습니까? 우리 군사가 취하는 행동은 정나라가 모를 리 없을 것입니다. 게다가 갈 길이 천리나 되는데 그 누가 보고 모르겠습니까?"

그러나 목공은 그의 의견을 물리치고, 맹명(孟明)·서걸(西乞)·백을(白乙)2을 불러 군사를 동문 밖으로 출동시키게 했다. 건숙은 출전하는 군사에게 곡하며 말했다.

"맹선생, 나는 우리 군사의 출동은 보겠지만 귀환은 보지 못하겠구려."

목공은 사람을 시켜 말했다.

"자네가 무엇을 안단 말인가? 만약 중수(中壽)3의 나이 같았으면 자네 무덤 위에 심은 나무가 벌써 한아름은 되었을 걸세."

건숙의 아들도 그 군사에 끼어 있었다. 건숙은 곡하고 전송하면서 말했다.

"진나라 사람이 우리 군사를 막아 싸운다면 그곳은 효산(殽山)4이 틀림없다. 효산에는 언덕이 두 개 있는데 남쪽 언덕은 하(夏)나라 고후(皐后)의 무덤이고, 북쪽 언덕은 주나라 문왕(文王)이 비바람을 피하셨던 곳이다. 너는 반드시 그 중간에서 죽을 것이니 그곳에서 네 뼈를 거두어 주마."

진나라 군사는 곧 동쪽을 향해 출발했다. (이상 희공 32년)

33년 봄, 진(秦)나라 군사가 주나라 서울 낙읍(洛邑)의 북문을 지나갔다. 전차의 거좌와 거우가 투구를 벗고 전차에서 내려 천자에게 경의를 표하고는, 전차를 탈 때 3백 대나 되는 전차의 군졸들이 모두 껑충하고 단번에 전차에 뛰어올랐다. 왕손만(王孫滿)은 그때 아직 나이가 어렸으나 이 광경을 보고 주왕에게 말했다.

"진나라 군사는 경망스럽고 무례하니 반드시 패할 것입니다.

경솔하면 꾀가 적고, 무례하면 덤비기 쉽습니다. 험지에 들어가 덤비고 또 머리를 쓸 줄 모른다면 패하지 않을 도리가 있겠습니까?"

진나라 군사는 활(滑)에 도착했다. 정나라 상인 현고(弦高)가 주나라로 장사하러 가던 차에 진나라 군사를 우연히 만나 우선 무두질한 쇠가죽 넉 장을 헌납하고, 이어 소 열두 마리로 군사를 호로(犒勞)하고 말했다.

"과군께서는 여러 어른께서 군사를 거느리고 저희 나라로 오신다는 소식을 들으시고 외람되이 수행원 일행을 호로하는 바입니다. 넉넉하지 못한 저희 나라지만 일행이 머무시는 동안 편의를 제공하기 위하여, 주무실 경우에는 하루분의 양식과 땔감을 대드리겠고, 떠나실 경우에는 하룻밤의 경비를 서 드리겠습니다."

그리고는 역말을 파견하여 급한 소식을 정나라에 알렸다.

정나라 목공(穆公)은 사람을 시켜 진나라 대부들이 묵고 있는 객사를 살펴보게 했더니 짐을 다 묶어 놓고 무기를 손질하며 말에 먹이를 먹이고 있었다. 그래서 목공은 황무자(皇武子)를 시켜 사정을 설명하게 했다.

"당신네가 오랫동안 이곳에 계셨기 때문에 이제 건육이며 양식·생육·가축 등이 바닥났습니다. 당신들이 떠나신다기에 드리는 말씀입니다만 진나라에 구유(具囿)가 있듯이 정나라에는 원포(原圃)라는 사냥터가 있습니다. 그러므로 여러분은 오늘부터 그곳에 있는 고라니나 사슴을 잡아먹으면서 우리도 한숨 돌릴 수 있게 해주시면 어떻겠습니까?"

이 말에 기자는 제나라로, 봉손과 양손은 송나라로 도망갔다.

한편 진(秦)나라 측에서는 맹명이 말했다.

"정나라는 이미 대비를 갖추었으니 우리 뜻대로 되기는 글렀다. 공격해도 이길 수가 없고, 포위해도 받쳐줄 뒤가 없다. 돌아가는 게 좋지 않겠는가?"

이래서 활나라만 멸망시키고 돌아갔다.

진(晋)나라에서는 원진(原軫, 즉 선진)이 말했다.

"진(秦)나라는 건숙의 말을 듣지 않고 탐욕을 부려 백성을 괴롭히고 있다. 이것은 하늘이 우리를 도운 것이다. 하늘의 도움을 놓쳐서는 안 되고, 적은 놓아주어서는 안 된다. 적을 놓아주면 화가 닥치고, 하늘의 뜻을 거스르면 불길하니 반드시 진나라 군사를 쳐야 한다."

난지(欒枝)가 말했다.

"진나라의 은혜를 아직 갚지도 못했는데 오히려 그 나라의 군사를 친다는 것은 설마 심중에 돌아가신 임금님(문공)이 없다는 말은 아니겠지?"

원진은 대답했다.

"진나라는 우리나라가 상을 당했을 때 애도의 뜻도 표하지 않았고 우리와 동성인 활나라를 쳤다. 무례한 쪽은 진나라인데 무슨 은혜를 갚는단 말인가? 내가 들은 바로는 <하루라도 적을 놓아주면 몇 대에 걸친 화가 된다>고 한다. 진나라를 치자는 것은 자손만대를 내다보고 하는 타산이니 돌아가신 임금님을 대할 충분한 이유가 된다."

이에 바로 명령을 내려 강융(姜戎)5의 군사를 긴급 동원했다. 효자(훗날의 양공襄公)는 흰 상복과 끈을 검게 물들여 입고, 양홍(梁弘)이 말을 몰고, 내구(萊駒)가 거우를 맡았다. 여름 4월

신사날, 진나라 군사를 효에서 패배시키고 백리맹명시(百里孟明視)·서걸술(西乞術)·백을병(白乙丙)을 사로잡아 데리고 돌아갔다. 곧이어 효자는 검은 상복을 입은 채 문공의 장사를 지냈다. 이때부터 진(晋)나라에서는 검은 상복6을 입는 풍속이 생겼다.

문영(文嬴, 즉 진나라 공주로서 문공의 부인)이 양공(襄公)에게 진나라의 세 장수를 놓아주기를 요청하면서 말했다.

"저 세 사람이 진·진 두 나라의 임금이 싸우도록 꾸민 장본인입니다. 친정 아버지가 손에 넣기만 하면 잡아먹어도 한이 풀리지 않을 것인데 당신이 무엇 때문에 직접 손보시려고 하시오? 진나라로 돌려보내 그곳에서 벌을 받게 하여 친정 아버지의 원을 풀어 드리는 게 어떻겠소?"

양공은 허락하고 세 사람을 놓아주었다. 선진이 아침 인사차 양공을 찾아뵙고 진(秦)나라의 포로에 대해서 물으니 양공은 대답했다.

"어머님께서 부탁하셔서 놓아주었소."

선진은 화를 내고 말했다.

"군인이 힘들여 들판에서 잡은 것을 여자의 거짓말 몇 마디에 장안에 놓아주었다는 말씀입니까? 포로를 놓아주고 적의 힘만 키워 주었으니 나라가 망할 날도 얼마 남지 않았습니다."

그리고는 등을 돌리지도 않고 침을 뱉었다. 양공은 양처보(陽處父)를 시켜 쫓게 하여 황하에 이르니 그들은 이미 배를 타 버린 뒤였다. 양처보는 전차의 왼쪽 곁말을 끌러 양공의 명의로 맹명에게 선사했다. 그러나 맹명은 배 위에서 계수(稽首)의 절을 하고 말했다.

"진(晉)나라 임금님의 은혜를 입어, 포로가 된 저희들을 죽여 그 피를 북에 바르지 않으시고, 본국으로 돌아가 벌을 받게 해주셨습니다. 만약 과군의 손에 죽을 수만 있다면 죽어도 썩지 않을 것입니다. 만약 진나라 임금님의 은혜를 입어 우리를 살려만 주신다면 3년 뒤에 와서 임금님의 하사품을 받겠습니다."

진(秦)목공은 소복을 하고 교외로 나가 하룻밤을 묵고, 돌아온 군사를 맞이하고 곡했다.

"내가 건숙의 말을 듣지 않았다가 여러분을 욕보였으니 내 죄요."

또 맹명의 직위를 해제하지 않고 말했다.

"내 잘못이오. 대부들이 무슨 죄가 있겠소? 게다가 나는 한 가지 잘못한 일이 있다고 해서 이전의 큰 공을 덮어 버리는 짓은 하지 않을 작정이오."

주 석

1. 강(絳) 진(晉)나라의 수도, 지금의 산서성 익성(翼城) 동쪽.
2. 맹명(孟明)·서걸(西乞)·백을(白乙) 맹명은 백리맹명(百里孟明), 이름은 시(視), 그러므로 맹명시라고 칭하기도 한다. 서걸은 이름은 술(術). 백을은 이름은 병(丙). 백을병은 건숙의 아들. 세 사람 모두 진(秦)나라 장수.
3. 중수(中壽) 일반적으로 6, 70세를 가리킨다.
4. 효산(殽山) 지금의 하남 낙녕(洛寧) 서북, 서로는 섬현(陝縣)과 접하고 동으로는 면지(澠池)와 접한다. 진(晉)나라의 요새로서 정나라로 가려면 반드시 이곳을 지나야 한다.
5. 강융(姜戎) 강성의 융족, 진·진의 중간에 있었던 부족으로 진(晉)나라에 우호적이었다.
6. 검은 상복 고대의 상복은 흰색이었고 군복은 흑색이었는데, 행군과

작전의 수요에 맞추기 위하여 임시로 상복을 검은색으로 물들였다.

___
도움말

효의 전쟁은 한(韓)의 전쟁 이후 진·진간의 두 번째 대규모 전쟁이다. 춘추시대를 통하여 진·진 양 대국은 사돈간인 우호적인 국가요 또 패권을 다투는 적수이기도 했다. 중원에 패권을 수립한 진문공이 서거하자 진나라는 급히 동방 확장을 서둘렀다가 패하자 동방에 대한 야심을 접고 이후는 서방 공략에 진력하게 된다.

전쟁의 불씨는 희공 30년, 진·진 양국이 정나라를 포위했다가 진목공이 정나라의 촉지무의 유세를 듣고 퇴군할 때 정나라에 수비군으로 기자, 봉손, 양손의 세 장군을 남겨 둔 데에 있다.

효의 전쟁에는 진·정·진 세 나라의 허다한 인물이 등장하는데 그들의 성격과 자태가 그들의 말투를 통하여 생동감 있게 잘 드러나 있다. 전편에 깔려 있는 것이 진(秦)나라 군사가 반드시 패하리라는 건숙의 예언이다. 건숙은 곡으로 출정군을 전송하고, 진목공은 소복을 하고 돌아온 군사를 곡으로 맞이한다. 상인인데도 오히려 기지를 살려 사자인양 행세하고 급히 역말로 소식을 알리는 상인 현고의 애국적인 행동은 특기할 만하다.

문영이 세 장수의 석방을 청하는 대목은 18년 전 한(韓)의 전쟁에서 진혜공이 포로가 되어 왔을 때 목희가 딸과 함께 땔나무 위에 서서 진목공을 협박한 장면과 멋있는 쌍곡선을 이룬다. 중군원수 선진이 진양공(晋襄公)이 진(秦)나라 포로들을 석방해 주었다는 말을 들었을 때 노여움을 억제할 수 없어 내뱉은 말과 침은 너무나 박진감이 넘친다.

이 대목에서 나온 성어는 북문쇄약(北門鎖鑰), 묘목이공(墓木已拱), 여병말마(厲兵秣馬), 종적이환(縱敵貽患), 불이일생엄대덕(不以一眚掩大德)이다.

35. 초나라 상신(商臣)이 임금을 시해하다

문공文公 원년

처음에, 초나라 성왕(成王)이 상신(商臣)[1]을 태자로 세우려고 영윤(令尹) 자상(子上)에게 의논했더니 자상이 말했다.

"전하의 나이가 많지 않으시고 또 총희도 많으시니 상신을 세우셨다가 뒤에 내치신다면 난리가 납니다. 초나라의 태자를 세우는 법은 항상 나이 어린 분의 차지였습니다. 게다가 이분은 벌의 눈길에다 늑대의 목소리에 잔인한 성격을 가지신 분이니 태자로 세워서는 안 됩니다."

그러나 말을 듣지 않고 상신을 태자로 세웠다.

그 후 얼마 지나지 않아 다시 왕자 직(職)을 세우고, 태자 상신을 그 자리에서 몰아내고 싶었다. 상신은 그 소문을 듣고도 확실한 증거가 없어 스승인 반숭(潘崇)에게 사정을 알리고 말했다.

"어떻게 하면 확실한 증거를 잡을 수 있을까요?"

반숭이 대답했다.

"강미(江羋) 고모님을 잔치에 초대하여 일부러 무례하게 구십시오."

그대로 했더니 강미가 화를 내고 말했다.

"허허, 이 망할 놈아! 주상께서 너를 죽이고 직을 세우시려는 것도 무리가 아니로구나."

상신은 반숭에게 알렸다.

"사실이었습니다."

"직을 고분고분 섬길 수 있겠습니까?"

"못하겠습니다."

"외국으로 도망갈 수 있습니까?"

"그것도 못하겠습니다."

"큰일은 저지를 수 있겠습니까?"

"할 수 있습니다."

겨울 10월, 상신은 태자궁의 병사를 거느리고 성왕을 포위했다. 성왕은 곰 발바닥2을 먹고 죽을 수 있게 해 달라고 애원했지만 상신은 들어주지 않았다. 정미날, 왕은 목을 매고 죽었다. 시호(諡號)를 영(靈)3이라고 붙였으나 눈을 감지 않았다. 그래서 성(成)이라고 했더니 그제야 눈을 감았다.

상신은 목왕(穆王)이라는 이름으로 즉위하여, 태자 시절에 가졌던 가산과 노예를 모두 반숭에게 주고, 그이를 태사(大師)로 임명하고 아울러 근위병을 다스리는 장관 자리를 맡겼다.

───── 주 석

1. 상신(商臣) 초성왕의 아들, 성왕을 시해한 후 목왕으로 즉위한다. 목왕은 훗날 춘추오패의 한 사람이 되는 초장왕의 부친이다.
2. 곰 발바닥 곰 발바닥은 잘 삶아지지 않으므로 초성왕은 이것으로 시간을 벌어볼 생각이었다.
3. 영(靈) 옛사람은 죽은 후의 시호를 중요시하였다. 왜냐하면 그것은 고인의 일생의 업적에 대한 평가이기 때문이다. 상신이 처음에 그

부친에게 준 '영'이란 시호는 무도하고 아둔한 임금이란 뜻이다. '성(成)'은 백성을 안정시키고 정치를 바로잡았다는 뜻이다.

───── ### 도움말

이 편은 상신이 자기 아버지를 시해하고 자립한 경위를 적고 있다. 이 사건을 따져 보면 주된 책임은 초성왕 자신에게 있다. 그는 이전에 상신을 태자로 세우는 일로 영윤 자상에게 자문을 구했을 때 자상은 그 부당함을 지적했다.

태자 상신이 자기의 스승 반숭에게 물었을 때 그이가 제시한 선택은 태자를 다시 바꾸려는 부왕의 결정에 따르든가, 도망을 가든가, 아니면 임금을 시해하든가의 세 가지를 제시했다. 앞의 두 선택을 상신이 선택할 위인이 아니라는 것을 잘 아는 반숭은 결국 마지막 선택을 제시했으니 반숭은 교사범(敎唆犯)이요 상신의 공모자인 셈이다.

상신의 생김새와 목소리가 '벌의 눈길에 늑대의 목소리'를 닮았다는 소위 반인반수적인 형상은 ≪좌전≫에서 흔히 만나는 위험하거나 흉악한 자의 묘사 방법이다.

이 대목에서 나온 성어는 봉목시성(蜂目豺聲)이다.

36. 낭심(狼瞫)의 용기

문공文公 2년

2년 봄, 진(秦)나라의 맹명시(孟明視)가 군사를 거느리고 진(晋)나라를 쳐 효(殽)의 전쟁에 대한 앙갚음을 하려 했다. 2월, 진양공(晋襄公)이 나가서 막았다. 선저거(先且居)가 중군원수, 조최(趙衰)가 부장, 왕관무지(王官無地)가 말몰이, 호국거(狐鞫居)가 거우가 되었다. 갑자날, 진(秦)나라 군사와 팽아(彭衙)¹에서 싸워 이를 크게 이기고, 진(晋)나라 사람은 이 진나라 군사를 "배수(拜受)의 군사"²라고 비꼬아 불렀다.

효(殽)의 싸움에서는 진(晋)나라의 양홍(梁弘)이 양공의 말몰이, 내구(萊駒)가 거우가 되었다. 싸움을 시작한 다음날 양공은 진(秦)나라의 포로를 묶어 놓고 내구에게 창으로 죽이게 했다. 그런데 포로가 크게 비명을 지르는 바람에 내구가 들고 있던 창을 떨어뜨렸다.

그러자 낭심(狼瞫)이 그 창을 집어 포로를 죽이고, 내구를 잡아매고 양공의 전차를 뒤따라갔다. 그 일로 낭심은 양공의 거우가 되었다. 그러나 기(箕)의 싸움에서는 선진(先軫)은 낭심을 물리치고 속간백(續簡伯, 즉 호국거)을 그 자리에 앉히니 낭심이 화를 냈다. 그이의 친구가 말했다.

"왜 죽음을 택하지 않는가?"

"나는 아직 죽을 자리를 찾지 못했네."

"내가 자네를 위해 난을 일으켜 선진을 죽이면 어떨까?"

"≪주지(周志)≫3에 이르기를 <용기가 있다고 해서 윗사람을 해치는 자는 죽어서 명당에 오르지 못한다>고 했다. 죽어도 그 것이 불의의 죽음이라면 용기가 있다고 할 수 없고, 죽어서 그 것이 나라에 보탬이 되어야만 비로소 용기라고 할 수 있는 걸세.

나는 나름대로 내 용기만 믿고 임금님의 거우 자리를 얻었지만 이제 용기가 없다고 해서 쫓겨났으니 그 또한 당연한 일이다. 만약 윗분(선진)이 사람 보는 눈이 없어서 나를 내친 것이니 당연하지 않느냐고 여기는 사람이 있다면 그것은 사실 나를 제 대로 알아본 것이다. 어디 자네는 잠간 기다려 보게나."

각설하고, 팽아의 싸움에서 전열이 다 전개되었을 때 낭심은 수하(手下) 친병을 거느리고 진(秦)나라 군진으로 돌진하여 전 사했다. 진나라 군사가 그 뒤를 따라 진격하여 적의 군사를 대 파했다. 군자는 말했다.

"낭심은 이 일 때문에 군자라고 할 수 있다. ≪시경≫에 이르 기를,

　주왕께서 참언에 노하신다면

　난리는 금방 그칠 것이며.4

라고 했고 또,

　문왕께서 발끈 화를 내시어

　군사를 거느리시고.5

라고 했다. 낭심은 화를 냈지만 난동을 부리지 않았고, 오히려

그 화를 전투에 돌렸으니 과연 군자로다."

─── 주 석

1. 팽아(彭衙) 진(秦)나라 땅, 지금의 섬서 백수현(白水縣) 동북에 있는 팽아보(彭衙堡).
2. 배수(拜受)의 군사 노희공 33년, 맹명이 양처보에게 3년 후에 하사 품을 배수하겠다고 한 말.
3. ≪주지(周志)≫ 주대의 서적. 당시 사람들은 흔히 고서를 "지(志)" 라고 불렀다.
4. 주상께서……그칠 것이며 출처는 ≪시경≫ 소아·교언(巧言).
5. 문왕께서……거느리시고 출처는 ≪시경≫ 대아·황의(皇矣).

─── 도움말

낭심은 진양공의 거우 자리에서 해임되어 원한과 치욕을 참을 수 없었을 터인데도 "불의의 죽음은 용기가 아니고, 나라에 보탬이 되어야 비로소 용기라고 할 수 있다"는 확고한 믿음을 가진 용사요 군자였다. 그이는 그 신념에서 한걸음 더 나아가 전장에서 전공을 세움으로써 자기의 치욕을 설욕할 줄 아는 진정한 군인이었다.
≪논어≫ 양화(陽貨)에 이런 말이 있다.
<군자는 용기는 있으나 의(義)가 없으면 난을 일으키고, 소인이 그러한 때에는 도적이 된다.>

37. 진목공(秦穆公)이 서융(西戎)의 패자가 되다

문공文公 3년

진목공(秦穆公)이 진(晉)나라를 쳤다. 황하를 건너자 타고 간 배를 불살라 버렸다. 그리고 왕관(王官)[1]을 빼앗고 진나라의 도성 교외까지 진격했다. 진나라 사람이 아무도 나와서 싸우려 하지 않아 결국 진(秦)군은 모진(茅津)에서 황하를 건너, 지난번 효의 전쟁에서 전사한 장병들의 시체를 거두어 무덤을 쌓고 돌아갔다. 그리하여 진목공은 마침내 서융(西戎)[2]의 패자(霸者)가 되었다. 그것은 맹명(孟明)을 등용했기 때문이었다.

군자는 말했다.

"이것으로 보아 진목공이 현군이었음을 알 수 있다. 사람을 등용할 때에는 두루두루 살폈고, 사람을 한번 쓰면 끝내 버리지 않았다. 맹명은 신하로서 자기 일을 게을리하지 않았으며, 두려움 때문에 소심할 줄 알았다. 자상(子桑)은 충성스러웠으며, 사람 보는 눈이 있어 유능한 인재를 천거했다. ≪시경≫에 읊기를,

어디서 다북쑥을 뜯지요?
연못가나 모래톱에서 뜯지요.
그걸 어디에다 쓰지요?
임금님의 잠실에 쓸 거예요.[3]

라고 했다. 목공에게는 그런 미덕이 있었다.

　밤낮으로 쉬지 않고

　오직 주천자만 섬기네.[4]

맹명에게는 그런 충성심이 있었다.

　자손에게 좋은 계략 남기시어

　자손을 편안하게 보호하셨네.[5]

자상에게는 그런 계략이 있었다.”

—— 주 석

1. 왕관(王官) 지명, 지금의 산서 문희현(聞喜縣) 부근.
2. 서융(西戎) 옛날 중국의 서북부에 살았던 소수민족.
3. 어디서……쓸 거예요 출처는 ≪시경≫ 소남·채번(采繁).
4. 밤낮으로……섬기네 출처는 ≪시경≫ 대아·증민(烝民). 시 중의 주
   천자란 주선왕을 가리키지만 여기에서는 빌려서 진목공을 가리킨
   다.
5. 자손에게……보호하셨네 출처는 ≪시경≫ 대아·문왕유성(文王有聲).
   이는 자상이 백리해(百里奚) 부자를 진목공에게 추천한 일을 찬미
   한 것이다.

—— 도움말

이 편은 전쟁 기사인데도 쌍방의 전투 장면은 거의 없고 단지 진
(秦)나라 쪽에서는 “황하를 건너자 배를 불살랐다”하고, 또 “진나라
사람은 아무도 나오지 않았다”고 적고 있다. 강을 건너자 배를 불사
른다는 것은 필사의 결심을 나타낸 것으로, 앞으로 전진만 있을 뿐
후퇴는 없다고 병사를 격려하는 것이지만, 이 전술은 전쟁사에 한
선례를 제공했다.

진나라 사람이 아무도 나오지 않은 이유는 문공 2년에 진나라 맹명

이 경계심과 두려움 때문에 덕을 쌓기에 박차를 가하자 진(晋)나라 조최(趙衰)가 "진나라 군사가 다시 오면 피하고, 상대하지 말라"고 경고했기 때문이다.

서융의 제패에 대하여 ≪사기≫ 진본기에 보면 <진나라는 유여(由余)의 계책을 받아들여 융왕(戎王)을 토벌하고, 12개 나라를 병합하여, 천리의 땅을 개척하니 마침내 서융의 패자가 되었다>고 적고 있으므로 ≪사기≫는 유여를, ≪좌전≫은 맹명을 내세우고 있어 차이가 있으나 서융을 제패한 점은 일치한다.

진목공의 인재 등용에 대하여 살펴보면 ≪사기≫ 이사열전(李斯列傳)에 <옛날 목공(繆公, 繆은 穆과 통함)은 인재를 구하고자 서쪽으로는 융(戎)에서 유여(由余)를 데려오고, 동쪽으로는 완(宛)에서 백리해(百里奚)를 얻었으며, 송(宋)나라로부터 건숙(蹇叔)을 맞이하였고, 진(晋)나라로부터 비표(丕豹)와 공손지(公孫支)를 불러들였다.

이 다섯 사람은 진(秦)나라에서 태어나지 않았지만 목공은 그들을 등용하여 20(12의 잘못)여 개 나라를 병합하고 마침내 서융을 제패하였다>고 적고 있다.

이 대목에서 나온 성어는 제하분주(濟河焚舟)이다.

38. 영영(甯贏)이 양처보(陽處父)를 논하다

문공文公 5년

진(晋)나라의 양처보(陽處父)¹가 위(衛)나라를 예방하고 돌아오다가 영(甯)을 지나가게 되었다. 영영(甯贏)이라는 자가 양처보를 따라나섰다가 온(溫)까지 가서는 되돌아왔다. 그 사람의 아내가 그 까닭을 물었더니 영은 대답했다.

"그분의 성격이 너무 강해서요. ≪상서(商書)≫²에 이르기를, <너무 강한 성격은 강한 면을 가라앉혀 잠그고, 너무 온순한 성격은 온순한 면을 끌어올려 북돋워주어야 한다>고 했소. 그 어른은 강기(剛氣) 일변도로 가니 제 명을 제대로 누리지 못할 것이오. 하늘은 강포한 덕을 지니고 있으면서도 사시절의 차례를 어기지 않는데 하물며 인간에 있어서야 말할 것 있겠소? 게다가 그분은 허우대만 번지르르할 뿐 실속이 없으니 남의 원망만 끌어 모으고 있소. 남을 능멸하고 원망만 모아서는 보신하기가 어려울 것이오. 나는 그분의 덕도 못 보고 도리어 화에 말려들지나 않을까 두려웠던 게요. 그래서 그분 곁을 떠나온 것이오."

1. 양처보(陽處父) 진(晋)나라 대부. 채읍은 온(溫). 문공 6년, 동(董)에
   서 다시 군사 연습을 실시할 때 이미 정해 놓은 중군원수 호역고
   (狐射姑)를 조돈(趙盾)과 임의로 바꿔 버렸다. 그로 인해 후일 자객
   에게 암살당한다.
2. ≪상서(商書)≫ ≪상서≫ 홍범(弘範)을 가리킨다.

─────── 도움말

이 대목에서 종래 해석상에 문제가 되어 왔던 부분의 원문을 보면
<침잠강극(沈潛剛克), 고명유극(高明柔克)>으로 되어 있다. 결론부터
말하면 원문 중의 침잠(沈潛)과 고명(高明)은 문법적으로 명사가 아
니라 동사이다. ≪상서≫ 홍범의 앞부분에 그 해답이 나와 있다.
즉 거기에는 <세 가지 성격은 첫째는 정직(正直)이요, 둘째는 강극
(剛克)이며, 셋째는 유극(柔克)이다. 성격이 평화롭고 안정된 것을
정직이라 하고, 포악하고 사귀기 어려운 것을 강극이라 하며, 유순
하고 사귀기 쉬운 것을 유극이라고 한다>고 세 가지 성격의 명칭과
내용을 명확히 설명하고 있다. 따라서 강극(剛克)과 유극(柔克)은 명
사가 틀림없고 다만 복합명사일 따름이다.
복합어는 ≪상서≫의 특징이기도 하지만, 침잠과 고명은 문법적으로
동보식(動補式) 복합동사이다. 이런 유의 복합어는, 앞의 형태소는
동작 또는 행위를 나타내고, 뒤의 것은 동작 또는 행위의 결과나 정
도를 나타낸다. 따라서 침잠은 '가라앉혀서 잠근다'는 뜻이 되고, 고
명은 '북돋워서 드러내보인다'는 뜻이 된다.

이 대목에서 나온 성어는 화이불실(華而不實)이다.

39. 초장왕(楚莊王)이 용(庸)을 멸망시키다

문공文公 16년

초나라에 큰 기근이 들었다. 융인(戎人)이 그 서남방을 침략하여 부산(阜山)까지 진격하고, 대림(大林)에 진을 쳤다. 또 그 동남방을 쳐 양구(陽丘)까지 진격하여 자지(訾枝)를 습격했다. 게다가 용(庸)¹나라 사람이 여러 만족(蠻族)을 이끌고 초나라를 배반하고, 군인(麇人)은 백복(百濮)을 거느리고 선(選)에 집결하여 초나라를 치려 했다.

이때 신(申)과 식(息)²에서는 도읍의 북문을 감히 열어놓을 형편이 못 되었다. (신과 식 두 나라는 중원 국가의 남침에 대비한 초나라의 북방 경계선상의 중요 거점이었다.)

초나라 사람이 판고(阪高)로 천도하는 일을 의논했다. 그러나 위가(蔿賈)³는 말했다.

"안 되오. 우리가 갈 수 있는 곳이면 적도 갈 수 있는 것이니 차라리 용을 치는 것이 상책이오. 무릇 군과 백복은 우리가 굶주려서 싸울 수가 없다고 여기고 출병한 것이니 우리가 만약 군사를 출동시킨다면 그들은 반드시 두려워서 돌아갈 것이오. 백복은 부락이 서로 흩어져 있으므로 각기 자기들의 마을로 도망가기 바쁜 마당에 어느 누가 남의 일에 상관할 겨를이 있겠소?"

이에 초나라가 군사를 내니 15일 뒤에는 백복이 철수했다. 초나라 군사는 여(廬)에서부터는 도중에 있는 창고의 양식을 털어 상하 구별 없이 공동 식사를 하면서 구서(勾筮)까지 가서 거기서 주둔하고, 여읍(廬邑) 대부 즙리(戢梨)를 시켜 용나라를 습격하게 하여 용나라의 방성(方城)⁴에 이르렀다. 용나라 사람은 그들을 쫓아 자양창(子揚窓)을 잡았으나 그이는 사흘 밤을 지낸 뒤 빠져나와 말했다.

"용나라 군사는 많고 여러 만족들도 거기 모여 있소. 일단 본영으로 돌아가 왕의 직속부대를 출동시켜 그들과 함께 진격하는 것이 상책이오."

그러나 사숙(師叔)⁵은 말했다.

"안 되오. 잠시 그들과 다시 교전하여 그들을 교만하게 만듭시다. 저들은 교만하고 우리는 화가 난 상태이니 그렇게 되면 승리는 따 놓은 당상이오. 이것은 선군 분모(蚡冒)가 형습(陘隰)을 정복했던 방법이오."

초군은 다시 용군과 교전하여 일곱 번 싸워 번번이 (거짓으로) 패하여 도망가니 용나라 측은 오직 비(裨)·주(鯈)·어(魚) 세 읍 사람들만 추격해 왔다. 용나라 사람은,

"초나라는 상대해서 싸울 것이 못 된다."

라고 말하고 결국 방비하지 않았다.

초장왕은 역마차를 타고 달려 임품(臨品)에서 군사를 만나 두 부대로 나누었다. 자월(子越)⁶은 석계(石溪)에서, 자패(子貝)는 인(仞)에서 진격하여 용나라를 쳤다. 진(秦)나라 사람과 파(巴)나라 사람도 초나라에 가세했다. 만족들은 초장왕에게 항복하

여 맹세했고, 초나라는 이내 용나라를 멸망시켰다.

1. 용(庸) 나라 이름, 초나라의 속국. 지금의 호북 죽산현(竹山縣) 동
   쪽에 당시의 용나라 옛터인 상용고성(上庸故城)이 있다.
2. 신(申)과 식(息) 둘 다 나라 이름. 신은 백이(伯夷)의 자손, 강성(姜
   姓). 옛 성은 지금의 하남 남양시(南陽市). 식은 언제, 누가 세웠는
   지는 미상. 옛 성터는 지금의 하남 신식현(新息縣).
3. 위가(蔿賈) 즉 백영(伯嬴)이며, 손숙오(孫叔敖)의 부친. 식읍 이름
   위(蔿)를 따서 씨로 삼음.
4. 용(庸)나라의 방성(方城) 초나라의 방성과는 구별된다. 용나라의 방
   성은 지금의 호북 죽산현에 있다.
5. 사숙(師叔) 이름은 반왕(潘尫)으로 초나라의 이름난 대부.
6. 자월(子越) 이름은 투초(鬪椒), 자월은 자.

도움말

초나라가 대기근에 엎친 데 덮친 격으로 융인, 용인, 군인이 벌떼처
럼 사방에서 쳐들어오는 위기적인 정황에서 두 번의 "불가(不可)"
발언이 나라를 구한다. 사람들이 수도를 판고로 옮길 것을 의논할
때 위가가 "안 된다!"고 외치고 "우리가 갈 수 있는 곳이면 적도 갈
수 있다"고 하고 적극 저항을 주장한다.
용과 군만의 역량을 감안하여 교전이 불리하다고 할 때 사숙은 "안
된다"고 외치고 일부러 패하여 적을 교만하게 만드는 "비이교지(卑
而驕之)" 작전을 채택하여 성공한다.

이 대목에서 나온 성어는 구능왕(寇能往) 아역능왕(我亦能往)이다.

40. 화원(華元)이 양을 잡아 군사를 호궤(犒饋)하다

선공宣公 2년

2년 봄, 정나라의 공자 귀생(歸生)이 초나라의 명령을 받고 송나라를 쳤다. 송나라에서는 화원(華元)과 악려(樂呂)가 이를 방어했는데 2월 임자날, 대극(大棘)의 싸움에서 송나라 군사가 대패했다. 정나라 측은 화원을 사로잡고 악려를 죽였으며, 전차 460대, 포로 250명, 1백 명분의 왼쪽 귀를 베는 전과를 올렸다. 그 싸움에서 송나라의 광교(狂狡)가 정나라 사람을 맞받았는데, 정나라 사람이 우물에 빠졌기에 광교가 창을 거꾸로 넣어 자루로 끌어올려 주었더니 나온 정나라 사람은 오히려 그 창으로 광교를 사로잡았다. 군자는 말했다.

"군례를 버리고 군령을 어겼으니 사로잡힌 것은 당연하다. 전장에서는 과감하고 강의(剛毅)한 정신을 발휘하여 명령에 복종하는 것을 예(禮)라고 한다. 적을 죽이는 것을 과단(果斷)이라 하고, 과단을 완수하는 것을 의력(毅力)라고 한다. 이것을 어기면 벌을 받아야 한다."

싸움이 시작되기 전, 화원은 양을 잡아 군졸들을 호궤했는데 그이의 말몰이 양짐(羊斟)에게는 몫이 돌아가지 않았다. 싸움이 시작되자 양짐은 말했다.

"어제의 양은 당신이 마음대로 했지만 오늘 일은 내가 마음대로 하겠소이다."

그리고는 대장(大將)을 태운 채 정나라 진영으로 돌진했다. 그래서 송나라 군사가 패했던 것이다. 군자는 양짐을 평하여 말했다.

"양짐은 인간도 아니다. 사사로운 불만으로 나라를 싸움에 지게 하고 백성이 피해를 보게 만들었다. 최대의 형벌을 가해야 마땅하다. ≪시경≫에 이르기를,

　사람으로서 양심이 없는 자[1]

라고 한 것은 양짐을 두고 한 말일 게다. 백성을 해치면서까지 자기 분풀이를 했으니 말이다."

송나라 사람은 전차 1백 대, 털이 아름다운 말 4백 필을 몸값으로 정나라에 주고 화원을 돌려받기로 했다. 그 배상품이 절반 정도가 들어갔을 때 화원은 정나라에서 도망쳐 나와, 송나라 성문 밖에 서서 자신의 이름을 대고 성안으로 들어갔다. 화원은 숙장(叔牂, 즉 양짐)을 보자 말했다.

"자네 말이 말을 안 들어서 그렇게 된 걸세."

그러나 숙장은 대답했다.

"말이 아닙니다. 사람이 그렇게 한 것입니다."

답을 마치자 노나라로 도망쳐 왔다.

송나라가 성을 쌓을 때 화원이 공사 주무장관이 되어 공사를 순시했다. 그때 성을 쌓는 인부들이 노래를 불렀다.

　"눈알이 튀어나온 배불뚝이가

　갑옷을 버리고 돌아왔네.

　텁석부리 텁석부리

갑옷을 버리고 돌아왔네."

화원은 배승자를 시켜 인부들에게 응수하게 했다.

"소가 있으면 가죽도 있다. 무소도 들소도 지천으로 많다. 그까짓 갑옷을 버린 것 가지고 뭘 그래?"

"가죽은 있더라도 붉은 옻칠은 어떻게 하고?"

화원은 배승자를 보고 말했다.

"그만 가자. 저 사람들의 입은 많고 우리 입은 적다."

────── 주 석

1. 사람으로서 양심이 없는 자 ≪시경≫ 소아·각궁(角弓).

────── 도움말

정·송 양국간의 대극의 싸움에서 주장(主將)을 맡은 송나라의 화원은 당시 재상인 우사(右師) 자리에 있었다. 그런 사람이 이 전쟁중에 보여준 체면은 말이 아니다. 그 직접적인 원인은 싸우기 전에 베푼 양고깃국 회식에서 자신의 말몰이인 양짐에게 몫이 돌아가지 않은 데 있다. 양짐은 그 일로 주장을 태운 채 적의 "포로수용소"로 직접 갖다 바쳤다. 양짐은 전형적인 개인적인 원한을 가지고 나랏일을 망친 소인이다. 화원은 몸값을 치르고 귀국한 후에도 공사 순시중 인부들의 비웃음을 산다.

그럼에도 불구하고 이 대목은 화원을 너그럽고 포용력 있는 인물로 묘사하고 있다. 포로 상태에서 도망쳐 나와 패전의 원인을 제공한 양짐을 용서하는 말은 인정미가 넘친다. 인부들의 조소를 듣고도 장관의 티를 내지 않고 체면도 개의치 않는다. 이것은 큰일을 위하여 치욕을 참는 정신이 없으면 아무나 할 수 있는 일이 아니다.

이 대목에서 나온 성어는 살적치과(殺敵致果), 치과위의(致果爲毅), 각자위정(各自爲政), 우사우사(于思于思), 기갑예병(棄甲曳兵)이다.

41. 진영공(晋靈公)이 임금 노릇을 잘 못하다

선공宣公 2년

진나라 영공(晋靈公)이 임금 노릇을 제대로 못했다. 과다한 세금을 거두어들여 담장에 조각을 하거나, 누대에서 돌팔매질을 하여 아래쪽 사람들이 피하느라 허둥대는 광경을 보고 좋아하곤 했다. 하루는 요리사가 곰 발바닥을 충분히 삶지 않았다고 그이를 죽여 삼태기에 담아, 여인을 시켜 이고 조정을 지나가게 했다. 조돈(趙盾)[1]과 사계(士季)[2]가 삼태기 밖으로 나온 손을 보고, 그 영문을 알고는 걱정했다. 조돈이 간하려 하자 사계가 말했다.

"당신이 간했다가 듣지 않는다면 뒤를 이어 간할 사람이 없습니다. 제가 먼저 간해 보겠습니다. 안 되면 그때에는 당신 차례입니다."

사계는 두 번 간한 끝에 세 번째로 처마 밑의 낙수받이에 이르러서야 비로소 영공은 뒤돌아보고 말했다.

"내가 잘못한 것을 알고 있으니 앞으로 고치겠소."

사계는 계수(稽首)하고 대답했다.

"누구에게나 잘못은 있습니다. 잘못을 저지른 후에 그것을 고칠 수만 있다면 이보다 더 좋은 일은 없습니다. ≪시경≫에 이

르기를,

　누구나 다 시작은 하지만

　끝까지 해내는 사람 드무네.³

라고 했습니다. 정말로 그와 같다면 잘못을 뉘우치고 고칠 수 있는 사람이 적을 것입니다. 주상께서 유종의 미를 거두신다면 나라가 반석같이 튼튼해질 것입니다. 어찌 저희들 신하만의 이득이겠습니까? ≪시경≫에 또 이르기를,

　임금께서 잘못하시면

　중산보라야 그걸 바로잡네.⁴

라고 했습니다. 이것은 뉘우치고 잘못을 고쳤다는 말입니다. 주상께서 기꺼이 잘못을 고치신다면 주상 자리는 반석같이 튼튼해질 것입니다.”

그러나 영공은 말만 그렇게 할 뿐 여전히 고치지 않았다. 선자(宣子, 즉 조돈)가 자주 간하니 영공은 귀찮게 여겨 서예(鉏麑)를 시켜 죽이게 했다. 서예가 아침 일찍이 조돈의 집으로 몰래 가보니 거실의 문이 활짝 열려 있었다. 선자는 예복을 차려 입고 조정에 나가려는 참이었는데 시간이 아직 일러 자리에 앉은 채 말뚝잠을 자고 있었다. 서예는 뒷걸음질로 물러나와 탄식하며 말했다.

“공경심을 잊지 않는 이야말로 백성의 주인이다. 백성의 주인을 죽이는 것은 불충(不忠)이요, 임금의 명령을 저버리는 것은 불신(不信)이다. 이 두 가지 중에서 내가 취할 길은 단 하나뿐, 죽는 것만 같지 못하다.”

그러고는 조씨네 회화나무에 머리를 부딪쳐 죽었다.

가을 9월, 영공이 조돈에게 술대접을 하고, 숨겨놓은 무장병으

로 그이를 죽이려 했다. 조돈의 거우 시미명(提彌明)이 그것을 알아채고 급히 단상에 올라서서 말했다.

"신하가 임금님의 잔치에 초대받아 석 잔을 넘게 마신다면 예의에 어긋나는 일입니다."

곧 조돈을 부축해서 내려왔다. 영공은 사나운 개를 부추겨서 물게 했으나 시미명은 손으로 때려죽였다.

조돈은 말했다.

"사람은 놔두고 개를 쓰다니 아무리 사납더라도 무슨 소용이 있으랴."

하고는 한편으로는 싸우고, 한편으로는 빠져나오면서 탈출에 성공했으나 시미명은 안에서 죽었다.

처음에 조선자가 수산(首山)에서 사냥했을 때 예상(翳桑)에서 숙박했다. 영첩(靈輒)이란 자가 굶주려 넘어져 있는 것을 보고 어디가 아프냐고 물으니 대답했다.

"사흘 동안 아무것도 먹지 못했습니다."

밥을 주었더니 절반만 먹고 남겼기에 그 까닭을 물었다.

"3년 동안 남의집 머슴살이를 하느라 어머니의 생사도 모르고 지내왔습니다. 여기서는 집이 가까우니 이것을 어머니께 선물로 갖다 드리고 싶습니다. 허가해 주십시오."

조선자는 남은 밥을 마저 먹게 하고, 따로 그이의 어머니를 위해 밥과 고기를 소쿠리에 담아 전대에 넣어서 주었다. 그 후 영첩은 영공의 호위병이 되어 있다가 이번에 조돈의 위험을 보고 창부리를 거꾸로 돌려 호위병을 막아 조돈을 살려냈다. 조돈이 그 이유를 물으니 그이는 대답했다.

"예상에서 굶주리던 나그네올시다."

이름과 주소를 물어도 대답도 않고 물러가기에 자기도 이내 도
망갔다.

을축날, 조천(趙穿)5이 영공을 도원(桃園)에서 죽이니 망명하던
조선자는 국경을 미처 넘기 전에 되돌아왔다. 태사6는 "조돈이
임금을 시해했다"고 써서 조정에 공시했다. 그러자 조선자는
말했다.

"그렇지 않다."

태사는 대답했다.

"당신은 정경(正卿)7이면서 망명하다가 국경을 미처 넘지 않았
고, 돌아와서 살인범을 치지 않았으니 당신이 아니고 누구란
말입니까?"

_ 공자입상孔子立像

선자는 탄식하며 말했다.

"아아, ≪시경≫에 이르기를,

　내 품었던 회포 때문에

　오히려 근심거리 만들었네.[8]

라고 했거니와 나를 두고 한 말이로구나."

공자는 말했다.

"동호(董狐)는 옛날의 훌륭한 사관이다. 서법(書法)대로 써서 사실을 숨기지 않았다. 조선자는 옛날의 훌륭한 대부이다. 법을 지키려다가 악명을 얻었다. 참으로 아까운 일은 그분이 국경을 넘어섰더라면 책임을 면했을 텐데."

주 석

1. **조돈(趙盾)** 조최(趙衰)의 아들. 전후 20년 동안 재상을 지냈고, 제후들에게 소문난 현신. 조선자, 조맹, 선맹이라고도 부른다.
2. **사계(士季)** 즉 사회(士會). 식읍이 수(隨)이므로 수회, 수계라고도 부른다. 이름이 회, 자는 계.
3. **누구나……드무네** 출처는 ≪시경≫ 대아·탕(蕩).
4. **임금께서……바로잡네** ≪시경≫ 대아·증민(烝民).
5. **조천(趙穿)** 조돈의 사촌 아우, 진양공의 사위.
6. **태사** 진나라 태사 동호를 가리킨다. 태사는 사관의 우두머리로 역사와 천문, 역법을 주관한다.
7. **정경(正卿)** 뭇 경대부의 우두머리, 재상 겸 군사장관.
8. **내 품었던……만들었네** ≪시경≫ 패풍(邶風)·웅치(雄雉).

도움말

춘추 초기의 대정치가 관중(管仲)은 이렇게 말했다. "임금이 임금답지 못하고, 신하가 신하답지 못하면 그것은 국가 동란의 근원이다."

진영공은 재위 14년으로, 중국 역사상 유명한 폭군이다. 이 대목은 몇 개의 고사성이 짙은 이야기를 통해 진영공의 황음무도함을 폭로하고, 조돈의 직언과 나랏일에 대한 충성을 표창함으로서 한 사람의 폭군과 한 사람의 현신의 모습을 생동감 있게 그려내고 있다.

진영공은 간언을 거부할 뿐만 아니라 오히려 온갖 수단과 방법을 다하여 "귀찮게" 간언하는 조돈을 죽이려 든다. 그러나 자객 서예의 눈에 조돈은 "예의바르고 엄숙함을 잃지 않는 백성의 주인"으로 비쳐져 도리어 자신은 회화나무에 부딪쳐 죽는다.

시미명이 조돈을 위해 전사한 것은 조돈의 자애로움 때문이며, 영첩이 창을 거꾸로 돌려 적을 막은 것은 지우지은(知遇之恩)을 갚은 것이다.

진영공은 죽어도 죄가 남지만 불행한 사람은 조돈이다. 조돈은 강직하고 곧아서 아첨하지 않으며, 또 충성스럽고 나랏일에 정성을 바치는 사람이었다. 그이의 충심은 임금의 찬사를 받지 못했을 뿐만 아니라 오히려 목숨을 잃을 재앙을 불러왔고, 도망갈 수도 있었지만 그렇게 되면 되레 역사상 시종 시군(弑君)의 악명을 걸머지고 다녀야 했을 것이었다.

이 대목에서 나온 성어는 인수무과(人誰無過), 서예지회(鉏麑之悔), 예상아인(翳桑餓人), 동호직필(董狐直筆)이다.

42. 초장왕(楚莊王)이 구정(九鼎)을 묻다

선공宣公 3년

초나라 장왕(莊王)이 육혼(陸渾)의 융(戎)[1]을 토벌하고 곧 낙수 (洛水) 가에 이르러 주나라 강역 안에서 관병식을 가졌다. 주나라 천자인 정왕(定王)은 왕손만(王孫滿)을 시켜 초나라 장왕을 호로(犒勞)하게 했다. 그때 초왕은 주나라의 보물인 구정(九鼎)의 크기와 무게를 물었다. 왕손만은 대답했다.

"구정의 크기와 무게는 가지는 사람의 덕에 달려 있는 것이지 솥 그 자체와 관계가 있는 것이 아닙니다. 옛날 하(夏)나라 왕의 덕이 매우 높을 때 먼 데 있는 사람들이 지방의 풍물을 그림으로 그려 올리고, 구주(九州)의 수장을 통하여 청동을 바쳤으므로 하나라 우왕(禹王)은 그것으로 아홉 개의 세발솥을 주조하여 각 지방의 기이한 풍물을 새겨 넣고, 온갖 사물을 빠짐없이 그려 넣어, 백성들이 신령과 악마를 구별할 수 있게 했습니다. 그 덕분에 백성들은 내나 못, 산림에 들어가도 해로운 것을 만나지 않았고, 산천의 온갖 도깨비[2]는 사람들 앞에 얼씬도 하지 못했습니다.

그러므로 하나라는 상하가 화목하여 하늘의 복을 받을 수 있었던 것입니다. 그랬는데 하나라 걸왕(桀王)이 난폭한 탓으로 구정은 상(商)나라로 넘어가 6백년이 지났습니다. 상나라 주왕(紂王)이 포학하자 구정은 주(周)나라로 넘어갔습니다. 덕이 아름답고 밝으면 솥이 작다 하더라도 무겁고, 덕이 간사하고 혼란스러우면 솥이 무겁더라도 가벼운 것입니다.

하늘이 밝고 어진 덕을 지닌 이에게 복을 내리는 것도 일정한 기한이 있는 법이어서, 주나라 성왕(成王)이 구정을 겹욕(郟鄏), 즉 낙읍(洛邑)에 안치했을 때 주나라의 세수를 점쳤더니 30대를 간다는 것이었고, 연수를 점쳤더니 7백년 계속된다는 것이었으니 이것이 곧 하늘이 준 천명입니다. 지금 주나라의 덕이 쇠약해졌다고는 하나 천명은 아직 바뀌어지지 않았으니 구정의 무게를 물어서는 안 됩니다."

━━━━━ 주 석

1. 육혼(陸渾)의 융(戎) 육혼에 사는 융족. 노희공 22년에 진(秦)·진(晋) 두 나라가 육혼에 있던 융족을 이천(伊川, 지금의 하남 숭현崇縣과 이천현의 경계)으로 이주시켰는데 호칭은 여전히 "육혼의 융"이라 불렀다. 육혼은 옛 지명이며 과주(瓜州)라고도 부르며, 지금의 섬서(陝西) 진령(秦嶺) 북쪽 기슭에 있는 태백산(太白山) 일대를 말한다. 과주의 융족은 본래 강성(姜姓)과 윤성(允姓)의 두 성이 있었다.
2. 도깨비 원문은 이매망량(螭魅罔兩)이다. 산천과 목석의 귀신, 도깨비.

━━━━━ 도움말

초장왕이 육혼의 융족을 토벌하고 낙양을 지나다가 관병식을 가지고 무력을 시위하자 주정왕은 왕손만을 시켜 호로하게 한다. 왕손만은 이미 희공 33년에 나왔는데 이번이 두 번째다. 그때는 나이가 어렸지만 21년이 흘렀으니 이미 성인이 되었다.

구정(九鼎)은 고대 3대의 전국지보(傳國之寶)가 되어 온 왕권의 상징이었다. 초장왕이 왕손만에게 구정의 크기와 무게를 물은 것은 사실 주나라 천자의 왕권을 넘겨다본 것이다.

이번에 초장왕이 주나라의 수도 낙양의 바로 코 밑에 있는 이천(伊川) 지방에 사는 육혼의 융족을 토벌한 것은, 낙양 교외를 수시로 노략질하는 성가신 오랑캐를 손본 쾌거인 동시에, 진(晉)나라에 대한 첫 번째 시위였던 것이다. 또 그때 진나라는 국내 사정으로, 속국을 돕기 위한 아무런 반응을 보이지 않았기 때문에 초장왕을 더욱 우쭐하게 만들었을 것이다.

왕손만은 이에 대하여 덕(德)과 천명(天命)이라는 두 개의 개념으로 교묘하고도 알맞게 응수한다. "구정의 크기와 무게는 가지는 사람의 덕에 달려 있고, 솥 자체와 관계가 있는 것이 아니다(在德不在鼎)"고 선언하여 물리적 속성으로 따질 것이 아니라고 반박한다.

또 구정이 왕권의 상징이기도 하지만 원래의 공능이 뭇 도깨비를 물리치는 액막이 기능이 있으므로, 초장왕은 마땅히 구정을 자기의 상극(相克)으로 생각하고 분에 넘치는 망상을 갖지 않도록 일침을 놓는다.

≪사기≫ 초세가에 의하면 <왕손만의 재덕부재정(在德不在鼎)이라는 답을 듣고 초장왕은 멸시하는 말투로 말했다. "그대는 구정을 너무 믿지 마시오! 초나라는 창과 칼끝만 잘라도 구정쯤은 만들고도 남을 거니까."〉라고 했다. 이것으로 보면 구정의 무게는 단지 전통적인 신화의 관념 속에만 있고 실물 자체의 가치가 아니라는 것을 알 수 있다.

이 대목에서 나온 성어는 문정경중(問鼎輕重), 문정지심(問鼎之心), 이매망량(魑魅魍魎)이다.

43. 초인(楚人)이 큰 자라를 정나라에 바치다

선공宣公 4년

초나라 사람이 큰 자라 한 마리를 정나라 영공(鄭靈公)에게 바쳤다. 공자 송(宋)[1]과 자가(子家)[2]가 임금을 뵈러 들어갔을 때 자공(子公, 즉 자송)의 집게손가락이 저절로 움직였다. 자공은 그것을 자가에게 보이면서 말했다.

"전에도 이런 일이 있으면 반드시 별미 음식을 얻어먹었다네."

궁중으로 들어가니 과연 요리사가 큰 자라를 자르고 있는지라 두 사람은 서로 마주보고 웃었다. 영공이 웃은 이유를 물으니 자가가 사정을 이야기했다. 대부들에게 자라 고기를 먹일 차례가 되었을 때 영공은 자공을 불러놓고는 일부러 먹을 것을 나누어 주지 않았다.[3]

자공은 화가 나서 자라를 삶은 솥에 손가락을 담갔다가 그 손가락을 빨면서 나갔다. 영공은 노하여 자공을 죽일 생각을 했다.

자공은 자가에게 선수를 치자고 제의했으나 자가는 말했다.

"가축도 늙으면 차마 죽이지를 못하는데 하물며 임금을 죽일 수야 있겠는가?"

그러자 자공은 오히려 자가를 모함하겠다고 하니 자가는 겁이 나서 부득이 그이의 말에 따라 여름에 영공을 시해했다.

≪춘추≫에 <정나라 공자 귀생(歸生, 즉 자가)이 자기 임금 이(夷)를 시해했다>고 쓴 것은 자가에게 변란을 막을 권모(權謀)[4]가 부족했음을 나무란 것이다.

군자는 말했다.

"자가는 어질기는 하였으나 용기가 없어 인애를 관철하지 못했다."

무릇 임금을 시해한 사건에서 그냥 임금의 이름만 쓴 것은 임금이 무도한 탓이며, 신하의 이름을 쓴 것은 신하에게 죄가 있다는 뜻이다.

── 주 석

1. 공자 송(宋) 자공(子公).
2. 자가(子家) 공자 귀생(歸生).
3. 나누어 주지 않았다 손가락이 움직인 것이 영검이 없는 것으로 만들고 싶었다.
4. 권모(權謀) 권(權) 또는 기략(機略).

── 도움말

자라국 한 그릇을 가지고 임금을 시해하는 어처구니없는 사건이 벌어졌다. 정영공은 정목공의 아들로 임금 자리를 이어받았을 때 불과 20여 세, 등극한 지 6개월 만에 피살된 것이다. 춘추시대의 금기(禁忌) 중에 "군신간에 농담을 해서는 안 된다(君臣無戱言)"는 말이 있다.

정영공은 공자 송과 농담을 하지 말았어야 했다. 집게손가락이 움직이면 별미를 맛볼 징조라고 한 것을 가지고 영공은 "그것이 영검한

지 아닌지는 두고 봐야 안다"고 말하고, 미리 요리사에게 공자 송에게 돌아갈 솥이 모자라도록 일러두기까지 했다. 한바탕 웃음거리를 만들어볼 작정이었던 것이다. 화가 나서 손가락을 솥에 담근 공자 송은 큰 무례를 범했지만 그것 때문에 그이를 죽일 생각을 한 정영공도 잘못했다.

자가(子家)는 일명 공자 귀생(歸生)으로 그이는 대극(大棘)의 전쟁때 정나라 쪽의 대장(大將)이었고, 상대편인 송나라의 대장은 화원(華元)이었다. 그러한 재상이나 되는 사람이 자공의 시해 계획을 알면서도 말하지 않았고, 또 오히려 자공의 참소가 겁이 나서 반역에 가담했기 때문에 ≪춘추≫에 시해의 죄를 자가에게 돌려 씌운 것이다. 그 일을 바로 쓰고 은폐하지 않았다. 이것이 소위 "춘추필법(春秋筆法)"이란 것이다.

이 대목에서 나온 성어는 식지대동(食指大動), 염지수연(染指垂涎)이다.

44. 약오씨(若敖氏)의 귀신은 배고프다

선공宣公 4년

처음에, 초나라 사마(司馬) 자량(子良)[1]이 자월초(子越椒)[2]를 낳았다. 형인 자문(子文)이 말했다.

"반드시 죽여 없애라. 이 아이는 생김새가 곰이나 호랑이를 닮았고, 소리는 승냥이나 이리와 같다. 살려두면 반드시 우리 약오씨(若敖氏)[3]를 멸망시킬 것이다. 속담에 말하기를 <이리의 새끼는 나면서부터 흉악하다>고 한다. 이 아이는 곧 이리와 같은데 어찌 기를 수 있겠는가?"

그러나 자량은 안 된다고 했다. 자문은 이것을 큰 근심거리로 여겼고 임종 때 일족을 모아놓고 말했다.

"월초가 정권을 잡거든 모두 속히 외국으로 떠나거라. 남아 있다가 불똥이나 맞지 말라."

게다가 울며 말했다.

"귀신도 만약 먹을 것이 필요하다면 우리 약오씨의 귀신은 장차 배고프지 않겠는가?"

영윤(令尹) 자문이 세상을 뜨자 투반(鬪般)[4]이 영윤이 되고, 자월(子越, 즉 월초)이 사마, 위가(蔿賈)[5]가 공정(工正)이 되었으나, 위가는 자양(子揚, 즉 투반)을 모함하여 죽이고 자월이 영윤, 자신은 사마가 되었다. 그런데 이번에는 월초가 위가를 미워하여 약오씨 일족을 이끌고 백영(伯嬴, 즉 위가)을 요양(轑陽)에 잡아 가두었다가 그 후 죽였다. 이어 증야(烝野)에 터를 잡은 월초는 장차 초장왕을 공격할 준비를 했다. 초왕은 3대 국왕의 자손을 인질로 보낼 것을 제안했으나 자월이 거절하니 초장왕은 장수(漳水) 가에 군사를 출동시켰다.

가을 7월 무술날, 초왕은 약오씨와 고호(皐滸)에서 싸웠다. 백분(伯棼, 즉 월초)이 초왕을 겨누어 활을 쏘니 그 화살이 날아가 전차의 수레채를 지나 북 받침대를 꿰뚫고 그 밑에 있는 정녕(丁寧)[6]에 맞았다. 두 번째 화살을 쏘자 또 수레채를 지나 일산의 중심대를 꿰뚫으니 군사들이 놀라 뒤로 물러났다. 초왕은 사람을 시켜 군중을 순회하며 외치게 했다.

"선대 문왕께서 식(息)나라를 쳐서 이겼을 때 그 나라의 유명한 화살 세 개를 획득하셨는데 백분이 그 중 두 개를 훔쳐 갔다가 오늘 그걸 다 쏴 버렸다."

그리고 북을 쳐서 군사를 진격시키니 드디어 약오씨를 멸망시켰다.

처음에, 약오(若敖)가 운(鄖)나라에서 부인을 맞이하여 투백비(鬪伯比)를 낳았다. 투백비는 약오가 세상을 떠난 후 어머니를 따라 운나라에서 컸는데, 운나라 임금의 딸과 몰래 정을 통하여 자문(子文)을 낳았다. 운나라 임금의 부인이 사람을 시켜 그 아이를 몽(夢)[7]이라는 소택지에 갖다버렸더니 호랑이가 젖을 먹여 키웠다. 운나라 임금이 사냥을 나갔다가 그것을 보고 겁이 나서 돌아왔다.

부인이 자문을 버린 사실을 고하자 곧 사람을 시켜 도로 찾아왔다. 초나라 사람은 젖을 곡(穀)이라 부르고, 호랑이를 어토(於菟)라고 부르므로 그 아이 이름을 투곡어토(鬪穀於菟)라 짓고, 공주를 백비에게 시집보냈는데 이이가 바로 영윤 자문이다. 자문의 손자 잠윤(箴尹)[8] 극황(克黃)이 제나라에 사자로 갔다가 일을 보고 돌아오다가 송나라에 이르러서야 약오씨의 난을 들었다. 부하들이 말렸다.

"본국으로 들어가시면 안 됩니다."

잠윤은 대답했다.

"임금의 명령을 저버리는 자를 누가 받아주겠는가? 임금은 하늘이다. 하늘을 어떻게 피해 도망간단 말인가?"

바로 초나라로 돌아가 복명하고는 자진하여 사직 당국에 구속을 청했다. 초장왕은 그이의 조부 자문이 초나라를 다스린 공로를 생각하여 말했다.

"자문의 후손이 끊긴다면 어떻게 사람들을 보고 착한 일을 하라고 권할 수 있겠는가?"

그러고는 그이를 원래의 관직에 복직시키고 아울러 그 이름도 생(生)이라고 고쳤다.

주 석

1. 자량(子良) 투백비의 아들, 영윤 자문의 아우.
2. 자월초(子越椒) 투초(鬪椒), 자는 자월, 백분(伯棼).
3. 약오씨(若敖氏) 약오는 초나라 임금, 이름은 웅의(熊儀), 시호가 없으므로 그냥 약오라고 칭한다. (초나라 임금이 시호가 없으면 모두 오敖라고 칭하고, 장지葬地 이름을 앞에 놓아 아무개 오라고 칭하며, 웅의는 약若에서 장사지냈기 때문에 약오若敖라고 칭한다) 초무왕의 조상으로 그 후손은 약오를 씨(氏)로 삼아 약오씨라 부른

다.

4. **투반(鬪般)** 영윤 자문의 아들, 자는 자양(子揚).

5. **위가(蔿賈)** 자는 백영(伯嬴).

6. **정녕(丁寧)** 정(鉦)으로, 모양이 방울[鐸]을 닮은 큰 금속제 군악기로 흔들어서 군대를 거둘 때 썼다.

7. **몽(夢)** 운몽택(雲夢澤). 초나라 말로 소택지대를 몽(夢)이라고 한다. 단칭할 때는 운(雲) 또는 몽(夢).

8. **잠윤(箴尹)** 초나라 벼슬 이름, 간언을 주무로 한다.

도움말

약오씨의 귀신이 굶주린다는 말은 약오씨가 장차 멸족(滅族)으로 인하여 아무도 제사지내 줄 사람이 없을 것이란 말이다. 이 대목은 초나라 약오씨 가족의 흥망사이기도 하지만 한편으로 보면 초나라가 약오씨 후손인 자월초가 일으킨 첫 번째 내란을 평정한 사건이기도 하다.

이 작품은 네 단으로 나누어 볼 수 있다. 제1단은 자문(子文)이 "자월(子越)을 죽여 없애지 않으면 약오씨는 반드시 망한다"고 예언하는 부분이고, 제2단은 자월이 동족 형제 투반(鬪般)과 동료 위가(蔿賈)를 죽이고 초장왕과 결전을 벌이는 부분이며, 제3단은 전설적인 초나라 일대의 명재상 자문의 출생 경력이고, 제4단은 덤으로 끼워 넣은 것 같은 자문의 손자 극황(克黃)의 이야기이다.

춘추 초년에 초나라에는 굴씨(屈氏), 위씨(蔿氏), 약오씨(若敖氏)의 세 강대한 동성 가족이 있었는데 그 중에서 약오씨의 세력이, 투씨(鬪氏)와 성씨(成氏)의 두 분파를 포함하여 가장 강성하였다. 약오씨의 시조는 웅의(熊儀)이며, 약(若)에 장사지냈으므로 '약오'라고 부른다. 약오씨는 초무왕부터 초장왕에 이르는 기간 중 영윤(令尹)과 사마(司馬) 벼슬을 거의 독점하다시피 세습했다.

초장왕 때 약오씨는 초나라의 정치와 군사 대권을 장악하고 있었으며 가족의 권력이 강대해지면서 왕실의 시기와 불안을 야기하였다. 초장왕은 자월을 영윤, 위가를 사마로 임명하여 정권을 평분함으로써 집정파인 약오씨 가족에 대한 견제를 도모했으나 얼마 안 가서, 자월은 초장왕이 육혼 토벌차 중원에서 돌아오지 않은 틈을 타서 정적 위씨를 살해하고 기원전 605년, 무장 반란을 일으켜 왕실을 전복하고 왕위를 탈취하려고 하였다. 이 전쟁에서 초장왕이 이김으로써 약오씨 가족은 종말을 고했다.

이 대목에서 나온 성어는 낭자야심(狼子野心), 약오지귀(若敖之鬼)이다.

_ 거북과 뱀을 그린 깃발

45. 정양공(鄭襄公)이 웃통을 벗고 양을 끌다

선공宣公 12년

12년 봄, 초장왕(楚莊王)이 정나라를 포위, 공격한 지 17일이 지났다. 정나라 사람이 강화를 구하면 어떤가를 거북점에 붙여보니 불길하다고 나왔다. 그러면 조묘(祖廟)에 가서 나라가 망했다는 것을 곡하며 고하고, 아울러 길거리에 전차를 포진하여 최후의 일전에 대비하면 어떤가를 거북점을 쳐보니 길하다고 나왔다.

그래서 도성 사람들이 모두 사당에 모여 목놓아 우니 성가퀴를 지키는 군졸들도 모두 따라서 통곡하매 초왕은 군대를 퇴각시켰다. 그러자 정나라 사람들이 성을 수리하는지라 초군은 진격하여 다시 포위하여 석 달 만에 함락시켰다. 초군은 황문(皇門)으로 들어가 도심의 네거리에 다다랐다. 정양공(鄭襄公)은 웃통을 벗고 양을 끌고 마중하며 말했다.

"저는 하늘의 뜻을 거슬러, 임금님도 제대로 섬기지 못하고 그 때문에 임금님께서 화를 내시고 저희 나라까지 납시게 하였으니 모두 제 죄이옵니다. 어찌 분부대로 따르지 않을 수가 있겠습니까? 저를 잡아다가 강남 땅으로 옮겨 바닷가에 유배하시더라도 역시 분부대로 할 것이고, 정나라 땅을 쪼개어 제후들에게 하사하시고, 정나라 사람을 노예로 삼으시더라도 역시 분부대로 따르겠습니다.

만약 종전의 우호관계를 잊지 않으시고, 주나라의 여왕(厲王)·선왕(宣王)과 정나라의 환공(桓公)·무공(武公)의 복을 빌어 정나라의 사직을 멸망시키지 않고, 마음을 고쳐먹고 임금님을 섬기게 해주시어, 초나라의 9현(縣)[1]과 동등한 속국으로 남게 해주신다면 이것은 임금님의 은혜인 동시에 저의 소원이기도 하지만 감히 바랄 수 없는 일입니다. 감히 저의 속마음을 털어놓았으니 임금님께서는 살피고 또 살펴 주십시오."

초왕의 좌우 신하들은 말했다.

"말을 들어주어서는 안 됩니다. 싸워서 얻은 나라는 용서하는 법이 아닙니다."

그러나 초장왕은 말했다.

"정나라 임금은 자기를 낮출 줄 아는 사람이다. 그분은 반드시 백성의 믿음을 얻고 그들을 잘 부릴 것이다. 전도에 희망을 걸어도 될 거야."

그리고 30리를 물러나 정나라에 강화를 허락했다. 초나라 쪽에서는 반왕(潘尫)이 들어가 맹세하고, 정나라 쪽에서는 자량(子良)이 나가서 인질이 되었다.

주 석

1. 9현(縣) 여러 현이라는 말과 같다. 9는 허수. 현(縣)은 초나라가 여러 약소국가를 멸망시키고는 모두 현으로 삼았다.

정나라의 위치가 전략적인 탓도 있지만 정나라 사람의 완강한 저항
의식이 가세하여 정나라의 외교는 늘 진·초 두 대국간을 배회, 관
망해야 했다. 정나라가 진나라와 화친하면 초나라가 원망하고, 초나
라와 우호적이면 진나라가 원망하는, 일종의 '틈새 생존'만 가능했
다. 이번 전쟁의 폭발 원인도 정나라가 1년 전에 초나라와 맹약을
맺어 놓고도 또다시 진나라에 추파를 던진 데에 있다.

"웃통을 벗고 양을 끈다(肉袒牽羊)"는 말은 전쟁에 져서 항복하는,
춘추시대의 한 예절을 가리킨다. 웃통을 벗어서 상체를 드러내고,
당신의 신복이 되고, 양으로 호로하겠다는 뜻을 나타낸 것이다.

정양공이 초나라 측에 진술한 내용도 한 편의 탁월한 외교사령이지
만, 그는 거기에서 세 가지 징벌 방안을 제시했다. 제일 중한 것은
자기를 포로로 잡아서 바닷가에 귀양 보내는 것이고, 그 다음 징벌
은 정나라를 분할하여 제후들에게 나누어 주고 자신을 노예로 삼는
것이다. 셋째 방안은 사실 정양공이 천천히 맨 마지막에 꺼낸 진심,
즉 정나라가 초나라의 속국이 되는 것이다.

이 대목에서 나온 성어는 육단견양(肉袒牽羊), 유명시종(唯命是從)이다.

46. 진초(晋楚) 필(邲)의 전쟁

선공宣公 12년

여름 6월, 진(晋)나라 군사가 정나라를 구하러 나섰다. 순임보 (荀林父)가 중군원수(中軍元帥), 선곡(先縠)이 부원수, 사회(士會)가 상군대장(上軍大將), 극극(郤克)이 부장(副將), 조삭(趙朔)이 하군대장, 난서(欒書)가 부장, 조괄(趙括)과 조영제(趙嬰齊)가 중군대부(中軍大夫), 공삭(鞏朔)과 한천(韓穿)이 상군대부, 순수(荀首)와 조동(趙同)이 하군대부, 한궐(韓厥)이 사마(司馬)가 되었다.

진나라 군사는 황하(黃河)까지 와서 정나라가 이미 초나라와 강화를 맺었다는 소식을 들었다. 환자(桓子, 즉 순임보)는 회군하고 싶어 말했다.

"정나라를 구하지도 못하고 우리 백성만 고생시켰다. 괜한 짓을 했다. 초나라가 돌아가고 난 뒤에 행동해도 늦지 않다."

수무자(隨武子, 즉 사회)가 말했다.

"좋은 말씀입니다. 제가 들은 바로는 <용병은 적의 틈을 보아 움직여라>고 합니다. 덕행(德行)·형벌(刑罰)·정령(政令)·사무(事務)·전칙(典則)·예의(禮儀)의 여섯 가지가 제대로 되어 있는 나라는 대적해서는 안 되고, 정벌해서도 안 됩니다. 초나라

장왕(莊王)은 정나라를 쳤는데 두 마음을 품은 것이 괘씸하였지만 항복하니 불쌍히 여겼으며, 배반하였으므로 쳤고, 굴복하였으므로 용서했으니 덕행과 형벌이 모두 이루어진 것입니다. 배반하면 치는 것이 형벌이고, 복종하면 용서하는 것이 덕행이니 두 가지가 모두 성립된 것입니다.

작년에는 진(陳)나라를 쳤고, 금년에는 정나라를 쳤는데도 백성은 괴롭다 하지 않고, 임금을 원망하는 사람도 없으니 정치가 옳게 되고 있다는 증거입니다. 형시(荊尸)라는 초나라 특유의 오진법(五陣法)을 채용하여 출병하여도 상인·농민·수공업자·가게의 주인이 조금도 생업에 지장을 느끼지 않고, 보병과 전차병은 화목하며, 서로 자기 일에 충실할 뿐 남의 일을 침범하지 않습니다.

위오(蔿敖)[1]가 영윤이 되자 초나라의 훌륭한 법전(法典)을 만들었습니다. 거기에 따르면 군사가 출동할 때에는 우익군(右翼軍)은 대장이 탄 전차의 끌채가 가리키는 방향으로 전진하고, 좌익군(左翼軍)은 풀을 모아 숙영 준비를 하며, 쇠꼬리 털로 만든 깃발을 세운 전위(前衛)는 앞장서서 불의의 사태에 대비하고, 지휘 본부는 가운데에 자리를 잡고 계략을 짜며, 후위(後衛)는 정예병으로 구성합니다. 각급 지휘관이 지위와 직책을 나타내는 여러 가지 상징물을 그린 깃발에 따라 행동하여, 일일이 명령을 하달하지 않아도 담당 직무가 완수되는 것은 법전을 잘 활용하기 때문입니다.

또 초장왕의 인재 등용법을 보면 동성인 사람은 가까운 친족 중에서 고르고, 이성인 경우에는 세대로 벼슬한 구족(舊族) 중에서 골라 유능한 사람은 모두 등용하고, 공로가 있는 사람을 빠뜨리지 않으며, 노인을 우대하고, 객지 생활을 하는 사람은 보살펴 줍니다. 신분의 높낮이에 따라 각기 규정된 복식이 있고, 존귀한 사람은 일정한 예의로 존경하며, 비천한 사람도 일정한 등급을 정하여 위엄을 표시하니 예의가 헝클어진 데가 없습니다. 덕이 확립되어 있고, 형벌이 엄격히 시행되며, 정치가 원만하고, 정무가 적시에 이루어지며, 법이 지켜지고, 예절이 지켜지고 있으니 이런 나라를 어떻게 대적할 수가 있겠습니까? 승산이 있으면 나아가고, 어렵다 싶으면 물러서는 것이 전쟁의 정칙입니다. 약소한 자는 겸병(兼倂)하고, 혼매한 자는 공격하는 것이 전쟁의 원칙입니다. 원수께서는 잠시 군사를 정비하고 계략(計略)을 구상하시는 것이 어떻겠습니까? 게다가 약하고 어지러운 나라는 다른 데도 있는데 하필이면 초나라라야 합니까?

중훼(仲虺)가 남긴 말이 있거니와 <어지러운 나라는 쳐서 차지하고, 망해가는 나라는 약점을 노린다>고 했는데 이것은 약한 나라를 병탄한다는 말입니다. '작(汋)'[2]의 시편에 이르기를,

아, 늠름한 임금님의 군사들이여!
군사를 이끌어 이 혼매한 나라를
쳐 빼앗았도다.

고 한 것은 어지러운 나라를 쳤다는 말입니다. 또 '무(武)'[3]의 시편에 이르기를,

비길 데 없이 큰 공을 세우셨네.

라고 하였습니다. 약소한 자를 어루만져 주고, 어지러운 자를 쳐서 대업을 세우려고 노력한다면 그것도 훌륭한 방법입니다."
그러자 체자(薳子, 즉 선곡)는 말했다.

"안 됩니다. 우리 진나라가 패자(霸者)로 행세할 수 있는 것은 군대가 용감하고, 신하들이 있는 힘을 다하기 때문입니다. 지금 정나라를 잃으면 힘을 다했다고 말할 수 없고, 적이 눈앞에 있는데도 맞아 싸우지 않는다면 용감하다고 말할 수 없습니다. 우리 때문에 패자의 지위를 잃게 된다면 차라리 죽는 것만 못합니다. 그리고 군대를 편성하여 출병했다가 적이 강하다는 것을 듣고 물러선다면 대장부가 아닙니다. 군대의 통수로 임명받아 나와 놓고서 결국 대장부가 되지 못하고 끝장을 본다는 것은 여러분은 할 수 있을지 몰라도 나는 절대로 못합니다."

그리고 부원수의 직속 부대를 거느리고 황하를 건너고 말았다.

지장자(知莊子, 즉 순수)가 말했다.

"이 군대는 위태롭구나. ≪주역(周易)≫에 보면 '사괘(師卦)'䷆가 '임괘(臨卦)'䷒로 변하는 괘상4이 있는데 그 효사(爻辭)에 이르기를, <군대가 출진하면 군율을 지켜야 한다. 그것을 잘 지키지 못하면 흉하다>고 했다. 일을 순조롭게 처리하여 성사시키는 것을 장(臧, 좋다)이라 하고, 그렇지 못하면 부(否, 나쁘다)라고 한다. 대중이 흩어져서 나약해지고, 내가 막혀서 못이 된 형상이다. 호령하는 자가 3군을 자기 자신처럼 지휘할 수 있을 때 규율이 서 있다고 말한다. 그렇지 못하면 군율이 없는 것과 다름없다.

물이 가득 찼다가 말라 버리고, 내가 막히고 망가지면 흉운의 원인이 된다. 물이 고인 채 흐르지 않음을 '임(臨)'이라고 하는데 원수가 있어도 영이 서지 않는다면 이보다 더 심한 '임'이 어디 있겠는가? '임'괘가 말하고 있는 것은 바로 이런 경우이다. 만약 적을 만난다면 반드시 패할 것이다. 이 실패의 장본인은 체자이다. 비록 화를 면하고 돌아간다 하더라도 반드시 큰 벌을 받을 것이다."

한헌자(韓獻子, 즉 한궐)가 환자(桓子)에게 말했다.

"체자가 소수의 병력을 거느리고 적중에 실함(失陷)한 것은 장군의 죄가 큽니다. 장군이 원수로 계시는데 군사가 명령을 듣지 않는다면 누구의 죄입니까? 속국을 잃고 군대마저 손상을 입는다면 그 죄가 너무 크니 차라리 진격하는 편이 낫습니다. 싸움에 이기지 못하는 경우에는 죄를 분담할 사람들이 있습니다. 원수 혼자서 죄를 뒤집어쓰는 것보다는 여섯 사람5이 공동으로 지는 것이 더 낫지 않겠습니까?"

그래서 전군이 황하를 건너가게 되었다.

초장왕은 군사를 이끌고 북방으로 진군하여 연(郔)에 주둔했다. 심윤(沈尹)이 중군통수(中軍統帥), 자중(子重)이 좌군통수, 자반(子反)이 우군통수가 되었다. 초왕은 황하에서 말에 물이나 먹이고 그만 돌아가려 했다. 진나라 군사가 이미 황하를 건넜다는 소식을 듣고 귀환하려 하자 충신 오삼(伍參)이 싸우기를 바랐으나 영윤(令尹) 손숙오(孫叔敖)는 싸우고 싶지 않아 말했다.

"작년에는 진(陳)나라를 치고, 금년은 정나라로 쳐들어가는 등 전쟁을 하지 않은 해가 없었다. 진나라와 싸워서 이기지 못한다면 오삼 자네의 살을 실컷 뜯어먹는다고 한이 풀리겠는가?"

오삼은 대답했다.

"만일 이긴다면 손숙(孫叔) 당신은 계산이 없는 사람이 되고, 만일 이기지 못한다면 저의 살은 진나라 군중에 가 있을 터인데 어떻게 얻어먹을 수가 있겠습니까?"

영윤은 전차를 남쪽을 향하게 하고 대장기도 방향을 돌렸다.

오삼은 초왕에게 권유했다.

"진나라의 정권 담당자들은 새내기들이라 아직 명령이 잘 먹혀들어가지 못하고 있습니다. 중군부원수 선곡은 성질이 괴팍하고 인정이 없어 윗사람의 명령에 기꺼이 따른 적이 없습니다. 3군의 장수들은 독단적인 행동을 하고 싶어도 마음대로 안 되고, 명령을 듣고 싶어도 들을 만한 상관이 없으며, 군졸들은 누구를 따라야 할지 갈피를 못 잡고 있습니다. 이번 전쟁은 반드시 진나라가 패할 것입니다. 게다가 임금 된 처지에 남의 나라 신하한테서 도망을 친대서야 나라의 수치가 되지 않겠습니까?"

이 말에 초왕은 고민하다가, 사람을 시켜 영윤에게 전차를 돌려 북으로 오게 하고, 자기는 관(管)에 주둔하여 영윤이 도착하기를 기다렸다.

진나라 군사가 오산(敖山)과 호산(鄗山)[6]의 중간에 주둔하고 있을 때 정나라의 황술(皇戌)이 진나라 군사에게 가서 말했다.

"정나라가 초나라에 복종한 것은 사직을 보존하기 위해서일 뿐 진나라에 대하여 두 가지 마음이 있어서 그런 것은 아닙니다. 초나라 군사는 연거푸 승리하여 교만하고, 그 군사는 지쳐 있으며, 방비도 허술합니다. 장군께서 초군을 치시고 우리 정나라가 그 뒤를 이어 공격한다면 초군은 반드시 패할 것입니다."

체자는 말했다.

"초나라를 패배시키고 정나라를 복종시키는 기회는 이 싸움에 달려 있습니다. 꼭 그 제안을 허락하십시오."

그러나 난무자(欒武子, 즉 난서)는 말했다.

"초나라는 용(庸)나라를 쳐서 이긴 이래 초왕은 하루도 관원들을 훈계하고 가르치지 않은 날이 없었습니다. 그 사연은 즉

<민생을 챙기는 일은 쉽지 않고, 화는 언제든지 닥칠 수 있으니, 경계하고 두려워하기를 게을리해서는 안 된다>는 것이었습니다. 군중에서는 하루도 장병들을 훈계하고 거듭거듭 타이르지 않은 날이 없었습니다.

그 사연은 즉 <승리는 언제까지나 지킬 수 있는 것이 아니다. 은(殷)나라 주왕(紂王)은 백 번 승리하고서도 결국은 망해서 후손이 끊어지고 말았다>는 것이었습니다. 또 그들에게 선조인 약오(若敖)와 분모(蚡冒)가 섶나무 수레를 끌고 누더기를 걸친 채 산림을 개척한 일을 이야깃거리 삼아 들려주면서 훈계하기를 <사람이 잘 살려면 부지런해야 하고, 부지런하면 궁핍하지 않다>고 했습니다. 그러니 초나라가 교만하다고 말할 수는 없습니다. 우리의 선대부인 자범(子犯)이 하신 말씀이 있는데 즉 <군사는 명분이 서야 씩씩하고, 비뚤어졌으면 늙은 것이다>고 했습니다.

우리나라는 별로 잘한 것도 없으면서 초나라의 원망만 사고 있으니 우리가 굽었고 초나라가 곧은 것입니다. 그러니 원정군이라고 해서 지쳤다고 말할 수는 없습니다. 초왕의 친위대 전차는 좌우 두 광(廣)으로 나뉘어 있고, 매 광은 전차 30대를 가진 1졸(卒)로 구성되어 있으며, 매 졸은 각각 전차 15대를 가진 2편(偏)으로 구성되어 있습니다.

우광(右廣)이 먼저 경비를 서서 정오가 되면 좌광(左廣)이 인수하여 해질 무렵까지 경비를 하며, 밤에는 좌우의 근시(近侍)들이 교대로 근무하여 만일의 사태에 대비합니다. 그러니 방비가 허술하다고는 말할 수 없습니다.

자량(子良)은 정나라의 명신이요, 사숙(師叔, 즉 반왕潘尫)은 초나라 사람이 숭배하는 사람입니다. 사숙이 정나라 도성으로 들어가서 맹세하였고, 자량은 초나라에 가서 인질이 되었으므로 초나라와 정나라는 현재 친밀한 관계를 유지하고 있습니다. 그런데 정나라의 사자가 와서 우리보고 싸우기를 권한다는 것은 우리가 이기면 우리한테 붙고, 지면 바로 초나라로 가겠다는 복장이니, 이것은 우리의 승패를 가지고 자기들의 거취를 점치고 있는 것으로 정나라는 믿을 것이 못됩니다."

그러자 조괄과 조동이 말했다.

"군사를 거느리고 온 목적은 오직 싸울 적을 찾는 데 있습니다. 적을 이기고 속국을 얻으면 되었지 더 이상 무엇을 기다린단 말입니까? 부디 체자의 말대로 하십시오."

지계(知季, 즉 지장자)가 말했다.

"원(原, 즉 조동)과 병(屛, 즉 조괄)의 의견은 화를 자초하는 길이다."

조장자(趙莊子, 즉 조삭)는 말했다.

"난백(欒伯, 즉 난서)의 말이 맞는다. 그이의 말대로 실행한다면 반드시 진나라의 장래는 장구할 것이다."

초나라의 소재(少宰)가 진나라 군사가 있는 데로 가서 말했다.

"과군은 어려서 우환을 당하여 말재주가 없습니다. 제가 들은 바로는 성왕(成王)과 목왕(穆王)의 두 선군께서 이 길을 드나드신 것은 단지 정나라의 버릇을 고쳐놓기 위함이었다고 합니다. 어찌 감히 진나라에게 죄를 짓는 일을 하겠습니까? 그러니 여러분께서도 이곳에 오래 머물지 마시기 바랍니다."

수계(隨季, 즉 사회)가 대답했다.

"옛날 주나라 평왕(平王)께서 우리나라 선군 문후(文侯)에게 명하시기를 <정나라와 함께 주나라 왕실을 도와 천자의 명령을 거역하지 않도록 하라>고 하셨습니다. 그런데 요즘 정나라가 명령을 듣지 않으므로 과군은 저희들을 시켜 정나라에 가서 그 이유를 묻게 하셨습니다. 어찌 감히 영송관을 욕보이겠습니까? 어쨌거나 임금님의 분부는 감사히 받았습니다."

체자(彘子)는 그 대답이 너무 아첨을 떤다고 여기고 조괄을 시켜 사연을 고쳐 말하게 했다.

"우리 측 외교관이 말을 실수했소. 과군은 저희들보고 대국의 발자취를 정나라에서 드러내라고 분부하시면서 <적을 피하지 말라>고 하셨소. 그러니 저희들은 우리 임금님의 명령을 거스를 수가 없소."

초장왕이 다시 사람을 보내어 진나라에 강화를 청하니 진나라 사람이 그 요구를 받아들여 맹세할 날짜까지 잡았다. 그런데 초나라의 허백(許伯)이 악백(樂伯)의 전차를 몰고, 섭숙(攝叔)이 거우가 되어 진나라 군사에 도전(挑戰)[7]했다.

"내가 들은 도전이란, 말몰이가 지휘기[8]를 휘날리며 질주하여 적진 바로 턱밑까지 갔다가 돌아오는 것이오."

악백은 말했다.

"내가 들은 도전이란, 거좌는 양질의 화살을 사용하여 적을 쏘고, 말몰이를 대신하여 말의 고삐를 잡아 주면, 말몰이는 내려가 말을 정돈하고 말의 배띠를 정리한 다음 제자리로 돌아오는 것이오."

섭숙은 말했다.

"내가 들은 도전이란, 거우는 적진으로 돌진해서 닥치는 대로 적의 왼쪽 귀를 베고, 따로 몇 사람의 적병을 사로잡아 돌아오는 것이오."

그들은 전차를 타고 나가 각기 들은 바대로 행하고 돌아갔다. 그러자 진나라 사람들이 그들을 뒤쫓아 좌우 양옆에서 협공했다. 악백이 왼쪽으로는 말을 쏘고, 오른쪽으로는 사람을 쏘니 좌우로 공격하던 진나라 군사는 주춤했다.

그러나 이제 남은 화살은 단 한 개뿐. 그때 고라니 한 마리가 눈앞에 나타났다. 악백은 얼씨구나 하고 그 고라니를 쏘아 등 골뼈를 맞혔다. 그 순간 진나라의 포계(鮑癸)가 바싹 쫓아와 바로 뒤에 있었다. 악백은 섭숙을 시켜 고라니를 포계에게 갖다 바치게 했다.

"시절이 사냥할 때가 아니라서 드릴 짐승이 아직 들어온 것이 없을 터이니 감히 이 고라니를 수행원들의 반찬으로 올립니다."

그래서 포계는 추격을 중지하게 하고 말했다.

"거좌는 활쏘기의 명수이고, 거우는 말재주가 뛰어나니 모두 군자로다."

그래서 이 세 사람은 모두 포로가 될 뻔한 것을 면했다.

진나라 위기(魏錡)는 공족대부 자리를 원했으나 되지 못하여 화가 나 있던 터라 진나라 군사가 패하는 꼴을 보고 싶었다. 그래서 도전해보고 싶다고 청했으나 허가를 얻지 못했다. 그렇다면 강화의 사자로 보내 달라고 청하여 허락을 받았다.

이에 초나라 군중으로 가서 개전(開戰)만 요청하고 돌아갔다. 초나라의 반당(潘黨)이 그 사람을 뒤쫓아 형택(滎澤)에 이르렀을 때 위기가 여섯 마리의 고라니를 발견하고, 그 중 한 마리를 쏘아 잡아 뒤돌아보고 반당에게 바치면서 말했다.

"당신은 전쟁중에 있는 몸이라 아마도 사냥꾼이 신선한 고기를 공급하지 못하고 있는 줄 압니다. 감히 이것을 수행원들에게 드립니다."

숙당(叔黨, 즉 반당)은 부하에게 명하여 추격을 그만두게 했다. 진나라의 조전(趙旃)은 경(卿)이 되고 싶었으나 뜻을 이루지 못해 불만스러운 터에, 초나라의 도전자들을 놓친 것에 화를 내고, 자기가 도전해 보겠다고 청했으나 허락을 얻지 못했다. 그러면 초나라 사람을 맹세의 마당으로 마중해 오겠다고 청하여 허락을 받았다. 그이는 위기와 함께 명을 받들어 초나라 군진 속으로 들어갔다. 극헌자(郤獻子)가 말했다.

"두 불평분자가 갔으니 준비를 하지 않고 있다가는 반드시 초군한테 패배를 당할 것이오."

체자가 말했다.

"정나라 사람이 싸우자고 할 때도 말을 안 들었고, 초나라 사람이 강화를 요구해도 응하지 않았다. 군사를 거느리고 나온 마당에 뚜렷한 주견이 없으니 아무리 대비를 한들 무슨 소용이 있겠소?"

사계(士季, 즉 사회)는 말했다.

"아니오. 대비를 하는 편이 좋소. 만일 저 두 사람이 초나라의 약을 올렸다가 초나라 사람이 급습이라도 하는 날에는 패배는 시간문제요. 방비를 해두는 것보다 더 좋은 일은 없소. 초나라 측에 악의가 없다면 그때 가서 방비를 풀고 맹세를 하더라도 강화에 무슨 해가 되겠소? 만약에 악의를 품고 온다 하더라도 준비가 되어 있으면 패하지 않을 것이오. 게다가 비록 제후가 서로 만나보는 자리라 할지라도 호위는 철수하지 않는 법인데 그것은 경비가 목적이기 때문이오."

그러나 체자는 반대했다. 사계는 공삭(鞏朔)과 한천(韓穿)을 시켜 오산의 전방 일곱 군데에다 복병을 설치하게 했다. 그랬으므로 상군만은 싸움이 벌어졌을 때 패하지 않았다. 그런가 하면 조영제는 부하를 시켜 싸움에 졌을 경우에 대비하여 미리 배를 황하 가에 준비하게 했다. 그러므로 패하여 후퇴할 때 다른 부대보다 먼저 황하를 건넜다.

반당이 위기를 쫓아낸 뒤에 조전은 밤이 되어서야 초나라 군진에 다다라서, 군문 밖에 돗자리를 깔고 앉아서 거느리고 간 부하 보병을 시켜 먼저 초군 진영으로 쳐들어가게 했다. 초왕은 친위대 전차를 좌우 두 광으로 나누고, 매 광은 전차 30대로 편성했다.

우광은 닭이 우는 새벽에 말을 매어 경비 업무를 시작하여 정오가 되면 말을 푼다. 좌광이 그 뒤를 이어받아 해가 지면 말을 푼다. 허언(許偃)이 우광의 지휘차를 몰고, 양유기(養由基)가 그 거우가 되었으며, 팽명(彭名)이 좌광의 지휘차를 몰고, 굴탕(屈蕩)이 그 거우가 되었다.

을묘날, 초왕은 좌광의 지휘차를 타고 조전을 뒤쫓았다. 조전은 자기가 탄 전차를 버리고 숲속으로 도망가니 굴탕이 그 사람과 격투를 벌여 조전의 갑옷 치마를 잡아 벗겼다. 진나라 사람은 조전, 위기 두 사람이 초나라 군사를 격노시키지나 않을까 걱정하여 돈차(軘車)라는 순찰용 전차를 내보내어 두 사람을 맞이하게 했다. 반당은 진군이 보낸 차가 먼지를 날리며 달려오는 것을 보고 급히 사람을 시켜 보고하게 했다.

"진나라 군사가 공격해 온다!"

초나라 사람도 초왕이 진나라 진중으로 너무 깊이 빠져들지나 않았는지 걱정되어 드디어 출전했다. 손숙은 명령했다.

"진격하라. 우리가 육박할지언정 적에게 육박당하지 말라. ≪시경≫에 이르기를,

　큰 병거 열 대가 충격군이 되어
　앞장서서 길을 터주네.9

라고 했는데 이것은 기선을 잡으라는 말이다. ≪군지(軍志)≫에 이르기를, <기선을 잡으면 적의 전의를 박탈한다>고 했는데 이것은 적을 육박하라는 말이다."

초군은 질풍과 같이 진격하여, 전차는 질주하고 군졸은 뛰어서 진나라 군사를 엄습했다. 환자는 어찌할 바를 몰라 다만 군중에 북을 쳐서 말했다.

"퇴각하라. 먼저 강을 건너는 자에게는 상을 준다."

중군과 하군은 서로 먼저 배를 타려고 다투는 바람에 뱃전을 잡은 손가락이 잘려 순식간에 배 안이 잘린 손가락으로 가득 차서 양손으로 퍼낼 정도였다.

이때 진나라 군사는 황하가 있는 오른쪽으로 이동했으나 상군은 미동도 하지 않았다. 초나라 공윤(工尹) 제(齊)는 우방진(右方陣)의 병졸을 거느리고 진나라의 하군을 뒤쫓았다. 초왕은 당교(唐狡)와 채구거(蔡鳩居)를 시켜 당나라 혜후(惠侯)에게 가서 말하게 했다.

"나는 덕이 없으면서도 욕심을 부리다가 큰 적을 만났으니 이것은 내 죄입니다. 그러나 초나라가 만일 이 싸움에서 이기지 못한다면 그것은 당신의 수치이기도 합니다. 아무쪼록 당신의 은덕의 힘으로 초군을 곤경에서 구해 내고 싶습니다."

초왕은 반당에게 유격(遊擊)전차 40대를 붙여 당나라 임금의 지휘하에 들어가 좌방진이 되어 진나라의 상군을 뒤쫓게 했다. 상군부장의 아들 구백(駒伯, 즉 극기)은 말했다.

"상대해서 막을까요?"

수계는 말렸다.

"초군은 지금 한창 왕성하네. 만일 우리를 집중 공격한다면 우리는 전멸이다. 군사를 수습하여 퇴각하는 것이 상책일세. 패전의 비난을 나누어 받고, 병사들을 살리는 것도 좋지 않겠는가."

그러고는 자기의 상군 부대를 전군의 후진으로 삼아 싸우면서 퇴각했다. 이 때문에 패하지 않았다.

초왕은 우광의 전차를 보고 갈아타려고 하자 굴탕이 말리며 말했다.

"전하께서는 좌광의 전차로 싸움을 시작하셨으니 마무리도 반드시 이 전차로 하셔야 합니다."

이때부터 초나라의 친위대 전차는 좌광이 상위가 되었다.

진나라의 전차 한 대가 구덩이에 빠져 움직일 수가 없게 되었다. 초나라 사람이 방해가 되는 차 앞의 빗장[扃]10을 뽑으라고 가르쳐 주었더니 약간 전진하다가 이번에는 말이 제자리에서 빙빙 돌았다.

초나라 사람이 다시 가르쳐 주어서 패기(斾旗)11를 뽑아 멍에 위에 내던졌더니 그제야 그곳에서 빠져 나올 수 있었다. 덕분에 구덩이에서 빠져나온 진나라 사람은 초나라 사람을 뒤돌아보고 말했다.

"우리는 대국 사람처럼 자주 도망을 가본 경험이 많지 않거든."

조전은 자기의 좋은 말 두 필을 자기 형과 숙부에게 주어 도망가게 하고, 자신은 다른 말로 돌아가다가 적을 만나 도망갈 수가 없어 타고 있던 전차를 버리고 숲속으로 도망쳤다. 그때 마침 봉대부(逢大夫)가 두 아들과 함께 전차를 타고 지나가다가 아들들에게 말했다.

"뒤를 돌아보지 말라."

그런데도 두 아들은 조전을 돌아보고 외쳤다.

"조영감이 저기 계십니다."

아버지는 화를 내어 두 아들을 내리게 하고 근처에 있는 나무를 가리키며 말했다.

"너희들의 시체를 저기서 거둘 게다."

그리고는 조전에게 밧줄을 건네어 전차에 태워서 잡힐 뻔한 것을 면하게 해주었다. 이튿날, 나무를 대중 삼아 시체를 찾았더니 그들은 그 나무 밑에 포개져 죽어 있었다.

초나라의 웅부기(熊負羈)가 지앵(知罃)을 사로잡으니 아버지인 지장자가 가신을 거느리고 되찾으러 나섰다. 주무자(廚武子, 즉 위기)가 말몰이가 되고, 하군의 병졸이 많이 따라갔다. 지장자는 적을 쏠 때마다 좋은 화살을 뽑으면 쓰지 않고 화살통에 집어넣는지라, 주자는 화를 내고 말했다.

"아들 구할 생각은 않고 갯버들로 만든 좋은 화살만 아끼시는구려. 동택에서 나는 갯버들은 언제 다 쓰겠소?"

지장자는 대답했다.

"남의 아들을 쏘아 잡지 못하면 내 아들을 어찌 데려올 수 있겠소? 내가 좋은 화살을 함부로 쓰지 못하는 이유요."

그리고 초나라 연윤(連尹) 양로(襄老)를 사살하여 그 시체를 자기 전차에 싣고, 다시 공자 곡신(穀臣)을 쏘아 사로잡아 그 두 사람을 싣고 돌아갔다.

해가 지자 초나라 군사는 필(邲)[12]에 주둔했다. 진나라의 패잔병은 전열을 추스르지 못하고 밤에 황하를 건넜으나 역시 그 떠들썩한 소리는 밤새도록 그치지 않았다.

주 석

1. 위오(蔿敖) 손숙오.
2. '작(汋)' ≪시경≫ 주송(周頌)의 편명.
3. '무(武)' ≪시경≫ 주송(周頌)의 편명.
4. '사(師)'괘가 '임(臨)'괘로 변하는 괘상 '사'는 감하곤상(坎下坤上)이요, '임'은 태하곤상(兌下坤上)이다. '사'의 초효인 음효가 양효로 변하여 '임'이 되었다는 뜻이다.
5. 여섯 사람 여섯 경(卿), 즉 3군의 여섯 장수를 가리킨다.
6. 오산(敖山)과 호산(鄗山) 둘 다 산 이름으로 모두 지금의 하남 형양현(滎陽縣) 북쪽.
7. 도전(挑戰) 원문은 "치사(致師)"이며 단차(單車) 도전(挑戰)을 의미한다. 원문에 '도전(挑戰)'이라 쓸 때에는 무리를 지어 출전함을 뜻한다.
8. 지휘기 정기(旌旗)라고도 한다. 온폭을 비단이 아닌 깃털로 만든 깃발. 지휘용이다.
9. 큰 병거……길을 터주네 출처는 ≪시경≫ 소아·유월(六月).
10. 빗장(扃) 전차 앞의, 병기나 군기(軍旗)를 고정시키는 빗장.
11. 패기(旆旗) 지휘기에 댕기를 단 깃발. 패기는 전쟁시에는 선구차 위에 세운다.
12. 필(邲) 정나라 땅, 지금의 하남 정주시(鄭州市) 서남, 형양현(滎陽縣) 동북.

이 전쟁은 진군 측의 6명의 장수들의 의견이 갈린 가운데 중군 부원수 선곡이 독단적으로 수하 군사를 이끌고 황하를 건넜고, 초나라 측은 장왕이 황하에서 말에 물이나 먹일 생각뿐이었는데 오삼의 상황 판단에 솔깃해 싸움을 결심한 데서 시작되었다. 그러므로 만약 진나라에 선곡이 없고, 초나라에 오삼이 없었더라면 이 전쟁은 애당초 일어나지 않았을 것이다.

진나라와 초나라는 전후 세 차례의 대전을 치렀는데 필의 전쟁은 초나라가 거둔 유일한 대승이다. 초장왕은 이 전쟁으로 "춘추오패"의 행렬에 끼게 되었다.

전쟁 자체는 진나라 측에서 2명의 불평분자 조전과 위기를 구출하기 위하여 파견한 돈차가 초나라 군사에게 총공격으로 오인되어 기습전이 벌어져 앞다투어 도하하다가 참패를 당한다. 배 안에 잘린 손가락이 수두룩했다는 기사는 유명하다.

흥미 있는 대목을 들면 ≪좌전≫에서 흔히 보는 상투적인 필법이지만 전쟁의 결과를 암시하는 수무자의 초나라를 찬양하는 이야기, 즉 정치의 육사(六事), 새로운 형시(荊尸) 진법(陣法), 지장자의 ≪주역≫ 풀이, 난무자가 말하는 초나라 임금의 국민 훈계와 초왕의 친위대 전차의 편제와 운용 등이 있다.

초나라의 악백 조(組)의 도전과 헌미지례(獻糜之禮)는 인구에 회자된 고사이다. 그들이 벌이는 도전에 대한 각자의 직분 설명은 여유만만하면서도 유쾌하다. 도전이란 단차(單車) 도전을 의미한다. 탑승자 모두가 용왕매진(勇往邁進)의 기상과 조예 깊은 기예가 없으면 엄두도 못낼 일이다. 악백은 궁지에 몰렸을 때 고라니를 쏘아 적에게 선물로 바치는데, 전투를 하는 중에도 예의를 우직하게 지키려는 무사의 풍도가 돋보인다. 춘추시대에나 볼 수 있는 낭만적 풍경이다.

참고로 깃발에 대한 이야기를 하겠다. 이 작품에 깃발이 두 개 등장한다. 하나는 도전에서 말몰이가 휘날리는 정기(旌旗) 또는 지휘기요, 다른 하나는 초나라 사람이 진나라 사람을 위하여 뽑아 준 패기(旆旗)이다. 정기 또는 지휘기는 깃발의 온폭을 비단을 쓰지 않고 오직 깃털만으로 짠 것이다. 통상 지휘용으로 쓴다. 패기는 정기 끝에 댕기를 단 제비 꼬리 모양의 깃발이다. 좁고 기다란 것이 특징이다. 출정시에는 선구차 위에 세운다. 훈련시에는 통상 세우되 깃발을 묶어 놓고 휘날리지 않는다.

또 하나 유명한 것은 초나라 병사가 진나라 병사에게 구덩이에 빠진 전차를 빼내기 위하여 빗장을 뽑고, 패기를 뽑는 법을 가르쳐 주는 장면인데 추격을 제쳐놓고 도와주는 초나라 병사가 대견스럽고, 도움을 받은 진나라 병사가 나와서 던지는 변명이 초나라 사람을 비꼬면서도 익살스럽다.

이 대목에서 나오는 성어는 전모후경(前茅後勁), 명렬전모(名列前茅), 정군경무(整軍經武), 필로남루(篳路藍縷), 민생재근(民生在勤) 근즉불궤(勤則不匱)이다.

218

47. 초장왕(楚莊王)이 경관(京觀)을 짓지 않다

선공宣公 12년

병진날, 초나라의 치중대(輜重隊)가 필(邲)에 도착하였고 이어 군사는 형옹(衡雍)에 진주하였다. 이때 반당(潘黨)이 초왕에게 말했다.

"전하께서는 어찌하여 커다란 봉분을 쌓아서 진나라 전사자의 시체를 모아서 수용하고, 그 위에다가 큰 나무를 심어 표지로 삼는 소위 경관(京觀)을 만드시지 않으십니까? 제가 듣기로는 <적과 싸워 이길 때에는 반드시 자손에게 기념물을 남겨 무공을 잊지 않게 하는 법이다>고 합니다."

그러나 초장왕은 대답했다.

"그건 네가 잘 모르고 하는 소리다. 대저 글자의 생김새를 보면 '止'자와 '戈'자의 두 상형문자가 결합된 것이 무(武)자다. 옛날 주나라 무왕(武王)은 상(商, 즉 은殷)나라를 쳐 이기고 '송(頌)'[1]의 노래를 지었다.

　방패와 창을 찾아 챙기고

　활과 화살을 자루에 넣었네.

　우리는 아름다운 덕을 추구하여

　이 왕기 안에 널리 베푸니

　진실로 주왕께서 천하를 보전하시었네.

또 '무(武)'[2]를 지었는데 그 마지막 장에 말했다.

거룩한 공적을 이룩하셨네.

그 제3편[3]에 일렀다.

문왕의 수고하신 이 미덕을 베풀어

내가 주왕(紂王)을 치러 가는 것은

오로지 안정을 구할 따름이라네.

그 제6편[4]에 일렀다.

온 세상 평화롭게 하시니

해마다 풍년이라네.

무(武)라는 것은 난폭한 자를 누르고, 싸움을 중지하며, 대업을 유지하고, 대공(大功)을 다지며, 백성을 안정시키고, 백성을 화합시키며, 재물을 늘리는 것이다. 그러므로 자손으로 하여금 그 빛나는 무공을 잊지 않게 하는 것이다.

지금 나는 초·진 두 나라 사람들이 들판에서 목숨을 잃게 만들었으니 난폭한 짓이고, 무력을 과시하여 제후를 위협했으니 무기를 거두어들인 것이 아니다. 난폭하고 전쟁을 중지하지 않았는데 어떻게 대업을 유지할 수 있겠는가? 아직 진나라가 건재하고 있는데 어떻게 무공을 다질 수 있고, 백성들이 바라는 바를 거스른 일이 한두 번이 아닌데 백성들이 어찌 편안할 수 있겠는가?

덕도 없으면서 억지로 제후들과 다투는 처지에 어떻게 백성을 화합시킬 수 있는가? 남의 위기를 틈타고 남의 혼란을 자기의 번영으로 생각하고 있으니 어찌 재물을 불릴 수 있겠는가? 무(武)에 일곱 가지 덕(德)이 있다고 했는데 나는 그 중 한 가지도 갖춘 것이 없으니 무엇을 자손에게 남겨 보인단 말인가?

고작해야 선군을 모시는 사당이나 한 채 지어서 승전을 보고할 따름이다. 이번 승전은 무공이라 할 것도 없다. 옛날 어진 임금이 불경스러운 무리를 쳐서, 그 무리의 우두머리를 죽여 봉분을 쌓아 큰 징벌로 삼았다고 한다. 그래서 경관(京觀)이란 것이 생겼는데 그것으로 부정불의(不正不義)를 징계한 것이다. 이번 일은 딱히 진나라의 죄로 삼을 만한 것이 없고, 또 병사들도 모두 충성을 다 바쳐 군명에 죽었다. 그런데 또 무엇 때문에 경관을 만든단 말인가?"

초장왕은 황하 변에서 제사를 지내고 선군의 사당을 지어 전쟁에 이긴 것을 고하고 돌아갔다.

주 석

1. '송(頌)' ≪시경≫ 주송(周頌)·시매(時邁).
2. '무(武)' ≪시경≫ 주송(周頌)·무(武).
3. 그 제3편 '대무(大武)'무(舞)의 제3편 즉 ≪시경≫ 주송(周頌)·뇌(賚).
4. 그 제6편 '대무(大武)'무(舞)의 제6편 즉 ≪시경≫ 주송(周頌)·환(桓).

도움말

이 대목은 반당이 초장왕에게 진나라 전사자의 시체를 모아 봉분을 쌓고 경관을 만들어서 자손에게 무공의 기념물로 남기는 것이 어떠냐고 건의하자 초왕은 두 가지 이야기를 했다. 하나는 옛날 주무왕(周武王)이 상(商)나라를 쳐서 이기고 지은 '주송(周頌)'이라는 찬송의 노래 네 편을 소개하고, 그 다음에 무(武)의 칠덕(七德)을 설명했다.

우선 초장왕이 한 말을 다시 요약해보면 다음과 같다.

"무왕은 상나라를 쳐서 이기고 '송'의 노래를 지었다 ……, 또 '무'를 지었는데 그 마지막 장은……, 그 제3편은……, 그 제6편은……."

이 초왕의 말에서 알 수 있는 것은 주제가 무엇인지 몰라도 전체 시편의 수가 여섯이라는 것과 네 편만 얘기하고 두 편은 생략했다는 점이다. 그런데 "그 제3편"이란 무엇이고, "그 제6편"은 또 무엇인가? 그렇다. 초장왕이 이야기하고 있는 전체적인 내용은 온통 무무(武舞) '대무(大武)'에 관한 것이지 ≪시경≫의 순서가 아니다. '대무'란 주무왕이 상나라를 쳐서 이긴 무공을 기리기 위하여 주공(周公)이 만든 무무(武舞)를 말한다. '대무'는 주왕실이 제사를 지낼 때 반드시 상연해야 하는 육대무(六代舞) 중의 하나이다. 그러므로 '대무'란 '주송' 중의 대무 조시(組詩)와 그것과 배합된 음악과 무용으로 구성된다.

≪좌전≫과 ≪예기(禮記)≫ 악기(樂記)에서 모두 '대무'는 여섯 마당이라 하므로 조시도 여섯 편이면 될 것인데 제1,2,3,6편은 이미 초장왕이 설명했으므로 문제가 되는 것은 생략된 제4,5편이 무엇이냐는 것이다. 이 문제를 풀기 위해서는 '대무'의 내용과 '대무' 조시 각 편의 의의, 그리고 무왕이 상나라를 이긴 사실(史實)을 종합적으로 고찰하지 않으면 안 된다.

'대무'에 관한 최초의 문헌은 ≪좌전≫의 이 기사와 ≪예기≫ 악기(樂記)이다. 이 두 문헌은 '대무'의 이해에 필수적인 내용을 담고 있다.

'악기'에서 '대무'의 여섯 마당을 살펴보자.

'대무' 춤의 여섯 마당을 설명하면 처음 마당은 무왕이 북쪽으로 출병하여 맹진(孟津)에서 제후와 만나기 위하여 기다리는 것을 상징하고, 둘째 마당은 무왕이 제후를 거느리고 동진하여 상나라를 멸망시키는 것을 상징하며, 셋째 마당은 군사를 돌려 남쪽으로 가는 것을 상징하고, 넷째 마당은 남국이 판도에 편입되는 것을 상징하며, 다섯째 마당은 무용수가 두 줄로 나뉘어 서는데, 주공은 왼쪽에서, 소공은 오른쪽에서 천자를 보필함을 상징하고, 여섯째 마당은 무용수가 처음 위치로 돌아가는데 이것은 무왕이 호경(鎬京)으로 개선하여 제후의 추대를 받는 것을 상징한다.

상연 과정 중 무열(舞列)의 양측에서 두 사람의 사마가 방울을 흔들고, 무용수가 창을 들어 네 번 치고 찌르는 것은 군대의 위엄을 온 중국에 떨치는 것이다. 무용수가 두 대열로 나뉘어 전진하는 것은 전쟁이 일찌감치 성공하였음을 상징한다. 무용수가 처음 위치에 오래 서 있는 것은 무왕이 개선해서 돌아오는 제후를 기다리는 것을 상징한다.

이제 위의 사항들을 고려하여 '하나의 시안'으로 생략된 제4 및 제5편을 각각 '반(般)'과 '아장(我將)'으로 추정한다면 '대무' 악장의 편명과 배열은 제1편 '시매(時邁)', 제2편 '무(武)', 제3편 '뇌(賚)', 제4편 '반(般)', 제5편 '아장(我將)', 제6편 '환(桓)'이 된다.

제4편 '반'은 무왕이 회군하여 호경(鎬京)으로 돌아간 일과 아울러 대주(大周)의 대업을 창시했음을 기린 것이며 '악기'의 넷째 마당 기술과는 맞지 않는다. '악기'의 넷째 마당에 대한 기술은 작자의 역사에 대한 인식과 요원한 시간적 격차 때문에 기억이 반드시 정확하다고는 할 수 없다. ≪사기≫ 주본기에는 <무왕은 구목(九牧)의 임금을 소집하여 빈(豳)의 언덕에 올라 상읍(商邑)을 바라보았다>는 기사가 전부이다.

제5편 '아장'은 무왕이 호경에 돌아온 후 주묘에 성공을 고하는 장면을 노래한 것이다. 구체적으로는 ≪일주서(逸周書)≫ 세부해(世俘解)에 의하면 헌부(獻俘), 헌생(獻牲), 고묘(告廟)를 말한다. 특히 포로를 헌납할 때나 축생을 바칠 때에는 종묘의 남문에서 길을 끼고 양 옆으로 두 줄로 나뉘어 들어갔다.

한 가지 참고로 말할 것이 있다. 제1편 '시매'에 나오는 "재집간과(載戢干戈), 재고궁시(載櫜弓矢)"에 대해서는 종전에 일부에서 오해가 있었다. 이 구절은 여기에서는 "방패와 창을 챙기고, 활과 화살을 자루에 넣어 출정 준비를 했다"는 뜻이다. 전쟁을 그만두기 위해 무기를 거두어 창고에 보관했다는 뜻이 아니다.

'대무' 춤은 일종의 무무(武舞)이다. 그 핵심은 전쟁 장면을 상연하는 것이다. 도구와 옷차림은 붉은 칠을 한 큰 방패와 옥으로 만든 큰 도끼를 가지고, 게다가 면류관까지 쓰고 '대무' 춤을 춘다.

상연 인원수와 무열은 《공양전》 소공 25년조와 《논어》 팔일(八佾)에 다 같이 팔일(八佾)로써 '대무'를 춤추었고, 이것은 천자의 예라고 했다. 일(佾)이란 무용수의 행렬을 말하며 1일은 8명이므로 8일은 64명이다.

마지막으로 초장왕은 '武(무)'자의 구성을 말하면서 "止(지)와 戈(과)의 두 상형문자가 결합된 것이 武(무)"라고 말하고 아울러 글자의 뜻도 어림짐작으로 "전쟁으로 전쟁을 그친다"고 풀이했다. 하지만 '武'자의 조자(造字) 의의는 결코 칼을 멈추는 것이 아니다. 갑골문의 '止(지)'의 본뜻은 사람의 다리 형상이며, 흔히 행진 동작을 표시하므로 정지한다는 뜻과는 정반대이다.

이 대목에서 나온 성어는 지과위무(止戈爲武)이다.

48. 초장왕(楚莊王)이 소(蕭)나라를 치다

선공宣公 12년

겨울, 초나라 장왕(楚莊王)이 소(蕭)나라1를 치니 송나라의 화초 (華椒)가 채(蔡)나라 사람을 이끌고 소나라를 구원했다. 소나라 사람이 초나라의 웅상의료(熊相宜僚)와 공자 병(丙)을 잡아 가 두니 초장왕이 말했다.

"죽이지 말라. 내가 물러가리다."

그러나 소나라 사람이 그들을 죽이니 초왕이 노하여 바로 소나라를 포위하니 소나라는 멸망하고 말았다. 신공(申公) 무신(巫臣)2이 초왕에게 말했다.

"장병들이 모두 추위에 떨고 있습니다."

초왕이 3군을 순시하여 병사들의 어깨를 두드리며 격려하니 3 군의 병사들이 모두 솜옷을 입은 듯 따뜻하게 느꼈다. 그래서 그들은 소나라 국도에 바싹 다가붙을 수 있었다. 소나라의 대 부 선무사(還無社)가 공격군의 사마묘(司馬卯)에게 부탁해서 친 구인 초나라의 대부 신숙전(申叔展)을 큰 소리로 불러 달라고 했다. 숙전이 무사에게 물었다.

"누룩3은 있소?"

"없소."

"궁궁이[芎藭]4는 있소?"

"없소."

"황하의 물고기가 배탈이 나면5 어떻게 하지?"

"마른 우물을 잘 살펴보고 그놈을 구출하시오."

"당신은 띠로 만든 밧줄을 걸어 놓으시오. 우물에 대고 곡하는 사람이 있거든 난 줄 아시오."

그 다음날 소나라가 함락했다. 신숙이 띠 밧줄을 대중 삼아 마른 우물을 찾아, 울부짖어서 그 친구를 구해냈다.

----- 도움말

소나라 도성이 포위되어 멸망이 눈앞에 다다랐는데, 소나라 장군 선무사는 도망가서 살 궁리로 평소에 잘 알고 지내던 초나라 장군 신숙전에게 도움을 청한다. 양군이 대치중이라 바른 말은 못하고 은어(隱語)로써 문답을 한 것이다.

누룩이나 궁궁이가 있느냐고 물은 것은 두 가지 다 습기를 막는 작용을 하기 때문에 무사가 흙탕물 속에 숨기를 원했던 것이다. 무사가 그 말뜻을 알아듣지 못하고 없다고 하자, 이번에는 신숙전이 직접 숨을 곳을 암시했다. 황하의 물고기가 배탈이 나면 어떻게 하겠느냐는 질문으로 저지대의 습기찬 곳으로 도망가라고 암시한 것이다. 그제야 선무사가 알아듣고 마른 우물을 대준 것이다.

이 대목에서 나온 성어는 하어복질(河魚腹疾)이다.

_ 청동제 거마구車馬具

49. 신주(申舟)가 제나라에 출사하다

선공宣公 14년

초나라 장왕(楚莊王)이 신주(申舟)를 제(齊)나라에 사자로 보내면서 말했다.

"송나라를 통과할 때 길을 빌리지 말라."

또 공자 풍(馮)을 진(晋)나라에 사자로 보내면서 명령했다.

"정나라를 통과할 때 길을 빌리지 말라."

신주는 22년 전 송나라의 맹제(孟諸)에서 사냥했을 때 송나라의 미움을 산 적이 있었기 때문에 바른대로 말했다.

"정나라는 눈이 밝으나 송나라는 귀가 멀어서[1], 진나라로 가는 사자는 해를 입지 않겠지만 저는 반드시 죽을 것입니다."

그러자 초왕은 대답했다.

"너를 죽인다면 내가 송나라를 칠 것이다."

신주는 아들 신서(申犀)를 초왕에게 소개하고 떠났다. 송나라에 당도하니 송나라 사람이 그이를 붙잡았다. 화원(華元)이 말하기를,

"우리 땅을 지나면서 길을 빌린다는 인사를 하지 않는 것은 우리나라를 속국 취급하는 것이다. 속국 취급을 한다면 우리나라는 망한 것이나 다름없다. 이 사자를 죽인다면 반드시 우리나

228

라를 칠 것이고, 우리가 공격을 받으면 역시 망하고 말 것이니 망하는 것은 매일반이다."
하고는 당장 신주를 죽였다. 초왕은 이를 듣자 소매를 떨치고 벌떡 일어나 달려 나가는 통에, 종자가 허둥지둥 따라가면서, 신발은 거실 앞뜰에서, 칼은 침문(寢門) 밖에서, 수레는 포서(蒲胥)의 시가에서 가까스로 주인을 따라잡을 수 있었다. 가을 9월, 초나라 장왕은 송나라를 포위했다.

주 석

1. 정나라는……귀가 멀어서 눈이 밝다는 것은 사리를 분간할 줄 안다 는 뜻이고, 귀가 멀다는 말은 아둔하다는 뜻이다.

_ 큰 수레

초나라에서 제나라로 가려면 반드시 송나라를 경유해야 하므로 이 치대로 하면 초나라가 응당 송나라에 길을 빌려야 하지만 송나라가 진(晉)나라와 친하고, 또 진나라는 패권을 다투는 적수이기 때문에 송나라에 길을 빌리지 않는다는 것은 송나라에 대한 멸시요 도발 행위이다.

이 대목에서 우리가 감탄하는 것은 초나라 사자 신주의 정신이다. 번연히 산에 호랑이가 있다는 것을 알면서도 기어이 호랑이를 향해 산에 오른다는 말이 있듯이, 한번 가면 돌아오지 못한다는 것을 알면서도 임지로 향하는 것은 단순히 군명에 복종하는 것이라기보다 국가 사명에 대한 강렬한 책임감과 고귀한 희생정신의 발로라 할 것이다.

신주가 죽었다는 소식을 듣자 초왕이 소매를 떨치고 확 달려 나가고, 종자가 허둥지둥 따라가는 모습이 매우 생동감 있고, 초왕의 패주(覇主)다운 기염을 잘 보여주고 있다.

이 대목에서 나온 성어는 정소송롱(鄭昭宋聾), 투메이기(投袂而起), 구급검급(屨及劍及)이다.

50. 화원(華元)이 밤에 자반(子反)의 침상을 찾다

선공宣公 15년

송나라 사람은 악영제(樂嬰齊)를 사자로 삼아 급한 사정을 진(晉)나라에 알렸다. 진나라 경공(景公)이 구원하려 하자 백종(伯宗)이 말리며 말했다.

"안 됩니다. 옛사람이 한 말에, <채찍이 아무리 길다 하더라도 말의 배까지는 닿지 못한다>는 말이 있습니다. 하늘이 바야흐로 초나라를 보우하고 있으므로 아직 상대해서 싸워서는 안 됩니다. 진나라가 아무리 강하다고 할지라도 천운을 거스를 수는 없습니다. 속담에 이르기를, <높이고 낮춤은 자기 마음에 달렸다>고 합니다. 내와 못은 더러운 것을 마다하지 않고, 산과 숲은 독충을 감추고 있으며, 무슨 옥이든지 흠이 있는 법이고, 임금은 수치를 참을 줄 알아야 한다는 것은 하늘의 법칙입니다. 주상께서는 잠시 기다리십시오."

그래서 구원하기를 그만두었다. 그 대신 해양(解揚)을 송나라에 보내어 초나라에 항복하지 말고 버티라고 격려하고 "진나라 군사가 총동원하여 곧 도착한다"고 말하게 했다. 그런데 정나라 사람이 도중에서 그이를 잡아 초나라에 넘겼다. 초나라 장왕(莊王)이 많은 뇌물을 주어, 사자의 사연과 반대되는 말을 하게 했으나 말을 듣지 않았다. 세 차례 권유하자 그제야 승낙했다. 해양을 요망차(瞭望車)에 태워 송나라 사람을 향해 시킨 대로 말하게 했더니 해양은 곧 그 기회를 이용하여 원래의 군명을 전달해 버렸다. 초장왕은 죽이려고 사람을 시켜 그이를 나무라게 했다.

"너는 이미 내게 승낙을 해놓고 왜 위반했느냐? 내가 신의가 없는 게 아니라 네 쪽에서 신의를 저버린 것이다. 빨리 네 죗값을 치러라."

해양은 대답했다.

"제가 들은 바로는, <임금이 올바른 명령을 내리는 것을 의(義)라 하고, 신하가 명령을 올바로 받드는 것을 신(信)이라 하며, 신이 의를 관철하는 것을 이(利)라고 한다. 계획을 세우되 이익을 잃지 않게 하여 사직을 지키는 사람이 백성의 주인이다. 의에는 두 가지 신이 있을 수 없고, 신은 두 가지 명령을 받들 수 없다>고 합니다.

임금님께서 저에게 뇌물을 쓰신 것은 명령을 옳게 이해하지 못하신 것입니다. 일단 명령을 받고 출사 나온 이상 죽을지언정 명령을 버릴 수 없거늘, 어찌 또 매수까지 할 수 있겠습니까? 제가 승낙한 것은 사명을 완수하기 위해서였습니다. 죽어서 명령을 완수할 수 있다면 제 복입니다. 과군에게는 신의를 지키는 신하가 되고, 저로서는 옳은 죽음을 마칠 수 있는 것이니 이 이상 더 무엇을 바라겠습니까?"

초왕은 그이를 용서하여 진나라로 돌려보냈다.

여름 5월, 초나라 군사가 송나라를 굴복시키지 못하고 송나라를 떠나려 하자 신서(申犀)가 초왕의 말 앞에 머리를 조아리고 말했다.

"제 아비 무외(無畏)는 죽을 것을 미리 알고도 감히 왕명을 저버리지 않았는데 대왕께서는 그때의 약속을 버리시는 것입니까?"

초왕은 대답할 말이 없었다. 그때 초왕의 말몰이로 있던 신숙시(申叔時)가 진언했다.

"교외에 집을 짓고 그곳으로 물러나 경작(耕作)이라도 하기 시작하면 송나라는 반드시 복종할 것입니다."

이 의견을 좇았다. 송나라 사람은 겁을 먹고 화원(華元)을 시켜 야음을 틈타 초나라 진영으로 들어가게 했다. 화원은 몰래 자반(子反)의 침대로 올라가 그분을 깨워 일으키고 말했다.

"과군께서 저 화원을 사자로 보내어 송나라의 어려운 사정을 하소연하게 하셨습니다. 지금 송나라는 자식을 서로 바꾸어 잡아먹고, 시체의 뼈를 땔감으로 써서 밥을 짓고 있습니다. 그렇더라도 성하의 맹세[城下之盟]¹만큼은 나라가 망하는 한이 있더라도 맺고 싶지 않습니다. 초나라 군사가 30리만 물러난다면 하라는 대로 다 하겠습니다."

자반은 겁이 나서 바로 화원과 맹세하고, 그 일을 초왕에게 보고한 후 30리를 물러났다. 송나라와 초나라는 강화를 맺고, 화원은 인질이 되었다. 맹세의 사연은 다음과 같다.

<나는 너를 속이지 않고, 너는 나를 속이지 말라.>

— 주 석

1. 성하의 맹세[城下之盟] 적에게 도성 밑까지 침공당한 후 체결하는 굴욕적인 강화 조약.

이 대목은 세 사건으로 나누어 볼 수 있다. 즉 송나라의 구원에 대한 백종의 만류, 진나라 해양의 사명 완수, 송나라 화원의 야간 초나라 진영 잠입이다.

송나라의 구원 요청을 받고 진경공이 허락하려 하자 백종이 초나라의 강성함과 송나라까지의 노정이 요원함을 이유로 옛날의 속담 두 개를 들어 만류하고, 인욕부중(忍辱負重) 즉 큰일을 위해 치욕을 참을 것을 권유했다.

진나라 해양이 사명을 완수한 후 초왕은 해양이 왜 허락을 해놓고 배반했느냐고 신의(信義)의 문제를 따진다. 이에 대해 해양은 의신리(義信利)의 세 방면에서 변명한다. 특히 양쪽에 다 신의를 지킬 수 없고, 양쪽에서 상반된 명령을 접수할 수 없다는 점을 지적하여 신의와 명령이 어디까지나 진나라 임금에 대한 것이지 초왕에 대한 것이 아님을 밝힌다.

초나라가 "축실반경(築室反耕)"의 책략을 취하자 송나라 화원이 밤에 몰래 초나라 진영에 잠입하여 초나라 총수 자반과 담판 짓는 고사는 유명하다. 화원이 "자식을 서로 바꾸어 잡아먹고(易子而食)", "송장의 뼈를 땔감으로 써서 밥을 짓는(析骸而爨)" 비참한 나라의 실상을 고한 끝에 맹약을 맺는 데 성공하여 9개월간에 걸친 포위전쟁을 원만히 마감한다. 대신 화원은 인질이 된다.

이에 앞서 화원은 "과방가도(過邦假道)"의 예를 지키지 않는다는 이유로 초나라 사자를 국가적 존엄을 위하여 단호히 죽인 바 있다. 강대한 초나라를 두려워하지 않고, 위험한 적진에 과감히 뛰어들 줄 아는 화원은 한 사람의 걸출한 애국자임에 틀림없다.

소위 "춘추시대에는 정의의 전쟁이 없었다"고 맹자(孟子)가 지적했지만 그 시대에는 일정 정도 각 제후국의 이익 분쟁이 포함되어 있었던 것이 사실이다. 그러한 이익 분쟁에서 이기려면 속이지 않고는 성공하기 어려웠다. 초송(楚宋)간의 맹약인 "나는 너를 속이지 않고,

너는 나를 속이지 말라"는 성어는 후에 "너는 나를 속이고, 나는 너를 속인다"는 성어로 변한다.

이 대목에서 탄생한 성어는 꽤 많은데, 편장막급(鞭長莫及), 고하재심(高下在心), 장구납오(藏垢納汚), 납오장질(納汚藏疾), 익하함구(匿瑕含垢), 불욕사명(不辱使命), 축실반경(築室反耕), 역자이식(易子而食), 석해이찬(析骸而爨), 성하지맹(城下之盟), 아무이사(我無爾詐) 이무아우(爾無我虞), 이우아사(爾虞我詐), 인욕함구(忍辱含垢)이다.

51. 제진(齊晉) 안(鞌)의 전쟁

선공宣公 17년, 성공成公 2년

17년 봄, 진나라 경공(晉景公)이 극극(郤克)을 제나라에 보내어 제나라 임금이 제후의 회맹에 참가하도록 요청하게 했다. 제나라 경공(齊頃公)은 자기 모친을 휘장을 쳐서 가리고 그 뒤에 숨어서 사신의 거동을 보게 했다. 극자(郤子)가 당상에 오르자 그 부인이 보고 방 안에서 웃었다1. 헌자(獻子, 즉 극극)는 노하여 나와서 맹세했다.

"내가 만일 이 수치를 갚지 못한다면 두 번 다시 황하를 건너는 일이 없을 것이다."

그리고 헌자는 한발 먼저 돌아가고, 난경려(欒京廬)를 제나라에 남겨서 제나라의 회답을 받게 하고 말했다.

"제나라의 확답을 받기 전에는 돌아와 복명하지 말라."

극자는 돌아가 제나라를 치자고 건의했지만 진경공은 들어주지 않았고, 자기 족속만으로 치겠다고 청했지만 역시 허락하지 않았다. (이상 선공 17년)

위나라의 손환자(孫桓子)는 신축(新築)으로 돌아왔으나 도성으로 들어가지 않고 그길로 바로 진(晉)나라로 가서 파병을 요청했다. 노나라의 장선숙(臧宣叔)도 진나라로 가서 파병을 요청했는데 모두 극헌자에게 매달렸다. 진경공이 극헌자에게 7백 승의 전차를 허락하니 그이는 말했다.

"이 규모는 성복의 전쟁 때 사용했던 전차수입니다. 그때는 선군이 명석하셨고 선대부들이 민첩했기 때문에 이길 수 있었습니다. 저는 선대부들의 심부름꾼 노릇도 제대로 못하는 사람이오니 8백 승은 있어야 되겠습니다."

경공은 이를 허락했다. 극극이 중군원수, 사섭(士燮)이 상군부장, 난서(欒書)가 하군대장, 한궐(韓厥)이 사마가 되어 노나라와 위나라의 구원에 나섰다. 장선숙은 진나라 군사를 맞이하고 겸하여 길 안내역까지 맡았다. 계문자(季文子)는 노나라 군사를 거느리고 진나라 군사와 합류했다.

위나라 땅에 당도하니 한헌자(韓獻子, 즉 한궐)가 막 사람을 죽이려 하니 극헌자가 달려가 살리려고 했다. 그러나 도착했을 때는 이미 죽인 뒤였다. 극자는 얼른 그 사실을 군중을 돌며 알리게 하고, 그 말몰이에게 말했다.

"내가 이렇게 하는 것은 한헌자가 혼자 받을 비난을 나누어 받자는 것이다."

진(晋)·노(魯)·위(衛) 연합군은 제나라 군사를 신(莘)까지 추격하여, 6월 임신날에는 미계산(靡笄山) 기슭에 도착했다. 제경공은 사람을 시켜 개전을 청하면서 말하게 했다.

"극씨는 진나라 임금의 군사를 이끌고 우리나라에 오시느라 수고가 많았소. 빈약한 군사이기는 하나 내일 이른 아침에 한판 승부를 겨룹시다."

극극은 대답했다.

"진나라와 노·위 두 나라는 형제지간입니다. 양국의 사자가 와서 하는 말이 '제나라 사람이 조석으로 침공해 와서는 우리 나라에 화풀이를 하고 있습니다'라고 합니다. 과군께서는 불쌍히 여기시고 저희들을 시켜 귀국에 가서 노·위 두 나라에서 손을 떼시도록 부탁을 올리는 동시에, 우리 대군이 제나라 안에 오래 머물지 말도록 당부하셨습니다. 저희들은 앞으로 나아갈 수는 있어도 뒤로 물러설 수는 없으니 임금님께서 수고스레 사자를 보내어 싸움을 청하실 것까지는 없습니다."

이에 대해 제나라 경공은 되받아 말했다.

"대부의 싸우자는 승낙의 말씀은 과인이 바라던 바요. 만약 대부가 승낙을 안하셨더라도 우리는 어차피 한판 승부를 벌일 작정이었소."

제나라 고고(高固)는 진나라 군진으로 돌진하여 큰 돌을 진나라 병사에게 던져 거꾸러뜨리고, 그자를 사로잡아 자기 전차에 태운 다음 근처에 있는 뽕나무 한 그루를 뿌리째 뽑아 전차 뒤에 매달고는 제나라의 보루를 돌며 외쳤다.

"용기가 필요한 사람은 내 남은 용기를 사 가시오."

계유날에 제·진 양군은 안(鞌)²에 진을 쳤다. 병하(邴夏)가 제나라 경공의 말몰이가 되고, 봉축보(逢丑父)가 거우가 되었다. 진나라 쪽에서는 해장(解張)이 극극의 말몰이, 정구완(鄭丘緩)이 거우가 되었다. 제경공은 말했다.

"내 잠시 이놈들을 해치우고 나서 아침을 먹겠노라."

그리고는 말에 갑옷도 입히지 않고 진군을 향해 달려갔다. 극극은 화살에 맞아 다쳐서 흐르는 피가 신발을 적시는 지경인데도 진격의 북소리만은 멈추지 않고 말했다.

"나는 다쳤다."

장후(張侯, 즉 해장)가 격려했다.

"싸움이 시작되자마자 저는 화살 두 개를 맞았는데 제 손과 팔꿈치를 관통했습니다. 뽑을 겨를도 없어 그냥 꺾어버리고 계속 말을 몰고 있고, 전차의 왼쪽 바퀴가 제 피로 붉게 물들어도 제가 어찌 다쳤다고 말할 수 있겠습니까? 장군님께서는 참으십시오."

정구완은 말했다.

"싸움이 시작되면서부터 험지를 만날 때마다 저는 내려서 전차를 밀고 있는데 장군님께서는 그걸 모르시겠지요? 그러니 장군님 입에서 다쳤다는 말이 나올 수밖에요."

장후는 말했다.

"전군의 이목이 이 전차의 깃발과 북에 쏠려 있고, 진퇴가 모두 우리 움직임 하나에 달려 있습니다. 이 전차에 타고 계신 한 분만 버텨 주기만 해도 성공할 수 있는 것을 어찌 다쳤다는 이유로 임금님의 대사를 그르칠 수 있겠습니까? 갑옷을 입고 무기를 든 이상 죽음은 이미 각오한 것입니다. 다쳤다고 해도 아직 죽지는 않았으니 힘을 내십시오."

그렇게 격려하고는 왼손으로 고삐를 모아 쥐고, 오른손으로 북채를 잡아 북을 치니 말은 미친 듯 달려 멈출 줄 모르고, 전군은 늦을세라 뒤따라가 제나라 군사를 크게 무찔렀다. 진군은 도망가는 제나라 군사를 뒤쫓아 화부주산(華不注山)을 세 바퀴나 돌았다.

한궐이 꿈을 꾸었는데 돌아가신 부친 자여(子與)가 일러 말하기를,

"내일 아침에 싸울 때 전차의 왼편이나 오른편 자리는 피하

라."

고 했다. 그래서 그이는 가운데에 타서 전차를 몰고 제경공을 뒤쫓았다. 제경공의 말몰이 병하가 말했다.

"저 말몰이를 쏘십시오. 군자다운 데가 있습니다."

경공은 대답했다.

"군자라고 말하면서 그분을 쏜다는 것은 예에 맞지 않는다."

그리고 한궐의 거좌를 쏘니 그이는 전차 밑으로 떨어졌고, 거우를 쏘니 차 안에 쓰러져 죽었다. 그때 진나라의 기무장(綦毋張)이 자기 전차를 잃어버리고 한궐을 쫓아가서 말했다.

"같이 좀 타고 갑시다."

무장이 좌우에서 타려고 하자 그때마다 한궐은 팔꿈치로 막아 내고 자기 뒤에만 서 있게 했다. 그리고 그이는 전차를 몰면서 몸을 구부려 쓰러져 있는 거우의 시체를 바로 눕혀 주었다. 그러는 사이에 제경공의 거우인 봉축보가 제경공과 자리를 바꾸어 타고, 화천(華泉)이란 샘에 거의 다다랐을 때 곁말이 나무에 걸려 멈춰 서 버렸다. 축보는 전날 밤 침대차에서 잠을 자다가 뱀 한 마리가 차 밑에서 기어 나오기에 팔로 치다가 다쳤는데 그것을 그때까지 숨기고 있었다. 그래서 전차를 손으로 밀 수가 없어서 결국 한궐한테 따라잡히고 말았다. 한궐은 말고삐를 쥐고3 말 앞으로 달려 나아가, 재배하고 계수한 다음 술잔에 벽옥을 곁들여 바치면서 말했다.

"과군께서는 저희들을 보내어 노·위 두 나라를 위하여 임금님께 선처를 부탁하게 하시면서 '대군이 제나라 국토로 너무 깊이 들어가게 하지 말라'고 분부하셨습니다. 그러나 하신은 불행히도 때마침 전차의 행렬을 만나 도망갈 수도 없고, 게다가 달아나고 피하기만 해서는 두 임금님께 욕만 보이지 않을까 두려웠습니다. 저는 마지못해 한 사람의 전사가 되었을 뿐이며, 삼가 저의 무능함을 고합니다. 다만 지금 일손이 부족한 관계로 이 호송 임무를 제가 대신 맡기로 했습니다.”

제나라 임금을 가장한 축보는 경공을 보고 전차에서 내려 화천 샘으로 가서 물을 길어 오라고 명령했다. 내려간 제경공은 대기하고 있던 예비전차를 타고 용케 그곳을 빠져나갔다. 그 전차는 정주보(鄭周父)가 몰고, 완패(宛茷)가 거우로 있었다. 한궐은 봉축보를 극헌자에게 갖다 바치니 극헌자는 그이를 죽이려 했다. 그러자 봉축보가 큰 소리로 외쳤다.

“지금까지 임금이 당할 화를 대신 당한 자는 없었소. 이제 그 한 사람이 생겼는데 죽일 작정이오?”

극자는 이를 듣고 말했다.

“신하가 서슴없이 죽음을 무릅쓰고 자기 임금을 위험에서 살려 냈는데 내가 그 사람을 죽인다면 불길한 일이다. 살려서 신하 된 사람의 임금 섬기는 본으로 삼으리라.”

그리고는 그이를 용서했다.

포로가 될 뻔한 위기를 면한 제경공은 축보를 찾아 세 번이나 진나라 군중을 들락날락했다. 매번 나올 때마다 제경공은 제나라 군사의 호위를 받으며 후퇴했다. 적인(狄人)의 군진 속으로 들어갈 때에는 적인의 군졸이 모두 창과 방패를 빼들고 제경공을 엄호했다. 위나라 군진으로 들어갈 때에는 위나라 군사도 그들에게 상해를 가하지 않았다. 이에 제경공은 서관(徐關)으로부터 제나라 임치(臨淄)로 들어갔다. 제경공은 성곽을 지키는 사람들을 보고 말했다.

"잘 지켜라. 우리 제나라는 싸움에 졌다."

제경공이 탄 전차가 지나갈 때 한 여자보고 길을 비키게 했더니 그 여자가 (경공인 줄 모르고) 물었다.

"임금님은 무사하세요?"

"무사하오."

"예사도(銳司徒)[4]는 무사하세요?"

"무사하오."

"우리 임금님과 제 아버님이 무사하시다면 그 이상 무엇을 바라겠습니까?"

하고 그 여자는 달려가 버렸다. 제경공은 그 여자가 예를 아는 사람이라고 했다. 나중에 조사해 보니 벽사도(辟司徒)[5]의 아내라는 것을 알고, 그 여자에게 석료(石窌) 땅을 상으로 하사했다.

주 석

1. 방 안에서 웃었다 극극이 절름발이였기 때문에 제경공의 모친 소동 숙자가 보고 웃은 것이다.
2. 안(鞌) 안(鞍)과 같으며, 제나라 땅, 지금의 산동 제남시(濟南市) 서북.
3. 말고삐를 쥐고 말고삐를 쥔다는 것은 전쟁중 장수가 적국의 임금을 대하는 예의이다.
4. 예사도(銳司徒) 벼슬 이름, 창류의 날카로운 무기를 관장하는 관리.
5. 벽사도(辟司徒) 벼슬 이름, 군사 영루를 관장하는 관리.

도움말

노성공 2년 노나라와 위나라는 제나라의 침략을 받아 진나라의 구원을 요청한다. 진나라의 원수 극극도 제나라에 출사했다가 제경공의 모친에게서 받은 수치가 한이 맺혀 있던 터라 진나라는 노·위와 연합하여 안(鞌)에서 제나라와 전쟁을 벌인다.

안의 전쟁은 춘추시대의 저명한 전쟁의 하나이며, 여기에는 쌍방의 교전 상황이 매우 구체적이고도 세밀하게 묘사되어 있다. 고고의 용맹한 도전, 주장차(主將車)를 탄 세 사람의 대화와 무용 과시, 자리바꿈으로 제경공을 살려낸 봉축보의 기지, 봉축보를 찾아 적진을 세 번이나 출입한 제경공 등.

그러나 가장 주목할 대목은 한궐과 제경공의 행동이다. 한궐은 꿈의 계시에 따라 전차의 좌우에 남이 못 타게 하느라 애쓰고, 교전의 와중에서도 거우의 주검을 바로 눕히며, 제경공에 대한 극진한 예절 등 인상적인 장면이 많다.

제·진 안의 전쟁은 진나라가 이긴 전쟁이지만 제나라는 전쟁에 지고도 추호의 흐트러짐이 없었다. 제경공의 세 차례에 걸친 적진 출입, 성곽을 지키는 군사들에 대한 솔직한 경고, 한 여자의 문안 인사 등은 제나라 측의 영용무쌍(英勇無雙)과 동심동덕(同心同德)을 나타내는 것이며 제경공이 제나라의 등불임을 증명하고 있다.

≪공양전(公羊傳)≫ 노성공 2년조에는 진나라 극극과 노나라의 장손허(臧孫許)가 동시에 제나라를 예방했는데, 이때 절름발이(극극)는 절름발이가 영접하고, 애꾸눈(장손허)은 애꾸눈이 영접하게 했다고 적고 있다.

이 대목에서 나온 성어는 무능위력(無能爲力), 여용가고(餘勇可賈), 멸차조식(滅此朝食), 배수계수(拜手稽首)이다.

52. 제나라 빈미인(賓媚人)이 사명을 완수하다

성공成公 2년

진(晉)나라 군사는 제나라 군사를 뒤쫓아 구여(丘輿)로부터 제나라로 들어가 마형(馬陘)을 공격했다. 그러자 제나라 경공(齊頃公)은 빈미인(賓媚人)[1]을 사자로 보내어 기(紀)나라 전래의 시루, 옥으로 만든 경(磬), 그리고 토지를 전승국에 예물로 주어 강화를 맺게 하고, 만약 진나라 사람이 안 된다고 하면 그 때는 손님이 하자는 대로 하기로 했다. 빈미인이 예물을 바쳤으나 진나라 사람은 안 된다고 말했다.

"반드시 소동숙(蕭同叔)의 따님을 인질로 내놓고, 또 제나라 전국의 논밭의 두둑을 모조리 동쪽을 향하게 바꿔야 한다."

제나라 사자는 대답했다.

"소동숙의 따님이란 다른 분이 아니라 과군의 어머니십니다. 두 나라를 동격에 놓고 본다면 그분은 진나라 경공의 어머님에 해당합니다. 당신은 제후에게 대명을 내리는 처지에 있으면서 '반드시 모친을 인질로 내놓고 약속의 징표로 삼으라'고 말한다면 패자(覇者)로서 제후를 영도하라시는 천자의 명령을 어찌하시렵니까? 그 뿐만 아니라 그것은 제후를 보고 불효를 하라는 명령과 같습니다. ≪시경≫에 이르기를,

효자가 퇴락하지 않으니

　길이 네 겨레붙이를 하사하리라.[2]

고 했습니다. 만약 불효 짓을 하라고 제후에게 명령한다면 그
것은 도덕의 준칙이라고 할 수 없지 않겠습니까? 논밭의 두둑
에 대해서는, 선왕께서 토지의 경계를 정할 때에는 그 토지의
실정을 살펴서 그 땅에 알맞은 농사를 지어 이익을 볼 수 있게
끔 조치했던 것입니다. 그래서 ≪시경≫에도 이르기를,

　우리가 경계를 정하고 논밭을 나누어

　두둑을 혹은 동쪽 혹은 남쪽으로 냈네.[3]

라고 했습니다. 그런데 지금 당신이 제후의 경계를 정하고 논
밭을 구분하면서 오히려 논밭의 두둑을 모두 동쪽을 향하게 하
라고 말씀하신다면 그것은 진나라의 전차가 우리나라를 공격할
때 유리할 뿐 토지의 실정은 조금도 고려하지 않은 것입니다.
그것은 선왕의 명을 어기는 것이 아닙니까? 선왕의 법을 어기
는 것은 도의에 어긋나는 일인데 어떻게 맹주(盟主)라 할 수
있겠습니까? 이것은 확실히 진나라의 잘못입니다.

사왕(四王)[4]이 천하를 다스릴 때에는 임금 자신이 덕을 닦아 천
하 만민이 다 같이 바라는 바를 만족시켰습니다. 또 옛날의 오
백(五伯)[5]이 제후를 호령할 때에는 자신이 온갖 신고(辛苦)를
겪고 제후를 어루만져서 천하의 백성이 천자의 명령을 잘 따르
도록 했습니다. 지금 당신은 제후를 끌어모아 한없는 욕심을
채우려 하고 있습니다. ≪시경≫에 이르기를,

　너그러운 정사를 펴시니

　온갖 복이 다 모여드네.[6]

라고 했습니다. 당신은 정말 속이 좁아 많은 복을 스스로 버리

고 있으니 손해를 볼 제후가 누가 있겠습니까? 자업자득일 뿐입니다. 당신이 강화에 응하지 않을 때에는 과군이 사신에게 하신 말씀이 따로 있습니다.

즉 '당신은 진군을 이끌고 내 나라에 오시느라 수고가 많았소, 빈약하나마 이 나라 군사를 가지고 수행원을 호로(犒勞)했으나 임금님의 위세에 눌려 우리 군사는 패배하고 말았소. 당신이 은혜를 베풀어 제나라에 복을 빌어 주시어, 사직을 보존하고 옛날의 우호관계를 잇게 해주신다면 조상 전래의 기물과 토지 따위는 기꺼이 바치겠습니다. 그래도 강화를 허락하지 않으신 다면 타다 남은 재와도 같은 패잔병을 거두어, 성을 등지고 일전을 벌이기를 청합니다. 다행히 이긴다 하더라도 명령에 따를 것이거늘 하물며 이기지 못했을 경우에는 어찌 감히 하라는 대로 하지 않겠습니까?'라고 하셨습니다."

주 석

1. 빈미인(賓媚人) 제나라 대부, 국좌(國佐)라고도 부른다.
2. 효자가……하사하리라 ≪시경≫ 대아・기취(旣醉).
3. 우리가……남쪽으로 냈네 ≪시경≫ 소아・신남산(信南山).
4. 사왕(四王) 순(舜)・우(禹)・탕(湯)・무(武) 혹은 문(文)을 가리킨다. 일설에 따르면 우・탕・문・무를 가리키기도 한다.
5. 오백(五伯) 하백 곤오(昆吾)・상백 대팽(大彭)・시위(豕韋)・주대의 제환공(齊桓公)・진문공(晉文公)을 가리킨다. 백은 '패(霸)'와 통한다.
6. 너그러운……다 모여드네 ≪시경≫ 상송(商頌)・장발(長發).

도움말

빈미인은 춘추 전기에 대대로 제나라 재상을 지낸 저명한 귀족인 국(國)씨 가문에 속한다. 빈미인은 제혜공(齊惠公), 제경공(齊頃公), 제영공(齊靈公) 3대에 걸쳐 내내 제나라의 상경(上卿) 직을 역임했다.

국좌(國佐, 빈미인)는 이 작품에서 제나라의 사자로 등장하지만 출현 시기가 제나라가 전쟁에 패한 직후요, 또 그이의 사명 역시 복수심에 불타는 진나라 주장 극극을 향해 강화를 구하는 어려운 상황이었다.

그이가 부딪힌 문제는 "소동숙자를 인질로 보내고" 또 "모든 두둑을 동서로 방향을 바꾸라"는 난처하고 풀기 어려운 두 가지 난제였다. 그이는 이 난제를 하나씩 완곡하고도 감동적인 언사로써 천명하되 비굴하지도 않고 거만하지도 않은 의연한 태도를 견지하였다. 한 편의 뛰어난 외교사령이다.

특히 국좌는 마지막으로 생사를 걸고 결전을 벌이되 반드시 이기지 못할지라도 결전을 치른 다음에야 진나라의 요구에 응하겠다고 한 대목은 높이 살만하다.

이 대목에서 나온 성어는 수합여신(收合餘燼), 배성일전(背城一戰)이다.

53. 굴무(屈巫)가 하희(夏姬)를 데리고 떠나다

성공成公 2년

초나라가 진(陳)나라의 하씨(夏氏)를 토벌했을 때, 초장왕은 하희(夏姬)를 첩으로 삼고 싶었으나 신공(申公) 무신(巫臣)이 말렸다.

"안 됩니다. 전하께서 제후를 불러 모은 것은 하징서(夏徵舒)[1]를 토벌하기 위한 것이었는데 지금 하희를 첩으로 들이시면 색을 탐내신 것밖에 되지 않습니다. 색을 탐내는 것을 음란이라 하고, 음란은 중벌 감입니다. '주서(周書)'에 이르기를 <덕을 중시하고, 벌을 삼갔다>[2]고 했는데 문왕(文王)은 이것으로 주나라를 창건했습니다. 덕을 중시한다는 것은 힘써 덕을 숭상한다는 말이고, 벌을 삼간다는 것은 애써 벌을 없앤다는 말입니다. 만약 제후를 출동시켜 놓고 중죄를 저지른다면 그것은 벌을 삼가는 것이 아니니 전하께서는 이 점을 헤아려 주소서."

이 말에 초장왕은 단념했다. 그러자 이번에는 자반(子反)이 차지하려 하므로 무신은 또 말했다.

"하희는 재수 없는 여자입니다. 공자 만(蠻)[3]이 요절하였고, 어숙(御叔)도 일찍 죽었으며, 진(陳)나라 영공(靈公)도 이 여자 때문에 시해 되었고, 하남(夏南, 즉 하징서)도 주살되었으며, 공녕

248

(孔寧)과 의행보(儀行父)는 나라를 떠나 도망가야 하는 신세가 되었고, 진나라는 이 때문에 망했습니다. 이 여자만큼 재수 없는 여자가 어디 있겠습니까? 사람이 세상을 산다는 것이 참으로 어려운데 이 여자를 차지했다가는 명대로 살지 못하고 죽을지도 모릅니다. 천하에는 미인도 많은데 하필이면 이 여자라야만 합니까?"

이 말에 자반도 생각을 접었다.

초왕은 하희를 연윤(連尹) 양로(襄老)⁴에게 주었다. 그런데 양로는 필(邲)의 전쟁에서 전사하고 그 유해도 돌려받지 못했다. 무신은 사람을 시켜 하희에게 의향이 있음을 알리고 권했다.

"친정인 정나라로 돌아가 있으시오. 내가 당신을 정식으로 아내로 맞이하리다."

이윽고 무신은 정나라 양공에게 하희를 정식으로 아내로 맞이하겠다고 청원하여 승낙을 받았다.

초공왕(楚共王)이 즉위하자 양교(陽橋)의 전쟁을 일으키기 위하여 굴무(屈巫, 무신)를 사신으로 보내 제나라를 예방하고, 게다가 출병 시기까지 알리게 했다. 그러자 무신은 가족과 가재를 모조리 챙겨서 떠났다. 때마침 신숙궤(申叔跪)⁵가 부친을 따라 영(郢)으로 올라가는 길에 무신을 만나자 말했다.

"이상도 하군요. 어르신은 군사적 사명을 띠고 근신하고 계실 줄 알았는데 또 '상중(桑中)'⁶의 밀회의 기쁨까지 누리고 계시니 필시 남의 아내라도 훔쳐 도망가는 모양새입니다그려."

사명을 마치고 정나라로 돌아오자 부사에게 제나라의 예물을 가지고 돌아가 복명하게 하고, 자기는 하희를 데리고 떠났다. 제나라로 도망갈 생각이었으나 제나라 군사가 막 진나라 군사

에게 패배한 터라,

"나는 싸움에 이기지 못한 나라에는 살고 싶지 않다."

라고 말하고 바로 진(晉)나라로 도망가 극지(郤至)의 연줄로 진나라의 신하가 되었다. 진나라 사람은 그를 형읍(邢邑)의 대부로 임명했다.

주 석

1. 하징서(夏徵舒) 진나라 대부, 하어숙의 아들.
2. 덕을 중시하고…… ≪상서≫ 주서・강고(康誥).
3. 공자 만(蠻) 하희의 첫 남편. 요절했기 때문에 진나라 하어숙에게 개가했다고 한다.
4. 연윤(連尹) 양로(襄老) 연윤은 초나라 관명으로 차량을 관장하는 벼슬. 일설에 의하면 연(連)은 초나라 지명으로 양로는 그곳의 현윤이었다고 한다.
5. 신숙궤(申叔跪) 신숙시(申叔時)의 아들.
6. 상중(桑中) ≪시경≫ 용풍(鄘風)・상중(桑中).

도움말

첫머리에 나오는, 초나라가 진나라의 하씨를 토벌한 것은 9년 전 선공 11년(기원전 598년)의 일이다. 하희는 정목공(鄭穆公)의 딸이며, 진나라 대부 하어숙(夏御叔)에게 시집갔기 때문에 남편의 씨와 친정의 성을 합하여 하희(夏姬)라고 부른다. 하희는 타고난 미모가 천하절색이었다. 그러나 남편이 차례차례로 죽어가는 불행과 슬픔을 겪었다.

굴무는 하희보고 친정인 정나라에 가 있으면 자기가 정식으로 청혼하겠다고 약속한다. 그리고 초나라 몰래 하희의 오빠인 정양공에게 청혼하고 예물까지 보낸다. 파란 많은 인생살이와 굴욕을 통감했던 하희로서는 정식으로 청혼을 받고 인간의 존엄이란 것을 새삼 깨닫고 자연히 마음이 끌렸을 것이다.

무신이 최후에 하희를 차지했는데 꼬박 9년이 걸렸다. 그때 하희의 나이는 제법 들었을 터인데도 "그 아름다운 자태가 비길 데 없었다"고 한다. 인연이 따로 있는 것인지 하희는 무신과 결혼한 후 아무 염문이나 탈없이 잘 살았다고 한다.

하희는 아들도 낳고 딸도 낳아본 여자이지만 훗날 진(晉)나라 숙향(叔向)이 신공 무신의 딸을 아내로 맞이하려 하자 그 모친이 말리면서 한 말은 하희의 기구한 운명을 잘 요약하고 있다. 즉 "자령의 아내는 세 남편, 한 임금, 한 아들을 죽였고, 한 나라와 두 경대부의 신세를 망쳐 버린 여자이다."

54. 초나라가 지앵(知罃)을 돌려보내다

성공成公 3년

진나라 사람이 초나라 공자 곡신(穀臣)과 연윤(連尹) 양로(襄老)의 유해를 초나라에 돌려주는 대신 지앵(知罃)을 돌려 달라고 요구했다. 그때 지앵의 부친인 순수(荀首)가 중군의 부원수로 있었기 때문에 초나라 사람도 그 요구에 동의했다. 초나라 공왕(共王)이 지앵을 돌려보내면서 말했다.

"그대는 나를 원망하고 있는가?"

지앵은 대답했다.

"두 나라가 전쟁을 하는 마당에 신이 못난 탓으로 임무를 감당하지 못하고 포로가 되었습니다. 그랬는데도 집사께서는 신을 죽여서 피를 북에 바르지 않고, 본국에 돌아가 처벌을 받게 해 주시니 이는 임금님의 은혜입니다. 신이야말로 못난 사람인데 또 누구를 원망하겠습니까?"

"그렇다면 나한테 은혜를 입었다고 생각하는가?"

"두 나라가 사직의 안녕을 생각하고 백성의 고통을 털어 주기 위하여 각기 분노를 억누르고, 서로 용서한다는 차원에서 쌍방이 포로를 석방하여 우호관계를 맺으려 하고 있습니다. 두 나라의 우호관계는 신과는 상관없는 일인데 누구의 은혜를 입었다고 해야 하겠습니까?"

"그대가 본국으로 돌아가면 무엇으로 나에게 보답할 것인가?"

"신은 아무도 원망할 일이 없고, 임금님도 감사를 받을 일이 없습니다. 원망도 없고 은혜도 없는데 무엇을 보답해야 할지 모르겠습니다."

"그렇더라도 꼭 그대의 속내를 듣고 싶네."

"임금님의 덕택으로 잡힌 몸인 이 신이 해골을 이끌고 진나라로 돌아가 과군의 손에 죽을 수 있다면 죽어도 썩지 않을 것입니다. 만약 임금님의 은혜로 본국에서 사죄되어 아비 순수에게 인도되고, 아비 순수가 과군에게 청을 넣어 신을 종묘에서 죽인다 하더라도 역시 죽어도 썩지 않을 것입니다.

만약에 과군이 처형을 허가하지 않으시고 종자(宗子)의 직위를 이어받게 하시어, 차례가 돌아와서 국사를 담당하여 소속 부대를 거느리고 진나라의 변방을 지키게 된다면, 비록 집사님을 만난다 하더라도 피하지 않고, 온힘을 다하여 목숨을 걸고 싸워, 두 마음을 품지 않고 신하로서의 직분을 다하겠습니다. 저로서는 이것이 임금님께 보답하는 길이라고 생각합니다."

이 대답을 듣고 초공왕은 말했다.

"진나라는 아직 우리가 상대할 적국이 아니다."

그리고 지앵을 각별히 예우하여 돌려보냈다.

도움말

선공 12년에 벌어진 진초(晉楚) 필(邲)의 전쟁에서 초나라는 지앵을 생포하고, 진나라는 공자 곡신을 사로잡고 연윤 양로를 사살하고 시체를 거두었다. 감금된 지 10년 만에 포로교환으로 지앵이 석방되어 본국으로 돌아가게 된 것이다.

초공왕은 세 가지 질문을 던졌으나 그때마다 지앵은 임기응변으로 외교적 기교를 한껏 부린다. 그 바탕에 깔린 것은 국가 이익이었다. 초공왕이 말한 원망과 은혜는 사삿사람의 범위에 속하는 문제였는데 반해, 지앵은 엄격히 공(公)과 사(私)를 구분했다.

그래서 그이는 초나라에 대하여 본래 은혜나 원망 같은 것이 없고, 참전한 것은 국가의 행위이며, 포로로 잡힌 것은 자기가 못난 탓이고, 석방되는 것도 양국간의 이익을 위하여 포로를 교환하는 결과이지 개인의 의사와는 관계가 없는 것이라고 강조한다.

"무원무덕(無怨無德)으로 보답할 것이 없다"는 데도 굳이 속내를 듣고 싶다는 초공왕의 간청에 대하여 지앵은 환국 후 두 가지 결과를 상정한다. 하나는 처형당하는 것인데 그렇게 순국한다면 원하는 바이고, 둘째는 초왕과 전장에서 만난다면 전력을 다해서 싸워 군신의 예를 다하겠다고 답변한다.

지앵의 언사는 걸맞고, 비열하지도 거만하지도 않으며, 정기가 늠름하고, 임금에게 충성하고 나라를 사랑하는 마음이 절절하다.

이 대목에서 나온 성어는 무은무원(無恩無怨)이다.

55. 무신(巫臣)이 오나라에 반초법(叛楚法)을 가르치다

성공成公 7년

초나라가 송나라를 포위한 싸움에서 군사가 돌아가서, 자중(子重)은 신(申)과 여(呂) 두 고을의 토지를 떼어서 자기에게 상으로 줄 것을 요청하니 초왕이 그것을 허락했다. 그러자 신공(申公) 무신(巫臣)이 말했다.

"그건 안 됩니다. 이 신과 여 두 고을이 존재하는 이유는 이 두 읍에서 병역세를 징발하여 북방을 방어하고 있기 때문입니다. 만약 그 토지를 자중이 차지한다면 신·여 두 읍은 없는 거나 다름없습니다. 그렇게 되면 진(晉)나라와 정나라가 반드시 한수(漢水) 유역까지 밀어닥칠 것입니다."

이에 초왕은 토지를 나누어 주기를 중지했다. 그래서 자중은 무신을 원망하게 되었다. 자반(子反)은 하희(夏姬)를 차지하고 싶었는데 무신이 못하게 막고서 마침내는 자기가 차지하고 진(晉)나라로 가버렸으므로 자반도 무신을 원망했다.

초공왕이 즉위하자 자중과 자반은 무신의 일족인 자염(子閻)·자탕(子蕩) 및 청윤(淸尹) 불기(弗忌), 그리고 양로(襄老)의 아들 흑요(黑要)를 죽이고, 그들의 가산을 나누어 가졌다. 곧 자중은 자염의 가산을 차지하고, 심윤(沈尹)과 왕자 파(罷)에게 자탕의 가산을 나누어 갖게 했으며, 자반은 흑요와 청윤의 가산을 차지했다. 무신은 진(晉)나라에서 두 사람에게 편지를 보내어 말했다.

"너희들은 모함과 탐욕으로 임금을 섬기고, 무고한 사람을 많이도 죽였다. 나는 반드시 너희들이 임금의 명을 받들어 동분서주하다가 기진맥진해서 죽게 만들겠노라."

무신은 오나라에 사신으로 갈 것을 청하여 진경공(晉景公)의 허가를 받았다. 오나라에 가니 수몽(壽夢)은 무신이 마음에 들어 이에 오나라와 진나라는 서로 국교를 트게 되었다. 무신은 본국을 떠나올 때 전차 30대를 거느리고 갔으나 돌아올 때 그 절반인 15대를 오나라에 남겨두었다.

그이는 사수(射手)와 말몰이를 오나라에 보내어 전차 사용법을 가르치고, 전투시의 진법(陣法)을 가르치며, 초나라를 배반하는 법을 가르쳤다. 그리고 자기 아들 호용(狐庸)을 남겨두고 외교관 역할을 맡게 했다. 이에 오나라는 처음으로 초나라를 치고, 소(巢)나라를 치며, 서(徐)나라를 쳤다.

자중은 왕명을 받드느라 이리 뛰고 저리 뛰었다. 마릉(馬陵)의 회합 때에는 오나라가 주래(州來)로 쳐들어가니 자중은 정나라에 가 있다가 왕명을 받고 황급히 떠나와야 했다. 자중과 자반은 이 한 해에 일곱 번이나 왕명을 시행하느라 분주했다. 남방의 만이(蠻夷)로서 초나라에 붙었던 나라를 오나라가 다 차지하게 되면서 오나라는 비로소 큰 나라가 되어, 중원의 제국과 왕래를 갖게 되었다.

이 작품은 두 부분으로 나뉜다. 한 부분은 하희가 일으킨 작은 갈등으로 영윤 자중과 사마 자반이 무신과 각각 개인적인 대립각을 세우면서 무신 일족의 가산을 몰수함에 따라 모순이 격화되는 상황을 다루고 있고, 다른 부분은 진나라로 망명한 신공 무신이 오나라에 사상 처음으로 전차 전술을 전수하여 춘추 중후기(中後期)의 역사 방향에 큰 영향을 미친 사건을 적고 있다.

오나라와 월나라는 춘추 후기에 중국 동남 지구에서 일어난 두 강국이다. 오나라는 강소(江蘇) 태호(太湖) 유역에 자리 잡아 국도는 고소(姑蘇, 지금의 강소 소주시蘇州市)에 정했고, 월나라의 위치는 지금의 절강성(浙江省), 국도는 회계(會稽, 지금의 소흥紹興)이다.

오나라는 전하는 바에 따르면 주문왕의 맏형 태백(大伯)의 후손이라고 한다. 초나라 무신이 오나라에 전차 전법을 전수한 후 오나라는 초나라의 심복지환이 되었다. 후에 오자서(伍子胥)도 초나라에서 오나라로 도망가서 오왕 합려의 정권 탈취를 방조한다.

신공 무신은 "초재진용(楚材晋用)"의 대표적인 사례이다. 양공 26년 초나라의 성자(聲子)는 인재 유출 현상을 지적하면서 "초나라에 인재는 있지만 그들을 쓰는 나라는 오히려 진(晋)나라이다"고 했다. 그이는 다섯 가지 인재 유출의 예를 들면서 설명했다.

"지금 초나라는 형벌을 남용하는 사례가 늘면서 대부들이 목숨을 걸고 사방의 제후국으로 도망가서 그 나라를 위하여 모사(謀士)가 되어 초나라를 해치고 있으니 이것은 도저히 구제할 수 없는 지경에 이르렀다."

이 대목에서 나온 성어는 피우분명(疲于奔命)이다.

56. 남국(南國)의 모자를 쓴 초나라 포로

성공成公 9년

진나라 경공(晉景公)이 무기고를 시찰하다가 종의(鍾儀)를 발견하고 책임자에게 물었다.

"저 남쪽 지방의 모자¹를 쓰고 있는 수감자는 누구냐?"

"정나라에서 보내온 초나라 포로입니다."

진경공은 속박을 풀게 하고 불러서 위로하니 종의는 재배하고 머리를 조아렸다. 경공이 그 가업(家業)을 물으니 대답했다.

"악관(樂官)입니다."

"음악을 할 줄 아는가?"

"선대로부터 맡아온 직책인데 어찌 다른 직업에 종사하겠습니까?"

그에게 금(琴)을 내주었더니 남방의 음악을 연주했다. 경공이 물었다.

"초나라 공왕(楚共王)은 어떤 분인고?"

"저 같은 사람이 알 바가 아닙니다."

그래도 굳이 물으니 대답했다.

"초왕이 태자로 계셨을 때에는 스승인 사보(師父)가 태자를 지도하고 교육했으며, 아침에는 영윤 영제(嬰齊, 즉 자중)에게 가서 가르침을 받았으며, 저녁에는 사마(司馬) 측(側, 즉 자반)을 찾아가 배웠습니다. 그밖의 일은 알지 못합니다."

경공이 그 일을 범문자(范文子)에게 얘기했더니 문자는 말했다. "그 초나라 포로는 군자입니다. 선대의 직업을 내세워 말한 것은 근본을 저버리지 않은 것이고, 고향의 음악을 연주한 것은 고국을 잊지 않았다는 것입니다. 초왕에 대하여 물었는데 초왕의 태자 시절을 드러내어 말한 것은 사심이 없다는 뜻이며, 두 경의 이름을 직접 부른 것은 우리 임금님을 존경한 것입니다. 근본을 저버리지 않음은 인(仁)이고, 고국을 잊지 않음은 신(信)이며, 사심이 없음은 충(忠)이고, 임금을 존경함은 민(敏)입니다.

인으로써 일에 대처하고, 신으로써 일을 지키며, 충으로써 일을 완성하고, 민으로써 일을 실행한다면 일이 아무리 크다 한들 반드시 해낼 수 있습니다. 그를 초나라로 돌려보내어 진초(晉楚)의 화해를 성사시킬 중개역을 맡기면 어떻겠습니까?"

___
주 석

1. 남쪽 지방의 모자 초나라 모자, 즉 해치관(獬豸冠).

___
도움말

성공 7년에 초나라가 정나라를 쳤을 때 정나라가 초나라의 대장(大將) 운공(鄖公) 종의(鍾儀)를 생포하여 진나라에 헌납했다. 이때 종의는 진나라에 수감된 지 2년이나 되었다.

종의가 쓰고 있는 남방의 모자는 북방의 모자와 다르다. 그래서 진경공의 주의를 끈 것이다. 남관(南冠)의 모양에 관해서는 통상 해치관(獬豸冠)으로 알려져 있다. ≪회남자(淮南子)≫ 주술훈(主術訓)에 보면 <초문왕은 해치관 쓰기를 좋아해서 초나라가 이를 본받았다>고 적고 있다. 해치 또는 와전된 해태는 전설 중의 외뿔소로 능히 시비곡직을 가릴 수 있다고 한다. 해치가 외뿔인 이상 분명히 해치 관도 응당 외뿔형이고 보통 갓보다 높았을 것이다. 종의가 전쟁 포로로서 남방의 갓을 쓰고 있었다는 것은 그이가 마음속에 고국을 매달아 자기가 초나라 사람이라는 것을 한시도 잊지 않고 있었다는 것을 표시한 것이다.

진경공이 종의에게 초공왕의 근황을 물으니 선뜻 대답하지 않고 재삼 추궁하니 그이는 그제야 초공왕의 태자 때의 행위를 진술했다. 현재를 피하고 즉위 전의 사생활을 말함으로써 지금의 정황을 미루어 짐작하라는 특수한 표현 방식이다.

진경공의 물음에 대한 종의의 답변은 매우 걸맞고 상대방을 탄복시키기에 충분하다. 범문자는 그이의 미덕을 인신충민(仁信忠敏)의 네 가지로 귀결시켰다.

이 대목에서 나온 성어는 남관초수(南冠楚囚)이다.

57. 진경공(晉景公)이 꿈에 큰 여귀(厲鬼)를 보다

성공成公 10년

진나라 경공(晉景公)이 꿈을 꾸었는데 키가 큰 여귀(厲鬼)가 풀어헤친 머리를 땅에 끌고 가슴을 치고 춤을 추며 말했다.

"네가 내 손자[1]를 죽인 것은 도의에 어긋난 짓이다. 나는 천제(天帝)에게 청하여 원수를 갚아도 좋다는 허락을 받았다."

여귀는 대문과 침문을 부수고 들어왔다. 경공은 무서워서 거실로 들어갔더니 그 방문도 부수고 들어왔다. 여기서 꿈을 깼다.

경공이 상전(桑田)에 사는 무당을 불렀더니 그 무당은 꿈에서 본 내용과 같은 말을 했다.

"어떻게 하면 좋은가?"

"올해의 햇보리는 잡숫지 못하실 겁니다."

경공의 병세가 악화되자 의사를 진(秦)나라에 부탁했더니 진나라 환공(秦桓公)은 의완(醫緩)이라는 의사를 보내어 고치게 했다. 의사가 도착하기 전에 경공이 꿈을 꾸니 병이 두 어린아이로 변하여 말하였다.

"그 사람은 용한 의사야. 우리를 다칠까 걱정이야. 어디로 도망갈까?"

한 아이가 말했다.

"황(肓)2의 위쪽과 고(膏)3의 아래쪽에 가 있으면 우리를 어떻게 하겠나?"

의사가 와서 보고 말했다.

"이 병은 고칠 수가 없습니다. 병의 근원이 황의 위쪽과 고의 아래쪽에 자리 잡고 있어서 뜸을 떠도 불기운이 닿지 못하고, 침을 찔러도 미치지 못하며, 약을 써도 약기운이 그곳까지 가지 않으니 다스릴 수가 없습니다."

진경공은,

"용한 의사로다."

라고 말하고 후하게 대접하여 돌려보냈다.

6월 병오날, 진경공이 햇보리가 먹고 싶어서 공전(公田)지기를 시켜 햇보리를 올리게 하여 요리사가 음식을 만들었다. 그러자 경공은 상전의 무당을 불러다가 햇보리로 만든 음식을 보여주고 그 무당을 죽였다. 그리고 이제 막 먹으려 할 때 배가 부풀어 올라 변소에 갔다가 빠져 죽었다.

한 내시가 새벽에 경공을 업고 승천하는 꿈을 꾸었는데, 정오가 되어 경공을 업고 변소에서 나왔다. 그 인연으로 그 내시를 순장했다.

주 석

1. 내 손자 조동(趙同)과 조괄(趙括)을 가리킨다. 노성공 8년에 진경공이 그들을 죽였다. 상세한 것은 성공 8년 참조.
2. 황(肓) 명치끝.
3. 고(膏) 염통 밑의 지방(脂肪).

도움말

진경공은 두 번이나 악몽을 꾼다. 첫 번째 악몽에서는 여귀(厲鬼)를 꾸었다. 여귀란 제사를 지내줄 사람이 없는 귀신을 말한다. 자산은 소공 7년에 "귀신이 귀의할 곳이 있으면 여귀가 되지 않는다"고 했다. 진경공이 꿈에 본 여귀는 조씨(趙氏)의 조상이다.

성공 8년 진경공은 참소를 믿고 조동, 조괄을 죽이고 조씨의 제사를 단절시켰다. 진경공의 형벌은 무고한 사람을 함부로 죽인 처벌에 속한다. 이 사건이 구현하는 것은 인과응보, 즉 진경공이 저지른 악에는 악의 결과가 따른다는 것이다.

진경공은 첫 번째 악몽에 놀라 병이 났는데 진나라 환공이 보낸 의사가 오기 전에 또 악몽을 꾸는데 이번에는 악귀가 아닌 두 어린아이로 변한 병마이다. 그들은 뜸질, 침질 그리고 약제의 상해를 피하기 위해 이른바 "황의 위쪽과 고의 아래쪽"에 숨는다. 장난기가 많으나 진경공의 목숨을 노리고 있다. 옛사람은 병의 뿌리가 일단 몸의 깊은 데에 도달하면 손을 쓸 수가 없다고 믿었다.

이 대목에서 나온 성어는 병입고황(病入膏肓), 이수위열(二竪爲烈)이다.

58. 송(宋)나라의 회맹(會盟)

성공成公 12년

송나라 화원(華元)이 진(晉)나라와 초(楚)나라의 화해를 훌륭히 성사시켰다. 여름 5월, 진나라의 사섭(士燮)이 초나라의 공자 파(罷)와 허언(許偃)을 만났다. 계해날에 송나라의 서문 밖에서 맹세를 맺었는데 그 내용은 다음과 같다.

<무릇 진나라와 초나라는 서로 전쟁하지 말고, 좋고 나쁜 일을 함께하며, 재난과 위해를 함께 이겨내고, 기황과 화난을 모조리 구원한다. 만일 초나라를 해치는 자가 있을 때에는 진나라가 이를 정벌하고, 그런 일이 진나라에 일어나면 초나라 역시 그렇게 한다. 사절을 교환하고 서로 왕래하며, 인위적으로 길을 막지 않는다. 협조하지 않는 나라는 공동으로 대처하고, 배반하는 나라는 토벌한다. 이 맹세를 위배하는 나라는 신이 주살하고, 그 군사를 무너뜨리며, 나라를 향유하지 못하리라.>

진나라 극지(郤至)가 초나라로 가서 예방하고, 겸하여 맹약을 맺는 데 참가했다. 초나라 공왕(楚共王)이 잔치를 베풀고, 자반 (子反)이 도우미가 되었는데 그이는 지하실을 만들어 거기다가 악기를 매달아 놓았다. 극지가 당상으로 오르려는데 느닷없이 지하실에서 종을 치며 음악 연주하는 소리[1]가 들려오는지라 극

지는 깜짝 놀라 바깥으로 달려 나갔다. 그러자 자반이 나타나 말했다.

"시간이 이르지 않습니다. 과군께서 기다리고 계십니다. 어서 드시지요."

"임금님께서는 선군의 우호를 잊지 않으시고, 하신에게까지 은혜를 베푸시어, 이런 큰 예우로써 맞아 주시며, 게다가 금주(金奏)의 음악까지 곁들여 주셨습니다. 만약 하늘의 복을 받아 두 나라 임금님이 만나신다면 어떤 예우로써 이것을 대신할 것입니까? 신은 이 성대한 예우를 받을 수가 없습니다."

"만약 하늘의 복을 받아 두 임금님이 만나시게 된다면 오직 화살 한 개씩을 서로 주고받을 뿐일 터인데 무슨 음악을 연주한단 말입니까? 과군이 기다리고 계시니 드시지요."

"만일 서로 화살 한 개씩을 선물로 교환한다면 그건 큰 화가 되는데 그게 어찌 복이 되겠습니까? 세월이 좋을 때에는 제후는 천자께서 명하신 일에 힘쓰다가 틈이 나면 서로 찾아봅니다. 그때에는 향연(享宴)의 예가 있게 됩니다.

향례(享禮)[2]는 공경과 검약을 가르치는 예절이며, 연례(宴禮)[3]는 자애와 은혜를 나타내 보이는 예절입니다. 공경과 검약은 예를 행하는 데 쓰고, 자애와 은혜는 정치를 펴는 데 쓰며, 정치는 예를 완성하는 데 쓰는 것입니다. 그래야만 백성은 편히 쉴 수 있고, 백관은 자기 직책에 매진할 수 있으며, 아침에는 관청에 나가 일을 보더라도 밤에는 출근하지 않아도 되는 것입니다. 이것이야말로 제후가 백성을 지키는 방패가 되고 성이 되는 길입니다. 그러기에 ≪시경≫에 이르기를,

저 용감한 무사여 제후의 방패요 성이로다.[4]

라고 했습니다. 그러나 세상이 어지러워지면 제후는 욕심을 부려 남을 침탈하고도 거리낌이 없고, 한 치의 땅을 다투어 그 백성을 죽음으로 몰며, 용사를 약탈해 가서는 자기의 몸·팔다리·발톱·이빨로 삼습니다. 그러므로 ≪시경≫에 이르기를,

　저 용감한 무사여 제후의 십복이로다.[5]

라고 했습니다. 천하에 도가 행해지고 있으면 제후는 능히 백성을 지키는 방패와 성이 될 수 있어 자기의 복심을 억제하지만, 세상이 어지러워지면 그 반대가 됩니다. 지금 당신의 말씀은 난세의 길이며, 옳은 생각이라 할 수 없습니다. 그러나 당신이 손님을 대접하는 주인이시니 저 극진는 말씀에 따르겠습니다."

그리고 곧 당상으로 들어가 잔치를 마쳤다. 진나라로 돌아가 그 일을 범문자(范文子, 즉 사섭)에게 보고하니 문자는 말했다. "무례한 자는 반드시 맹약을 지키지 않을 것이니 내가 죽을 날도 얼마 남지 않았구나!"

─── 주 석

1. 종을 치며 음악 연주하는 소리 즉 금주(金奏)다. 금(金)은 종(鐘)과 박(鎛)을 가리킨다. 아홉 가지 하악(夏樂)을 연주할 때 먼저 종박을 치고 그 다음 북과 석경을 쳤다. 이것을 금주라 한다. 금주는 제후를 대접하는 음악이다.

2. 향례(享禮) 두예(杜預)의 주에 따르면 "향례에는 날 희생의 반 토막을 쓰며, 안석을 놓더라도 기대지 않고, 술잔이 가득 차더라도 마시지 않으며, 고기가 마르더라도 먹지 않는다. 그 이유는 공검(共儉)을 가르치기 때문이다"고 했다. 즉 향례에는 술과 음식을 차리더라도 결코 먹거나 마시지 않는다. 제후만 향례를 받는다.

266

3. 연례(宴禮) 역시 두주에 따르면 "연례에는 절조(折俎) 즉 갈비를 쓰며 함께 먹음으로써 자혜를 표시한다."고 했다. 연례는 경(卿)이 받는 잔치이다.
4. 저 용감한······성이로다 《시경》 주남·토저(兎罝).
5. 저 용감한······심복이로다 위와 같다.

이 대목은 두 부분으로 나뉜다. 한 부분은 송의 맹약의 정문(正文)이고, 다른 부분은 진나라의 극지가 초나라에 가서 회맹에 참가한 이야기이다.

춘추 후기에 진·초 양국은 패권을 다투어 부단히 전쟁을 일으켰다. 송나라 대부 화원은 전화를 소멸하기 위하여 진초 양국간을 분주히 오가며 화평을 촉성한 결과 노성공 12년(기원전 579년)에 진초 양국이 송나라의 서문 밖에서 맹약을 체결하게 했는데 역사상 이 회맹을 가리켜 "전쟁 종식의 회합[弭兵之會]"이라고 부른다.

맹약 자체는 양 대국이 패권을 똑같이 나눠 갖는 첫 번째 회맹이라는 것을 설명하고 있다. 이러한 맹약의 체결은 《좌전》에서 회맹시 흔히 볼 수 있는 정황이다.

맹약을 체결한 후에는 당시의 예절상 상호 사자를 보내 예방하도록 되어 있었다. 진나라 측 사자 극지가 초나라를 예방하니 초나라는 제후를 대접하는 융숭한 금주(金奏)의 예절로, 그것도 지하실에서 접대했다. 극지가 자기의 분수에 넘치는 대접이라고 사양하자 자반이 내뱉은 "오직 화살 한 개씩을 서로 주고받을 뿐"이라는 말을 듣고 약속을 지킬 생각이 없다는 것을 알아차린다. 진나라 범문자도 이러한 기미에 전쟁이 장차 또 발생하리라는 것을 예언한다. 과연 4년 후에 유명한 언릉(鄢陵)의 전쟁이 발발한다.

극지는 자반의 말을 "난세의 길이며 옳은 생각이라 할 수 없다"고 반박할 때 치세와 난세의 두 방면에서 교육한다. 향(享)과 연(宴)에 대하여 한마디 설명을 하면 주왕실에서는 향례에 날 제물의 반 토막을 쓰고, 연례에서는 뼈에 살이 붙은 고기(지금의 갈비)를 쓴다. 제후에게는 향례를 베풀고, 제후국의 경에게는 연례를 베푸는 것이 왕실의 법도였다.

_ 종鐘

59. 진초(晉楚) 언릉(鄢陵)의 전쟁

성공成公 16년

16년 봄, 초나라 공왕(楚共王)은 무성(武城)에서 공자 성(成)을 시켜서 여음(汝陰) 땅을 주는 조건으로 정나라에 대하여 강화를 맺게 하니 정나라는 이것을 받아들여 진(晉)나라를 배반했다. 정나라 자사(子駟)는 초공왕을 따라 무성에서 맹약을 맺었다.

진나라 여공(晉厲公)이 정나라를 치려 하자 범문자(范文子, 즉 사섭)가 말했다.

"만일 우리나라가 멋대로 했다가 제후가 화를 내고 모두 배반한다면 오히려 진나라의 위기를 누그러뜨릴 수가 있습니다. 만일 정나라 하나만 배반한다면 진나라의 우환은 눈앞에 닥쳐올 것입니다."

난무자(欒武子, 즉 서)는 말했다.

"우리가 실권을 잡고 있는 이 세대에 와서 우리 편의 제후를 잃어서는 안 됩니다. 반드시 정나라를 쳐야 합니다."

이에 군사를 내기로 했다. 난서가 중군원수, 사섭이 부원수, 극기(郤錡)가 상군대장, 순언(荀偃)이 부장, 한궐이 하군대장, 극지가 신군(新軍)의 부장이 되었다. 순앵은 뒤에 남아 나라를 지키기로 했다. 극주(郤犨)는 위나라로 갔다가 이어 제나라로 갔는데 그것은 모두 파병을 청하기 위해서였다. 난염(欒黶)이 노나라에 와서 파병을 요청하자 맹헌자(孟獻子)가 말했다.

"진나라가 이길 것이오."

무인날, 진나라 군사가 출동했다. 정나라 사람은 진나라 군사가 공격해 온다는 말을 듣고 사람을 시켜 초나라에 알렸는데 그때 요구이(姚句耳)도 동행했다. 초공왕이 정나라를 구하기로 하니, 사마1가 중군총수가 되고, 영윤2이 좌군통수가 되며, 우윤(右尹) 자신(子辛)이 우군통수가 되었다. 군대가 신(申)을 지나다가 자반이 성안으로 들어가 신숙시(申叔時)를 만나보고 말했다.

"이번 출동을 어떻게 보십니까?"

신숙시는 대답했다.

"덕(德)·형(刑)·상(詳)·의(義)·예(禮)·신(信)의 여섯 가지가 싸움의 수단입니다. 덕은 혜택을 베푸는 데 쓰고, 형은 나쁜 것을 바루는 데 쓰며, 상은 신을 섬기는 데 쓰고, 의는 이익을 세우는 데 쓰며, 예는 때를 맞추는 데 쓰고, 신은 사물을 지키는 데 쓰는 것입니다.

민생이 풍족하고 덕이 바르며, 이용이 편리하고 모든 일이 절도가 있으며, 계절이 순조롭고 만물이 성취되며, 상하가 화목하고 내왕과 교제에 어긋남이 없고, 구하는 것은 뭐든지 얻을 수 있으며, 각자가 분수를 지킬 줄 압니다. 이래야만 비로소 싸울 수가 있습니다. 그러므로 《시경》에 이르기를,

우리 백성 먹여 살렸으니
당신의 은덕 아님이 없네.3

라고 했습니다. 그리하면 신은 복을 내리고, 사시절 재해가 없

270

으며, 백성의 생활도 풍요롭고, 화목 단결하여 순종하며, 힘을 다하여 위의 명령을 따르지 않는 자가 없고, 목숨을 내놓고 전사자의 뒤를 메웁니다. 이것이 싸움에 이기는 길입니다.

지금 초나라는 안으로는 백성을 돌보지 않고, 밖으로는 다른 나라와 우호를 끊어 신성한 맹세를 더럽히고 약속한 말을 지키지 않으며, 농사 시절을 무시하고 출병하여 백성을 피곤하게 만들어 만족을 느끼니, 백성은 신용이 뭔지도 모르고 일진일퇴가 모두 죄가 됩니다. 사람들은 자기들의 마지막을 걱정하고 있는데 그 누가 목숨을 바치겠습니까? 잘해 보십시오. 나는 다시 당신을 만나는 일이 없을 것이오."

요구이가 초나라 군사보다 먼저 돌아왔다. 자사가 초군의 정황을 물으니 그이는 대답했다.

"행군이 너무 빠르고, 험한 곳을 지날 때는 대열이 반듯하지 못합니다. 너무 빠르면 머리가 돌아가지 않고, 반듯하지 못하면 대열이 무너집니다. 머리가 돌아가지 않고 대열이 무너지면 어떻게 싸울 겁니까? 초나라 군사는 아마도 쓸모가 없을 것입니다."

5월, 진나라 군사는 황하를 건넜다. 초나라 군사가 곧 당도할 것이라는 소식을 듣고 중군 부원수 범문자(사섭)는 회군하고 싶어 말했다.

"우리가 만일 거짓으로 초나라 군사를 피한다면 우리나라의 우환을 덜 수가 있을 것이오. 제후를 취합한다는 것은 지금의 우리 힘으로는 할 수 없는 것이니 후일의 유능한 이에게 맡기기로 합시다. 만약 우리들 뭇 신하가 화목 단결하여 주상을 모실 수만 있다면 그것으로 족하오."

그러나 원수인 난무자(난서)는 말했다.

"그건 안 될 말이오."

6월, 진나라와 초나라가 언릉(鄢陵)4에서 맞닥뜨렸다. 범문자가 또 싸움을 피하려고 하자 극지가 말했다.

"한(韓)의 싸움에서 혜공(惠公)은 참패했고, 기(箕)의 싸움에서는 선진은 복명하지 못했으며, 필(邲)의 싸움에서는 순백(荀伯)은 속수무책이었으니 모두 진나라의 수치입니다. 장군도 선군 때의 일을 잘 기억하실 겁니다. 지금 우리가 초나라 군사를 피한다면 우리의 수치를 덧칠하는 것입니다."

문자(사섭)는 말했다.

"우리의 선군께서 자주 싸우신 데는 다 그만한 이유가 있었던 게요. 그때 진(秦)·적(狄)·제(齊)·초(楚)는 모두 강적이라 있는 힘을 다해서 싸우지 않았더라면 자손은 아마 약체를 면하지 못했을 것이오. 지금은 세 강적이 이미 굴복했고 남은 적은 초나라뿐이오. 오직 성인만이 안팎으로 우환 없이 지낼 수 있소. 성인이 아닌 이상 나라 밖이 편안하면 반드시 나라 안이 시끄러운 법이오. 어째서 초나라를 그대로 두어 외부의 근심거리로 삼을 생각을 하지 않는 게요?"

갑오 그믐날, 초나라 군사는 새벽에 진나라 군사에 바싹 다가와 진을 치니 군관들이 걱정했다. 그러자 범개(范匄, 즉 사섭의 아들)가 잔걸음으로 앞으로 나와 말했다.

"우물을 묻고 부뚜막을 헐어버리고, 군영 안에 전투 대형을 갖추되, 진격할 통로를 활짝 터놓도록 하십시오. 진나라나 초나라의 승패는 복불복인데 무엇을 걱정하십니까?"

이 말을 듣자 그의 부친인 문자가 창을 들고 범개를 쫓아가며 말했다.

"나라의 존망은 하늘에 달렸다. 어린애가 무엇을 안다고 그러느냐?"

난서가 모두에게 말했다.

"초나라 군사는 경망하다. 우리가 진지를 굳게 지키고 기다리면 사흘이 지나면 반드시 물러갈 것이오. 저들이 물러날 때 공격하면 반드시 승리를 거둘 것이오."

극지는 말했다.

"초나라 군사에는 여섯 가지 빈틈이 있으니 그것을 이용해야 하오. 두 경인 사마와 영윤은 서로 미워하고, 친위대는 노병뿐이며, 정나라의 포진은 반듯하지 못하고, 만군(蠻軍)은 까마귀 떼거리 같으며, 초군은 재수 없는 그믐을 피하지 않고 진을 쳤고, 진중마다 떠들썩하며, 세 나라 군사가 합친 뒤에는 더욱 시끄럽소. 이것이 여섯 가지 빈틈이오. 적병은 줄곧 뒤만 돌아보며 싸울 의지가 조금도 없고, 노병이 반드시 잘 싸우는 전사는 아니며, 하늘도 꺼리는 금기를 범했으니 우리가 반드시 초군을 이길 것이오."

초공왕은 요망차에 올라 진나라 군사를 바라보았다. 자중(子重)이 진나라에서 망명한 태재 백주리(伯州犁)5를 왕의 뒤에 붙여 모시게 했다. 초왕이 말했다.

"전차가 좌우로 달리고 있는데 무엇 하는 게나?"

백주리는 대답했다.

"군관을 소집중입니다."

"모두 중군으로 모였다."

"함께 의논중입니다."

"장막을 쳤다."

"경건한 마음으로 선군의 신령에게 길흉을 점치고 있는 것입니다."

"장막을 거두었다."

"명령을 내리려는 참입니다."

"아주 떠들썩하고 또 먼지까지 일고 있다."

"우물을 묻고 부뚜막을 헐고 출전을 준비중입니다."

"모두 전차에 올라탔는데 전차의 좌우에 탔던 사람들이 무기를 들고 내렸다."

"호령을 들으려는 것입니다."

"싸움이 시작되는 건가?"

"아직 알 수 없습니다."

"올라타고 또 좌우가 모두 내렸다."

"싸우기 전에 기도를 올리는 중입니다."

백주리는 또 진나라 여공의 친위병의 정황을 초공왕에게 알려주었다. 그런데 진여공의 곁에는 초나라에서 진나라로 도망간 묘분황(苗賁皇)[6]이 모시고 있으면서 역시 초왕의 친위병에 관한 일을 알렸다. 진여공의 좌우에 있는 장병이 모두 말했다.

"저쪽에는 초나라에서 내로라하는 국사(國士, 즉 백주리)가 붙어 있고, 게다가 군진이 두터우니 도저히 당해 낼 수가 없습니다."

그러나 묘분황은 진여공에게 말했다.

"초나라의 정예 군사는 중군의 왕족뿐입니다. 그러니 우리의 정예 군사를 나누어서 초군의 좌우를 치고, 4군의 병력을 초왕의 친위대에 집중하면 반드시 대승할 것입니다. 그렇게 하십시오.”

여공이 그 방책을 가지고 시초점을 치게 했더니 태사가 말했다.

“길합니다. ‘복괘(復卦)’☷☷의 점괘가 나왔습니다. 괘사에 이르기를, <남쪽 나라가 쭈그러지고, 그 나라 왕을 활로 쏘아 눈을 맞힌다>고 했습니다. 나라가 쭈그러지고 왕이 부상을 입는데 패하는 길 외에 다른 방도가 없습니다.”

여공은 그 의견에 따랐다. 진나라 군사가 가는 길 앞에 큰 수렁이 있어 다들 좌우로 그 수렁을 비켜갔다. 보의(步毅)가 진여공의 전차를 몰고, 난겸(欒鍼)이 거우가 되었다. 또 석수(石首)가 정나라 성공(鄭成公)이 탄 전차를 몰고, 당구(唐苟)가 거우가 되었다.

진나라의 난씨와 범씨 두 사람은 그들의 종족 부대를 거느리고 여공을 좌우로 끼고 전진하는데 여공의 전차가 수렁에 빠졌다. 중군원수인 난서가 여공을 자기의 전차에 옮겨 태우려 하자 여공의 거우인 난겸(난서의 아들)이 외쳤다.

“서(書)는 물러나시오!7 나라가 지금 전쟁중인데 어찌 독단으로 처리한단 말이오? 그리고 남의 직책을 침범하는 것은 무례이고, 자기 직책을 저버리는 것은 태만이며, 자기 자리를 떠나는 것은 교란인 것이오. 이 세 가지 죄를 짓지 않으려면 썩 물러나시오.”

그렇게 말하고는 여공의 전차를 번쩍 들어 수렁에서 빼냈다.

계사날, 초나라 반왕(潘尫)의 아들 당(黨)이 양유기(養由基)와 함께 갑옷을 포개어 놓고, 활을 쏘아 일곱 겹을 꿰뚫어서 그것을 초공왕에게 보이며 말했다.

"전하께서는 이같이 활을 잘 쏘는 두 신하를 두셨으니 싸움에 아무 걱정 마십시오."

그러자 초공왕은 노하여 말했다.

"정말 망신스럽다. 내일 아침 너희들이 만약 활을 쏘았다가는 그 활 쏘는 재주 때문에 죽으리라."

진나라의 여기(呂錡)가 꿈을 꾸니, 달을 쏘아 맞히고 물러나다가 진흙 속에 빠졌다. 이것을 점쳤더니 <희성(姬姓)은 해요, 다른 성은 달이니 반드시 초나라 왕일 것이오. 쏘아 맞히고 물러나서 진흙 속에 빠졌다는 것은 쏜 사람도 반드시 죽는다>는 것이었다.

싸움이 시작되자 여기는 초공왕을 쏘아 눈을 맞혔다. 초왕은 양유기를 불러 화살 두 개를 주고 여기를 쏘게 하니 여기는 목을 맞아 전차 안에 있는 활집에 엎어져 죽었다. 양유기는 남은 화살 한 개를 가지고 초왕에게 복명했다.

극지는 세 번이나 초공왕의 친위대를 만났는데 초왕을 보면 반드시 하차하여 투구를 벗고 바람같이 종종걸음으로 지나갔다. 초공왕은 공윤(工尹) 양(襄)을 시켜 활을 선물로 가지고 가서 안부를 묻고 말하게 했다

"한창 격전중인데 적황색의 가죽 바지를 입은 분이 군자임을 알아보았소. 방금 나를 보고 종종걸음으로 지나갔소. 다친 데는 없소?"

극지는 심부름꾼을 보고 투구를 벗고 초왕의 전갈을 듣고 말했다.

"임금님의 외신(外臣)인 극지는 과군을 따라 작전에 참가하여 임금님의 덕택으로 갑옷과 투구를 몸에 걸치고 있는 몸이라 위

문의 말씀에 감히 (꿇어앉아) 절을 할 수 없습니다. 다친 데는 없으며 임금님의 문안에 감사드립니다. 전투중이라 사자에게 숙배(肅拜)만 드립니다.”

그러고는 사자에게 세 번 숙배하고 그 자리를 떠났다.

진나라 한궐은 정나라 성공을 뒤쫓았다. 그의 말몰이인 두혼라(杜溷羅)가 말했다.

“빨리 따라잡읍시다. 저 말몰이는 자주 뒤를 돌아보기만 하고 말에는 관심이 없으니 따라잡을 수가 있습니다.”

그러자 한궐은,

“두 번이나 남의 나라 임금을 욕보일 수는 없다.”

라고 말하고 추격을 그만두었다. 극지도 정성공을 뒤쫓았는데 그 거우 불한호(茀翰胡)가 말했다.

“따로 정찰병을 소로로 우회시켜 앞에서 맞아 싸우게 하십시오. 저는 그 전차를 따라잡아 뒤에서 올라타고 그 어른을 잡아 내리겠습니다.”

그러자 극지는,

“남의 나라 임금을 다치면 죄과가 무겁다.”

라고 말하고 역시 추격을 중지했다. 정나라의 석수는 도망가면서 말했다.

“전에 위나라 의공(懿公)은 단지 자기의 지휘기를 내려놓지 않았다가 형(熒)에서 싸워 패했습니다.”

그리고 깃발을 내려 활집에 넣었다. 당구가 석수를 보고 말했다.

“당신은 임금님 곁에 있어 주오. 싸움에 졌을 때는 애오라지 임금님을 지켜야 하오. 나는 당신만 못하니 당신은 임금님을 모시고 화를 면하시오. 나는 여기에 남아서 추격병을 막겠소."

그리고는 거기에 남아서 싸우다가 죽었다.

초나라 군사가 험지에 몰리자 숙산염(叔山冉)이 양유기에게 말했다.

"비록 임금님의 말씀이 있었지만 나라를 위한 일이니 당신이 꼭 쏘아야 하겠소."

그래서 양유기는 진군을 향하여 활을 쏘았는데 두 번 쏘니 적의 선두가 모두 맞아 죽었다. 숙산염은 진나라 사람을 움켜잡아 던져 진군의 전차에 맞혀 가로대를 부러뜨렸다. 이에 진나라 군사도 주춤했으나 초나라의 공자 벌(筏)을 사로잡았다.

난겸이 초나라 자중의 깃발을 보고는 여공에게 청했다.

"초나라 사람이 저 깃발은 자중의 장수기라고 하오니 저 사람은 틀림없이 자중일 것입니다. 전에 신이 초나라에 출사 갔을 때 자중이 '진나라의 무용은 어떤 것인가?'고 묻기에 신은 대답했습니다. '일사불란을 좋아합니다.' 그분이 또 묻기를 '그밖에 또 어떤 것이 있느냐?'고 하기에 신은 '여유만만을 좋아합니다.'고 대답했습니다. 지금 두 나라가 싸움을 벌이고 있는데 사자한 사람쯤 보낼 수 없다면 일사불란하다고 말할 수 없고, 급한 사정이 생겼다고 식언을 한다면 여유만만하다고 말할 수 없습니다. 신을 대신해서 사람을 보내 자중에게 술을 한잔 권하게 해주시기 바랍니다."

진여공이 허락하자 난겸은 사자를 시켜 술병을 들고 술잔에 술을 따라 자중에게 보냈다.

"과군은 부릴 사람이 부족하여 저 난겸으로 하여금 창을 들고 모시게 하였습니다. 그래서 제가 직접 시종을 호로하지 못하고,

이 사람을 시켜 대신 술을 권하게 합니다."

자중은 대답했다.

"그 어른이 전에 초나라에서 나에게 애기한 일사불란을 좋아한
다는 말씀은 필시 이 때문이었군요. 그분의 기억력이 참으로
놀랍소!"

그리고 그 술을 받아 마시고, 사자를 돌려보내고 나서 다시 진
격의 북을 울렸다.

이 회전(會戰)은 새벽에 싸우기 시작하여 저녁에 별이 나타날
때까지도 그치지 않았다. 자반은 군관에게 명하여 부상자를 조
사하고, 보병과 전차병을 보충하며, 전차와 마필을 정렬하고,
아침에 닭이 울면 식사를 하고, 오직 장군의 명령에만 복종하
게 했다. 진나라 사람은 이것을 듣고 걱정했다. 묘분황이 전군
을 돌며 선포했다.

"전차를 검사하여 병사를 보충하고, 말에 먹이를 주고, 무기 손
질을 하며, 대오를 가다듬어 행렬을 굳히고, 배불리 먹고, 다시
기도를 올려라. 내일 다시 싸운다."

그리고는 초나라 포로를 일부러 풀어주었다. 초공왕이 이 소식
을 듣고 자반을 불러 상의하려 했다. 그런데 자반은 곡양수(穀
陽堅)라는 남자아이 종이 권하는 술을 마시고 취하여 초왕을
만나 볼 수가 없었다. 초왕은 말했다.

"하늘이 초나라를 지게 하는가 보다. 꾸물거릴 여유가 없다."

하고는 그날 밤으로 도망갔다. 진나라 군사는 초나라 군진으로
쳐들어가 사흘 동안이나 초군이 남기고 간 양식을 먹고 지냈
다. 범문자는 진여공의 거마 앞에 서서 말했다.

"주상께서는 어리시고, 신하들은 못났는데 어떻게 이렇게 이길

수 있었겠습니까? 주상께서는 경계하십시오. '주서(周書)'에 이르기를, <천명은 고정불변한 것이 아니다>[8]고 했는데 이것은 덕 있는 사람에게로 운명이 옮겨 간다는 뜻입니다."

초나라 군사가 철군하여 하(瑕)까지 왔을 때 초왕은 자반에게 전갈을 보냈다.

"선대부 자옥(子玉)이 싸움에 크게 패했을 때는 임금이 싸움터에 나가지 않았다. 그대는 자신의 잘못으로 싸움에 졌다고 여기지 말라. 그건 내 죄이니라."

자반은 재배하고 머리를 땅에 조아리고 대답했다.

"전하께서 신에게 죽음을 내리신다면 죽는 보람이 있을 것입니다. 신이 거느린 군사가 도망갔기 때문에 패배한 것이오니 신의 죄입니다."

영윤 자중이 자반에게 전갈을 보냈다.

"우리나라에서 처음으로 싸워서 패한 장군의 일은 그대도 들어서 알고 있겠지? 알아서 처신을 하는 게 어떤가?"

자반은 대답했다.

"설사 선대부가 자살하여 사죄한 일이 없었다 하더라도 대부인 당신은 나에게 이렇게 분부했을 것이오. 나 측(側)이 어찌 감히 신의를 저버리겠소? 나는 전하의 군사를 날려버렸는데 어찌 감히 죽음까지 잊겠소?"

초왕은 사람을 시켜 죽지 말도록 말렸지만 그 사자가 도착하기 전에 자반은 자살했다.

주 석

1. 사마 공자 측(側), 자는 자반(子反).

2. 영윤 공자 영제(嬰齊), 자는 자중(子重).
3. 우리 백성……아님이 없네 ≪시경≫ 주송·사문(思文).
4. 언릉(鄢陵) 정나라 땅, 지금의 하남 언릉현(鄢陵縣).
5. 백주리(伯州犁) 진나라 백종(伯宗)의 아들. 전년에 백종이 피살되자 백주리는 초나라로 도망갔고, 벼슬이 태재까지 올랐다.
6. 묘분황(苗賁皇) 초나라 투초(鬪椒)의 아들. 노성공 4년 초나라가 약 오씨를 멸족시켰을 때 그이는 진(晉)나라로 도망갔고, 진나라는 그 이에게 묘읍(苗邑)을 하사했으므로 묘분황이라 부른다.
7. 서(書)는 물러나시오! 서는 난서를 가리킨다. 난겸은 난서의 아들인 데 원래는 부친의 이름을 부르지 못하지만 임금의 면전에서는 부 친의 이름을 불러 임금에 대한 존경을 표시한다.
8. 천명은 고정불변한 것이 아니다 ≪상서≫ 주서·강고(康誥).

도움말

진초 양국의 패권 다툼은 약소 속국을 자기 지휘하에 넣는 것이 그 쟁취 목표의 하나였다. 특히 진초 사이에 끼어 있는 정나라는 항상 진초의 쟁탈 대상이 되었다.

이 언릉의 전쟁은 성복, 필의 전쟁에 이어 진초간의 제3차 전쟁이 요, 마지막 조우전이다. 피아가 접촉하자마자 범문자와 극지 사이에 싸우느냐 마느냐를 두고 논쟁이 벌어진다. 극지는 주전파로서 진나 라가 이왕의 여러 전쟁에서 실리한 것은 진나라의 수치이며 이번마 저 초군을 피하고 싸우지 않는다면 수치를 덧칠하는 것이라고 인식 한다.

범문자는 깊은 우환 의식을 가진 사람이라 진여공의 무도함과 세 극씨의 오만 등 진나라 내부의 정치적 위기를 간파하고 초나라를 외부의 우환으로 남겨서 경계심을 갖자고 주장한다. "나라 밖이 편 안하면 반드시 나라 안이 시끄럽다"는 논리로, 밖에서 군사상 승리 를 하면 나라 안에서 반드시 화란이 생긴다고 믿었던 것이다. 그 후 의 나라 사정은 과연 범문자가 예측한 대로 발전해 갔다.

교전하기 전 난서는 보루를 고수하여 연합군의 도착을 기다렸다가 공격하자는 생각인데 반하여, 극지는 초나라의 여섯 가지 빈틈을 들어 속전을 주장한다.

초공왕이 요망차에 올라 바라보는 진나라 군진의 전쟁 준비 장면은 고속촬영 영화 같은 생동감을 준다. 백주리의 입을 빌린 축일(逐一) 설명은 금상첨화이다. 이러한 "소설 필법"은 ≪좌전≫이 처음으로 시도한 것이다.

그 밖에도 쌍방의 생사 박투하는 과정 중에 점철된 흥미진진한 에피소드가 많지만 몇 가지만 골라보면 다음과 같다.

적국의 임금에 대한 피양(避讓)과 공경이다. 극기는 초왕을 만날 때마다 "반드시 전차에서 내려서 투구를 벗고 잔걸음으로 지나갔다." 초왕은 활을 선물로 보내고 다친 데는 없느냐고 안부까지 묻는다. 한궐과 극지는 "남의 나라 임금을 다치면 벌을 받는다"거나 "남의 나라 임금을 두 번 욕보이는 것은 예가 아니다"면서 정성공의 추격을 그만둔다. 적국의 임금에 대한 피양은 언릉의 전쟁에서 볼 수 있는 한 가닥 아름다운 풍경이라 할 수 있다.

긴장된 전투 장면의 틈새에서 난겸이 초나라에 출사 갔을 때 교분이 있던 자중에게 사자를 시켜 술을 선물로 보내고, 자중은 그 술을 받아 마시고 계속 진군의 북을 울리는 장면에서는 무사 기풍의 순정과 여유가 배어난다.

이 전쟁에는 두 부자가 참전해 눈길을 끈다. 범문자 부자와 난서 부자이다. 먼저 범문자 부자의 경우를 보자. 초나라 군사가 진나라 군사에 바싹 붙어 진을 치자 진군이 진을 칠 자리가 없어 걱정하자 당시 16세인 범문자의 아들 범개는, 영내에 포진하여 싸우는 신전법을 암시했다가 부친의 호된 질책을 받는다.

난서 부자의 경우는 난겸이 진여공의 거우가 되어 전진하는데 여공의 전차가 수렁에 빠졌다. 이것을 본 중군원수 난서가 나서서 여공을 도우려 할 때 난겸이 "난서는 물러나시오!"하고 고함을 질러 부친의 월권행위와 직책 포기를 경고했다.

이 언릉의 전쟁에서는 두 사람의 저명한 귀순 인사가 등장한다. 백주리와 묘분황이다. "초재진용(楚材晉用)"이라는 성어가 있다. 원래 이 말은 양공 26년 성자(聲子)가 한 말이지만 비단 초나라 인재만이 아니라 진나라 인재도 초나라로 도망가서 모두 모사(謀士)가 되었다. 요즘 말로 하면 인재 유출이다.

탁월한 명사수가 등장하는 것도 특색이다. 진나라의 여기는 "싸움이 시작되자 초공왕의 눈을 쏘아 맞혔다." 초나라의 양유기는 반당과 함께 갑옷 일곱 겹을 꿰뚫어 초왕에게 자랑하다가 크게 꾸지람을 듣지만, 눈을 맞은 초공왕은 양유기를 불러 화살 두 개를 주고 여기를 쏘라고 명령하니 그이는 "여기의 목을 맞혀 쓰러뜨리고 화살 한 개를 가지고 복명했다." 초군이 험지에 몰렸을 때 양유기는 "두 번 쏘니 적의 선두가 모두 맞아 죽었다."

이 대목에서 나온 성어는 화목상처(和睦相處), 내우외환(內憂外患), 심효진상(甚囂塵上), 사천칠찰(射穿七札), 호정이가(好整以暇)이다.

60. 기해(祁奚)가 은퇴를 청원하다

양공襄公 3년

진나라 기해(祁奚)[1]가 은퇴를 청원하자 진나라 도공(晋悼公)이 후임자를 물으니 해호(解狐)를 천거했다. 해호는 기해와 원수지간이었다. 그러나 임명하기 전에 해호가 죽었으므로 또 물으니 기해는 대답했다.

"제 아들 오(午)가 좋겠습니다."

또 그때 양설직(羊舌職)이 죽었다. 도공이 기해에게 물었다.

"누구를 대신 앉히면 좋겠는가?"

기해는 대답했다.

"아들 적(赤)이 좋겠습니다."

그래서 기오(祁午)를 중군위(中軍尉)[2]로, 양설적(羊舌赤)을 그 보좌관으로 임명했다. 군자는 말했다.

"기해는 이 상황에서 정말로 좋은 사람을 천거했다. 원수를 천거했으되 아첨한 것이 아니었고, 자기 아들을 세웠으되 두둔한 것이 아니었으며, 자기 부하를 추천했으되 파벌을 편든 것이 아니었다. ≪상서≫에 이르기를, <비뚤어지지 않고, 치우치지 않으면 왕자의 길은 가없이 넓다>[3]고 했는데 이 말은 기해를 두고 한 말일 게다. 해호는 천거를 받았고, 기오는 진급이 되었으며, 백화(伯華, 즉 양설적)는 벼슬을 얻었으니, 한 가지 관직을 임명하면서 세 가지 일을 공평하게 처리했다. 정말 좋은 사람을 추천했도다. 그것은 따지고 보면 기해가 훌륭한 사람이었기에 자기 닮은 사람을 천거할 수 있었던 것이다. ≪시경≫에 이르기를,

　저분은 모든 재간 두루 갖추었으니

　그래서 겉과 속이 한가지라네.**4**

라고 했는데 기해에게는 그러한 미덕이 있었다."

—　주 석

1. 기해(祁奚) 진나라 대부, 자는 황양(黃羊). 식읍이 기(祁)였으므로 기대부라 불렀다.
2. 중군위(中軍尉) 중군의 군위(軍尉). 직위는 장수 바로 다음이다.
3. 비뚤어지지 않고……가없이 넓다 ≪상서≫ 홍범(洪範).
4. 저분은……한가지라네 출처는 ≪시경≫ 소아·상상자화(裳裳者華).

—　도움말

기해가 공평무사한 정신을 가지고 오직 현명한 사람을 추천한 이 이야기는 후세 사람이 광범위하게 전송한 가화(佳話)이다. ≪국어≫, ≪사기≫와 같은 사서는 물론 그 밖에 허다한 서적에 기재된 고사이다.

기해가 중군위, 양설직이 중군위좌로 임명된 것은 진도공이 즉위한 노성공 18년(기원전 573년)이니 재임 기간이 13년이다.

진나라의 군제에 따르면 각 군에는 대장, 부장 밑에 군위, 군사마, 군사공, 군여위(軍輿尉), 군후엄(軍候奄) 등을 두게 되어 있다. 기해와 양설직은 중군에 속했기 때문에 중군위, 중군위좌라고 부른다. 군위는 지금의 직책으로는 "참모장" 격이며, 서열은 장수 바로 다음

이다.

진도공과 기해가 세 차례의 문답을 통해서, 기해가 추천한 세 사람과 기해의 관계는, 어떤 사람은 원수, 어떤 사람은 아들, 어떤 사람은 동료의 아들이었다. 오직 덕행과 재능이 추천의 기준이었기 때문이다. 추호도 사심과 잡념이 들어가지 않은 처사였다. 기해는 이런 처사를 통해서 탕탕평평한 흉중과 나라를 사랑하는 책임감을 나타내 보였다. 고금을 통하여 보기 드문 사람이다.

이 대목에서 나온 성어는 기해거자(祁奚擧子)이다.

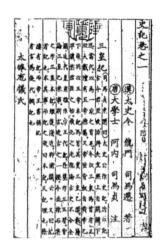

_ 사기史記

61. 장흘(臧紇)이 주(邾)나라에 패하다

양공襄公 4년

겨울 10월, 주(邾)나라 사람, 거(莒)나라 사람이 증(鄫)나라를 쳤다. 노나라의 장흘(臧紇)[1]이 증나라를 구원하러 갔다가 주나라를 쳤으나 호태(狐駘)에서 패배했다. 나라 사람들이 전사자의 시체를 맞이하러 나갔는데 모두 경황이 없어 삼끈으로 머리를 동여맨 민쪽[2] 차림이었다. 노나라에서는 이때부터 쪽을 삼끈으로 묶어 조문하는 풍속이 시작되었다.

나라 사람들이 풍자했다.

　"장가가 입은 여우 갓옷[3]이
　호태에서 우리를 패배시켰네.
　우리 임금님도 어린아이[4]지만
　저 난쟁이[5]를 차사로 보내셨네.
　난쟁이야, 난쟁이야, 네가
　우리를 주나라에 패하게 했네."

주 석

1. 장흘(臧紇) 노나라 대부, 장무중(臧武仲), 장흘, 장손(臧孫)이라고도 부른다. 강의, 정직했고 유식했으며 예를 아는 대신이었다.
2. 민쪽 비녀를 찌르지 않고 그냥 삼끈으로 묶은 차림새, 이것을 좌

(鬈)라고 한다.

3. 여우 갖옷 호구(狐裘)라고 하며 값비싼 갖옷으로 대부 계급 이상이 입을 수 있다.

4. 어린아이 두 가지 설이 있다. 하나는 노양공이 유약하므로 어린아이[小子], 다른 하나는 노양공이 그때 어머니 정사(定姒)의 상을 당하여 옛사람은 임금을 소자(小子)라 불렀다.

5. 난쟁이 두 가지 뜻이 있다. 신체가 특별히 왜소한 사람을 주유(侏儒)라고 부른다. 장흘은 체격이 특별히 단소했으므로 주유라고 불렀다. 또 하나의 뜻은 광대이다.

―――――― 도움말

이 대목은 장흘이 주나라를 구원하러 나갔다가 주나라 군사에게 패했는데 화제는 전사자의 시체를 맞이하러 나간 사람들의 상복과 이 패전을 풍자한 노래의 두 가지이다.

우선 구원차사로 나간 장흘은 장문중(臧文仲) ― 장선숙(臧宣叔) ― 장무중(臧武仲)으로 이어지는 노나라의 명문 집안이다. 노나라의 장씨 일족은 준호(俊豪)를 배출했고 사람됨이 정직했으며, 유식하고 예를 잘 알았다.

당시의 부녀자는 삼끈으로 묶은 민쪽을 찌는 것이 상례였고, 이때 남정네도 민상투를 틀었다. 민쪽이나 민상투를 "좌(鬠)"라고 부른다. 호태의 싸움에서 노나라가 패하여 전사자가 많아서 집집마다 상을 당하여 경황이 없어 민쪽으로 서로 조문했다.

노나라 사람이 풍자하여 부른 노래는 여우 갖옷[狐裘]의 "호"와 땅이름 호태(狐駘)의 "호"가 서로 음이 어울리므로 옛 시가의 비흥(比興) 수법을 이용한 것이다.

≪예기(禮記)≫ 단궁 상(檀弓上)에 이와 대조되는 이야기가 실려 있다. 주나라는 지난 희공 22년, 비록 승형의 전쟁에서 노나라에 이기기는 했지만 전사자가 너무 많아 옷으로 초혼(招魂)을 할 수 없어

화살로 대신했다고 한다. 통상 초혼은 죽은 사람이 생전에 입던 옷으로 한다.

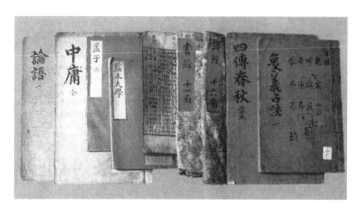

_ 사서오경四書五經

62. 자전(子展)과 자사(子駟)가 종초(從楚)를 의논하다

양공襄公 8년

겨울, 초나라의 자낭(子囊)이 정나라를 쳐, 정나라가 채(蔡)나라를 친 일을 문책했다. 자사(子駟)·자국(子國)·자이(子耳)는 초나라에 붙기를 원했고, 자공(子孔)·자교(子蟜)·자전(子展)은 진나라의 구원을 기다려 보자고 했다. 자사는 말했다.

"'주시(周詩)'에 읊기를,

황하의 물이 맑기를 기다리다니

사람의 목숨이 그 얼마나 된단 말인가?

점치는 일도 너무 잦으니

자승자박을 재촉할 뿐이네.[1]

라고 했소. 모의하는 사람이 많고, 반대하는 사람이 많으면 일은 더욱 성사되기 어렵소. 지금은 백성이 위급하니 우선 초나라에 붙었다가 백성의 고통을 덜어주고, 진나라 군사가 오면 오는 대로 또 진나라에 붙읍시다. 공손히 예물을 갖추어 쳐들어오는 자를 기다리는 것이 소국이 취할 길이오. 소와 양과 옥백을 갖추어 양국의 국경에서 기다렸다가 강자가 나타나면 거기에 붙어서 백성을 보호합시다. 적이 우리를 해치지 않고, 백성이 고통을 받지 않는다면 그것도 좋지 않겠소?"

그러자 자전이 말했다.

"소국이 대국을 섬기는 근본은 신의에 있소. 소국이 신의가 없으면 병란이 매일같이 일어나 나라가 언제 망할지 모르는 것이오. 그런데 다섯 차례의 회맹에서 진나라와 맺은 신의를 지금 배반한다면 비록 초나라가 우리를 구원한다 하더라도 무슨 소용이 있겠소? 초나라가 동맹을 맺어 놓아도 아무 소용이 없다는 것을 알면 초나라는 정나라를 자기네 변방으로 삼으려 할 것이 틀림없으니 자네 생각에 찬성할 수 없소.

진나라의 구원을 기다리는 게 상책이오. 진나라 임금은 바야흐로 현명하고, 4군이 완전무결하며, 8경²이 화목하니 진나라는 반드시 정나라를 버리지 않을 것이오. 초나라 군사는 원정 와서 양식도 떨어져 가고 있으니 반드시 일찍 돌아갈 것이오. 두려워할 게 뭐 있소? 나 사지(舍之)가 듣기로는 〈의지하는 데는 신뢰가 제일이다〉고 하오. 우리가 끝까지 수비하여 초나라 군사를 지치게 하고, 신뢰를 가지고 진나라를 기다리는 것도 좋지 않겠소?"

자사는 다시 말했다.

"≪시경≫에 읊기를,

　모사가 하도 많아

　오히려 되는 일이 하나도 없네.

　발언하는 사람 뜰에 가득하건만

　일이 잘못되면 그 책임 누가 지리오.

　길 가는 사람 붙들고 의논하는 꼴이니

　목적지에 도달하기는 이미 글렀네.³

라고 했소. 초나라에 붙읍시다. 나 비(騑)가 책임을 지리다."

이에 초나라와 강화를 맺었다.

주 석

1. 황하의 물이……뿐이네 인용한 시는 일시(逸詩).
2. 8경 4군은 각각 대장과 부장이 있으므로 모두 8경. 진나라는 당시 상, 중, 하, 신의 4군을 보유하고 있었다.
3. 모사가……이미 글렀네 출처는 ≪시경≫ 소아·소민(小旻).

도움말

"중원 중의 중원"에 해당하는 정나라의 전략적, 지리적 위치에 대해서는 몇 번 말했다. 같은 해에 어린 정나라 자산(子産)은 이런 말을 했다. "초나라가 쳐들어오면 따르지 않을 거요? 초나라를 따르면 진나라 군사가 반드시 올 거요. 진나라와 초나라가 번갈아 정나라를 친다면 지금부터 4, 5년이 지나야 정나라는 평온을 되찾겠네."

자사의 종초(從楚) 주장에는 근거가 있다. 정성공(鄭成公)은 죽을 때 자사에게 초공왕이 언릉의 전쟁에서 눈에 화살을 맞아 다친 것은 정나라 때문이었으니 부디 초나라를 배반하지 말라고 유언한 바 있다.

당시 당국(當國, 재상)으로 있던 자사가 제안한 "희생과 옥백을 갖추어 양국의 국경에서 기다렸다가 강자가 나타나면 거기에 붙어서 백성을 보호한다"는 방침은 당분간 정나라의 외교 전략이 된다.

이 대목에서 나온 성어는 하청난사(河淸難俟), 모부공다(謀夫孔多)이다.

63. 진나라 범선자(范宣子)가 노나라를 예방하다

양공襄公 8년

진나라 범선자(范宣子, 즉 사개)가 노나라에 와서 예방하고, 게다가 노나라 양공이 진나라를 방문한 수고에 대해 감사드리고, 장차 정나라를 칠 작정이라는 것을 알렸다. 양공이 그이를 위해 잔치를 베풀었는데 선자는 '표유매(摽有梅)'¹를 읊었다. 계무자(季武子, 즉 손숙)는 말했다.

"누가 감히 늦게 가겠습니까? 지금 초목에 비유한다면 과군은 진나라 임금님에게 임금님의 냄새와도 같은 존재라고 할 수 있습니다. 기꺼이 명령을 받아 시행할 것이며 무슨 시간의 조만(早晩)이 있겠습니까?"

그리고 무자는 '각궁(角弓)'²을 읊었다. 손님이 자리를 떠나려 할 때 무자는 다시 '동궁(彤弓)'³을 읊었다. 그러자 선자가 대답했다.

"성복의 전쟁이 끝났을 때 우리나라의 선대 임금이신 문공께서는 형옹(衡雍)에서 그 전과를 천자께 바치셨고, 주양왕(周襄王)으로부터 붉은 칠을 한 활을 하사받아 자손에게 물려주는 보물로 삼았습니다. 저 개(丐)는 선대 임금님을 모신 벼슬아치의 후손⁴입니다. 어찌 감히 그 고마운 마음을 받지 않겠습니까?"

군자는 범선자가 예를 아는 사람이라고 했다.

———— 주 석

1. 표유매(摽有梅) ≪시경≫ 소남(召南)·표유매.
2. 각궁(角弓) ≪시경≫ 소아·각궁.
3. 동궁(彤弓) ≪시경≫ 소아·동궁.
4. 후손 사개의 선조는 극결(郤缺)로 진문공 때 경(卿)을 지냈다.

———— 도움말

'표유매'는 청춘 남녀가 모여서 매실을 던져 서로의 짝을 구하는 시인데 그 취지는 "제때에 시집, 장가를 가야 한다"는 것이다. 범선자가 이 시를 읊은 뜻은 노나라가 때를 놓치지 말고 출병해 줄 것을 청한 것이다.

'각궁'은 그 중에 "형제나 인척은 멀리하지 말아야 한다"는 구절이 있어, 형제 나라끼리 서로 친하게 지내자는 뜻이 담겨 있다.

'동궁'은 천자가 공로 있는 제후에게 활을 하사하는 시이다. 무자는 이 시를 읊어 진도공(晋悼公)이 패업을 계승했다는 것을 말한 것이다.

이 대목에서 나온 성어는 취미상투(臭味相投)이다.

문화 상식 이야기

이 대목은 춘추시대에 외교 교섭에 쓰였던 부시언지(賦詩言志)의 한 예다. 시를 읊어 자기의 뜻과 희망을 표현하는 것이다. 부시는 자기가 자작할 수도 있고, 남이 지은 시를 읊는 두 가지 경우가 있다.

부시언지는 두 가지 원칙을 지켜야 한다. 하나는 부시단장(賦詩斷章)이다. 부시언지는 왕왕 원시 본래의 내용과 뜻과는 무관하게, 단지 시를 읊는 자의 수요에 따라 시편의 앞뒤를 제멋대로 잘라버리고 일언반구만을 인용하는 경우가 많다. 이것은 듣는 사람도 마찬가지이다. 완곡하게 말하는 특점은 있으나 뜻이 부합하지 않거나 오해될 소지가 있다. 또 하나는 부시는 반드시 악무와 어울려야 한다. 이것을 가시필류(歌詩必類)라고 한다.

부시언지는 춘추시대에 한 풍조를 이루었다. 부시언지를 능란히 구사하려면 ≪시경≫에 실린 시 3백 수를 모두 익히고 소화하고 있어야 비로소 가능한 일이다. ≪시경≫을 익히고 자유자재로 활용한다는 것은 특히 외교 분야에서 춘추인의 필수 교양에 속하는 문제였다. 공자는 한걸음 더 나아가 이런 말을 했다.

"≪시경≫의 시 3백 편을 다 외운다 하더라도 정치 임무를 맡겼을 때 처리를 잘 할 줄 모르고, 외국에 사자로 보냈을 때 독력으로 할 말(언사)을 골라 응수·담판하지 못한다면 아무리 많이 외운들 무슨 소용이 있겠는가?" - ≪논어≫ 자로

64. 진정(晉鄭)이 희(戱)에서 맹약을 맺다

양공襄公 9년

겨울 10월, 제후의 연합군이 정나라를 쳤다. 갑술날, 연합군은
범수(氾水) 가에 집결하여 주둔했다. 진나라 도공(晉悼公)은 제
후에게 영을 내려 말했다.

"무기를 손질하고, 건량(乾糧)을 장만하며, 노약자는 돌려보내
고, 병든 사람은 호뢰(虎牢)에 가 있게 하며, 죄인을 사면하고,
정나라를 포위하라."

정나라 사람은 이를 듣고 두려워서 강화를 요청했다. 중행헌자
(中行獻子, 즉 순언)[1]가 말했다.

"정나라를 완전히 포위하고, 초나라 사람이 구원하러 올 때를
기다렸다가 그들과 싸웁시다. 그렇지 않으면 진정한 강화는 없
는 것이오."

그러나 지무자(知武子, 즉 순앵)[2]는 말했다.

"정나라의 요청을 들어 맹약을 맺고, 일단 회군했다가 초나라
사람을 녹초가 되도록 피곤하게 만들어 줍시다. 우리가 4군을
삼등분하여 번갈아가며 하나씩 제후의 정예부대와 함께 쳐들어
오는 초군을 맞이한다면 우리는 피곤하지 않고 저들은 지쳐서
오래 버틸 수 없을 것이오. 이 방법이 지금 당장 싸우는 것보

다 훨씬 낫소이다. 시체를 꼭 한데에 늘어놓아야만 직성이 풀린다면 그래가지고는 초나라를 이길 수 없습니다. 큰일이 아직 남아 있습니다. 윗사람은 머리를 쓰고, 아랫사람은 육체의 힘을 쓴다고 한 말은 선왕이 정한 법도올시다.”

제후들이 모두 싸우기를 원치 않으므로 결국 정나라에 강화를 허락했다. ≪춘추≫에, <11월 기해날, 희(戱)3에서 동맹을 맺었다>고 한 것은 정나라가 항복했기 때문이다. 맹약을 맺으려 할 무렵에 정나라의 6경인 공자 비(騑), 공자 발(發), 공자 가(嘉), 공손(公孫) 첩(輒), 공손 채(蠆), 공손 사지(舍之)4 및 그들의 대부와 적자(嫡子)가 모두 따라나섰다. 진나라의 사장자(士莊子, 즉 사약)가 맹세문을 지었는데 그 내용은 다음과 같다.

<오늘 맹약을 맺은 뒤로부터 정나라가 만약 진나라의 명령을 듣지 않거나 혹시 딴 마음을 품을 때에는 이 맹약에서 정한 대로 벌을 받으리라.>

그러자 공자 비가 잔걸음으로 달려 나가 말했다.

“하늘이 정나라에 화를 내려 두 대국 사이에 끼이게 했습니다. 대국은 우리나라에 덕을 베풀지 않고, 오히려 전란으로 맹세를 강요하니, 우리 조상신은 제사도 받지 못하고, 백성은 자기 토지에서 나는 물산을 향유하지 못하며, 남녀를 가리지 않고 고생하고 도탄에 빠져도 호소할 곳이 없습니다. 오늘 맹약을 맺은 뒤로부터 정나라가 만약 오직 예의가 있고, 아울러 강력한 힘을 가지고 백성을 비호할 수 있는 나라에 복종하지 않고, 감히 딴 마음을 품는다면 역시 이 맹약에서 정한 대로 벌을 받으리라.”

이것을 듣고 순언(荀偃)이 항의했다.

"맹세문을 고쳐 쓰시오."[5]

그러자 공손 사지가 말했다.

"분명히 신령에게 고하고 한 맹세입니다. 만약 이것을 고칠 수가 있다면 대국을 배반해도 괜찮다는 말이 됩니다."

지무자가 헌자(獻子, 즉 순언)를 달랬다.

"우리는 사실 덕이 없으면서 힘으로 남에게 맹세를 강요했는데 이것이 어찌 예의에 맞는 것이라고 하겠소? 예의에 어긋난 짓을 하고도 어찌 맹주 노릇을 한단 말이오? 잠시 맹약을 맺고 물러나서, 덕을 닦고 군사를 휴식시켰다가 다시 오면 결국 정나라는 반드시 우리 품안에 들어올 것이오. 어찌 하필 오늘이라야 한단 말이오? 우리가 덕이 없으면 우리 백성부터 먼저 우리를 버릴 터인데 어찌 정나라뿐이겠소? 만약에 덕으로써 백성을 행복하고 화평하게 만든다면 먼 나라까지도 찾아올 것이오. 정나라에 무엇을 의지한단 말이오?"

이에 정나라와 맹약을 맺고 돌아갔다.

주 석

1. 중행헌자(中行獻子) 순언(荀偃), 진나라 상군대장.
2. 지무자(知武子) 순앵, 진나라 중군원수.
3. 희(戱) 지금의 하남 등봉현(登封縣) 숭산(嵩山) 북쪽.
4. 공자 비(騑)……공손 사지(舍之) 공자 비의 자는 자사(子駟), 공자 발은 자국(子國), 공자 가는 자공(子孔), 공손 첩은 자이(子耳), 공손 채는 자교(子蟜), 공손 사지는 자전(子展).
5. 맹세문을 고쳐 쓰시오 공자 비의 말도 맹세문에 기록되므로 순언이 불만스러워 고쳐 쓰고 싶었다.

공자 비(즉 자사)가 돌발적으로 달려 나가 고친 말, 즉 "오직 예의가 있고 아울러 백성을 비호할 수 있는 역량을 가진 강력한 나라에만 복종한다"는 말은 그 후의 정나라의 외교 방침이 되었다.

또 진나라 중군원수 순앵이 제안하고, 진도공이 채택한 신전략은 "삼분사군(三分四軍)" 전략이라 부르지만 이것은 사실상 "이일대로(以逸待勞)"가 목적이다. 우리는 피곤하지 않고 적은 녹초가 되게 만드는 것이다.

여담 한 가지. 중군원수 순앵이 주창한 "삼분사군" 전략을 실행하기 위하여 모든 부서가 안배를 마치고 각자가 단단히 벼르며 출정 준비를 하고 있을 때 중군 사령부 앞에 살구색 대장기가 바람에 나부끼는데 위에 "中軍元帥智(중군원수지)"라는 글자가 보인다. 총수는 왜 "荀(순)"자가 아니고, "智(지)"자가 되었을까?

원래 순앵과 상군대장 순언은 숙질간이기에 전쟁시 양군의 장수가 다같이 "荀"자이므로 장병들은 항상 자기네 대장이 어디에 있는지 확실히 분간하지 못했다. 순앵의 부친의 채읍이 진나라 지읍(智邑)에 있었으므로 차제에 씨를 지씨(智氏)로 바꾼 것이다.

그래서 역사상 지백(智伯), 혹은 지무자(智武子), 또는 지씨(知氏), 지백(知伯), 지무자(知武子)라고 쓴다. 순언의 조부 순임보(荀林父)는 전에 중행대장(中行大將, 보병 편제)에 임명된 적이 있으므로 순앵이 개씨(改氏)한 것을 보고 자기도 중행씨(中行氏)로 바꾸었다. 그래서 사칭(史稱) 중행백, 또는 중행헌자라고 부르게 되었다.

이 대목에서 나온 성어는 군자노심(君子勞心), 소인노력(小人勞力)이다.

65. 핍양(偪陽)의 역(役)

양공襄公 10년

진나라 순언(荀偃)과 사개(士匃)가 핍양(偪陽)을 쳐서 그곳을 송나라의 상술(向戌)에게 사읍(私邑)으로 주자고 건의했다. 순앵(荀罃)이 말했다.

"성은 작지만 단단하오. 이긴다 해도 무공을 세웠다고 할 수 없고, 이기지 못하면 웃음거리만 되오."

그러나 두 사람이 굳이 청하니 병인날 포위했으나 이기지 못했다. 노나라 맹씨의 가신인 진근보(秦堇父)가 짐차를 끌고 전선에 도착했다. 핍양 사람이 성문을 열기에 제후의 군졸들이 문 안으로 쳐들어가니 현수문이 떨어져 그들이 갇히고 말았다.

그러나 추읍(鄹邑)의 흘(紇)[1]이라는 사람이 성문을 벌컥 들어올려 쳐들어갔던 군인들을 모두 나오게 했다. 또 적사미(狄虒彌)는 큰 짐차의 바퀴 하나를 세워서 가죽을 씌워 방패로 삼고, 그것을 왼손으로 잡고, 오른손으로는 창을 들고, 한 무리의 돌격대를 거느렸다. 맹헌자(孟獻子, 즉 중손멸)가 이것을 보고,

"≪시경≫에 이른바,

　힘세기가 호랑이 같고[2]

라고 한 것이 이런 사람이구나."

라고 했다. 수성장(守城將)이 베를 늘어뜨리므로 근보는 그것을 붙잡고 성벽을 올라갔는데 성가퀴에 다다르자 그 사람이 베를 끊어버렸다. 근보가 떨어지자 또 베를 내걸었다. 되살아나서 다시 오르기를 세 번이나 반복했다. 수성장이 그 용기에 경복하고 다시는 걸지 않았다. 그제야 근보도 물러나서 그 끊어진 베 조각을 허리에 두르고 사흘간이나 군중을 순회하며 시위했다.

제후의 군사가 핍양에서 여러 날을 보내자 순언과 사개가 순앵에게 청을 넣었다.

"곧 장마가 들 것인데 돌아가지 못할까 걱정입니다. 회군하는 게 어떻겠습니까?"

그러자 지백(知伯, 즉 순앵)은 화를 내어 안석을 집어 던지니 그것이 두 사람 사이를 빠져나갔다. 그리고 말했다.

"자네들이 두 가지 일을 다 꾸며 놓고 나서 나한테 말했다. 나는 그때 영이 서지 않을까 염려되어 자네들의 주장을 반대하지 않았다. 자네들은 이미 주상에게 권하여 제후의 군사를 출동시키고, 이 늙은 나를 끌고 여기까지 왔다. 아무 무공도 세우지 못하고, 또 나한테 죄를 뒤집어씌워서 돌아가서 '지백이 회군하자고 한 것이 잘못이며, 그렇지 않았더라면 이겼을 것이다'고 말할 심산이겠지. 나는 이제 늙어빠진 사람이라 두 번이나 죄책을 감당할 수 없다. 이레 안에 싸워서 이기지 못하면 반드시 자네들의 목을 벨 것이다."

5월 경인날, 순언과 사개는 군졸을 거느리고 핍양을 공격하여 몸소 화살과 돌을 무릅쓰고 싸워 갑오날에 이를 멸망시켰다.

──────── 주 석

1. 추읍(郰邑)의 흘(紇) 추읍 대부 숙량흘(叔梁紇), 즉 공자의 부친을 가리킨다. 추읍은 노나라 읍인데 지금의 산동 곡부현(曲阜縣) 동남에 있다.
2. 힘세기가 호랑이 같고 ≪시경≫ 패풍(邶風)·간혜(簡兮).

──────── 도움말

앞에서 말한 바 있지만 송나라는 진나라의 동맹국 중 끝까지 충성심을 갖고 진나라를 지지, 복종했던 나라이다. 그것은 상술의 집정과 공로에 힘입은 바가 크다. 그래서 진나라의 순언과 범개는 핍양을 정벌하여 뺏어서 상술에게 사읍으로 주자고 건의한 것이다.

이 대목에서는 일단의 용력 있는 병사들, 그것도 모두 노나라 출신들이 비범한 실력을 과시한다. 첫째는 진근보, 둘째는 숙량흘, 셋째는 적사미이다. 숙량흘은 공자의 부친인데 그이도 초인적인 용력이 있었고, 또한 초인적인 담략을 가진 사람이었다. 이 핍양의 공략에는 12개 연합국이 참가했는데 노나라는 그 중 한 나라였다.

순앵은 선공 12년(기원전 597년) 필의 전쟁에서 초나라의 포로가 되어 9년간이나 수금된 적이 있었다. 그로부터 34년이란 세월이 흘렀으니 노인이라 자칭할 만하지만 산전수전 다 겪고 세상 물정을 훤히 아는지라, 처음에는 진나라 내부에 분쟁이 일어날까 두려워서 두 사람의 의견을 따랐지만 두 사람이 주장하는 철군은 단연 거부했다. 패전의 죄책을 다시 덮어쓰고 싶지 않았던 것이다.

'이레 안'이라는 최후통첩을 받고 격전 닷새 만에 핍양을 점령한 것은 "사지에 몰아넣고서야 비로소 산다(置之死地而活)"는 극약처방을 썼기 때문이다.

66. 구지(駒支)가 진(晉)나라에 굴하지 않다

양공襄公 14년

14년 봄, 오나라가 초나라와 싸워서 패했다는 것을 진(晉)나라에 알렸다. 상(向)에서 회합을 가진 것은 오나라를 위하여 초나라를 치는 일을 상의하기 위해서였다. 범선자(范宣子)는 오나라가 초나라의 국상을 틈탄 부도덕한 행위를 책망하고 그것을 이유로 오나라 사람을 거절했다. 그리고 거(莒)나라 공자 무루(務婁)를 잡았는데 그것은 거나라 사자가 초나라와 내통했기 때문이다.

융족의 수령 구지(駒支)¹를 체포할 양으로 범선자가 몸소 조정에서 그 사람을 꾸짖어 말했다.

"어서 오게, 강윤씨! 옛날, 진(秦)나라 사람이 자네의 조부 오리(吾離)를 과주(瓜州)²에서 내쫓았을 때 자네의 선조 오리는 거적을 걸치고 가시덤불을 헤치며 찾아와서 우리 선군에게 몸을 의탁했소. 우리 선군 혜공(惠公)은 갖고 있던 그리 비옥하지 않은 전답을 오리와 반분하여 그들을 먹고 살게 하셨소.

그런데 요즘, 제후들이 우리 과군을 모시는 모양새가 전과 같이 못한 것은 우리나라의 집안 이야기가 주로 자네들 융족의 입에서 새어나간 게 틀림없소. 내일 아침 회합에 자네는 참석하지 마시오. 참석하면 자네를 잡아넣을 것이오.”

수령 구지는 대답했다.

“옛날 진(秦)나라 사람이 군대의 수를 믿고, 토지가 탐나서 우리 융족 각부3를 몰아냈을 때 혜공께서는 큰 덕을 드러내 보이며 ‘융족 각부는 사악(四嶽)4의 후손이니라. 멸종시켜서는 안 된다’고 말씀하시고, 우리들에게 남쪽 변경의 땅을 하사하셨는데 그 땅은 여우가 사는 곳이요, 늑대가 울부짖는 곳이었습니다. 우리 융족 각부는 그곳의 가시덤불을 베어내고, 여우를 몰아내어, 침범하지 않고 배반하지 않는 혜공의 신하가 된 이래 오늘에 이르도록 마음을 고쳐먹은 일이 없습니다.

옛날 문공(文公)이 진(秦)나라와 함께 정나라를 쳤을 때 진나라 사람은 몰래 정나라와 맹세를 맺고 수비대를 남겨놓고 동정을 살피고 있다가 그 때문에 효(殽)의 전쟁이 일어났던 것입니다. 이 싸움에서 진나라는 앞에서 막고, 융족은 뒤에서 공격했습니다. 진군이 살아서 돌아가지 못한 것은 우리 융족 각부가 잘 싸운 덕분입니다. 이것을 사슴 잡는 사냥에 비유한다면 진나라 사람은 뿔을 잡고, 융족 각부는 다리를 잡아당겨 진나라와 더불어 사슴을 넘어뜨린 격입니다. 융족이 이제 와서 어째서 지탄을 받아야 합니까?

그때 이후 진나라의 여러 가지 노역을 우리 융족 각부는 때를 놓치지 않고 참가하여 진나라 집정대신의 지시를 따랐던 것은 효의 전쟁 때의 마음씨를 그대로 간직했기 때문입니다. 우리가 어찌 감히 이탈한단 말입니까? 지금 진나라 벼슬아치들이 사실상 자기들이 일을 잘못하여 제후들이 딴 마음을 품고 있는데도 그 잘못을 우리 융족 각부에 떠넘기고 있는 것은 아닌지요?

우리 융족 각부는 음식과 의복이 중원과 다르고, 폐물을 교환하지도 않으며, 말도 통하지 않습니다. 나쁜 짓을 하려고 해도 방법이 없습니다. 회합에 참석 못하더라도 우리는 조금도 답답할 게 없습니다."

그렇게 말하고, 구지는 '청승(靑蠅)'5을 읊고는 물러났다. 범선자는 사과하고, 구지가 회합의 사무에 참석하도록 허락하여, 참소를 믿지 않는 듬직한 군자의 풍도를 과시했다.

주 석

1. 구지(駒支) 융족의 수령 또는 임금 이름.
2. 과주(瓜州) 옛 서융의 땅, 지금의 섬서(陝西) 진령(秦嶺)의 북쪽 기슭에 있는 태백산(太白山) 일대.
3. 융족 각부 서융은 이때 아직도 부락사회 수준에 머물러 있었고, 여러 부족이 존재했다.
4. 사악(四嶽) 요(堯)임금 때의 사방 부락의 수령.
5. 청승(靑蠅) ≪시경≫ 소아·청승(靑蠅). 청승은 곧 쇠파리이다. 그 중에 "점잖은 군자[愷悌君子]는 참소하는 말을 믿지 마소"라는 구절이 있다. 구지는 이 시편을 인용하여 진나라가 참언을 믿지 말라고 책망했다.

도움말

양공 14년(기원전 559년), 14개국의 제후들이 상(向, 정나라 땅)에서 회맹을 가졌는데 이때 진나라가 '맹주'이고, 진나라 대부 범선자가 주재했다. 회합의 주제는 오나라가 초나라를 치는 문제를 의논하는 자리였지만 회합 전날, 범선자는 서융의 수령 구지를 구금할 작정으로, 최근 진나라의 패주의 지위가 동요하는 죄를 구지에게 뒤집어씌우려 했다.

이 대목은 범선자가 든 "언어 누설" 즉 기밀 누설의 죄목과 강융(姜戎)에 대한 진나라 선군의 은혜를 논박하는 구지의 변박이 그 내용이다. 구지는 첫째 진혜공이 하사한 땅이 황무하고 불모의 땅이었으니 대은, 대덕이라 할 수 없고, 둘째 강융은 진나라를 방조해서 효의 전쟁에서 진군(秦軍)을 섬멸했고, 그 후에도 변함없는 충성심을 견지해 왔다고 논박하고, 진나라의 이른바 중반친리(衆叛親離)는 자업자득이며 강융과는 무관한 일이라고 암시한다.

특히 구지는 마지막에 '청승'이라는 시편을 읊고 물러났는데 융족의 상층부 인사가 화하(華夏)의 언어를 이해할 수 있을 뿐만 아니라 그 시구까지 암송할 줄 알았다는 사실은 놀라운 일이라 하지 않을 수 없다. 구지의 언사는 완곡하면서도 또렷하다. 구지는 자기의 존엄을 지켰고, 나아가서 범선자를 한 사람의 듬직하고 수월한 군자로 만드는 데 일조했다.

이 대목에서 나온 성어는 형극만도(荊棘滿途), 기각지세(掎角之勢)이다.

67. 여우 갖옷에 새끼 양가죽 소매

양공襄公 14년

제나라 사람은 내(鄁) 땅을 내주어 위나라 헌공(獻公)이 얹혀살
게 했다. 그런데 나중에 헌공이 본국으로 돌아갈 때 내에 있던
양곡을 가지고 가버렸다. 우재곡(右宰穀)[1]은 따라나섰다가 나중
에 도망쳐 돌아왔다. 위나라 사람이 죽이려 하자 변명했다.

"나는 처음부터 좋아서 따라간 게 아닙니다. 나는 말하자면 여
우 갖옷[2]에다 새끼 양가죽으로 소매를 단 격입니다."

이에 그이를 용서했다.

주 석

1. 우재곡(右宰穀) 위나라 대부. 우재는 위나라 관명, 관명을 씨로 삼은
   것이다.
2. 여우 갖옷 여우 가죽으로 만든 비싼 저고리.

도움말

여우 가죽으로 만든 갖옷은 비싼 옷이니 착한 일에 비유하고, 새끼
양가죽은 편의복으로 값싼 옷이니 나쁜 일이나 흠에 비유했다. 여우
갖옷에다 새끼 양가죽으로 소매를 달았다는 말은 자기는 평생 좋은
일만 했을 뿐 나쁜 일은 조금밖에 안했다는 뜻인데 익살스럽고 귀

여운 데가 있다. 비록 자기가 위나라 임금을 따라 출국했지만 그 죄가 많지 않다는 것을 암유한 것이다.

이 대목에서 나온 성어는 호구고수(狐裘羔袖)이다.

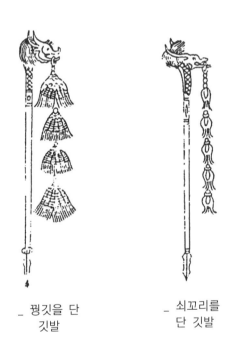

_ 꿩깃을 단   _ 쇠꼬리를
   깃발   단 깃발

68. 사광(師曠)이 축군(逐君)을 논하다

양공襄公 14년

사광(師曠)¹이 진나라 도공(晋悼公)을 모시고 있었는데 도공이 말했다.

"위나라 사람이 자기네 임금을 내쫓았다고 하는데 그것은 너무 심한 일이 아닌가?"

사광은 대답했다.

"어쩌면 그 임금님이 너무 심하셨겠지요. 좋은 임금은 착한 사람은 상을 주고, 악한 사람은 벌을 주며, 백성을 자식같이 기르고, 하늘처럼 덮어주며, 땅처럼 받아들입니다. 그러면 백성은 그 임금 받들기를 부모를 사랑하듯 하고, 우러러보기를 해와 달과 같이하며, 공경하기를 신명(神明)과 같이하고, 두려워함을 천둥과 벼락같이 할 것인데 내쫓을 수가 있겠습니까?

무릇 나라의 임금이란 신령의 주인이자, 백성이 쳐다보는 희망의 밧줄입니다. 만약에 백성의 생활을 곤궁하게 하고, 신에 대한 제사를 게을리하며, 백성이 절망하고, 사직에 주인이 없는 지경이 된다면 그런 임금을 어디에다 쓰겠습니까? 쫓아내지 않고 어떻게 하겠습니까? 하늘은 백성을 낳아 임금을 세워서, 백성을 다스리게 하여 백성이 천성을 잃지 않게 합니다. 나라에 임금이 있으면 임금을 돕는 보좌관을 두어, 임금을 가르치고 보호하여, 법도에서 벗어나지 않게 합니다.

그러므로 천자에게는 공(公)이 있고, 제후에게는 경(卿)이 있으며, 경은 측실(側室)을 두고, 대부는 이종(貳宗)을 두며, 사(士)는 벗이 있고, 서민·장인·상인·차역(差役)·노예·목동·마부들도 모두 친구가 있어서 서로 돕습니다. 좋은 임금은 잘하면 상을 주고, 잘못하면 고치며, 환난을 당하면 구제하고, 실패하면 다시 하게 합니다. 왕 이하 누구에게나 다 부형자제가 있어서 서로의 행동을 살펴서 그 과실과 결함을 보완합니다.

사관은 기록을 만들고, 소경은 시를 읊으며, 악공은 잠언(箴言)을 노래하고, 대부는 규간하며, 사는 여론을 전달하고, 서민은 비방하며, 상인은 장마당에서 떠들고, 장인들은 제각기 재주를 부려 작품으로써 의견을 제출합니다. 그러므로 '하서(夏書)'[2]에 이르기를, <선전관이 목탁을 치고 길거리를 돌아다니며 새로운 교령(敎令)을 알리면 관원들은 나서서 규간하고, 모든 장인들은 각자의 기예에 따라 진언한다>고 했습니다.

매년 정월 초봄이 되면 날을 정하여 이런 행사를 열어 임금의 상도를 벗어난 일을 규간했습니다. 하늘은 백성을 지극히 사랑합니다. 그런데 어찌 한 사람이 백성의 위에 서서 제멋대로 행동하며, 부정을 마음대로 저질러서, 천지의 본성을 저버리게 해서야 되겠습니까? 결코 그렇게는 안 될 것입니다."

주 석

1. **사광(師曠)** 진나라의 음악 태사, 이름은 광, 자는 자야(子野). 태어나면서부터 눈이 멀었으나 오히려 음악을 판별하는 데는 뛰어났다.

2. 하서(夏書) 인용된 구절은 위고문(僞古文) ≪상서≫ 윤정(胤征)에 실려 있다.

도움말

사광은 임금의 개념을 정립하여 "하늘이 백성을 낳아 임금을 세웠고", "임금"은 하늘이 백성을 보호하도록 세운 자이므로 임금은 응당 "신령의 주인이자 백성의 희망"이 되어야 한다고 보았다. 소위 "경천보민(敬天保民)" 사상이다.

어떻게 하면 좋은 임금을 만들 수 있느냐는 문제에 대해 사광은, 임금은 보좌관을 활용해야 하며, 민의를 채납(採納)하기 위하여 "대부는 규간하며, 사는 여론을 전달하고, 서민은 비난하며, 상인은 장터에서 떠들고, 장인은 기능 작품으로써 진언하는" 등 각 방면의 의견을 청취해야 한다고 주장한다. 이러한 규간 사상은 주나라의 제도 자체에 내재되어 있기 때문에 각계의 규간을 찾아서 채납하는 것은 임금의 몫이라고 주장한다.

이 대목에서 나온 성어는 봉약신명(奉若神明)이다.

69. 사혜(師慧)가 송나라 조정을 지나다

양공襄公 15년

정나라의 위씨(尉氏)와 사씨(司氏)의 반란1 때 살아남은 잔당들
이 송나라에 도망가 있었다. 정나라 사람은 자서(子西)·백유
(伯有)·자산(子産)2 등의 처지를 고려하여 송나라에 선물을 보
냈는데 40승분의 말 160필과 악사 사벌(師筏)과 사혜(師慧)를
먼저 보내고, 3월에는 공손 흑(黑)을 인질로 보냈다. 송나라의
사성(司城)으로 있는 자한(子罕)3은 도여보(堵女父)·위편(尉翩)
·사제(司齊)는 보내주고, 사신(司臣)만은 아까운 인물이라 여
기고 빼돌려 노나라의 계무자(季武子)에게 맡기니, 무자는 그
사람을 변(卞)에 가 있게 했다. 정나라 사람은 송나라에서 돌려
받은 세 사람을 죽여 육장(肉醬)을 담았다.

송나라로 보내는 선물의 하나인 사혜가 송나라 조정을 지나다
가 소변을 보려 했다. 그이를 부축하는 도우미가 말리면서

"여기는 조정입니다."

라고 말하니, 사혜가 말했다.

"사람이 없잖아?"

"그래도 조정인데 어찌 사람이 없겠습니까?"

"반드시 인물이 없을 게다. 만약 사람이 있다면 어찌 천승(千

乘)의 나라의 재상4과 나 같은 음탕한 음악5을 노래하는 봉사와 맞바꾸겠는가? 그것은 반드시 사람이 없기 때문인 게다."
자한이 이 말을 듣고 자기 임금에게 간청하여 사혜를 정나라로 돌려보냈다.

─── 주 석

1. 위씨(尉氏)와 사씨(司氏)의 반란 5년 전 양공 10년에 위지와 사신 등이 일으킨 반란으로 자사, 자국, 자이를 죽였다. 악당은 모두 죽 었으나 도여보, 사신, 위편, 사제 네 사람은 송나라로 도망갔다.
2. 자서(子西)・백유(伯有)・자산(子産) 자서는 자사의 아들, 백유는 자 이의 아들, 자산은 자국의 아들. 세 사람의 부친은 모두 동란 중에 피살되었다.
3. 사성(司城)으로 있는 자한(子罕) 송나라 사람으로 자한, 이름은 희 (喜), 그러므로 사성 자한, 악희(樂喜)라고도 부른다. 사성은 재상이 며 다른 나라에서는 사공(司空)이라 부른다.
4. 천승(千乘)의 나라의 재상 자산 등을 가리킨다.
5. 음탕한 음악 당시 정, 위나라 등에서 유행하던 민간 음악으로 전통 적인 아악(雅樂)과는 구별된다.

도움말

사혜가 말한 "어찌 천승의 나라의 재상과 나 같은 음탕한 음악을 노래하는 봉사와 맞바꾸겠는가"라는 말뜻은 송나라는 자산 등 사람 을 중시하여 응당 먼저 주동적으로 망명자들을 인도했어야지 뇌물 을 받고 나서 넘겨주는 그런 짓은 하지 말았어야 했다는 말이다. 다 시 말하면 송나라가 악사와 마필 등 뇌물을 손에 넣을 때까지 악인 들을 정나라에 넘겨주지 않았다는 것은 음탕한 음악을 중시하고 한 나라의 재상을 경시했다는 말이다.
≪예기≫ 악기(樂記)에서 자하(子夏)는 이렇게 말했다.

<정나라의 음악은 다분히 남녀 사통에 관한 것이라, 사람의 마음을 음탕하게 만든다. 위나라의 음악은 박자가 빨라서 사람의 마음을 산란하게 만든다.>

요즘 말로 하면 유행가인 셈이다.

제후 각국이 정나라의 가무를 좋아했기 때문에 정나라가 외교를 할 때에는 항상 외국에 악사, 가종(歌鐘), 그리고 가무를 하는 미녀를 선물로 보냈다. 그 한 예로 정나라는 양공 11년, 진나라 도공(悼公)에게 선물로 악사 세 사람과 여악사 16명 외에 편종과 편경 기타를 바친 바 있다.

문화 상식 이야기

춘추시대에 사용한 타악기 중에서 중요한 것은 종(鐘)·경(磬)·정(鉦)·고(鼓)·탁(鐸)이다. 홀으로 사용하는 종은 "특종(特鐘)"이라 하고, 여남은 개의 저마다 크기가 다른 종을 조합하여 종가(鐘架)에 매단 것을 "편종(編鐘)"이라 부른다. 경쇠[磬]는 돌이나 옥으로 만들었는데 연주할 때는 시렁에 매단다. 경쇠는 부등변오각형의 석판인데, 귀퉁이에 매다는 구멍이 있다. 종이나 경은 주로 제사와 향연에 사용한다.

1978년 호북성(湖北省) 수현(隨縣)에서 출토된 전국시대 증후을묘(曾侯乙墓)의 편종은 64건이 3층 종가에 걸려 있는데, 중국 음악 역사상 일대 기적이라고 불렀다.

순(錞)·탁(鐲)·요(鐃)·탁(鐸)은 특히 전금(戰金)이라고 하며, 모두 소형 군악기이다. 순(錞)은 일명 순우(錞于)라고도 하는데, 남방에서 유행한 타악기로 방앗공이를 닮았다. 탁(鐲)은 즉 정(鉦)이며 모양이 방울과 비슷하다. 탁(鐸)은 안에 추가 달려 있는 큰 방울로 정녕(丁寧)이라고도 하며, 사마(司馬)의 전용악기이다. 정류(鉦類)의 군악기는 군을 정지, 퇴각시킬 때 사용하며[鳴金收兵], 북은 군사를 진격시키거나, 공격을 명령할 때 사용한다[擊鼓進攻].

70. 자한(子罕)이 옥을 사양하다

양공襄公 15년

어떤 송나라 사람이 옥을 얻은 게 있어 그것을 자한(子罕)에게 바쳤더니 자한은 받지 않았다. 옥을 바친 사람이 말했다.

"이것을 옥 다루는 사람에게 보였더니 보배라고 했습니다. 그래서 감히 바치는 것입니다."

자한은 대답했다.

"나는 탐내지 않는 마음씨를 보배로 삼고, 자네는 옥을 보배로 삼는다. 만약 그것을 나에게 준다면 우리는 둘 다 보배를 잃게 된다. 그것보다는 우리 두 사람이 각자의 보배를 그대로 간직하는 편이 낫겠다."

그러자 상대방은 머리를 땅에 조아리고 말했다.

"소인(小人)이 옥을 지니면 한 마을도 무사히 지나갈 수 없습니다.[1] 이것을 바치는 것은 목숨을 부지하기 위해서입니다."

자한은 그 사람을 자기가 사는 동네에 붙들어 놓고, 옥공(玉工)을 시켜 그 사람을 위하여 옥을 다듬게 하여, 그것을 팔아 그 이를 부자로 만든 후에 자기 고향으로 돌려보냈다.

1. 한 마을도 무사히 지나갈 수가 없습니다 반드시 도둑에게 죽음을 당한다는 말이다.

도움말

송나라 사성(司城) 자한(子罕)은 유명한 현상(賢相)이다. 자한은 양공 6년부터 사성, 즉 재상직을 맡았다. 이 대목은 자한의 청렴결백의 높은 품격을 잘 보여주고 있다.

"나는 탐내지 않는 마음씨를 보배로 삼고", "자네는 옥을 보배로 삼으니", "각자가 자기의 보배를 그대로 간직하는 편이 낫겠다." 이 세 구절은 평범하지만 철리(哲理)가 담뿍 담긴 천고의 명언이다. 자한은 이 고사로 불후의 명성을 얻었다.

이 대목에서 나온 성어는 불탐위보(不貪爲寶)이다.

문화 상식 이야기

옥은 고대에 매우 값진 보배였을 뿐만 아니라 더욱이 제기(祭器), 교제, 패물, 부장품 등 다양한 용도에 쓰였으므로 종류도 많았다. 6종의 옥기(玉器)라 하면 벽(璧), 종(琮), 규(圭), 장(璋), 호(琥), 황(璜)의 여섯 가지를 말한다.

그 중에서 가장 중요한 것은 벽옥(璧玉)이다. 진(晉)나라가 우(虞)나라에게 길을 빌릴 때 뇌물로 쓴 것이 이 벽옥이다. 모양은 원형이며 가운데 구멍이 나 있다. 살[肉]의 너비가 구멍의 지름의 두 배라고 되어 있으나 꼭 그렇지는 않지만 벽옥은 구멍이 작다. 안(鞌)의 전쟁 때 한궐이 제나라 임금에게 술을 올릴 때 술잔에 곁들인 것도 이 벽옥이며, 허희공(許僖公)은 손을 뒤로 묶고 입에 벽옥을 물고 초왕에게 항복했다. 산천의 신에게 제사지낼 때 쓴 것도 이 벽옥이다. 규옥(圭玉)과 장옥(璋

玉)은 천자와 제후간의 왕래인 조빙 때 쓰는 예물이다. 환옥(環玉)은 살의 너비가 구멍의 지름과 같다고 했으니 구멍이 크다. 허리띠에 차는 패옥인 동시에 꼭 돌아오라는 뜻을 담아서 건네는 선물이기도 했다. 결옥(玦玉)은 사물을 결딴낼 수 있다는 뜻과 교제를 단절한다는 두 가지 뜻이 있다. 결옥은 환옥을 닮았으나 한 쪽이 트여 있다. 규옥은 통상 장방형 조각 모양이다. 1965년 산서성 후마시(侯馬市)에서 발견된 춘추시대 진나라의 5천여 건에 달하는 맹서의 절대 다수가 규옥 위에 붉은색으로 쓰여진 것이었다.

송나라 사람이 바친 옥은 아마 원석이었겠지만 다듬은 옥이 어떤 것인지는 알 길이 없다.

_ 작爵

71. 기해(祁奚)가 숙향(叔向)의 석방을 청원하다

양공襄公 21년

범앙(范鞅)¹은 (딸 난기의 참언을 듣고) 그 말에 맞장구를 쳤다. 회자(懷子, 즉 난영)²는 원래 남에게 베풀기를 좋아하여 많은 사인(士人)이 따르고 있었다. 범선자(范宣子)는 회자 주변에 사람이 많이 모이는 것을 걱정하고 있었던 터라 딸이 한 말을 곧이들었다. 그때 회자는 하경(下卿)으로 있었는데 선자는 그이에게 저(著) 땅의 축성을 명하고, 저에 도착하자 곧 추방했다. 가을에 난영은 초나라로 도망갔다. 범선자는 기유(箕遺)·황연(黃淵)·가보(嘉父)·사공정(司空靖)·병예(邴豫)·동숙(董叔)·병사(邴師)·신서(申書)·양설호(羊舌虎)·숙비(叔羆)를 죽이고, 백화(伯華)·숙향(叔向)³·적언(籍偃)을 잡아 가두었다.

어떤 사람이 숙향에게 말했다.

"당신은 어설피 죄에 걸려들었다. 그건 지혜롭지 못한 탓이 아닌가?"

숙향은 대답했다.

"죽는 것보다야 낫지 않겠소? ≪시경≫에 이르기를,

　유유자적하며

　잠시 세월이나 보내세.⁴

라고 했는데 그것은 슬기롭다는 말이오."

악왕부(樂王鮒)[5]가 숙향을 찾아보고 말했다.

"내가 당신을 위하여 청을 넣어 보겠소."

숙향은 대꾸도 하지 않고, 돌아갈 때 절도 하지 않았다. 집안사람들이 모두 숙향을 나무라니 숙향은 말했다.

"꼭 기대부(祁大夫)[6]라야 한다."

가령(家令)이 그것을 듣고 말했다.

"악왕부가 임금님께 말씀드리면 안 되는 일이 없습니다. 일부러 구해 주시겠다는데 주인장은 마다하십니다. 기대부의 힘으로는 할 수 없는 일입니다. 그런데도 꼭 그분이라야 된다고 하시니 그 이유가 무엇입니까?"

숙향은 대답했다.

"악왕부는 임금님의 말에 맞장구만 치는 사람이거늘 어찌 그런 일을 할 수 있단 말인가? 기대부는 남을 천거할 때에는 원수라도 상관없고, 집안사람을 추천할 때에는 육친도 가리지 않으니 그분이 나만 빼놓을 리가 있겠는가? ≪시경≫에 이르기를,

　군자의 덕행이 정직하면

　사방 각국이 귀순하리라.[7]

고 했는데 그분이야말로 정직한 분일세."

진평공(晉平公)이 숙향의 죄를 악왕부에게 물으니 그이는 말했다.

"자기의 육친을 버리지 않는 사람이니 아마도 관계가 있을 것입니다."

이때 기해(祁奚)는 이미 은퇴하고 있었지만 이 사건을 듣고는 역참의 역마차를 타고 범선자를 찾아가 말했다.

"≪시경≫에 이르기를,

　우리들에게 베푸신 은혜 가없으니

　자자손손 지켜 나가리.**8**

라고 말했습니다. ≪상서≫에 이르기를, <성인의 모략과 훈계는 보국안민(保國安民)의 길임이 명명백백히 증명되었다>**9**고 말했습니다. 계획을 세워서 과오가 적고, 남을 가르쳐서 지칠 줄 모르는 사람을 찾는다면 숙향이 바로 그런 사람입니다. 국가의 대들보는 10대 자손까지도 죄를 용서하여 노력하는 사람을 격려한다고 합니다.

그런데 지금 어느 날 아침 한두 사람의 친척의 죄에 연루되었다고 그 몸을 용서하지 않고 국가의 중신을 버린다는 것은 잘못된 일이 아니겠습니까? 곤(鯀)은 처형되었지만 우(禹)는 일어섰고, 이윤(伊尹)은 태갑(大甲)을 추방했지만 그럼에도 왕은 그이를 재상으로 삼아 끝내 원망하는 기색이 없었습니다. 관숙(管叔)과 채숙(蔡叔)은 죽음을 당했지만 그들의 형인 주공(周公)은 여전히 주성왕(周成王)을 잘 보필했습니다.

어째서 동생 숙호(叔虎)의 일 때문에 국가의 동량을 버린단 말입니까? 당신이 착한 일을 하시면 누구라도 노력 안하고는 못배길 것입니다. 사람을 많이 죽여서 어디다 쓰시겠습니까?"

선자는 이 말을 듣고 기뻐하여, 기해와 같이 역마차를 타고 가 진평공에게 건의하여 숙향을 사면시켰다. 기해는 숙향을 찾아보지도 않고 돌아갔고, 숙향 또한 기해에게 사면 받았다는 소식을 고하지 않고 그대로 진평공을 뵈러 조정으로 갔다.

1. 범앙(范鞅) 사상, 사개(士匃), 범개(范匃), 범선자라고도 한다. 양공 19년에 재상이 되었다.
2. 회자(懷子) 난영(欒盈). 난영은 난염(欒黶)과 난기 사이에 난 아들, 범선자의 외손자뻘이다.
3. 숙향(叔向) 양설힐(羊舌肹).
4. 유유자적하며……보내세 일시(逸詩).
5. 악왕부(樂王鮒) 진나라 대부, 악환자(樂桓子).
6. 기대부(祁大夫) 기해를 가리킨다. 식읍이 기(祁)에 있으므로 씨로 삼은 것이다.
7. 군자의 덕행……귀순하리라 ≪시경≫ 대아·억(抑).
8. 우리들에게……지켜 나가리 ≪시경≫ 주송·열문(烈文).
9. 성인의 모략과……증명되었다 일문(逸文). 위고문의 ≪상서≫ 윤정 (胤征)에 실려 있다.

진나라는 이 해에 범씨와 난씨 사이에 내란이 발생했다. 범선자가 난영이 많은 사인(士人)을 포섭하고 있음을 두려워하여 딸의 모함을 믿고, 고의로 흉계를 꾸며 난영을 쫓아버리고, 난씨를 추종하는 많은 사대부를 살해하고 또 수금(囚禁)했다. 죽은 숙향의 아우 양설호가 난영과 친했던 관계로 숙향이 연루되어 투옥되었다.
숙향, 즉 양설힐은 일생 동안 도공, 평공, 소공의 3대 임금을 모신 진나라의 대부이다. 그이는 평소에 지혜와 정직으로 소문났다.
숙향이 옥중에 있을 때 많은 사람들은 숙향이 불평이 많을 것이라고 생각했는데 오히려 태연자약했다. 어떤 사람이 범씨 쪽에 붙지 않은 것은 총명하지 못한 처신이 아닌가 하고 꼬집었을 때 그이는 자유자적하며 세월을 보내면서 대세족들간의 세력 다툼에 말려들지 않는 것이 지혜로운 일이라고 대답했다.

기해는 숙향을 구한 뒤 "숙향을 보지 않고 돌아갔고", 숙향은 기해에게 "사면 받았다는 소식을 고하지 않고" 바로 조정으로 향했다는 대목에서 우리는 숙향과 기해라는 두 겸겸군자(謙謙君子)의 형상을 본다. 기해는 국가 사직을 위하여 선자를 설득하여 숙향을 구했을 뿐이니 소위 개인의 은전이랄 것이 없고, 숙향은 자기의 재능으로 말미암아 사면되었으니 기해에게 소위 감지덕지할 것이 없다는 속셈이다. 이해관계를 넘어선 담담한 경지라고 할 수 있다.

≪장자(莊子)≫ 산수(山水)에 <군자의 교제는 물처럼 담담하고, 소인의 교제는 감주처럼 달다. 군자는 담담하기 때문에 정이 깊어가고, 소인은 이익이 없으면 교제를 끊는다>는 말이 있다. ≪예기≫ 표기(表記)에도 같은 취지의 말이 있다. 숙향이 악왕부에게 대꾸도 하지 않고 절도 하지 않은 것은 소인을 끊기 위한 것이며, 기해에게 사면을 고하지 않은 것은 군자를 대우하기 위한 것이다.

이 대목에서 나온 성어는 요이졸세(聊以卒歲)이다.

72. 숙손표(叔孫豹)가 삼불후(三不朽)를 논하다

양공襄公 24년

24년 봄, 목숙(穆叔, 즉 숙손표)이 진(晉)나라에 갔다. 범선자(范宣子, 즉 사개)가 마중하러 나가서 물었다.

"옛사람이 한 말에 <죽어도 썩지 않는다>고 했는데 무엇을 두고 한 말입니까?"

목숙이 채 대답도 하기 전에 범선자는 다시 말했다.

"나 개(丏)의 조상을 거슬러 올라가면 순(舜)임금 때 이전에는 도당씨(陶唐氏)라 했고, 하(夏)나라에서는 어룡씨(御龍氏)라 했으며, 상(商)나라에서는 시위씨(豕韋氏)라 했고, 주(周)나라에 와서는 당두씨(唐杜氏)라 했는데 우리 진나라가 중국의 맹주가 된 후로는 범씨가 되었습니다. 그 말은 이것을 두고 하는 말입니까?"

목숙은 대답했다.

"저 표(豹)가 들은 바로는 그것은 가문이 대대로 세습하는 녹봉, 즉 세록(世祿)이라는 것이고, 썩지 않는 것은 아닙니다. 저희 노나라의 선대부 중에 장문중(臧文仲)이란 분이 계셨습니다. 이미 세상을 떠났지만 그분이 남긴 말은 아직도 세상에 통용되고 있습니다. 이런 것이야말로 썩지 않는 것이라고 할 것입니다.

저 표가 듣건대 <최상은 덕을 세우는 일이고, 차상은 공을 세우는 일이며, 그 다음은 말을 남기는 일이다>고 했습니다. 오래되어도 없어지지 않으므로 이 세 가지를 죽어도 썩지 않는 것이라고 부르는 것입니다. 성을 보존하고 씨를 이어받아, 조상의 사당을 지켜서 대대로 제사를 끊지 않고 지내는 예는 어느 나라에나 있는 일입니다. 이것은 녹봉이 크다고는 할 수 있어도 썩지 않는 것이라고 말할 수는 없습니다."

도움말

범선자는 세경, 세록을 가지는 것이 불후의 업적이라고 믿었는데 이것은 종법제도를 옹호한 말이지만 사실은 범씨의 강대한 역량과 오만한 야심을 폭로한 것이다. 이에 대해 숙손표가 말한 것은 불후의 척도를 민중에게 두고 시대적 조류를 반영한 것이다. 그래서 목숙은 죽어도 썩지 않는다는 말은 세세대대로 향수하는 고관후록이 아니라, 그것은 능히 민중을 위해서 덕을 세우고, 민중을 위한 업적을 남기며, 후세에 도움이 되는 좋은 말을 남기는 것이라고 인식한다. 그러나 덕을 세운다는 것은 성인이라야 가능한 일이고, 공을 세운다는 것 또한 일정한 정치적 권력이 없으면 어려운 일이며, 오직 말만은 대다수 문인이 선택할 수 있는 길이다.

이 대목에서 나온 성어는 사이불후(死而不朽), 입덕입언(立德立言), 삼불후(三不朽)이다.

73. 자산(子産)이 공물의 감량을 요구하다

양공襄公 24년

범선자(范宣子)가 진나라의 정치를 한 후로 제후가 납부할 공물(貢物)의 부담이 커졌다. 특히 정나라 사람이 고통스러웠다. 2월 정나라 간공(鄭簡公)이 진나라에 갔다. 그때 자산(子産)[1]은 편지를 써서 자서(子西) 편에 부쳐 선자에게 보냈는데 그 사연은 이러했다.

"당신이 진나라를 다스리게 되고 나서부터 사방의 제후는 당신의 좋은 명성은 전해 듣지 못하고, 무거운 공물 이야기만 듣고 있습니다. 저 교(僑)는 이해가 안 됩니다. 제가 듣기로는 <군자로서 국가의 우두머리가 된 자는 재물이 없음을 근심할 것이 아니라, 좋은 명성이 없음을 고민해야 한다>고 합니다. 무릇 제후의 재물이 모두 진나라의 공실(公室)에 모이게 된다면 제후는 진나라에 대하여 두 마음을 품게 될 것입니다.

만약 당신이 그것을 사유하게 된다면 진나라 내부가 분열할 것입니다. 제후가 이반하면 당신의 가문이 무너질 것입니다. 어찌 그렇게 알아듣지 못하십니까? 공물을 장차 어디에다 쓰실 겁니까?

무릇 좋은 명성은 미덕을 싣는 수레요, 미덕은 국가의 초석입니다. 기초가 있으면 무너지지 않는 법이니 차라리 미덕을 닦는 데 힘써야 하는 것 아닙니까? 미덕이 있으면 즐겁고, 즐거우면 오래 버틸 수가 있습니다. ≪시경≫에 읊기를,

　군자는 즐겁다, 나라와 가족의 초석이니.[2]

라고 했는데 이는 아름다운 덕을 가졌다는 말입니다. 또,

　상제께서 너희를 감시하고 계시니

　행여나 딴 마음 가지지 말라.[3]

고 했는데 이는 좋은 명성이 있다는 말입니다. 너그러운 마음으로 덕을 숭상하면 좋은 명성이 덕을 싣고 사방에 퍼뜨립니다. 그리하여 먼 곳의 사람은 찾아오고, 가까이 있는 사람은 안심하고 직업에 종사할 수 있습니다. 당신은 차라리 사람들이 당신을 평하여 '어르신네가 사실 우리를 살려 주셨다'고 말하기를 원할지언정 '어르신네가 우리를 착취해서 살아간다'고 말하는 것을 원치 않을 것입니다. 코끼리는 이를 가지고 있기 때문에 자기 몸을 망치게 됩니다. 이것은 상아가 재물이기 때문입니다."

선자는 이 편지를 읽고 기뻐하여 공물의 양을 줄였다.

주 석

1. 자산(子産) 정(鄭)나라 자산(子産), 복성 공손(公孫), 이름은 교(僑), 또는 자미(子美).
2. 군자는……초석이니 ≪시경≫ 소아·남산유대(南山有臺).
3. 상제께서……가지지 말라 ≪시경≫ 대아·대명(大明).

자산은 22년 동안 정나라의 재상을 지냈다. 그이의 특점은 인사 관리를 늘 높은 관점에서 생각하는 버릇이 있었다. 또 진나라와의 관계에서는 정직과 충정(忠貞)으로 일관했다.

자산이 재상으로 있을 때 정나라는 국내적으로는 막강한 공족들의 등쌀에 시달려야 했고, 국제적으로는 남과 서에서 강대한 초나라와 패주 진나라의 압박을 받아야 했다. 이러한 어려운 상황에서 그래도 자산은 내정 방면에 마음먹었던 각종 개혁을 단행하여 국가 생존의 방도를 모색했다.

이 대목에서 자산은 두 가지 방면에서 두 번이나 ≪시경≫의 구절을 인용하면서 미덕과 명성의 관계를 다룬다. 진나라의 재상으로서 나라의 초석이 되는 것이 미덕이요, 백성의 추대를 받는 것이 명성이라고 밝히고, "좋은 명성은 미덕을 싣는 수레요, 미덕은 국가의 초석"이라고 한다.

그러면서 자산은 두 가지 선택을 내놓는다. "어르신네가 우리를 살려 주셨다"는 감동의 말을 들을 것인지, 아니면 "어르신네가 우리를 착취해서 살아간다"는 원망의 소리를 들을 것인지? 답은 명백하다. 단지 범선자가 선택하는 일만 남았다.

이 대목에서 나온 성어는 상치분신(象齒焚身)이다.

74. 장격(張骼), 보력(輔躒)이 초군에 도전하다

양공襄公 24년

겨울에, 초나라 강왕(楚康王)은 정나라를 쳐서 제(齊)나라를 구하려고 동문을 공격하고, 극택(棘澤)에 주둔했다. 그래서 제후는 발길을 돌려 정나라를 구하기로 했다.

진나라 평공(晋平公)은 장격(張骼)과 보력(輔躒)1을 시켜 초나라 군사에 도전하게 하려고, 좋은 말몰이를 정나라에서 차출하기로 했다. 정나라 사람이 완석견(宛射犬)2을 넣어 점을 쳐보니 길하다고 나왔다. 자태숙(子太叔, 즉 유길)3이 그이를 훈계하여 말했다.

"대국 사람과 다투면 안 된다."

그러자 대답했다.

"나라가 크고 작고 간에 윗사람은 윗사람이지요.4"

"그렇지 않다. 작은 언덕에는 큰 송백이 자라지 못하는 법이야."

완석견이 장격과 보력이 있는 곳으로 가니 두 사람은 군막 안에 있고, 석견을 바깥에 앉혀 놓고, 자기들이 먼저 식사하고 나서 밥을 먹으라고 했다. 그리고 나서 석견에게 혼자 광차(廣車)5를 몰고 가게 하고는 자기들은 보통 수레를 탔다. 초나라 진영이 가까워지자 쫓아와서 올라타고는 두 사람 모두 차 뒤편에 있는 가로대6에 걸터앉아 손풍금을 타기 시작했다. 초나라 진영에 당도하자 석견은 아무 예고 없이 그냥 적진 속으로 돌진했다. 두 사람은 전대에서 투구를 꺼내어 쓰고, 보루 안으로 들어가자, 모두 뛰어내리더니 초나라 군졸을 격투로 잡아서 내던지고, 포로를 묶거나, 혹은 겨드랑이에 끼웠다. 석견은 기다리지도 않고 수레를 몰고 나와 버렸다. 그러자 두 사람 모두 뛰어올라 타고, 활을 뽑아 추격병을 쏘았다. 적지를 빠져나오자 다시 차 뒤편의 가로대에 걸터앉아 손풍금을 타면서 말했다.

"공손 양반! 같은 수레를 탔으면 형제나 다름없는데 어째서 두 번이나 상의도 없이 달렸소?"

석견이 대답했다.

"전번에는 적진에 돌진한다는 생각 하나뿐이었고, 이번에는 무서워서 그랬소이다."

두 사람은 웃으며 말했다.

"하여간 공손씨의 성미 하나는 급하단 말야."

주 석

1. 장격(張骼)과 보력(輔躒) 두 사람 모두 진나라 장군.
2. 완석견(宛射犬) 정나라 대부. 정나라 임금의 공손, 식읍이 완(宛)이므로 완석견이라 했다.
3. 자태숙(子太叔) 정나라 대신, 이름은 길(吉), 혹은 유길(游吉), 태숙(大叔)이라고도 부른다.
4. 윗사람은 윗사람이지요 피차가 같은 대부 신분인데 나라의 대소와 백성의 다과가 중요한 것이 아니고 한차를 타는 이상 내가 말몰이이므로 자연히 거좌(車左)가 되니 거우(車右)보다 윗자리인 것은

어느 나라나 다 같다는 말이다.

5. 광차(廣車) 전차의 다른 이름.

6. 차 뒤편에 있는 가로대 원문은 전(轉)이지만 차진(車軫), 즉 차 뒤편에 있는 가로대를 말한다.

도움말

이 대목은 진나라와 정나라가 혼합조를 편성하여 초나라 군사에 도전하는 전 과정을 생동감 있게 묘사하고 있다. 도전이란 원문으로는 "치사(致師)"라고 하고 단차(單車)로 도발하는 위험천만한 전투 행위를 말한다. 거좌(車左)와 거우(車右)는 진나라에서 내지만 말몰이를 정나라에서 차출한 것은 진나라의 지형 미숙을 보완하기 위해서이다. 정나라 자태숙은 완석견에게 대국 사람과 지위의 고하를 다투지 말라고 주의를 준다.

아니나 다를까, 진나라 사람은 대국의 근성을 드러내 오만하게 군다. 세 사람이 한차를 타고 도전하는 이상 동고동락이 원칙이다. 그러나 진나라 사람은 근본적으로 정나라 사람과 한패가 되는 것을 수치로 여긴다. 완석견을 장막 밖에 앉혀 놓고 자기들은 안에서 먼저 식사하고 석견은 나중에 먹게 하는가 하면, 석견이 먼저 전차를 몰고 가게 하고 자기들은 보통 수레를 타고 따라오다가 합승하고는 차 뒤편의 가로대에 걸터앉아 손풍금을 탄다.

완석견도 방약무인한 태도에 화가 나서 적진에 돌입할 때와 철수할 때 예고 없이 전차를 몰아 혼쭐을 내지만 다행히 두 사람은 용맹이 비상하여 위기를 모면한다. 그때 완석견은 자기의 동기를 익살스럽게 가볍게 얼버무려 두 사람을 웃긴다.

한바탕의 잔 사건을 통하여 세 사람은 서로를 새롭게 이해하고 평등한 대화를 하기 시작한다. 완석견은 두 사람의 용맹에 감복하고, 두 사람은 완석견이 예사롭지 않은 인물임을 인식하고 그 혈기를 찬미한다.

75. 최저(崔杼)의 난

양공襄公 25년

제나라 당공(棠公)¹의 아내는 동곽언(東郭偃)의 누님이었다. 그리고 동곽언은 최무자(崔武子, 즉 최저)²의 가신이었다. 당공이 죽자 동곽언은 최무자가 탄 수레를 몰고 가서 조문했다. 최무자는 당강을 보고 아름답게 여겨 언(偃)을 통하여 처로 맞이하려 했다. 언이 말했다.

"부부는 성이 달라야 합니다. 어르신은 정공(丁公)의 후손이고, 저는 환공(桓公)³의 후손이니 안 됩니다."

무자가 시초점을 쳤더니 '곤괘(困卦)'☶가 '대과괘(大過卦)'☱로 변하는 점괘가 나왔다. 사관들은 다 길하다고 했지만 진문자(陳文子)에게 보이니 문자는 말했다.

"남편이 바람을 따라가고, 바람이 아내를 떨어뜨리는 괘⁴이니 아내로 맞이하면 안 됩니다. 또 그 효사에 이르기를, <돌에 걸려 넘어지고, 남가새를 의지하며, 그 집에 들어가도 아내를 볼 수 없으니 흉하다>고 했습니다. 돌에 걸린다는 말은 앞으로 가도 성공하지 못한다는 뜻이고, 남가새를 의지한다는 말은 믿는 것에 상처를 입는다는 뜻입니다. 또 그 집에 들어가 아내를 보지 못하니 흉하다는 것은 돌아갈 집이 없다는 것을 말하는 것입니다."

그러나 최자(崔子, 즉 저)는,

"과부인데 무슨 상관이 있겠소. 그런 액운은 이미 전 남편이
당했소."

하고 바로 그 여자를 아내로 맞았다. 그런데 제장공(齊莊公)이
최저의 아내와 사통하여 자주 최씨네를 찾았고, 최씨 모자를
다른 사람에게 하사하곤 했다. 시자가,

"그러시면 안 됩니다."

하고 말려도,

"최씨가 아니면 모자도 못 쓴단 말인가?"

하고 말했다. 최저는 이런 일로 분노했고, 또 장공이 내란을 이
용하여 진(晉)나라를 친 것을 두고,

"진나라는 반드시 보복을 해올 것이다."

라고 했다. 그이는 장공을 시해해서 진나라의 환심을 사려고
했으나 그런 틈을 찾지 못하고 있었다. 그런데 장공은 시자 가
거(賈擧)를 매질하고 그 뒤에도 그이를 그냥 쓰고 있었다. 그래
서 가거는 최저를 위하여 장공의 틈을 노리고 있었다.

여름 5월에 거(莒)나라가 저우(且于)의 싸움 때문에 거나라의
여비공(犂比公)이 제나라를 찾아왔다. 갑술날, 북쪽의 외성에서
그를 위해 향연을 베풀었는데 최저는 병을 핑계 삼아 조정의
일을 보지 않았다.

을해날, 제장공은 최저를 문병하고, 곧 강씨의 뒤를 쫓아갔다.
강씨는 방안으로 들어가 최저와 함께 옆문으로 빠져나갔다. 제
장공은 기둥을 치며 노래를 부르고 있었다. 시자 가거는 여러
수행원들을 못 들어오게 하고 자신만 들어가 대문을 걸어 잠갔

다. 매복해 있던 무사들이 한꺼번에 일어나 덤벼들자 제장공은 높은 대로 올라가 살려 달라고 간청했지만 그들은 들어주지 않았다. 맹세를 하겠다고 했지만 들어주지 않았고, 종묘로 가 자살을 하겠다고 했지만 들어주지 않았다. 모두가 말했다.

"임금님의 신하이신 최저는 병이 중하여 직접 와서 주상의 명을 받들 수가 없습니다. 이곳은 궁전과 가까우므로 저희들 최씨네 가신이 야간 순찰을 하고 있던 중 음란한 자가 나타났습니다. 그놈을 지금 찾고 있습니다. 그밖의 명령은 받지 못했습니다."

제장공이 담을 넘어 도망가려 하자 누군가가 활을 쏘았다. 다리에 화살을 맞아 뒤로 나자빠지는 것을 바로 죽였다. 가거(賈擧)·주작(州綽)·병사(邴師)·공손오(公孫敖)·봉구(封具)·탁보(鐸父)·양이(襄伊)·누인(僂堙)이 모두⁵ 싸우다 죽었다. 축타보(祝佗父)는 고당(高唐)의 별묘(別廟)로 가 제사를 올리고 돌아와, 조정에 복명하고, 제사 때 쓴 모자도 벗지 않은 채 최저의 집으로 갔다가 죽었다. 신괴(申蒯)라는 어로를 주관하는 관리는 집으로 돌아가 가신장에게,

"너는 가족을 데리고 피하라. 나는 죽을 것이다."

라고 말했지만 가신장은,

"도망간다는 것은 주인장의 의리를 배반하는 일입니다."

하고 둘이 함께 최씨네에서 죽었다. 최씨는 종멸(鬷蔑)⁶을 평음(平陰)에서 죽였다.

안자(晏子)⁷가 최씨네 대문 밖에 와서 서 있으니 수하가 물었다.

"죽으시렵니까?"

안자가 대답했다.

"나 혼자만의 임금인가? 내가 죽게."

"다른 나라로 도망을 가시렵니까?"

"내가 죄를 지었나? 도망을 가게."

"댁으로 돌아가시렵니까?"

"임금이 돌아가셨는데 어찌 돌아갈 수야 있는가? 임금이 된 자는 백성을 괴롭히는 것이 능사가 아니라 사직을 지키는 일이 주무이다. 신하가 된 자는 녹봉을 받는 것이 능사가 아니라 사직을 돕는 것이 제 본분이다. 때문에 임금이 국가를 위해서 죽으면 신하도 죽고, 임금이 국가를 위해서 도망을 가면 신하도 도망을 간다. 그러나 임금이 만약에 자신의 일 때문에 죽고, 자신을 위해서 도망간다면 특별한 사이가 아닌 이상 누가 감히 그 책임을 지겠는가? 더구나 자기가 세운 임금을 죽였는데 내

_ 안자晏子

가 왜 죽어야 하고, 왜 도망을 가야 하는가? 그러나저러나 어찌 그냥 집으로 돌아갈 수야 있는가?"

대문이 열리자 안으로 들어가 임금의 시신을 자기의 허벅다리 위에 베개 삼아 누이고 곡한 다음 일어나 세 번 풀쩍풀쩍 뛰어서 애통을 표하고 나왔다. 어떤 사람이 최저에게,

"꼭 죽여 없애야 합니다."

하고 권했으나 최저는 대답했다.

"백성의 신망이 있으니 살려두면 민심을 잡을 수 있다."

노포계(盧蒲癸)는 진나라로 도망가고, 왕하(王何)는 거(莒)나라로 도망갔다.

각설하고 노나라의 숙손선백(叔孫宣伯, 즉 교여)이 제나라에 가 있을 때 숙손환(叔孫還)이 선백의 딸을 제나라의 영공(齊靈公)에게 드렸는데 이분이 사랑을 받아 경공(景公)을 낳았다. 정축날, 최저는 경공을 세워 자신은 우상(右相)이 되고, 경봉(慶封)은 좌상(左相)이 되었다. 그리고 태공묘에서 나라 사람들과 맹세를 했는데,

〈최씨와 경씨를 지지하지 않는다면……〉

이라고 했다. 안자는 하늘을 우러러보고 탄식하며 맹세하기를,

"나 영(嬰)은 오직 임금에게 충성을 바치고, 국가를 이롭게 하는 자를 지지하지 않는다면 천벌을 받으리라."

하고 삽혈(歃血)했다. 신사날, 제경공은 대부들과 더불어 거나라 임금과 맹약을 맺었다. 태사가 〈최저가 자기 임금을 시해했다〉고 썼더니 최저는 그를 죽였다. 태사의 아우가 그 뒤를 이어 쓰니 죽은 사람이 둘이었다. 남사씨(南史氏)가 태사네의 남정들이 다 죽었다는 소식을 듣고 기록용 죽간을 들고 갔으나

이미 기록되었다는 말을 듣고는 되돌아갔다.

주 석

1. 당공(棠公) 제나라 당읍의 대부.
2. 최무자(崔武子) 최저(崔杼). 최자(崔子)라고도 부르며 시호는 무자. 식읍이 최(崔)였기 때문에 최를 씨로 삼은 것이다. 성은 강성(姜姓).
3. 정공(丁公)·환공(桓公) 정공은 제태공(齊太公)의 아들. 환공은 제환 공 소백(小白). 정공, 환공은 모두 강성(姜姓).
4. 남편이……아내를 떨어뜨리는 괘 사내를 상징하는 곤괘(困卦)의 제3 효 감(坎)이 대과괘(大過卦)에서 바람을 상징하는 손(巽)으로 변했 으므로 남편이 바람을 따라간다고 해석한다. 바람을 상징하는 손 (巽)이 아래에 있고, 위에 아내를 상징하는 태(兌)가 있으므로 바람 이 불어 아내를 떨어뜨린다고 해석한 것이다.
5. 모두 여덟 사람 모두 제나라의 용사들이며, 제장공이 총애하고 신 임하는 사람들이었다.
6. 종멸(鬷蔑) 평음의 대부, 제장공이 총애하는 신하. 전하는 바에 따 르면 제장공이 기른 사람은 국사(國士)가 아니고, 단지 총애만 받 던 사람들이었다고 한다.
7. 안자(晏子) 이름은 영(嬰), 자는 평중(平仲), 제나라의 현신으로 영 공, 장공, 경공의 3대 임금을 모셨고, 절검(節儉)과 직언으로 소문 났다. 키가 작았으나 기지가 뛰어났다.

도움말

이 사건은 제나라 장공이 대신 최무자의 아내와 사통하여 제나라의 대귀족인 최무자가 수치를 견디다 못해 임금을 시해한 사건이다.
이 대목에서 돋보이는 것은 춘추시대의 저명한 현신인 안자가 한 말과 행동에 나타난 그이의 성격이다. 제장공이 최저에게 시해되었다는 소식을 듣고 달려온 안자와 그의 수하가 주고받은 대화가 매우 흥미 있다. "죽겠는가?", "도망을 가겠는가?", "집으로 돌아가겠는가?"라는 질문에 대하여 모두 "내가 왜?"로 되받아 묻는 데서 분개심이 역력히 나타나 있다.

안자는 군신의 도를 논하면서 임금의 역할은 사직을 지키는 것이고, 신하된 자의 책임은 사직을 돕는 것이라고 설파하고, 임금이 사직이 아닌 사사로운 일로 죽는다면 그 사람은 그 사람이고, 나는 나일 뿐이라는 확고한 신념을 피력한다.

그러나 안자는 안으로 들어가 장공의 시신을 자기 허벅다리 위에 베개 삼아 누이고, 곡한 다음 세 번 풀쩍풀쩍 뛰는 애통의 예를 표시하는 신하된 도리를 다한다.

태공묘에서 행한 맹세문의 내용이 마음에 안 들어 재빨리 "임금에게 충성하고, 사직을 이롭게 하는 자"로 고치고 비로소 삽혈했다.

태사는 사관이다. 사관의 임무는 역사 사건을 충실히 기록하는 것이다. 거짓으로 미화하거나 추악한 것을 감추지 말아야 한다. 태사는 <최저가 자기 임금을 시해했다>고 써서 목숨을 잃었고, 희생을 무릅쓰고 그의 두 아우도 뒤따라 용감하게 썼다가 죽었다. 또 한 사람의 사관 남사씨도 죽간을 들고 갔다가 이미 제대로 기록되었다는 말을 듣고 돌아간다. 고대의 훌륭한 사관들의 품격이 느껴지는 이야기이다.

이 대목에서 나온 성어는 남사직필(南史直筆)이다.

76. 송나라 상술(向戌)이 전쟁 종식을 주도하다

양공襄公 27년

송나라 상술(向戌)¹은 진나라의 조문자(趙文子, 즉 조무)²와 친하고, 또 초나라의 영윤 자목(子木)하고도 친했다. 그래서 그이는 제후간의 전쟁을 종식시켜 이름을 날리고 싶었다. 상술은 진나라에 가서 조맹(趙孟, 즉 조무)에게 자기 뜻을 말했다. 조맹은 여러 대부들과 상의했다. 한선자(韓宣子)가 말했다.

"전쟁은 백성을 해치는 행위요, 재물을 까먹는 좀이요, 소국의 큰 재해입니다. 사람들이 전쟁을 포기하겠다고 나선다면 설사 안 될 줄 알면서도 반드시 허락해야 될 것이오. 그렇지 않으면 초나라가 허락하고 제후를 소집할 것이니 그렇게 되면 우리는 맹주(盟主)의 자격을 잃게 될 것입니다."

진나라 사람은 상술의 제안을 허락했다. 상술이 초나라에 가니 초나라도 찬성했다. 제나라에 갔더니 제나라 사람은 난색을 지었다. 그러자 진문자(陳文子, 즉 전문자田文子)가 말했다.

"진나라와 초나라가 찬성했는데 우리가 무슨 수로 막는단 말입니까? 게다가 남들이 전쟁을 포기하자고 하는데 우리가 허락하지 않는다면 인심이 이반할 게 틀림없습니다. 장차 어떻게 그들을 부릴 작정입니까?"

제나라 사람이 찬성했다. 진(秦)나라에 가서 말하니 진나라도 찬성했다. 이 네 나라가 모두 소국에 알려 송나라에서 회합을 갖기로 했다.

5월 갑진날, 진나라 조무(趙武)가 송나라에 도착했고, 병오날, 정나라의 양소(良霄)가 도착했다. 6월 정미날 초하루에 송나라 사람이 조문자에게 잔치를 베풀었는데 숙향이 부사로 따라갔다. 송나라 사마가 익은 고기를 잘게 썰어서 적틀에 올려놓은 일은 예의에 맞는 일[3]이었다. 훗날 공자(孔子)[4]가 학생들에게 이 향례를 기록해 두라고 지시한 것은 이 향연에서 주객이 주고받은 미사여구가 너무 많았다고 여겼기 때문이다.

무신날에　　숙손표(叔孫豹)·제나라의 경봉(慶封)·진수무(陳須無)·위나라의 석악(石惡)이 도착했고, 갑인날에는 진나라의 순영(荀盈)이 조무를 뒤따라 도착했으며, 병진날에는 주(邾)나라의 도공(悼公)이 도착했다. 임술날에는 초나라의 공자 흑굉(黑肱)이 영윤보다 한발 먼저 도착하여 진나라 측과 맹약 조건을 조율했고, 정묘날에는 송나라의 상술이 진(陳)나라로 가서 자목과 맹약의 내용을 조율했다. 무진날에는 등(滕)나라의 성공(成公)이 도착했다. 자목이 상술에게 말했다.

"진(晉)나라와 초(楚)나라의 속국을 서로 교차하여 상견하면 어떻겠소?"

경오날에 상술이 조맹에게 복명하니 조맹이 말했다.

"진(晉)·초(楚)·제(齊)·진(秦)의 네 나라는 지위가 서로 대등한 나라여서 우리 진나라가 제나라를 이래라 저래라 할 수 없는 것은 초나라가 진(秦)나라보고 이래라 저래라 할 수 없는 것과 같소. 초나라 임금이 만약 진나라 임금으로 하여금 우리나라에 왕림하게끔 만들 수만 있다면 과군이 어찌 감히 제나라에 대하여 굳이 청을 넣지 않겠소?"

임신날, 좌사 상술이 이 말을 자목에게 전했더니 자목은 역마차로 이를 초왕에게 보고했다. 초왕은 명령했다.

"제(齊)나라와 진(秦)나라는 빼고, 그 밖의 다른 나라들은 서로 바꾸어 찾아보게끔 하라."

가을 7월 무인날, 좌사가 돌아왔다. 그날 밤에 조맹과 자석(子皙)5은 맹세서의 자구(字句)에 대해 합의하고 사전에 입을 맞추었다. 경진날, 자목이 진(陳)나라로부터 도착했고, 진(陳)나라의 공환(孔奐)·채(蔡)나라의 공손귀생(公孫歸生)이 도착했으며, 조나라와 허나라의 대부들도 모두 도착했다. 각국의 군대는 울타리로 경계를 삼았는데 진나라와 초나라는 각각 자기네 쪽 변두리에 자리를 잡았다.6 그때 백숙(伯夙, 즉 순영)7이 조맹에게 말했다.

"초나라의 분위기가 영 심상치 않습니다. 무슨 변고라도 일어나는 게 아닙니까?"

조맹은 말했다.

"그때에는 우리가 왼편으로 돌아 송나라 도성으로 들어가 버리면 우리를 어쩌겠나?"

신사날, 송나라 도성의 서문(西門) 밖에서 맹약을 맺으려는데 초나라 사람이 옷 밑에 갑옷을 입고 있었다. 백주리(伯州犂)가 말했다.

"제후의 군사가 회합을 하려는 마당에 그것을 배신하면 안 되는 것 아닙니까? 제후도 초나라의 신임을 얻기 위하여 따라온 것입니다. 만약에 불신행위를 저지른다면 그것은 제후를 복종시키는 근본을 버리는 것이 됩니다."

하고 단호히 갑옷 벗기를 청했다. 그러나 자목은 말했다.

"진나라와 초나라가 신용을 잃은 지가 오래요. 이익만 챙기면 그만이오. 목적만 달성하면 그만이지 신용 따위가 무슨 소용이 있겠소?"

태재는 물러나 아랫사람에게 말했다.

"영윤은 곧 죽을 것이고 3년을 넘기지 못할 게다. 욕망에 눈이 멀어 신용을 버린다면 그 뜻이 이루어지겠는가? 뜻이 있어야 말이 나오고, 말이 있어야 믿음이 생기며, 믿음은 뜻을 세우는 수단이니 이 세 가지를 갖추어야만 일신의 안정을 기대할 수 있다. 신용이 없으면 무엇을 믿고 3년까지 살겠는가?"

조맹은 초나라 사람이 옷 속에 갑옷을 입고 있는 것이 걱정되어 그 일을 숙향(叔向)에게 알렸더니 숙향은 말했다.

"무슨 해가 되겠습니까? 보통사람도 한 번 약속을 어기면 안 되는데 저 사람들은 모두 제명대로 살지 못할 것입니다. 제후의 경들을 모아놓고 불신행위를 저지른다면 반드시 성공하지 못할 것입니다. 식언하는 사람은 남에게 폐를 끼치지 않으니 어르신께서 걱정하실 일이 아닙니다. 신의로써 남을 불러 놓고 불신으로 해결하려고 한다면 반드시 편들어 줄 사람이 없을 것이니 어떻게 우리를 해칠 수 있겠습니까?

게다가 우리가 송나라와 손잡고 초나라가 저지를 장난을 막아낸다면 사람마다 목숨을 걸고 싸울 것이니, 송나라와 함께 필사적으로 맞선다면 설사 초나라가 병력을 배로 늘린다 하더라도 문제가 없습니다. 어르신은 아무 걱정하실 필요가 없습니다. 그리고 사태는 아직 거기까지는 가지 않았습니다. '전쟁을 포기'하자고 제후를 소집해 놓고는 오히려 '군대를 동원'하여 우리를 해치려 든다면 우리 쪽에 점수가 많으니 걱정하실 것 없습니다."

진나라와 초나라가 맹세할 때 누가 먼저 삽혈하느냐를 놓고 다투었다. 진나라 사람은 말했다.

"진나라는 원래 제후의 맹주요. 여태까지 진나라보다 먼저 삽혈한 나라는 없었소."

초나라 사람은 말했다.

"당신은 진나라와 초나라는 동격이라 하셨소. 만약 진나라가 항상 먼저라면 이는 우리 초나라가 진나라보다 약하다는 말밖에 안 되오. 게다가 진나라와 초나라는 번갈아가며 제후의 맹세를 주관해온 지 오래인데 어찌 진나라가 도맡아 주관한단 말이오?"

숙향이 조맹에게 말했다.

"제후는 진나라의 덕을 따르는 것이지 맹약의 주관자를 따르는 것이 아닙니다. 어르신은 덕 닦는 데 힘쓰시고, 삽혈의 선후를 가지고 다투지 마십시오. 또 제후가 맹약을 맺을 때에는 소국이 원래 반드시 맹세를 주관하는 사람을 두게 되어 있습니다. 초나라가 진나라를 위하여 그런 잔심부름 하는 것도 좋지 않겠습니까?"

이에 초나라 사람을 먼저 삽혈하게 했다.

을유날, 송나라 평공(平公)이 제후국의 대부들과 몽문(蒙門) 밖에서 맹약을 맺었다.

주 석

1. 상술(向戌) 송나라 좌사.
2. 조문자(趙文子) 즉 조무, 조맹이라고도 부른다. 진나라 중군원수.
3. 예의에 맞는 일 옛날 경(卿)을 대접할 때에는 잘게 썬 고기 즉 갈비를 적틀에 올려 대접했다. 경은 향례(享禮)에는 해당하지 않으며 연례(宴禮)만 받는다. 그러므로 '예의에 맞는 일'이라고 한 것이다.
4. 공자(孔子) 공자는 양공 22년(기원전 551년)에 태어났으므로 그때 나이 불과 6세였다.
5. 자석(子晳) 초나라 공자 흑굉.
6. 자기네 쪽 변두리에 자리를 잡았다 진나라는 북쪽, 초나라는 남쪽에 자리를 잡았다는 뜻이다.
7. 백숙(伯夙) 순영.

도움말

진(晋)·오(吳)·제(齊)·초(楚)나라의 교통 요충에 위치를 잡은 송나라의 대외 정책은 장기간 진나라 일변도였으므로 초나라의 침략을 여러 번 받았다. 1차 및 2차 미병(弭兵)운동, 즉 전쟁 종식운동이 모두 송나라 사람이 발동한 것은 결코 우연이 아니다.

제1차 반전 운동은 송나라 우사(右師) 화원(華元)이 노성공 12년(기원전 579년)에 발동했으나 3년밖에 지속되지 못하고 진초 언릉의 전쟁으로 끝나고 말았다.

이번 제2차 반전 운동은 각국의 반전 분위기가 무르익은 까닭에 13개 제후국의 경대부와 소국의 임금이 대회에 참가했다. 이번에도 제1차 때와 마찬가지로 송나라의 서문 밖에서 맹약을 맺었다. 진(秦)나라는 반전 운동에는 동의했으나 서방에 치우쳐 있어 맹회에는 참가하지 않았다.

맹회의 핵심 의제는 "진·초의 속국들이 교차로 상견"하는 것이었다. 즉 진초의 속국들이 서로 바꾸어 조현(朝見)하자는 것이다. 원래 진초 양국에 종속된 중소국가들이 이제는 동시에 진초 양국에 조공을 바쳐야 하는 상황에 놓였고, 공납하는 예물의 부담도 배로 늘어났다. 원래 속국이 많았던 진나라로서는 손해를 본 셈이다. 진나라는 맹주의 자리도 초나라에 양보했다. 이 회맹은 전후 두 달이 걸렸지만 맹약 이후 제후국간에는 10여 년간 전쟁이 없었고, 더욱이 진·초간에는 40년 동안 전쟁이 일어나지 않았다.

진초 양국간의 쟁패 전쟁은 일단락되고, 중원은 잠시 평화를 되찾았지만 각국 내부는 대부간 겸병투쟁이 격화되고, 전쟁터는 동남방의 오·초·월(越)나라 사이로 옮겨간다.

_ 새매가 그려진 깃발

77. 오나라 공자 찰(札)이 열국을 순방하다

양공襄公 29년

오(吳)나라 공자 찰(札)¹이 노나라를 예방했다. 숙손목자(叔孫穆子)를 만나 기뻐하고 목자를 보고 말했다.

"당신은 제대로 죽지 못할 것입니다. 착한 사람을 좋아하지만 사람을 고를 줄 모릅니다. 내가 듣건대 <군자는 사람을 잘 고를 줄 알아야 한다>고 합니다. 당신은 노나라의 종경(宗卿)²이 되어 나라의 정치를 맡고 있는데 사람을 잘 쓰지 못하면 어떻게 그 자리를 감당할 것입니까? 화가 반드시 당신께 미칠 것입니다."

공자 찰은 주대의 음악과 무도³를 들려주기를 청했다. 악공을 시켜 '주남(周南)'과 '소남(召南)'을 노래하게⁴ 했더니 그이는 말했다.

"아름답습니다. 교화가 터전을 잡기 시작했군요. 아직 완성되지는 않았지만 백성들이 고생을 하면서도 원망하는 기색이 없습니다."

그이를 위해 '패풍(邶風)', '용풍(鄘風)', '위풍(衛風)'⁵을 노래하게 했다.

"아름답습니다. 뜻이 깊습니다. 수심이 있지만 구차스럽지 않습니다. 제가 들은 바로는 위나라의 강숙(康叔)과 무공(武公)의 덕이 이와 같았다고 합니다. 이것은 아마 '위풍'이겠지요."

'왕풍(王風)'을 들려주었다.

"아름답습니다. 수심이 있지만 두려움이 없습니다. 아마 주나라가 도읍을 동쪽으로 옮긴 뒤의 노래겠지요."

'정풍(鄭風)'을 들려주었다.

"아름답습니다. 다만 너무 자질구레하고 번거로워 백성이 견디기 어렵겠습니다. 아마 이 나라는 다른 나라보다 먼저 망할 것입니다."

'제풍(齊風)'을 들려주었다.

"아름답습니다. 넓디넓어 대국다운 풍도가 엿보입니다. 동해 제국을 대표하는 나라라면 아마 강태공(姜太公)이 세운 나라겠지요. 이 나라의 앞날은 무궁하여 헤아릴 수가 없습니다."

'빈풍(豳風)'을 들려주었다.

"아름답습니다. 호호탕탕합니다. 즐기면서도 절제할 줄 아는 것을 보니 아마 주공(周公)이 동방을 평정했을 때의 노래겠지요."

'진풍(秦風)'을 들려주었다.

"이것이 이른바 서방의 하(夏)나라 노래라 부르는 것이지요. 하나라 노래를 부를 수 있는 나라는 크게 될 수 있고, 최대의 나라가 될 것입니다. 이는 아마 주나라의 옛 고장 노래이겠지요."

'위풍(魏風)'을 들려주었다.

"아름답습니다. 유장하고 구성집니다. 거칠면서도 완곡하고, 힘들고 고생스럽지만 시행하기는 쉽습니다. 덕 있는 사람이 보좌한다면 현명한 임금이 될 수 있습니다."

'당풍(唐風)'을 들려주었다.

"깊은 생각이 담긴 노래입니다. 도당씨(陶唐氏)의 후손이 부른 노래겠지요. 그렇지 않고서야 어찌 이렇게 시름이 깊을 수가 있겠습니까? 훌륭한 덕을 지녔던 분의 후손이 아니고서야 누가 이런 노래를 부를 수 있겠습니까?"

'진풍(陳風)'을 들려주었다.

"나라에 주인이 없으니 어찌 오래 갈 수가 있겠습니까?"

'회풍(鄶風)' 이하는 계찰(季札)이 품평을 하지 않았다.

이번에는 '소아(小雅)'를 들려주었다.

"아름답습니다. 시름겹지만 배반할 마음이 없고, 원망하면서도 겉으로 털어놓지 않으니 주나라의 덕이 쇠퇴해 갈 때의 노래겠지요. 아직도 거기에는 선왕들의 유민이 남아 있습니다."

'대아(大雅)'를 들려주었다.

"넓디넓습니다. 화기애애합니다. 가락이 완곡하면서도 굳건하니 문왕의 덕을 노래한 것이겠지요."

'송(頌)'을 들려주었다.

"최고입니다. 정직하면서도 거드름을 피우지 않고, 나긋하면서도 올곧으며, 친근하면서도 무람없이 굴지 않고, 멀리 있어도 배반하지 않으며, 유배되어도 반란을 일으키지 않고, 반복하더라도 싫증을 안 내며, 슬퍼도 우울하지 않고, 즐거워도 우쭐하지 않으며, 쓰고도 떨어지는 법이 없고, 널리 알리되 떠벌리지 않으며, 남에게 베풀되 낭비하지 않고, 재물을 취득하더라도 탐욕을 부리지 않으며, 제자리를 지키되 정체하지 않고, 앞으로 나아가되 휩쓸리지 않습니다.

다섯 가지 소리가 조화되어 있고, 여덟 가지 악기 소리가 균형이 잡혀 있으며, 가락에 법도가 있고, 음악의 차례가 잘 지켜져 있어서 찬미의 대상인 여러 임금님이 모두 한결같이 어진 덕을 지니고 있다는 것을 알 수 있습니다."

이어 찰은 장대를 들고 춤추는 '상소(象箾)'[6]와 피리를 불며 춤추는 '남약(南籥)'[7]을 보고는 말했다.

"아름답습니다. 그러나 약간의 미련이 남아 있는 듯합니다."

무왕(武王)의 덕을 기리는 '대무(大武)'[8]의 춤을 보고는 말했다.

"아름답습니다. 주나라가 한창 왕성했을 때의 모습이 이러했구나 싶습니다."

은(殷)나라 탕왕(湯王)의 악무인 '소호(韶濩)'를 보고는 말했다.

"성인이 이렇게 위대한데도 오히려 부끄러운 데가 있으니 성인이 되기는 정말 어려운 것 같습니다."

우(禹)임금의 악무인 '대하(大夏)'를 보고는 말했다.

"아름답습니다. 치수(治水)를 위하여 그렇게 노력하고도 자기의 덕으로 치지 않았으니 우임금이 아니고서는 누가 이런 무악을 만들 수 있겠습니까?"

순임금의 악무인 '소소(韶箾)'를 보고 말했다.

"아름답습니다. 성덕이 극에 다다랐습니다. 위대합니다. 그 덕은 하늘이 덮지 않음이 없는 것과 같고, 땅이 싣지 않음이 없는 것과 같습니다. 아무리 훌륭한 덕이라도 아마 이 '소소'의 덕에는 미치지 못할 것입니다. 이제 더 안 봐도 되겠습니다. 다른 음악이 있더라도 저는 사양하겠습니다."

그런데 각설하고 찰이 예방하러 온 목적은 오나라의 새 임금이 즉위했다는 것을 알리기 위해서였다. 그러므로 그분은 곧 제(齊)나라를 예방했다. 안평중(晏平仲)을 만나 기뻐하고 그 사람에게 말했다.

"당신은 빨리 식읍(食邑)을 반납하고 정치에서 손을 떼십시오. 식읍도 없고 정치에 관여하지 않으면 화난을 면할 수 있을 것입니다. 제나라의 정권은 장차 다른 이에게로 돌아갈 것인데 누구에게 돌아갈 것인지 아직 혼미상태에 있으므로 난리가 그치지 않고 있습니다."

그러므로 안자(晏子)는 진환자(陳桓子)를 통하여 관직과 봉읍(封邑)을 반납했다. 그래서 난(欒)·고(高)의 난에서 화를 면했다.

정나라를 예방하여 자산(子産)을 보고는 서로 구면처럼 굴었다. 그이가 자산에게 비단 띠를 선사하자 자산은 모시옷을 선물로 주었다. 계찰은 자산에게 말했다.

"정나라의 재상은 방자하니 곧 화난이 일어날 것이오. 그때엔 정권이 반드시 당신에게 떨어질 것입니다. 당신이 정치를 하게 되면 예(禮)로써 신중히 정치를 하시오. 그렇지 않으면 정나라는 장차 망하고 말 것이오."

위(衛)나라로 가서 거원(遽瑗)·사구(史狗)·사추(史鰌)·공자 형(荊)·공숙발(公叔發)·공자 조(朝)를 만나 기뻐하고는 말했다.

"위나라에는 군자가 많으니 아직 걱정이 없군요."

위나라에서 진(晉)나라로 가다가 (손문자의 봉읍인) 척(戚)[9]에서 유숙하게 되었는데 종소리를 듣고 말했다.

"이상도 하다. 나는 들었거니와 <변란을 일으키고 게다가 덕도 없으면 반드시 형벌을 받는다>고 한다. 저분(손문자)[10]은 임금에게 죄를 짓고 여기에 와 있다. 아무리 근신해도 부족할 판인데 또 무슨 음악을 즐긴단 말인가? 저분이 여기에 있는 것은 마치 제비가 군막 위에 둥지를 틀고 있는 것과 같다. 임금의 시체가 아직 빈소에 계신데 어떻게 음악을 즐길 수 있단 말인가?"

그리고는 유숙하지 않고 바로 떠났다. 그 후 손문자(孫文子, 즉 임보)는 그 말을 듣고 죽을 때까지 금슬(琴瑟)을 가까이하지 않았다.

찰이 진나라로 가서 조문자(趙文子, 즉 조무)·한선자(韓宣子, 즉 한기)·위헌자(魏獻子, 즉 위서)를 만나 기뻐하고 말했다.

"진나라의 정권은 이 세 씨족의 손에 들어갈 것입니다."

숙향을 보고는 좋아하고, 떠나려 할 때 숙향에게 말했다.

"처신을 잘 하십시오. 임금님은 뽐내기를 좋아하고, 훌륭한 신하는 많고 또 대부는 모두 부자입니다. 정권은 장차 대부의 손안에 떨어질 것입니다. 당신은 정직한 것을 좋아하지만 반드시 자신이 화를 면할 수 있는 방도를 생각해 두십시오."

주 석

1. 공자 찰(札) 계찰(季札), 오왕 수몽(壽夢)의 넷째 아들, 연릉(延陵)에 봉지를 받았기 때문에 연릉계자(延陵季子)라고도 부르며 당시 박식으로 유명했다.
2. 종경(宗卿) 숙손씨는 노환공의 아들 숙아(叔牙)의 후대이며 노나라 임금과 동종이다. 그래서 종경이라고 한다.
3. 주대의 음악과 무도 노나라는 일찍이 주왕실의 우(虞)·하(夏)·상(商)·주(周) 4대의 음악을 받아들였다. 주대의 음악이란 4대의 음악을 대신하여 부르는 말이다.
4. 노래하게 노래를 부를 때에는 민노래와 반주를 곁들인 노래가 있는데 여기에서는 현악기로 반주한 것이다.

5. '패풍(邶風)', '용풍(鄘風)', '위풍(衛風)' 패, 용, 위나라는 본시 은상(殷商)의 왕기(王畿)였는데 주나라에 귀속된 후 위나라에 편입되었다.

6. '상소(象箾)' 악무 이름인데 대나무 장대를 들고 춤을 추며, 마치 작전시 격살하는 것처럼 하므로 무무(武舞)에 속한다.

7. '남약(南籥)' 악무 이름. 피리로 반주하며 춤을 추므로 문무(文舞)에 속한다. 약은 피리의 일종이다.

8. '대무(大武)' 악무 이름. 주무왕이 상나라를 멸망시킨 공업(功業)을 기리는 악무이며 무무(武舞)에 속한다.

9. 척(戚) 위나라 손문자의 봉읍. 척은 위손씨가 대대로 누려온 식읍이다.

10. 저분 위나라 손문자, 손임보(孫林父)라고도 부른다. 그는 노양공 26년 위헌공이 환국하자 척 땅을 가지고 위나라를 배반하여 진(晉)나라로 도망갔다. 그러므로 여기에 살고 있는 것이다.

도움말

계찰의 조상은 고공단보(古公亶父, 주태왕)의 왕위 계승자 태백(太伯)이었는데 태왕에게, 일단 셋째인 계력(季歷)을 세웠다가 훗날 손자 창(昌, 후일의 문왕)에게 왕위를 물려주고 싶은 뜻이 있음을 알고, 아우 중옹(仲雍)과 함께 약초를 캔다는 명목으로 형만(荊蠻)의 땅으로 도망가서 몸에 문신을 하고 머리를 짧게 깎고 오나라를 건국하였다.

계찰의 부친 오왕 수몽도 아들 넷 중 막내인 계찰이 현능하여 그이에게 왕위를 물려주고자 하였으나 계찰은 한사코 겸양하고 받지 않고 집을 나가 밭을 갈았다. 이때 그의 나이는 불과 열 살이었다. 그래서 훗날 왕위 겸양의 동의어로 "오국지풍(吳國之風)"이라는 말이 생겨났다.

이 대목은 두 부분으로 나누어 다루어야 맞는다. 제1부는 계찰이 노나라로 가서 주나라의 음악을 관상하는 유명한 이야기이고, 제2부는 제·정·위·진 등 나라를 순방하고 당대의 유명인사를 만나 대담하는 부분이다.

계찰이 주악을 관상하는데 그이의 음악에 대한 소양과 조예가 여지없이 드러난다. 그이는 음악을 통하여 정치를 보면서 풍부한 역사의식과, 인의(仁義)를 바탕으로 한 덕(德)과 사회규범인 예(禮)를 심미(審美)의 잣대로 삼아 정치의 치란(治亂)과 풍속의 후박(厚薄)을 논단한다.

그이는 악공이 노래 부를 때 부를 시편의 이름을 미리 알리지 않고 불렀는데도, 그것을 듣고 어느 나라의 시라는 것을 상상으로 알아맞췄을 뿐만 아니라 그 시를 예리하게 강평했다. 그래서 계찰의 강평의 말 중에 ≪좌전≫ 특유의 부사인 '其'(아마, 추측컨대)라는 글자가 많이 쓰이고 있다. 악무에 이르러서는 어느 대의 악무라는 것을 쉽게 알 수 있으므로 보는 대로 강평하면 그만이었다. 한마디로 계찰은 음악과 그것이 나타내는 뜻을 손바닥 들여다보듯 숙지하고 있었으며, 그 경지는 가히 신의 경지와도 같았다.

≪시경≫은 금본 ≪시경≫과 비교할 때 배열순서가 '제풍' 다음에 '빈풍' 등 여섯 시편이 오는데 그 차례가 뒤바뀌었고, 또 한 편이 빠진 것을 제외하고는 순서와 내용이 대체로 일치한다. 빠진 한 편은 '조풍(曹風)'이다. ≪시경≫은 이미 이때에 배열, 성본(成本)이 된 것 같다.

악무에 관하여 계찰이 본 주무왕의 '대무', 은탕왕의 '소호', 하우왕의 '대하', 순임금의 '소소'에다 요임금의 '대함(大咸)', 황제의 '운문대권(雲門大卷)'을 합하여 "육대악(六代樂)" 또는 "편무(偏舞)"라고 부른다.

악무는 문무(文舞)와 무무(武舞)의 둘로 나뉘는데 황제·요·순·우왕은 문덕으로 천하를 다스렸다고 해서 '운문대권', '대함', '소소', '대하'는 문무이고, 상탕은 걸왕(桀王)을 이기고, 무왕은 주왕(紂王)을 토벌하여 무공으로써 천하를 잡았으므로 '대호(大濩, 즉 소호)'와

'대무'는 무무가 된다.

계찰이 평가 점수를 제일 많이 준 것은 '대아', '송' 그리고 '소소'의 악무인데 그것은 이들 3개의 악무 내용이 "덕"과 "예"라는 심미 의식과 완전 부합하기 때문이다.

제2부에서 계찰은 각국을 순방하면서 당대의 명사들과 교유한다. 특히 제나라의 안자, 정나라의 자산, 진나라에서는 조·한·위 세 사람과 숙향에게는 예언성이 짙은 충고를 한다. 이러한 충고를 할 수 있는 것은 평소에 각국의 정세를 파악하고, 주요인물의 동향을 살피지 않으면 할 수 없는 뛰어난 재주와 노력의 결과이다.

이 대목에서 나온 성어는 앙앙대풍(泱泱大風), 자회이하(自鄶以下), 탄위관지(嘆爲觀之), 일견여고(一見如故), 호저지교(縞紵之交), 연소막상(燕巢幕上)이다.

78. 자산(子産)이 향교(鄕校)를 존속시키다

양공襄公 31년

정나라 사람이 흔히 마을의 향교(鄕校)¹에 모여 놀면서 정치의 잘잘못을 토론했다. 연명(然明, 즉 종멸)이 자산에게 말했다.

"향교를 헐어 버리면 어떨까요?"

자산은 말했다.

"왜 헌단 말이오? 사람들이 조석으로 일을 마치고 물러나 모여 놀면서 정치의 좋은 점, 나쁜 점을 가지고 의논하는데 그 중에서 좋다고 하는 것은 내가 그대로 실행하고, 나쁘다고 하는 것은 고치면 되는 것이지, 그들의 의논은 내 스승이니 어찌 그것을 헌단 말이오? 나는 좋은 일을 정성을 다해 하면 원망을 줄인다는 말은 들었으나, 위세를 부려서 원망을 막는다는 말은 듣지 못했소. 권위를 쓴다면 어찌 그들의 의논을 당장 막지야 못하겠소?

그러나 그것은 내의 물길을 막는 것과 같소. 막았던 냇물의 둑을 크게 트면 반드시 많은 사람이 다치게 될 것인즉 나로서는 구제할 수가 없소. 그러니 둑을 조금만 터서 막힌 물을 흐르게 하는 것만 못하오. 내가 그들의 비평을 들어서 그것을 약으로 삼는 것이 상책이오."

연명은 말했다.

"저 멸(蔑)은 이제야 당신이야말로 진실로 윗사람으로 모셔야 할 분이란 것을 알았습니다. 저는 정말 못난 사람입니다. 만일 당신의 말씀대로 정치를 한다면 우리 정나라는 확실히 덕을 보게 될 것입니다. 어찌 저희들만의 이득이겠습니까?"

중니(仲尼)가 자산의 이 말을 듣고[2] 말했다.

"이로써 본다면 아무리 자산이 어질지 못하다고 말하는 사람이 있더라도 나는 믿지 않겠다."

주 석

1. 향교(鄕校) 옛날 정나라가 시골에 세운 공공장소. 시골의 학교이자 시골 사람들이 모여 의논하던 곳.
2. 중니(仲尼)가 자산의 이 말을 듣고 중니는 공자의 자(字). 공자는 노양공 22년에 태어났으므로 이때 나이 겨우 열 살. 이것은 그 어른이 장성한 이후에 들은 것이다.

도움말

자산은 노양공 31년 말에 자피(子皮)의 뒤를 이어 정나라의 재상이 되었다. 대부 연명이 사람들이 향교에 모여서 정치를 비평하는 것을 듣고 그 폐지를 건의하자 그것은 언론을 막는 것이라고 반대하면서 그 이유를 설명한다.

《국어(國語)》 주어 상(周語上)에 <백성의 입을 막아 버리는 것은 내를 막는 것보다 더 심한 일이다>고 했다. 자산은 이미 언론의 중요성을 간파하고, 향교를 존속시킨 영명한 통치자였다.

79. 서오범(徐吾犯)의 누이가 신랑을 고르다

소공昭公 원년

정나라 서오범(徐吾犯)의 누이는 미인이었다. 공손초(公孫楚, 자남)[1]가 이미 아내로 맞이하겠다고 예물을 보내고 정혼(定婚)[2]한 상태인데 공손흑(公孫黑, 자석)[3]이 또 사람을 시켜 억지로 기러기를 보내 납채(納采)[4]했다. 서오범이 난처하고 두려워서 자산(子産)에게 사정을 고했더니 자산은 말했다.

"나라의 정치가 어지러워서 그런 것이니 자네가 근심할 일은 아닐세. 자네 누이가 원하는 곳으로 시집보내게."

그래서 오범은 두 사람에게 부탁하여 누이가 고르도록 하자고 제의했다. 두 사람 모두 승낙했다. 자석(子晳)은 성장(盛裝)을 하고 들어가 가지고 간 폐백을 당상에 늘어놓고 나갔다. 자남(子南)은 군복을 입고 들어가 좌우로 활을 쏘아 보이고, 수레에 뛰어올라 타고 돌아갔다. 서오범의 누이는 방안에서 그들을 보고 말했다.

"자석씨는 정말로 아름다운 분입니다. 그래도 자남씨가 대장부답습니다. 남편은 남편다워야 하고, 아내는 아내다워야 하는 것이 이른바 순리입니다."

그리고 자남에게 시집가니 자석은 노하여, 이윽고 갑옷을 평복 밑에 받쳐 입고 자남을 찾아가서 그를 죽이고 그 아내를 뺏으려고 했다. 그러나 자남은 그 일을 알아채고, 창을 들고 자석을 몰아 거리의 교차로에 이르러 창으로 쳤다. 자석은 상처를 입고 돌아가 대부들에게 말했다.

"나는 호의로 그이를 방문했는데 그 사람이 딴 뜻을 가진 줄은 몰랐소. 그래서 다친 게요."

대부들이 모두 그 일을 가지고 상의했는데 자산은 말했다.

"쌍방의 시비곡직이 동등하면 나이가 어리고 신분이 낮은 쪽에 죄가 있다. 죄는 초 쪽에 있다."

그리고 자남을 잡아다가 꾸짖어 말했다.

"나라의 큰 범절에 다섯 가지가 있는데 너는 그것을 모두 다 범했다. 그 큰 범절이란 임금의 위엄을 두려워하고, 나라의 정령에 복종하며, 신분이 높은 이를 존중하고, 연장자를 잘 모시며, 친척을 봉양하는 것이다. 이 다섯 가지는 나라를 다스리는 근본 원칙이다.

현재 임금님이 버젓이 계시는데도 너는 함부로 무기를 썼으니 그것은 군주의 위엄을 두려워하지 않은 것이고, 나라의 기강을 범했으니 정령에 복종하지 않은 것이며, 자석은 상대부(上大夫)이고 너는 하대부(下大夫)인데도 그이에게 겸양하지 않았으니 윗사람을 존중하지 않은 것이고, 나이가 어리면서도 삼가지 않았으니 연장자를 잘 섬기지 못한 것이며, 사촌형인 그이에게 무기를 썼으니 친척을 봉양하지 못한 것이다.

임금님께서는 '내 차마 너를 죽이지 못하니 너를 용서해서 멀리 떠나게 하노라'고 하셨다. 그러니 속히 떠나도록 서둘러야 할 것이다. 늦어서 네 죄를 덧칠하는 일이 없도록 하라."

5월 경진날, 정나라는 유초(游楚)를 오나라로 추방했다. 자남을 추방하려 할 때 자산은 이 일에 대해 태숙(大叔)[5]에게 의견을 물으니 태숙은 말했다.

"저 길(吉)은 제 한몸도 비호하지 못하는 주제에 어찌 종족을 비호할 수가 있겠습니까? 그 일은 나라의 정사이지 사사로운 원한 사건이 아닙니다. 당신은 정나라의 이익을 헤아려서 이롭다고 생각하면 그이를 추방하십시오. 더 궁금한 게 있습니까? 옛날 주공(周公)이 관숙(管叔)을 죽이고 채숙(蔡叔)[6]을 추방할 때 어찌 그분들을 아깝게 여기지 않았겠습니까? 그것은 왕실을 위해서 한 일이었습니다. 저 길이 만약 죄를 짓는다면 당신은 저를 추방하게 될 것입니다. 유씨네 사람들에게 특별히 신경을 쓸 필요가 뭐 있습니까?"

주석

1. 공손초(公孫楚) 자는 자남(子南), 정목공의 손자. 유씨(游氏)네 귀족.
2. 정혼(定婚) 고대 결혼 절차의 넷째 단계.
3. 공손흑(公孫黑) 자석(子晳), 사가(駟家)네 귀족.
4. 납채(納采) 결혼 의식의 첫 단계로 기러기를 선물로 보낸다.
5. 태숙(大叔) 유길(游吉), 경대부, 유씨네 종주.
6. 관숙(管叔), 채숙(蔡叔) 주공의 아우, 주문왕의 아들. 그들은 은민(殷民)을 감시해야 함에도 오히려 무경을 업고 반란을 일으켰으므로 주공은 그들을 토벌하여 관숙은 죽이고, 채숙은 유배시켰다.

도움말

이 대목은 사가(駟家)네 자석이 이미 약혼한 유가(游家)네 자남의 여자를 뺏으려고 했다가 자남은 자위(自衛)를 하고, 자석이 도리어

358

상처를 입은 사건이다. 자산은 이 시비가 분명한 민사 사건을 오히려 하나의 정치적 사건으로 처리한다.

자남과 자석은 동족 형제로서 자석이 형이고 자남이 아우다. 두 사람 모두 조정에 임직이 있어 자석은 상대부, 자남은 하대부이니 이 사건은 조정 관리간의 분쟁이요, 가족 내부의 분쟁이다.

춘추시대의 남녀의 결합은 가족 본위의 혼인으로서 부모의 명과 매파의 말이 있어야 하고, 남녀가 직접 청혼하거나 허락하지 못하는 풍속이었다. 그러나 이것은 상층부 귀족간에 적용되는 것이지 서민에게는 적용되지 않았다. 그럼에도 불구하고 춘추시대의 남녀관계는 비교적 자유로웠다.

≪시경≫ 국풍에 나오는 대부분의 시가는 남녀 애정의 노래로서 남녀의 자유연애, 희롱, 밀회, 상사(相思) 등의 줄거리를 묘사하고 있다. 이 대목에서 보는 바와 같이 귀족 집안의 여자가 신랑을 취재(取才)한다는 것은 당시의 풍속이 실제로는 상당히 자유로웠음을 말해 준다.

고대의 혼례 절차는 납채(納采), 문명(問名), 납길(納吉), 납징(納徵), 청기(請期), 친영(親迎)의 여섯 단계가 있었다. 납채는 혼담을 꺼낸다는 뜻으로 살아 있는 기러기를 예물로 보낸다. 위금(委禽)이라고도 한다. 납징은 후세의 약혼, 정혼에 해당하며 가장 중요한 단계이다. 이때 보내는 빙례, 즉 예물은 검은색과 분홍색의 비단 다섯 필과 녹비 두 장이다. 정혼한 남의 아내에게 강제로 납채한다는 것은 아마도 과거의 약탈혼(掠奪婚)의 잔재라고 볼 수 있다.

서오범의 누이가 말한 "남편은 남편다워야 하고, 아내는 아내다워야 순리"라는 말에서 당시 여자들이 배필을 고르는 기준을 엿볼 수 있다. 첫째는 무용(武勇)을 숭상하는 사람이라야 한다. 비록 잘생기지 못한 남자라도 무용만 있으면 어느 정도 여자들의 환심을 살 수 있다. 그 다음으로는 부부가 서로 존경하고 백년해로하기를 갈망한다. 춘추시대에 기결(冀缺)이라는 사람이 논밭에서 김을 매는데 그 아내가 새참을 날라다 주고 내외가 공경하는 태도가 마치 손님을 대하는 것과 같았다. 그래서 "능히 공경할 줄 알면 반드시 덕이 있다"는 칭송을 들었다.

≪시경≫ 정풍·여왈계명(女曰鷄鳴)은 남녀의 유회(幽會)를 읊은 연애시이다. "술안주를 들고 술을 마시며 당신과 해로하리라."

맹자도 말했다. "양인(良人)은 우러러보면서 한평생을 같이할 사람이다." 옛날에는 아내가 남편을 양인이라고 불렀다.

정나라에는 대대로 내려오는 '정서(鄭書)'라는 치국(治國) 비서(秘書)가 있어 거기에 <나라를 안정시키려면 반드시 먼저 큰 씨족을 배려해야 한다>는 말이 있다. 유씨 가족과 사씨 가족은 칠목(七穆) 중에서도 명문 집안이었다. 그래서 자산은 유씨네의 종주인 유길을 찾아갔던 것이다. 태숙과 자남은 숙질 관계로 자남이 삼촌뻘, 태숙이 조카뻘이었다.

그 이듬해, 자석이 음모로 난을 일으키자 자산은 3대 죄목을 덮어씌워 자살을 강요하고, 그 시체를 대중 앞에 전시했다.

80. 안영과 숙향이 제진(齊晉)의 말세를 논하다

소공昭公 3년

진평공(晉平公)과 제나라 공주간의 정혼이 이루어진 후 안자(晏子, 안영)는 진나라 임금한테서 빈객의 예를 받았다. 숙향(叔向)은 주연에 참석하여 안자와 함께 이야기를 나누었다. 숙향이 물었다.

"제나라의 사정은 어떻습니까?"

안자는 대답했다.

"제나라는 말세입니다. 제가 보증은 못하지만 제나라는 아마 곧 진씨(陳氏) 세상이 될 것입니다. 현재의 임금 경공(景公)이 백성을 버리니 백성은 진씨 쪽으로 돌아서고 있습니다. 우리 제나라에서는 원래 양기(量器)의 종류가 두(豆)・구(區)・부(釜)・종(鍾)의 네 가지로 되어 있습니다. 우선 넉 되를 한 두로 하여, 차례로 네 배씩 부(釜)까지 올라가고, 부가 열이면 한 종(鍾)이 됩니다.

그런데 진씨는 두・구・부의 세 양기에 하나씩을 더하여 모두 다섯 배씩 불어나니 한 종의 양이 자연 공식적인 양보다 많아지게 됩니다. 그래서 진씨는 백성에게 곡식을 꾸어줄 때에는 집에서 쓰는 양으로 하고, 거두어들일 때에는 나라의 양으로 합니다. 산의 나무는 시장에서 사더라도 산에서 받는 값과 같고, 생선·소금·조개 등도 바닷가에서 사는 것보다 더 비싸게 받지 않습니다. 나라의 법식은 백성의 수입을 셋으로 치면 그중 두 몫은 나라에 바치고, 남은 한 몫으로 자기의 의식에 충당하고 있습니다. 나라에서 거둬들인 재물은 창고에서 썩어 좀이 나는데 돌봐야 할 삼로(三老)¹의 노인네들은 추위에 떨고, 굶주리고 있습니다.

그리고 나라 안의 여러 시장에서는 보통 신발은 싸고 오히려 의족(義足)이 훨씬 비쌀 정도로 발목을 자르는 형벌이 도처에서 자행되고 있습니다. 백성이 아프고 괴로울 때 누군가가 말을 걸어 위로하고 배려하면 백성은 그 사람을 부모처럼 사랑하여 그이에게 몰려가는 것이 마치 물이 흘러가듯 합니다. 그러니 인심을 얻고 싶지 않아도 백성이 따르는 것을 어떻게 피할 수가 있겠습니까? 진씨의 먼 선조인 기백(箕伯)·직병(直柄)·우수(虞遂)·백희(伯戲)²의 네 신령이 진나라의 첫째 임금인 호공(胡公)과 그 부인 태희(大姬)의 신령을 도와 이미 제나라에 들어와 있습니다."

그러자 숙향은 말했다.

"그렇군요. 비록 저희 나라의 공실이라 할지라도 지금은 말세입니다. 말은 전차에 매이지 못하고, 경은 지휘할 군대가 없으며, 공실의 전차에는 말몰이와 거우가 없고, 보병부대는 통솔할 대장이 없습니다. 백성은 지쳐 있는데도 궁실의 사치는 늘고 있고, 길 위에는 굶어 죽은 자의 시체가 너절건만 임금이 총애하는 여자의 집은 눈에 띄게 번영을 누리고 있습니다.

백성은 공가(公家)의 명령이라면 원수를 피하듯 하고, 난(欒)·

극(郤)·서(胥)·원(原)·호(狐)·속(續)·경(慶)·백(伯)의 여덟 큰 가족3은 몰락하여 하급 관노와 노복의 처지에 내려앉았으며, 정권은 세력 있는 대부의 가문에 가 있어 백성은 의지할 곳이 없습니다. 그런데도 임금은 하루도 반성하는 날이 없고, 오락으로 걱정거리를 잊고 있으니 공실이 몰락하는데 얼마나 시간이 걸리겠습니까?

참정(讒鼎)4에 새긴 명문에 이르기를, <동트기 전부터 덕정을 펴느라고 무진 애를 쓰더라도, 후세의 자손들은 게으름을 피우게 마련이다>고 했습니다. 그런데 하물며 하루도 잘못을 고치지 않는다면 그것이 얼마나 오래 가겠습니까?"

"당신은 앞으로 어떻게 하실 작정입니까?"

"진나라의 공족은 다 없어졌습니다. 저 힐(肹)이 들은 바에 의하면 <공실이 쇠약해지려 할 때에는 그 종족이 나뭇가지나 잎처럼 먼저 떨어져나가고 그 다음에 임금이 그 뒤를 따른다>고 합니다. 저 힐의 씨족은 열한 가족이 있었습니다만 지금은 오직 양설씨(羊舌氏)만 남아 있을 뿐이며, 힐은 또 아들이 없습니다.5 공실이 무도한 마당에 제명대로 살 수만 있어도 요행한 일인데 어찌 자손의 제사를 받아먹을 수가 있겠습니까?"

주 석

1. 삼로(三老) 연로하여 은퇴한 벼슬아치. 천자나 제후가 부양하여 효제(孝悌)를 본보였다.
2. 기백(箕伯)……백희(伯戱) 네 사람 모두 우순(虞舜)의 후예, 진씨의 선조.
3. 여덟 큰 가족 8성 모두 진나라 옛 신하의 씨족. 난서, 극지, 서신, 원진(原軫), 호모, 호언은 모두 경(卿)이었고, 속간백, 경정, 백종은

모두 대부였다.

4. 참정(讒鼎) 세발솥의 이름. 그릇 위에 공덕을 적거나 자경(自警)하는 문구를 새겼다.

5. 아들이 없습니다 똑똑한 아들이 없다는 뜻이다.

도움말

제나라의 안영이 제경공의 사자로 진나라를 예방하여 진평공과 제나라 공주간의 혼인을 성사시킨 후, 안영과 진나라의 숙향은 연회에서 서로 본국의 정치 상황에 대한 의견을 교환하고, "지금이 말세"라는 데 공감한다. 원문에는 "계세(季世)"라는 말로 말세 또는 망해가는 세상을 의미하고 있다.

안영은 제나라 공실이 가혹한 수탈과 형벌의 남용으로 빈부의 격차가 심하고, 진씨 가족의 인심 매수로 진씨가 필연적으로 제나라를 탈취하여 통치하게 될 것이라고 예언한다. 한편 숙향은 진나라 여러 귀족 가문이 몰락하고, 백성은 피폐한데도 공실은 사치를 일삼고, 정권은 대부의 수중에 있는 현실을 개탄하고 깊이 우려한다.

진(晉)나라의 경족(卿族)은 원래 11족이 있었는데 이 시점까지 살아남은 씨족은 위씨(魏氏), 조씨(趙氏), 한씨(韓氏), 지씨(知氏), 중행씨(中行氏)뿐이었다. 그 중에서 위, 조, 한 세 가족을 제외한 나머지 경족은 그 후 앞서거니 뒤서거니 해서 실패하고, 도망가고, 하급 관노로 전락하고 만다.

안영과 숙향은 모두 당시의 매우 식견이 높은 저명한 정치가들이다. 이 대화는 춘추 말기의 정치, 경제, 군사 및 종법(宗法) 방면을 엿볼 수 있는 귀중한 글이다.

이 대목에서 나온 성어는 숙계지세(叔季之世)이다.

81. 안자(晏子)가 새집을 사양하다

소공昭公 3년

처음에, 제나라 경공(齊景公)은 안영의 집을 바꾸어 주려고 제의했다.

"그대의 집은 시장에서 가깝고, 대지가 낮고 좁으며, 시끄럽고 먼지가 많아 살 곳이 못된다. 높직한 대지에 상쾌한 곳으로 바꾸어 주겠소."

안자는 사양하여 말했다.

"주상의 신하였던 신의 부친이 이 집에서 살았습니다. 신은 그 뒤를 이어받을 자격조차 부족한 터에 이 집만 해도 신에게는 사치스럽습니다. 게다가 소인은 시장 가까이에 살아 조석으로 필요한 물건을 살 수 있으니 그것은 소인의 이점입니다. 어찌 제 집 때문에 관원을 괴롭힐 수가 있겠습니까?"

경공이 웃으며 말했다.

"시장 가까이 살고 있다니 그러면 물건의 비싸고 싼 것을 알고 있는가?"

"이왕에 덕을 보고 있는데 어찌 모를 리가 있겠습니까?"

"그러면 무엇이 비싸고 무엇이 싼가?"

이 무렵에 경공은 형벌을 남용하고 있어서 의족(義足)을 팔아

장사하는 사람이 있었기 때문에 그이는 대답했다.

"의족은 비싸고 보통 신발은 쌉니다."

이렇게 이미 그이가 임금께 고한 적이 있었기에 진나라 숙향(叔向)과 대화할 때 이 말을 꺼냈던 것이다.

경공은 이 말을 듣고 형벌을 줄였다.

군자는 이렇게 말했다.

"어진 사람의 말은 대중에게 미치는 이익이 광범하도다. 안자의 말 한마디에 제나라 임금이 형벌의 횟수를 줄인 것이다. ≪시경≫에 읊기를,

> 임금께서 만약 진언을 가납하신다면
> 어지러운 난리는 금세 그치리라.[1]

라고 했지만 이것은 안자를 두고 한 말일 것이다."

안자가 진나라에 간 사이에 경공은 그이의 집을 새로 짓게 하여 그이가 돌아왔을 때에는 이미 완공되어 있었다. 안자는 새 집에 대한 감사의 인사를 올리고 나서 바로 새집을 헐어 마을 사람들의 집을 원상대로 복구시키고, 원래의 거주자가 돌아와 살게 하고 말했다.

"속담에 말하기를, <집을 고를 것이 아니라 이웃을 골라야 한다>고 합니다. 여러분은 먼저 이웃을 골라서 이곳에 살아온 분들입니다. 그 선택을 어기는 것은 불길한 일입니다. 군자는 예의에 어긋난 짓은 하지 않고, 소인은 불길한 일을 하지 않는다는 것이 예부터의 법도이니 나는 그것을 어기고 싶지 않습니다."

그리하여 마침내 옛집으로 이사했다. 이 일을 경공은 허락하지 않았지만 진환자(陳桓子)[2]의 연줄로 부탁하자 그제야 허락했다.

1. 임금께서······그치리라 출처는 ≪시경≫ 소아·교언(巧言).
2. 진환자(陳桓子) 진무우(陳無宇).

도움말

안영이 더 살기 좋은 곳으로 이사 가기를 거절한 이유는 첫째, 선친
이 살았던 곳으로 이곳도 과분하고 사치스럽고, 둘째, 집이 시장에
가까워 생활에 편리하기 때문이라고 했다. 그러나 이것은 핑계에 불
과하고 진짜 이유는 안영의 검소를 숭상하는 생활태도에 있었다. 안
영은 청빈과 검약으로 내외에 소문난 정치가였다.
≪예기≫ 예기(禮器)에 이런 대목이 있다.
<안평중은 그 조상을 제사지낼 때 너무 작은 돼지를 써서 돼지 족
발이 제기를 미처 덮지 못했고, 세탁을 자주 해서 낡은 의관으로 조
현(朝見)했다. 군자는 이것을 두고 인색하고 대부의 신분에 안 맞는
일이라고 했다.>
이 대목의 마지막에 흥미 있는 구절이 눈에 띈다. 안자가 집 바꾸기
를 사양하고, 제경공이 지어준 새집을 헐고 옛집으로 이사했는데 제
경공은 처음에 반대했다가 진환자가 사정하자 비로소 허가했다. 경
공도 눈치를 살펴야 할 정도로 제나라 공실이 이미 권위와 세력이
땅에 떨어져 있었던 것이다. 진환자는 그때 크게 민심을 얻어 정권
을 넘겨받을 채비가 다 되어 있었다.

이 대목에서 나온 성어는 구천용귀(屨賤踊貴), 인언리부(仁言利溥), 복
택복린(卜宅卜隣), 안가근시(晏家近市)이다.

82. 자산(子産)이 구부세(丘賦稅)를 신설하다

소공昭公 4년

정나라의 자산(子産)이 구부세(丘賦稅)[1]를 신설하니 나라 사람들이 비방하여 말했다.

"자기 부친은 길거리에서 죽더니, 자신은 전갈의 독침이 되어 나라에 호령하고 있다. 나라는 앞으로 어찌 될 건가?"

대부 자관(子寬)이 그것을 자산에게 일러바치니 자산은 말했다.

"걱정할 것 없다. 사직에 이익이 된다면 생사를 가리지 않는 법이다. 나는 듣건대, <좋은 일을 하는 사람은 자기 방식을 고

_ 자산子産

치지 않는다. 그러므로 성공할 수 있다>고 하오. 백성은 제멋대로 굴게 놔둘 수 없고, 방식은 고칠 수가 없소. ≪시경≫에 읊기를,

　예의에 잘못이 없다면

　어찌 남의 말을 두려워하랴?[2]

라고 했소. 나는 뜻을 바꿀 생각이 없소."

혼한(渾罕)[3]이 말했다.

"국씨(國氏)[4]가 아마 제일 먼저 망할 것이다. 군자가 처음에 세금을 가볍게 매겨서 시작하더라도 그 뒤끝은 오히려 탐람에 흐르는 법이거늘, 처음부터 탐람을 기점으로 법을 제정한다면 장차 그 폐단을 어찌 하겠는가? 희성(姬姓)의 제후국 중에서는 채나라와 조나라, 등나라[5]가 아마 먼저 망할 것이다.

왜냐하면 이 나라들은 대국에 근접해 있는데도 예를 다하지 않기 때문이다. 정나라는 위나라[6]보다 먼저 망할 것이다. 그것은 정나라가 대국에 인접해 있으면서도 법도가 서 있지 않기 때문이다. 정책(구부세)을 선대의 법도를 따르지 않고 위정자가 제멋대로 결정한다. 백성의 마음은 제각각인데 그들에게 윗사람이 안중에 있겠는가?"

주 석

1. **구부세(丘賦稅)** 노나라의 "구갑(丘甲)"처럼 종전의 전지세(田地稅)에 추가하여 전차병과 보병 이외의 거마, 무기와 갑옷 등 군수 비용을 징수하는 것이다. 구부의 징수는 일정 정도 농민의 부담을 가중시키지만 국력을 크게 증강하는 효과가 있었다. 옛 전지세법에 의하면 1구(丘)는 16읍(邑)으로 말 한 필, 소 세 필을 바치게 되어 있었다.

2. 예의에······두려워하랴? 일시(逸詩).

3. 혼한(渾罕) 자관(子寬), 정나라 대부.

4. 국씨(國氏) 자산 가족을 가리킨다. 정나라 공손은 항상 부친의 자를 씨로 삼았다. 자산의 부친은 정나라 목공의 아들 공자 발(發)로서 자는 자국(子國), 그러므로 국씨라 불렀다.

5, 6. 채나라는 초나라의 압박, 조나라와 등나라는 송나라의 압박, 정나라와 위나라는 진과 초나라의 압박을 받는다는 뜻.

도움말

자산은 구부를 제정하였는데 나라 사람들의 비난을 받았음에도 그이는 국가 이익을 중시하여 정책을 고수하고 바꾸지 않았다. 자산이 남긴 유명한 말은 "사직에 이익이 된다면 생사를 가리지 않는다(苟利社稷, 生死以之)"는 것이다.

아편 소각으로 유명한 청대의 유명한 애국자 임칙서(林則徐)가 오히려 조정의 투항파 대신들의 모함으로 죄명을 덮어쓰고 신강(新疆)의 이리(伊犁)로 백의종군 떠날 때 아내에게 사전 초안 없이 즉석에서 읊은 시에서 자산의 이 말을 인용하고 있다. 그 구절만 인용하면 다음과 같다.

"만약 국가에 이익이 된다면 목숨도 바쳐야 하거늘, 어찌 화복을 가려서 피하고 구할소냐.(苟利國家生死以, 豈因禍福避趨之)".

83. 여숙제(女叔齊)가 예(禮)의 본말을 논하다

소공昭公 5년

노나라 소공(魯昭公)이 진(晋)나라에 갔는데 교로(郊勞)에서 증회(贈賄)[1]에 이르기까지 어느 하나 예절에서 벗어남이 없었다. 진평공(晋平公)이 여숙제(女叔齊)[2]를 보고 말했다.

"노나라 임금은 예를 잘 알고 있군 그래."

여숙제가 대답했다.

"노나라 임금께서 무슨 예를 안단 말입니까?"

"무슨 말인가? 교로에서 증회에 이르기까지 예절에 어긋남이 없었다. 어째서 예를 모른단 말인가?"

"그것은 예의(禮儀)에 속하는 것이지 예(禮)라고 할 수는 없습니다. 예라는 것은 나라를 지키고, 정령을 시행하며, 백성을 잃지 않는 길입니다. 현재 노나라의 정권은 대부들의 손아귀에 있는데도 되찾지도 못하고, 자가기(子家羈)라는 어진 사람이 있어도 등용하지도 못하며, 대국과 맺은 맹약을 어기고 소국을 괴롭히고, 다른 나라의 화난을 이용하면서 자기의 위태로움을 모르며, 공실(公室)[3]은 넷으로 나뉘어져서 백성은 다른 주인한테 지배를 당하는데도 누구 하나 자기 임금을 생각하는 사람이 없고, 임금은 나라의 끝장을 헤아리지 않으며, 나라의 주인으로

있으면서 화가 장차 자신에게 미치려고 하는데도 그 처지를 걱
정하지 않고 있습니다. 예의 근본과 지엽이 여기에서 판가름
나려 하는데도 노나라 임금께서는 자질구레하게 예의를 익히기
에 급급하니 예를 잘 안다고 말하기에는 거리가 멀지 않겠습니
까?"

군자는 말했다.

"숙후(叔侯)야말로 예를 아는 사람이다."

───── 주 석

1. 교로(郊勞)에서 증회(贈賄) 춘추시대의 조빙(朝聘)의 여섯 단계 중의
   두 가지. 교로는 손님이 교외에 도착하면 임금은 경을 시켜 조복을
   입고 속백을 가지고 위로하게 한다. 증회는 환송하는 예의. 조빙을
   마치고 손님이 돌아갈 때 교외에 나가서 경을 파견하여 답례로 예
   물을 선사한다.

2. 여숙제(女叔齊) 진나라 신하, 사마후(司馬侯), 여숙후(女叔侯), 숙제
   라고도 부른다.

3. 공실(公室) 제후의 가족이나 정권을 가리킨다. 여기서는 토지와 그
   토지에 사는 백성을 가리킨다.

───── 도움말

이 대목은 노소공이 진나라를 조빙한 것을 계기로 진평공과 여숙제
가 나눈 예에 관한 이야기를 적고 있다. 그러나 이야기하는 과정에
서 노나라가 경대부의 수중에 넘어가는 경위를 개탄조로 설명하고
있다.

천자와 제후간, 혹은 제후 상호간 실시하는 조빙의 6단계를 이름만
들면 교로(郊勞), 빙향(聘享), 향빈(享賓), 사적(私覿), 관빈(餽賓), 증
회(贈賄)이다.

제후의 정권이 경대부의 수중에 떨어지는 것은 춘추 중·후기의 중원 각국에서 상당히 보편화된 현상이다. 노환공의 네 아들 중 장공을 제외한 중손, 숙손, 계손을 세칭 "삼환(三桓)"이라고 부르는데 그 중 계손씨가 노나라의 재상으로 있은 기간이 가장 길었다.

노양공 11년에 노나라는 계무자(季武子)의 건의에 따라 "삼군을 편성하고" 세 대부의 가족이 공납(公納)을 삼분하여 각자가 하나씩 나누어 가졌다. 그런데 노소공 5년 봄에 계무자는 또 중군을 폐지하고 삼군을 상하 양군으로 개편함과 동시에 매 군을 둘로 나누어 공납을 4등분하여 계씨가 그 둘을 차지하고 양가는 각각 하나씩 가졌다.

송나라 사성(司城) 악기(樂祁)의 말을 빌린다면 "노나라의 정권이 계씨에게 넘어간 지 3대(계문자·계무자·계평자를 가리킨다)가 되고, 노나라 임금이 정권을 잃은 지 4군(선공·성공·양공·소공)이 된다. 민심을 얻지 않고서 뜻을 편 자는 여태까지 아무도 없었다. 임금이 된 자는 그러므로 백성을 잘 어루만지지 않으면 안 된다."

천자의 특권인 팔일(八佾), 즉 64인의 무용수를 써서 만무(萬舞)의 춤을 추게 한 것도 계평자(季平子)였다.

노소공의 최후의 7년 4개월은 제나라와 진나라를 떠돌아다니면서 남에게 얹혀살면서 돌아갈 나라가 없는 처량한 세월을 보내다가 죽었다.

문화 상식 이야기

예의와 예는 여숙제의 말대로 개념이 완전히 다른 것이다. 자태숙(子大叔)도 읍양(揖讓)과 주선(周旋)의 예는 예의지 예가 아니라고 했다. 그러면 예란 무엇인가? 예는 중국의 핵심 사상이다. 예의 개념과 기능에 대하여 세 가지 견해를 소개한다.

우선 예라는 것은 자연법칙이 인류사회에 구현된 것이라고 보는 견해이다. 천도(天道)는 천지를 비추고 만물을 양육하는 인류의 생명의 근원이다. 주야가 교차하고, 추위가 가고 더위가 오는 것은 모두 돌이킬 수 없는 역량이다. 따라서 인류사회는 천지와 함께 존재해야 하고, 반드시 음양의 큰 순리를 따라야 하며 자연법칙을 본받아야만 비로소 생존할 수 있다. 노애공이 공자에게 "군자는 어찌하여 천도를 귀하게 여기는가?" 하고 물었을 때 공자는 "그 그침이 없는 것을 귀하게 여깁니다"고 대답했다. 자태숙은 노소공 25년 조간자(趙簡子)와 예에 관한 대판 대화를 벌일 때 말했다. "예는 하늘의 상도요, 땅의 준칙이며, 행동의 근거다. 그러므로 하늘의 밝음을 본받고, 땅의 본성에 의거해야 한다."

또 하나의 견해는 예라는 것은 사회 일체의 활동 준칙이라는 생각이다. 이것은 사회적 관습, 또는 도덕관이라 할 수 있는 것으로 영어로는 mores에 해당할 것이다. 노은공 11년에 군자가 내린 예의 정의는 "예란 국가를 다스리고, 사직을 공고히 하며, 백성의 질서를 바로잡고, 자손에게 복리를 물려주는 것이다"고 했다. ≪예기≫ 곡례(曲禮)에 말했다.

<도덕과 인의라는 것은 예가 아니면 성립될 수 없고, 교육과 훈도, 그리고 민속을 바로잡는 일은 예가 아니면 다 챙길 수 없으며, 분쟁을 분별하고 송사의 시비곡직을 가리는 것도 예가 아니면 결정할 수 없다.>

세 번째는 주내사(周內史) 과(過)가 희공 11년에 한 말이다.

"예는 나라의 몸통이요, 공경은 예를 싣는 수레이다. 불경하면 예가 행해지지 못하고, 예가 행해지지 못하면 상하가 혼란에 빠지는 것이니 무엇으로 후대가 오래 가기를 바랄 수 있겠는가?"

84. 자혁(子革)이 영왕(靈王)을 대하다

초영왕(楚靈王)이 주래(州來)에서 겨울 사냥과 기동 연습을 마친 뒤 영미(潁尾)에 주둔하고, 탕후(蕩侯)·반자(潘子)·사마(司馬) 독(督)·효윤(囂尹) 오(午)·능윤(陵尹) 희(喜)로 하여금 군사를 거느리고 서(徐)나라를 포위케 하여 오(吳)나라에 겁을 주었다. 그리고 자신은 간계(乾谿)에 주둔하여 후방에 대비했다. 그때 눈이 내려 초왕은 가죽 관에다 진(秦)나라에서 보내온 복도(復陶) 털옷, 물총새 깃으로 장식한 외투, 표범가죽 신 차림으로 채찍을 들고 나섰다. 태복(太僕) 석보(析父)가 수행했다.

우윤(右尹) 자혁(子革, 정단鄭丹)[1]이 저녁 인사차 가니 초영왕은 그이를 보고는 관과 겉옷을 벗고 채찍을 놓고 그이와 이야기를 나누었다. 초왕은 말했다.

"옛날 선대 웅역왕(熊繹王)은 여급(呂伋)·왕손모(王孫牟)·섭보(燮父)·금보(禽父)와 함께 주나라 강왕(康王)을 섬겼는데 다른 네 나라[2]는 모두 보물을 나누어 받았으나 우리나라만은 나누어 받지 못했소. 이제 사람을 주왕실에 보내어 세발솥을 나누어 달라고 요구하여 웅역왕의 몫으로 삼으려 하오. 주왕은 그걸 내게 주겠는가?"

자혁은 대답했다.

"전하께 줄 것입니다. 옛날 선대 웅역왕께서 섶나무 수레에 누더기를 걸치고, 풀밭에서 거처하시며, 산 넘고 물 건너 천자를 섬겼는데, 오직 복숭아나무로 만든 활과 대추나무로 만든 화살을 공물로 바쳤습니다. 제(齊)나라는 천자의 외삼촌이었고, 진(晉)나라와 노(魯)나라, 위(衛)나라는 천자의 한배 아우였습니다. 이런 이유로 우리 초나라에는 보물의 몫이 돌아오지 못했고, 다른 나라는 다 분배를 받았습니다. 그러나 현재 주왕실과 네 나라가 모두 전하를 섬기고 있고, 전하의 명령에 완전 복종하고 있으니 어찌 보정(寶鼎)을 아끼겠습니까?"

"옛날 우리 조상 계련(季連)의 백부 되는 곤오(昆吾)는 허(許)나라의 옛 땅에 사셨는데 지금 정나라 사람이 그 땅을 차지하여 이익을 보고 있으면서 우리한테 돌려줄 생각을 않고 있소. 내가 만일 그 땅을 요구한다면 내게 돌려주겠는가?"

"전하께 돌려줄 것입니다. 주왕실마저 보정을 아끼지 않는 터에 정나라가 어찌 땅을 아끼겠습니까?"

"옛날에 제후는 우리나라를 멀리하고 진나라를 두려워했소. 지금 나는 진(陳)·채(蔡)·불갱(不羹) 땅에 큰 성을 쌓았고, 이들 읍은 모두 천승의 전차를 갖고 있소. 당신도 그 일에 수고가 많았소. 제후는 우리나라를 두려워하고 있을까?"

"당연히 두려워할 것입니다. 이 네 도읍3만으로도 제후를 두렵게 하기에 족한데, 거기에다 초나라를 더하는 것이므로 어찌 감히 전하를 두려워하지 않겠습니까?"

이때 공윤(工尹) 노(路)가 초영왕에게 청했다.

"전하께서 규옥(圭玉)을 깎아서 도끼 자루의 장식으로 박으라고 하셨는데 어떻게 하면 좋을지 좀 봐주시면 좋겠습니다."

초영왕이 안으로 보러 들어간 사이에 석보가 자혁에게 말했다.

"당신은 초나라가 우러러보는 희망입니다. 그런데 지금 전하와 말씀하시는 것을 보니 맞장구만 치시니 나라꼴이 어떻게 되겠습니까?

"이렇게 칼을 갈고 기다렸다가 전하께서 나오시면 이 칼로 임금님의 사특한 생각을 삭둑 잘라 버릴 작정이오."

얼마 지나 초영왕이 나와 다시 자혁과 이야기를 시작했다. 그때 좌사(左史) 의상(倚相)[4]이 잔걸음으로 지나갔다. 초영왕이 말했다.

"저 사람은 훌륭한 사관이오. 잘 봐두시오. 저 사관은 '삼분(三墳)'·'오전(五典)'·'팔색(八索)'·'구구(九丘)'[5]의 옛 책을 다 읽을 수 있소."

"신은 전에 저 사람에게 물어본 적이 있습니다. 옛날 목왕(穆王)이 제멋대로 해보고 싶어서 천하를 두루 돌아다니며 도처에 수레바퀴 자국과 말 발자국을 남기시려 할 때 제공모보(祭公謀父)[6]가 '기초(祈招)'[7] 시를 지어 목왕의 야심을 잠재웠습니다. 그래서 목왕은 지궁(祇宮)에서 편안히 돌아가실 수 있었습니다. 신이 그 시를 물었더니 그이는 알지 못했습니다. 그러니 만약 먼 옛날의 일을 묻는다면 그이가 어찌 알 수가 있겠습니까?"

"당신은 알고 있소?"

"알고말고요. 그 시에 읊었습니다.

기초의 곡은 화기애애하여
천자의 명성을 드날리네.
우리 임금님의 풍도를 상기하니

옥처럼 따뜻하고 금처럼 단단하네.

백성의 형편 헤아리시어

술 취하고 포식하는 마음 없으시네.”

초영왕은 읍하고 안으로 들어가 밥을 드려도 먹지 않고, 잠자리에서 잠을 설치기를 며칠 동안 하더니 스스로 자기를 이기지 못하여 끝내 변을 당하고 말았다. 공자는 말했다.

“옛날 책에 말했다. <자신의 욕심을 억제하여 예(禮)로 돌아가는 것이 인(仁)이다.> 참으로 맞는 말이다. 초영왕이 만약 이렇게 했더라면 어찌 간계의 욕8을 당했겠는가?”

주 석

1. 우윤(右尹) 자혁(子革) 초나라 영윤의 보좌관 격. 자혁은 본시 정나라 사람이었는데 후에 초나라의 신하가 되었다. 벼슬은 우윤까지 올랐다. 연단(然丹), 정단(鄭丹)이라고도 한다.
2. 다른 네 나라 제, 진, 노, 위를 가리킨다. 위 구절에서 든 네 사람은 모두 네 나라의 조상이다.
3. 이 네 도읍 진, 채, 두 불갱. 불갱은 동서 두 불갱으로 나뉘어 있고, 모두 초나라의 속국이므로 나라라고 부르지만 도읍으로 보는 것이 맞는다.
4. 좌사(左史) 의상(倚相) 초나라의 사관.
5. ‘삼분(三墳)’……‘구구(九丘)’ 모두 고대 전적으로 지금은 알 수 없다.
6. 제공모보(祭公謀父) 주왕실의 경사.
7. ‘기초(祁招)’ 시편의 이름, 일시.
8. 간계의 욕 초영왕은 간계에서 목을 매고 죽었다.

도움말

이 대목은 초영왕의 야심 고백과 자혁의 간언을 다루고 있다.

초영왕의 다른 호칭은 건(虔), 왕자위(王子圍), 초영윤(楚令尹) 등이다. 그이는 소공 원년에 초나라 임금 겹오(郟敖)를 시해하고 즉위했으나 재위 기간은 불과 12년밖에 되지 않았다. 그이는 한마디로 너무 포학했고, 너무 괴팍하고, 자기가 옳다고 고집을 부렸다.

초영왕은 항상 중원에서 패권을 다투어 제후의 맹주가 되는 것이 꿈이었다. 그이는 세 가지 야심을 자혁에게 고백한다. 하나는 주나라의 세발솥을 하사받는 것이고, 둘째는 정나라에게서 허나라의 옛 땅을 돌려받는 것이며, 셋째는 제후의 맹주가 되는 것이다.

이에 대하여 초왕의 신임이 두터운 자혁은 큰 것을 잡기 위해 일부러 놓아주는 소위 욕금고종(欲擒故縱)식 간언 방식을 채택한다. 다시 말하면 맞장구를 쳐서 속셈을 죄다 털어놓도록 유도하여 기회를 보아 결정적인 타격을 가하는 것이다.

작품의 후반부에서 초왕이 좌사 의상이 박식하다고 칭찬하자 자혁은 '기초' 시를 물어보았더니 모르더라면서 박식하다고 할 수 없다고 하자 초왕은 호기심이 발동하여 '기초'에 대하여 묻는다. 이에 자혁은 '기초' 시를 읊자 초왕은 그제야 문득 크게 깨닫는다.

이듬해 여름, 초나라에 내란이 발생하여 뭇 공자가 죽음을 당하고 영왕은 목을 매고 죽는다.

이 대목에서 나온 성어는 마려이수(摩厲以須), 삼분오전(三墳五典), 분전구색(墳典丘索), 거철마적(車轍馬跡), 극기복례(克己復禮)이다.

85. 한선자(韓宣子)가 환옥(環玉)을 사다

소공昭公 16년

선자(宣子, 즉 한기)가 환옥(環玉)¹ 한 짝을 가지고 있었는데 한 쌍 중 다른 한 짝은 정나라 상인의 수중에 있었다. 정나라를 예방한 한선자가 정정공(鄭定公)에게 그 짝을 구해 달라고 부탁했으나 자산은 주지 않고 말했다.

"그것은 조정에서 간수하고 있는 물건이 아닙니다. 주상께서 아시지 못합니다."

자태숙(子大叔)과 자우(子羽)가 자산에게 말했다.

"한자(韓子)는 환옥 이외에 다른 것을 요구하지도 않았고, 진나라도 우리가 배반할 수 없는 나라이니 진나라와 한자를 소홀히 할 수는 없습니다. 만약에 어쩌다가 고자질하는 자가 있어 두 나라 사이를 이간질하고, 또 귀신까지 저편을 들어서 그들의 엉뚱한 노여움이나 산다면 그때 가서 후회한들 어떻게 할 도리가 있겠습니까? 당신은 어찌 환옥 하나를 아껴 대국의 미움을 사려고 합니까? 왜 주인한테서 사서 주지 않습니까?"

"나는 진나라를 얕잡아보거나 두 마음을 가진 게 아니라 끝까지 잘 섬기려고 노력하는 사람이오. 그래서 주지 않은 것뿐인데 그것이 정직이라고 믿었기 때문이오. 나는 들었거니와, 〈군자는 재물이 없음을 걱정할 것이 아니라, 윗자리로 올라갈수록 좋은 이름이 없음을 걱정해야 한다>고 하오.

또 들었거니와, <나라를 다스리려면, 대국을 잘 섬기고 소국을 잘 보살피지 못함을 걱정할 것이 아니라, 예를 살피지 못하여 제자리를 지키지 못함을 걱정해야 한다>고 하오. 대저 대국 사람이 소국보고 무엇을 내라고 영을 내려, 요구한 대로 다 들어준다면 장차 그 요구를 어떻게 다 감당하겠소? 한 번은 주고 한 번은 주지 않는다면 더욱 죄를 가중시킬 뿐이오. 대국의 요구를 예로써 거절하지 않는다면 그들이 어찌 만족을 알겠소? 게다가 우리나라는 대국의 한 지방 도시로 전락하고 말 것이고, 그렇게 되면 끝내는 제후국의 지위까지 잃고 말 것이오.

만약에 한자가 명을 받들어 사절로 왔다가 환옥을 구한다면, 탐욕도 대단하지만 어찌 그것이 죄가 안 된단 말이오? 옥 하나를 내주었다가 두 가지 죄를 짓는 셈이 되니 즉 우리는 나라의 지위를 잃고, 한자는 탐욕자가 될 것인데 누가 그런 짓을 한단 말이오? 게다가 우리가 옥 때문에 죄를 산다 해도 그것은 사소한 일이 아니겠소?"

한자는 그 환옥을 상인한테서 사기로 하고 이미 흥정을 끝냈다. 상인이 말했다.

"이 일은 꼭 군대부(君大夫)에게 알려야만² 합니다."

그래서 한자는 자산에게 보고했다.

"일전에 제가 그 환옥을 부탁했을 때 재상인 당신은 도리가 아니라고 하였기에 감히 다시 말씀드리지 않았습니다. 이번에 그것을 상인한테서 샀는데 그 상인이 말하기를 <이 일은 반드시 집정관 영감에게 알려야 하오> 하기에 그래서 감히 보고드립니다.”

자산은 대답했다.

“옛날 우리 선대 임금님이신 환공(桓公)께서 상인들과 함께 모두 주나라 기내(畿內)에서 옮겨와서 서로 합작하여 이 땅을 개간하고, 쑥·명아주 등 잡초를 베어내고 같이 정착하여, 대대로 지킬 맹세를 맺어 서로 믿어 왔습니다. 그 맹세에 이르기를, <너희는 나를 배반하지 않고, 나는 너희한테서 무리하게 사지 않으며, 억지로 요구하거나 빼앗지 않고, 너희가 장사로 이익을 보거나 귀중한 물건을 가지고 있다 하더라도 나는 관여하지 않겠다>고 했습니다.

이 약속을 믿었기에 서로 도와가며 오늘날까지 잘 해왔습니다. 지금 당신이 양국의 우호를 위하여 오셔서 저희 나라더러 상인한테서 억지로 뺏으라고 하신다면 그것은 저희 나라보고 상인들과 맺은 맹세를 어기라고 가르치는 것이 되니 그래서야 되겠습니까? 당신은 옥을 차지하고 대신 제후국을 잃어버리는 짓은 반드시 하시지 않을 것입니다.

만약에 대국이 영을 내려 한도 없고 끝도 없이 공출을 요구한다면 우리 정나라가 진나라의 변방 도시가 된 것이나 다름없으니 우리도 그렇게는 못하겠습니다. 저 교(僑)가 만일 그 환옥을 드렸더라면 과연 어떤 성과가 있었을지 참으로 의문스럽습니다. 실례를 무릅쓰고 제 의견을 말씀드렸습니다.”

한자는 환옥을 돌려주면서 말했다.

“저 기(起)의 불찰이었습니다. 어찌 감히 환옥을 탐내다가 두 가지 죄를 짓겠습니까? 환옥을 도로 돌려드리겠습니다.”

1. 환옥(環玉) 옥의 일종, 원형 조각으로 가운데에 큰 구멍이 있다. 옥의 살의 너비가 구멍의 지름과 같다고 했으므로 구멍이 큰 것이다. 환옥은 보통 패옥으로 썼다.
2. 군대부(君大夫)에게 알려야만 군대부는 재상. 아마 한선자가 강제로 샀기에 상인이 나라의 보호를 받고 싶었을 것이다.

도움말

이 대목은 진나라의 한선자가 정나라에 출사 갔다가 환옥의 다른 한 짝을 정나라 상인에게서 샀다가 도로 돌려준 사건을 적고 있다. 정나라는 진·초 양국 틈새에서 생존하면서 항상 양국의 협박을 받아 왔다. 한선자의 환옥 구하기도 외교적 압박의 한 예이다.

한선자가 가지고 있는 환옥 한 짝이 정나라 상인의 수중에 있다는 것을 알고 정나라에 사절로 가는 기회에 다른 한 짝을 마저 구하여 원만한 한 쌍을 만들고 싶었다.

자산이 환옥을 한선자에게 주지 않은 이유는 만약 주었다가는 탐욕의 연쇄 반응을 염려했고, 한선자를 공무를 빙자해서 사용(私用)을 보는 부적절한 행동을 저지르는 사람으로 만들고 싶지 않아서였다.

그러나 이 사건에서 주목해야 할 부분은 정나라는 여느 나라와 달리 건국 초기부터 상인과 상호 평등, 불가침의 관계를 맺어 왔다는 사실이다. 그 맹세는 정나라에서는 "질서(質誓)"라고 부른다. 그 앞부분을 소개하면 <너희는 나를 배반하지 않고(爾無我叛), 나는 너희에게서 억지로 사지 않는다(我無强賈)>고 했다. 이로써 정환공은 전통적인 관 주도의 "공상식관(工商食官, 백공百工과 관상官商이 국고에서 양식을 타서 생활함)" 정책을 타파하고, 자주 경영적인 사상(私商)의 길을 열었다.

정나라 상인과 정부의 관계는 상업의 독립성에만 적용되는 것이 아니라 사상(私商)들의 자발적인 정부시책 지원으로 이어진다. 정나라 상인들은 여러 제후국의 상층부 귀족들과 안면이 많았기 때문에 비공식 외교라인을 형성하거나 이면공작을 통하여 휴전, 포로 교환, 정보 획득, 비밀회담의 주선 등 다방면에서 애국적인 활동도 전개했다.

_ 편종編鐘

86. 오원(伍員)이 오(吳)나라로 망명하다

소공昭公 19, 20년

초나라 평왕(楚平王)이 채나라에 있을 때 격양(郹陽)의 봉인(封人)의 딸이 그이와 몰래 정을 통하여 태자 건(建)을 낳았다. 즉위하자 오사(伍奢)[1]를 태자의 사부로 임명하고, 비무극(費無極)을 소사(少師)로 임명했으나 비무극이 태자한테서 신임을 받지 못하자 태자를 모함하고자 하여 평왕에게 건의했다.

"태자를 장가보내는 게 좋겠습니다."

그래서 왕은 태자를 위하여 진(秦)나라에서 여자를 맞이하게 되어 비무극이 친영(親迎) 인사 중에 끼었는데, 비무극은 평왕더러 그 여자를 왕의 부인으로 맞이할 것을 권했다. 정월, 초나라 부인 영씨(嬴氏)가 진나라에서 도착했다.

초평왕이 수군을 편성하여 복(濮)나라를 쳤다. 비무극이 평왕에게 말했다.

"진(晋)나라가 패자(霸者)가 될 수 있었던 것은 중원에 가까이 있었기 때문이며, 반면에 초나라는 후미진 곳에 있어 진나라와 패권을 다툴 수가 없었습니다. 만약 성보(城父)에 큰 성을 쌓아 그곳에 태자를 두어 북방과 통하게 하고, 전하께서는 남방을 장악하신다면 천하를 쥐게 될 것입니다."

평왕은 기뻐하여 그이의 말대로 하기로 했다. 그래서 태자 건이 성보에 있게 되었다. (이상 소공 19년)

비무극이 초왕에게 말했다.

"태자와 오사가 방성(方城) 북방의 세력을 이끌고 반란을 일으키려 하고 있습니다. 그들은 자기들이 송나라나 정나라인 양 여기고, 제나라와 진나라도 함께 도와 초나라를 애먹이려 하고 있으며 조만간 성사될 단계에 와 있습니다."

초평왕은 이 말을 믿고 오사에게 물으니 오사는 대답했다.

"전하의 과실은 한 번2으로 족합니다. 어찌 참소를 믿으려 하십니까?"

초왕은 오사를 체포하고, 성보의 사마(司馬) 분양(奮揚)으로 하여금 태자를 죽이게 했으나 분양은 자신이 성보에 도착하기 전에 손을 써서 태자를 도망치게 했다. 3월, 태자 건은 송나라로 달아났다. 초왕이 분양을 소환하니 분양은 성보 사람을 시켜 자기를 체포하여 왕의 처소로 데리고 가게 했다. 초평왕은 말했다.

"내 입에서 나와 네 귀에 들어간 말을 누가 건에게 알렸느냐?"

"신이 고했습니다. 전하께서 신에게 말씀하시기를, '태자 건을 섬기기를 나를 섬기듯 하라'고 하셨습니다. 신은 불민하여 추호도 딴 마음을 가질 수 없었고, 처음의 명령을 받들어 처신해 왔을 뿐 뒤의 명령을 차마 따를 수가 없었습니다. 그래서 풀어 드렸습니다. 나중에 후회했지만 그때는 이미 늦었습니다."

"그러고도 네가 감히 내 앞으로 온 이유가 무엇이냐?"

"출사하여 사명을 완수하지 못하고, 부름을 받고도 오지 않는다면 두 번 죄를 짓게 되고, 도망가고 싶어도 숨을 곳이 없습니다."

"돌아가 전과 같이 일을 보아라."

비무극이 또 초평왕에게 말했다.

"오사의 아들은 재간이 있습니다. 그들이 만약 오나라에 가 있게 된다면 반드시 초나라를 괴롭힐 것입니다. 아비를 용서한다는 평계로 그들을 부르는 게 좋을 듯합니다. 그들은 어질기 때문에 반드시 올 것입니다. 그렇게 하지 않으면 장차 근심거리가 될 것입니다."

평왕은 사람을 시켜 그들을 불렀다.

"오면 네 아비를 용서하겠다. 오지 않으면 네 아비를 죽이리라."

당군(棠君) 오상(伍尙)이 아우 오원(伍員)[3]에게 말했다.

"너는 오나라로 가거라. 나는 돌아가서 죽을 거야. 내 지혜는 너에게 미치지 못하고, 나는 아버지를 위해 죽을 수 있고, 너는 복수를 할 수 있다. 아버지를 용서한다는 명령을 들은 이상 달려가지 않을 수 없고, 친척이 살육을 당하면 복수를 하지 않을 수 없다. 달려가 죽어서 아버지를 살리는 것이 효(孝)이고, 성사 여부를 헤아려서 행동하는 것이 인(仁)이며, 각자가 소임을 골라서 나아감이 지혜이고, 반드시 죽을 줄 알고도 피하지 않는 것이 용(勇)이다. 아버지를 죽게 내버려두어서는 안 되고, 명예는 소중히[4] 여겨야 한다. 너는 복수에 힘을 써라. 내 말을 듣는 편이 둘이 함께 죽는 것보다 훨씬 낫다."

오상은 곧 도성으로 돌아갔다. 오사는 오원이 오지 않는다는 말을 듣고 말했다.

"초나라의 임금과 대부는 이제부터는 제때에 식사하기는 글렀구나!"

초나라 사람은 오사와 오상을 둘 다 죽였다.

오원은 오나라로 가 오왕(吳王) 주우(州吁)[5]에게 초나라를 치면 이롭다는 것을 말했다. 그러자 공자 광(光)이 말했다.

"저 사람은 부형이 살육을 당했기 때문에 원수를 갚으려고 하는 것이오니 그 사람 말을 들어서는 안 됩니다."

오원은 말했다.

"저분은 무언가 딴 속셈[6]을 갖고 있다. 그렇다면 나는 잠시 그분을 위해 용사나 물색하고, 시골에서 때를 기다려 보자."

그래서 오원은 전설제(鱄設諸)[7]라는 사람을 공자 광에게 소개해 주고, 자신은 시골에서 밭을 갈았다.

주 석

1. 오사(伍奢) 오거(伍擧)의 아들, 초나라 대부. 오상과 오원의 아버지.
2. 과실은 한 번 태자 건(建)의 아내를 가로챈 일.
3. 오원(伍員) 자는 자서(子胥), 오나라로 도망가 오왕의 모사가 되었다.
4. 명예는 소중히 형제가 한꺼번에 아버지를 따라 죽으면 원수를 갚을 사람이 없게 된다.
5. 주우(州吁) 오왕(吳王) 요(僚).
6. 딴 속셈 오왕 요를 죽이고 왕위를 탈취하려는 생각.
7. 전설제(鱄設諸) 전제(專諸), 오나라 용사.

도움말

이 대목은 간사하고 아첨 잘하는 초나라의 소사(少師) 비무극의 모함으로 오사네 일가가 망하여 부자가 죽고, 막내아들 오원이 오나라로 도망가 복수의 칼을 간다는 이야기이다.

소사 비무극이 태자 건의 신임을 얻지 못하자 비열하고 악랄한 소인 근성을 드러내 첫째, 태자의 신부를 가로채게 초왕을 오도하고, 둘째, 태자를 북방을 방위하기 위해서라며 성보에 부임케 하며, 셋째, 태자와 오사가 반란을 획책하고 있다고 무고하고, 넷째, 오사의 두 아들을 그대로 두면 위험하니 살해하게 종용했다.

오상과 오원 두 형제는 생사의 기로에 서서 형 오상이 결정을 내린다. 오상 자기는 죽어서 효를 지키고, 오원은 원수를 갚는 것이 지혜 있는 행동이라 결론짓고, 오상은 초왕 앞에 출두하여 아버지와 함께 죽임을 당하고, 아우 오원은 오나라로 망명을 갔다.

이 대목에서 나온 성어는 출구입이(出口入耳), 회지무급(悔之無及)이다.

87. 안자(晏子)가 화(和)와 동(同)을 논하다

소공昭公 20년

제나라 경공(齊景公)이 사냥에서 돌아와 천대(遄臺)에서 쉬고 있을 때 안자(晏子)가 옆에서 모셨는데 거기에 자유(子猶, 즉 양구거梁丘據)가 수레를 타고 달려왔다. 경공이,

"오직 구거만이 나하고 마음이 맞는단 말이야!"

라고 하자 안자가 말했다.

"구거는 단지 주상에게 맞장구를 치고 있을 따름입니다. 어찌 마음이 맞는다고 할 수 있습니까?"

"마음이 맞는다는 것[和]과 맞장구친다는 것[同]은 다르단 말인가?"

"다릅니다. 마음이 맞는다는 것은 마치 고깃국을 만드는 일과 같아서 물·불·식초·육장·소금·매실을 사용하여 생선이나 고기를 삶는데, 땔나무로 끓인 다음 요리사는 맛을 맞추기 위하여 너무 싱거우면 조미료를 더 타고, 너무 진하면 물을 타서 묽게 만듭니다. 그리하여 윗분이 그 국을 드시면 마음이 편안해지는 것입니다.

군신 사이도 마찬가지입니다. 임금이 좋다고 하더라도 그 속에 좋지 못한 점이 있으면 그 좋지 못한 점을 지적하여 그 좋은

점을 더 완벽하게 만들고, 임금이 안 된다고 하더라도 그 속에 좋은 점이 있으면 그 좋은 점을 말씀드려 그 그릇된 부분을 고치게 합니다. 그래야만 정치는 공평하고 예에 어긋나지 않으며, 백성들도 다투는 마음을 안 갖게 되는 것입니다.

그러므로 ≪시경≫에 이르기를,

　양념이 잘된 고깃국은

　오미를 갖추고 간도 맞네.

　신령에게 바치니 아무 탈이 없고

　상하는 화목하여 다툼이 없네.[1]

라고 했습니다. 옛날의 선왕들이 오미(五味)[2]를 맞추고, 오성(五聲)[3]을 조화시킨 것도 자기의 마음을 편안하게 하여 좋은 정치를 하기 위해서였습니다. 음악도 맛과 같은 것이어서 일기(一氣), 이체(二體), 삼류(三類), 사물(四物), 오성(五聲), 육률(六律), 칠음(七音), 팔풍(八風), 구가(九歌)[4]를 모두 사용하여 상호 알맞게 배합하여야 하고, 또 소리의 청탁(淸濁), 대소(大小), 장단(長短), 완급(緩急), 애락(哀樂), 강유(剛柔), 지속(遲速), 고저(高低), 출입(出入), 소밀(疎密)과 같은 상반(相反)되고 상대적(相對的)인 인소를 사용하여 상호 보완하여야만 서로 조화가 되는 것입니다. 그래야만 윗분이 그것을 들으면 마음이 평온해지고, 마음이 편하면 성품도 온화해지는 것입니다. 그래서 ≪시경≫에 이르기를,

　좋은 소문이 그치질 않네.[5]

라고 했습니다. 그런데 양구거의 경우는 그렇지 않습니다. 주상께서 좋다고 하시면 양구거도 좋다고 말하고, 주상께서 안 된다고 하시면 양구거도 따라서 안 된다고 말합니다. 만약에 물

에 물을 탄다면 누가 그것을 마실 수 있을 것이며, 만약에 금 (琴)이나 슬(瑟)이 한 가지 가락만을 낸다면 누가 그것을 들을 수 있겠습니까? 맞장구치는 동(同)이 안 된다는 것은 이와 같은 것입니다."

<hr />

주 석

1. 양념이……다툼이 없네 출처는 ≪시경≫ 상송·열조(烈祖).
2. 오미(五味) 단맛(甛)·쓴맛(苦)·신맛(酸)·매운맛(辣)·짠맛(咸)의 다섯 가지 맛.
3. 오성(五聲) 궁(宮)·상(商)·각(角)·치(徵)·우(羽)의 다섯 가지 음계.
4. 일기(一氣)……구가(九歌) 일기는 공기. 이체는 문무(文舞)와 무무(武舞)를 가리킨다. 고대의 주악은 흔히 무용을 배합했는데 문무는 깃과 피리를 들었고, 무무는 방패와 창을 들었다. 삼류는 ≪시경≫의 풍(風), 아(雅), 송(頌)을 가리킨다. 사물은 사방의 물건. 악기가 내는 소리에는 쇠붙이, 돌, 흙, 가죽, 실, 대나무, 박, 나무가 있고, 반드시 사방의 물건으로 만들어야 한다. 오성은 오음. 육률은 황종(黃鐘), 태주(太簇), 고선(姑洗), 유빈(蕤賓), 이칙(夷則), 무역(無射)의 여섯 가지 악률을 말하며 악조의 높낮이를 분별하는 데 쓴다. 칠음은 궁, 상, 각, 치, 우, 변궁(變宮), 변치(變徵)의 일곱 음계. 팔풍은 팔방의 바람. 구가는 구공(九功)의 덕을 찬양한 노래. 구공은 수(水), 화(火), 목(木), 금(金), 토(土), 곡(穀), 정덕(正德), 이용(利用), 후생(厚生)이다.
5. 좋은 소문이 그치질 않네 출처는 ≪시경≫ 빈풍·낭발(狼跋)이다.

<hr />

도움말

이 대목은 안영이 제경공을 모시고 "화(和)"와 "동(同)"에 대하여 나눈 대화를 적고 있다.

≪논어≫ 자로에 보면 <군자는 마음을 맞추되 맞장구를 치지 않는다(君子和而不同)>고 했고, ≪국어≫ 정어(鄭語)에서도 주왕실의 사백(史伯)이 사도(司徒)로 있는 정나라 환공(鄭桓公)보고 <마음이 맞으면 만물을 생산해낼 수 있고, 맞장구치면 발전할 수 없다. 현재 주유왕(周幽王)은 착한 사람과 공동 합작하지 않고, 나쁜 사람과 한통속이 되어 있다(和實生物, 同則不繼. 今王去和而取同.)>고 했다. 이것으로 보면 "화(和)"와 "동(同)"은 춘추시대에 상습적으로 사용되던 한 쌍의 개념이었던 것 같다.

"화"와 "동"은 표면상으로는 닮아 보이지만 실질적으로는 완전히 다르다. 안영은 유추(類推) 방법을 이용하여 생동감 있고 설득력 있게 설명한다. "동"은 절대적인 일치요, 변동성이 없는 데 반해 "화"는 상대적인 일치요, 다양성이 존재한다. "화"를 오미의 조화에 비유하여 상이한 양념을 써서 상호 조제하는 것과 같다고 하고, 또 음악에 비유하여 상이한 소리로 서로를 보완하는 것과 같다고 한다. "동"은 물에 물을 타거나, 금슬로 한 가지 가락만 타는 것과 같다고 한다.

안자는 "동"과 "화"를 가지고 인간관계를 해석하면서 "화"는 가부(可否)가 서로 돕고, 결점을 지적하여 잘못을 보완하는 것이고, "동"은 한통속이 되어 부화뇌동하고, 얼른 나가서 맞이하는 식이며, "화"는 이점이 많고, "동"은 해가 무궁하다고 한다.

안영은 여기에서 상반상성(相反相成)의 원리를 투철하게 강조한다. 조화라는 것은 상반되고 상대적인 인소가 포함되어야만 상호 보완, 상호 보강을 통하여 승화의 수준으로 올라가는 것이다.

이 대목에서 나온 성어는 이수제수(以水濟水)이다.

88. 자산(子産)이 정치의 관맹(寬猛)을 논하다

소공昭公 20년

정나라 자산(子産)이 병이 나자 자태숙(子大叔)을 보고 말했다.
"내가 죽으면 당신이 반드시 정치를 맡아보게 될 거요. 오직
덕이 있는 사람이라야 관대한 정치로 백성을 복종시킬 수 있
고, 그 다음은 매섭게 다스리는 것보다 더 좋은 방법은 없소.
무릇 불이란 것은 사납기 때문에 사람들이 바라보기만 해도 무
서워하오. 그러므로 불 때문에 죽는 일은 적지만, 물은 나약하
게 보이기 때문에 사람들이 만만히 보고 가지고 놀다가 물에
빠져 죽는 일이 많소. 그러기에 관대한 정치를 펴기란 어려운
것이오."
병을 앓은 지 몇 달 만에 자산은 세상을 떠났다. 태숙이 정권
을 맡아 차마 매서운 정치를 펴지 못하고 관대한 정치를 폈다.
그랬더니 정나라에 도둑이 많이 생겨 갈대가 무성한 못에 도적
의 무리가 모여들었다. 태숙은 후회하고 말하기를,
"내가 진작 그 어른의 말씀대로 했더라면 이런 일을 당하지 않
았을 것이다."
하고는 보병을 풀어 갈대 못의 도둑을 토벌하여 모조리 잡아
죽였더니 도둑이 조금 뜸해졌다.

중니(仲尼)가 말했다.

"잘했다. 정치가 관대하면 백성이 게을러진다. 게을러지면 매섭게 다스려 바로잡아야 하고, 정치가 매서우면 백성이 다치게 된다. 백성이 다치게 되면 관대한 정치를 베풀어야 한다. 너그럽게 하여 매서움을 풀고, 매섭게 하여 너그러움을 죄어야 한다. 이렇게 해서 정치는 조화를 이루는 것이다. ≪시경≫에 읊기를,

　백성들 고생이 말이 아니니
　이제 잠시 쉬어 가게 하시고,
　이 나라를 사랑하시어
　온 세상을 편안케 하소서.[1]

라고 했는데 이것은 너그러운 정치를 베푼다는 말이다.

　간사한 자의 말 듣지 말고
　나쁜 사람들 조심하며,
　도적과 포학한 자 막아야 하나니
　그들은 끝내 천명을 두려워하지 않네.[2]

라고 했는데 이것은 매서운 정치로 바로잡는다는 말이다.

　먼 곳을 어루만져 주고
　가까운 곳도 다정하게 하여
　우리 임금님을 편안케 하소서.[3]

라고 했는데 이것은 조화로써 나라를 안정시킨다는 말이다. 또 읊기를,

　서둘지도 않고 느리지도 않고
　강경하지도 않고 연약하지도 않은
　여유만만한 정치를 펴시니

온갖 복이 산더미같이 모여드네.**4**

라고 했는데 이것은 조화의 정점에 다다랐다는 말이다."

자산이 세상을 떠났을 때 중니가 그 소식을 듣고 눈물을 흘리며 말했다.

"그분의 사랑은 옛사람이 세상에 남긴 귀한 유풍이다."

주 석

1, 2, 3. 출처는 ≪시경≫ 대아・민로(民勞)이다.
4. 출처는 ≪시경≫ 상송・장발(長發)이다.

도움말

이 대목은 병든 자산이 자태숙에게 재상의 경험담을 들려주면서 백성을 매섭게 휘어잡아야 백성을 보호할 수 있다고 말하는 부분과, 공자가 자산의 관맹상제(寬猛相濟) 정치를 찬양하고 해석하는 부분의 두 부분으로 구성되어 있다.

자산은 일찍이 춘추시대에 정치를 하는 데 있어 당근과 채찍이라는 두 가지 상반된 정책을 결합해서 사용해야만 옳은 정치를 할 수 있다는 것을 주장했다. 자산이 주장하는 "매서운 정치"란 백성을 사랑하기 위함이고, 법의 엄숙성을 보호하기 위해서이지, 가혹한 정치와 같은 것은 결코 아니다. 또한 조령모개(朝令暮改)식의 방편으로 쓰는 것과는 완전히 다른 것이다. 또 "관대한 정치"란 연약한 것이 아니라 통치자의 흉금과 도량을 내보이는 것이다.

이 대목의 후반부에서 공자는 관맹상제를 설명하면서 ≪시경≫의 여러 구절을 인용하여 너그러운 정치와 매서운 정치를 적절히 번갈아 폄으로써 정치는 비로소 조화를 이루고 승화하는 것이라고 결론을 짓는다.

≪예기≫ 단궁 하(檀弓下)에 이런 이야기가 실려 있다.

공자가 태산 곁을 지나는데 어떤 부인이 무덤 앞에서 슬피 울고 있었다. 공자가 수레를 세워 수레의 가로대에 기대어 우는 소리를 듣고 자공을 시켜 물었다.

"당신이 곡하는 것을 들으니 연거푸 불행을 당한 것 같소."

부인이 대답했다.

"그렇습니다. 과거에 제 시아버님께서 범에 물려 돌아가셨고, 제 남편도 그렇게 죽더니 이제 최근에는 제 아들이 또 그렇게 죽었습니다."

공자가 물었다.

"왜 이곳을 떠나지 않느냐?"

"여기에는 번거롭고 무거운 부역이나 부세가 없기 때문입니다."

"너희는 잘 기억해 두어라. 가혹한 정치는 범보다도 사나운 것이다."

이 대목에서 나온 성어는 망이생외(望而生畏), 관맹상제(寬猛相濟)이다.

89. 전설제(鱄設諸)가 오왕 요(僚)를 찌르다

소공昭公 27년

오왕(吳王) 요(僚)는 초나라가 상을 당한 틈을 타서 그 나라를 칠 작정으로 공자 엄여(掩餘)·공자 촉용(燭庸)으로 하여금 군사를 거느리고 잠(潛)을 포위케 하고, 연주래계자(延州來季子, 계찰)를 시켜 중원의 여러 나라를 예방케 했다. 계자는 곧 진(晋)나라를 예방하고 제후국의 동정을 살폈다.

초나라의 유윤(蔿尹) 연(然)과 공윤(工尹) 균(麇)이 군사를 거느리고 잠을 구원했고, 좌사마와 심윤술(沈尹戍)은 도읍의 친병과 왕실의 말 관리인들을 이끌고 증원군이 되어 나갔다가 오나라 군사와 궁(窮)에서 맞닥뜨렸다. 영윤(令尹) 자상(子常)은 수군을 거느리고 사예(沙汭)까지 갔다가 돌아갔으나, 좌윤(左尹) 극완(郤宛)과 공윤(工尹) 수(壽)가 군사를 거느리고 잠에 당도하니 오나라 군사는 퇴군할 수 없게 되었다.

오나라 공자 광(光)은 말했다.

"이때를 놓치면 안 된다."

그리고 전설제에게 말했다.

"중원 제국에 도는 말이 있으니 <구하지 않으면 무엇을 얻으랴>고 한다. 나는 정당한 왕위 계승자[1]이고, 나는 그 자리를 차지하고 싶다. 일이 성사되면 계자가 비록 돌아오더라도 그 아이는 나를 폐위시키지는 않을 걸세."

전설제가 말했다.

"왕을 죽이는 일이야 문제없지만 제 어머니는 늙었고, 자식은 어리니 저는 그들을 어떻게 할지 모르겠습니다."

"내 몸이 곧 자네 몸일세."

여름 4월, 공자 광은 지하실에 무장병을 숨겨놓고 오왕에게 향연을 베풀었다. 오왕은 무장병으로 하여금 길 양쪽과 대문 앞까지 늘어 앉아 호위하게 하고, 대문·섬돌·방문·술자리에는 모두 오왕의 친위병 일색이었고, 단검을 들고 오왕의 양쪽에서 호위했다. 음식을 나르는 사환은 문 밖에서 알몸을 보이고 옷을 갈아입어야 했고, 안에서 음식을 받는 사환은 앉아서 무릎으로 왕 앞으로 나아가면 단검을 가진 자들이 양쪽에서 그를 끼고 검 끝이 몸에 닿을 듯 바싹 붙어서 음식을 오왕께 올리게 했다.

공자 광은 거짓으로 발이 아프다고 핑계를 대고 미리 지하실에서 대기하고 있었다. 전설제가 생선 뱃속에 칼을 감추고, 앞으로 나아가서 칼을 빼내어 오왕을 찔렀다. 그 순간 좌우의 단검이 설제의 가슴속에서 교차했으나 이내 오왕을 시해했다. 합려(闔廬, 즉 공자 광)는 설제의 아들을 경(卿)으로 삼았다.

<hr />

주 석

1. 왕위 계승자 이매(夷眛)가 죽자 계찰이 기어이 왕위를 사양하니 이매의 아들 오왕 요를 세웠다. 공자 광은 계찰이 왕이 안 된다면 왕위는 당연히 제번(諸樊)의 아들에게 돌아와야 한다. 그래서 자기가

왕사(王嗣)라고 한 것이다. 일설에는 공자 광은 이매의 아들이고, 오왕 요는 그의 서형이었다. 이매는 공자 광을 폐하고 요를 왕위에 세웠다.

도움말

이 대목은 두 단으로 나누어 볼 수 있다. 제1단은 공자 광이 오왕 요를 살해할 시기를 노리는 장면을 묘사하고 있다. 즉 두 공자는 군사를 이끌고 출정하고, 계찰은 중원 제국을 순방하게 되어 국내에 아무도 오왕 요를 호위할 사람이 없게 된다. 제2단에서는 삼엄한 경계 속에 극적인 장면이 전개된다.

이에 앞서 공자 광은 "내가 정당한 왕위 계승자이다."라고 공언하고, 희대의 자객 전설제는 "왕이야 죽일 수 있지만"하고 자기의 수완에 강한 자신감을 보인다. 전설제는 노모와 어린 자식의 후사를 공자 광에게 일임한다.

공자 광은 지하실에 무장병을 숨겨놓고 오왕을 잔치에 초대한다. 오왕 요도 도로변부터 섬돌, 방문, 술자리와 음식을 나르는 사환에 이르기까지 물샐 틈 없는 방비를 깐다. 장면의 정점은 전설제가 생선의 뱃속에 감춰둔 칼을 꺼내어 오왕 요를 찌르는 장면이다. 가장 희극적인 장면이다. 특히 단검이 전제의 가슴속에서 교차하는 순간에 임무를 완수하는 장면은 심금을 울린다.

90. 가신(賈辛)이 위헌자(魏獻子)에게 신고하다

소공昭公 28년

가신(賈辛)이 봉지로 받은 현(縣)으로 부임하기에 앞서 위자(魏子)[1]를 찾았다. 위자는 말했다.

"어서 오게, 가신! 옛날 숙향(叔向)이 정나라에 갔을 때의 일이오. 정나라의 종멸(鬷蔑)[2]이라는 대부는 못생긴 사람이었는데 이 사람이 숙향을 만나고 싶어서 밥상의 그릇을 치우러 가는 일손의 뒤를 따라 들어가 대청마루 밑에 서서 무어라고 한마디 했는데 말소리가 참 좋았어. 숙향은 막 술을 마시려던 참이었는데 그 말소리를 듣고 '저 사람은 틀림없이 종명(鬷明)이다' 하고 마루 아래로 내려가 그 사람의 손을 잡고 자리로 올라와서 말했다네. <옛날에 가(賈)나라 대부는 못생겼으나 아름다운 여자를 아내로 얻었소. 그런데 그 아내는 3년이 되도록 말 한마디 않고 웃음 한 번 웃은 적이 없었소. 하루는 그이가 아내를 수레에 태우고 못가로 가서 꿩을 쏘아 맞히자 그제야 아내는 웃고 말도 했다는 거요. 남편은 말하기를 '사람은 꼭 한 가지 재주는 있어야 하겠군. 내가 만일 활이라도 쏠 줄 몰랐더라면 당신은 끝내 말도 안하고 웃지도 않았을 것 아닌가?'라고 했다는 거요. 지금 당신은 용모가 그리 보기 좋은 편은 아니니 만

약에 잠자코 있었더라면 나는 하마터면 당신을 못 만날 뻔했소. 말이란 해야 맛이란 것은 이와 같은 것이오>하고는 곧 두 사람 사이가 옛 친구와 같았다는 것이오. 지금 자네는 왕실을 위해 힘썼기 때문에 기용한 것이니 어서 가서 공경심을 잃지 말고 잘 해보게. 자네의 공로를 헛되게 하지 말게."

주 석

1. 위자(魏子) 위헌자, 위서(魏舒). 당시 진나라 한선자는 세상을 떠났고, 위헌자가 재상이었다.
2. 종멸(鬷蔑) 연명(然明), 정나라 대부. 종명(鬷明)이라고도 부른다.

도움말

춘추 말기인 노소공 28년(기원전 514년), 진나라 재상 위서는 씨족의 내란 결과 몰수한 기씨(祁氏)의 토지와 양설씨(羊舌氏)의 토지를 합해서 귀족의 채읍을 가지고 모두 10개 현(縣)으로 개편하고, 10개 현 대부를 임명하여 국가가 직접 관리하게 했다. 가신(賈辛)은 그 열 명 중의 한 사람이다. 이것은 분봉제(채읍)를 폐지하고 중앙집권제로 넘어가는 춘추시대의 일대 사건이었다.

이 대목은 위서가 기대부(祁大夫)로 임명한 가신이 부임 인사차 찾아왔을 때 두 가지 고사를 인용하여 격려, 지도하는 장면을 그리고 있다. 연명은 정나라 대부로 용모는 못생겼으나 식견은 탁월했다. 첫째 고사는 숙향이 연명의 말소리를 듣고 연명을 알아보았다는 이야기다. 둘째 고사는 고사 속의 고사인데 숙향이 전해들은 바로는 가대부는 역시 용모가 못생겼는데 활솜씨로, 3년 동안 말도 않고 웃지도 않던 미모의 아내를 웃겼다는 이야기이다. 사람의 말과 재주는 반드시 드러내보여야지 감추고만 있으면 안 된다는 가르침이다.

이 대목에서 나온 성어는 여고사치(如皐射雉), 기모불양(其貌不揚)이다.

정공定公 4년

가을에 초나라는 심(沈)나라 일 때문에 채나라를 포위했다. 그러자 오원(伍員)이 오나라의 행인(行人)이 되어 초나라를 괴롭히는 구실을 맡았다. 초나라가 극완(郤宛)을 죽였을 때 백씨(伯氏)[1] 일족은 국외로 도망갔는데 백주리(伯州犂)의 손자 비(嚭)는 오나라의 태재(大宰)가 되어 역시 초나라를 괴롭히는 역할을 맡았다. 초나라는 소왕(昭王)이 즉위한 이래 오나라 군사의 공격을 받지 않은 해가 없었다. 채소후는 이것을 믿고 자기 아들 건(乾)과 대부의 아들을 오나라에 인질로 넣었다.

겨울, 채소후·오왕 합려·당성공이 연합하여 초나라를 쳤다. 배를 회수(淮水) 물굽이에서 버리고, 예장(豫章)[2]에서 진격하여 한수를 사이에 두고 초나라와 대치했다. 초나라의 좌사마(左司馬) 술(戌)[3]이 자상(子常)을 보고 말했다.

"어르신은 한수 연안을 오르내리면서 적의 도하를 막아 주십시오. 저는 방성(方城)[4] 밖에 있는 군사를 모조리 거느리고 가서 적이 물굽이에 매어 놓은 배를 부수어 버리고, 돌아와서는 대수(大隧)·직원(直轅)·명액(冥阨)의 세 관문[5]을 막겠습니다. 그러면 어르신은 한수를 건너가 치고, 제가 뒤에서 공격하면 우리는 반드시 적을 패배시킬 수 있습니다."

그이는 이렇게 계획을 세우고 떠났다. 좌사마가 떠난 뒤 무성흑(武城黑)이 자상에게 말했다.

"오나라의 전차는 나무로 만들었고, 우리는 가죽으로 덮었으니 가죽은 습기에 약해 오래 견디지 못합니다. 속전속결이 상책입니다."

또 사황(史皇)은 자상에게 말했다.

"초나라 사람은 어르신을 싫어하고, 사마를 좋아합니다. 만약 사마가 오나라의 배를 회수에서 부수고, 방성의 길목인 세 관문을 막고 돌아온다면 그것은 그이가 혼자 오나라를 이긴 꼴이 되니 어르신은 꼭 속전으로 결판을 내십시오. 그렇지 않으면 화를 면하기 어려울 것입니다."

그래서 자상은 한수를 건너 포진하고, 소별산(小別山)에서 대별산(大別山)에 이르는 지역에서 세 차례 싸웠다. 자상은 이길 수 없다는 것을 알고 달아나려고 하자 사황이 말했다.

"나라가 무사할 때에는 정권을 잡겠다고 꾀를 부리고, 나라가 위난에 처하자 도망간다면 어디에 숨는단 말입니까? 어르신은 꼭 나라를 위해 싸우다 죽으십시오. 죽으면 그 전의 죄는 반드시 남김없이 면제됩니다."

11월 경오날에 양군은 백거(柏擧)[6]에 진을 쳤다. 오왕 합려의 아우이자 훗날의 부개왕(夫槩王)이 새벽에 합려에게 청했다.

"초나라 영윤 낭와(囊瓦)는 인정이 없어서 그 부하는 아무도 죽을 각오로 싸울 뜻을 가진 사람이 없으니 우리가 먼저 친다면 보병은 틀림없이 도망갈 것입니다. 그 뒤를 우리 대군이 맡아서 공격한다면 우리는 반드시 이길 것입니다."

그러나 오왕은 듣지 않았다. 그러자 부개왕은,

"소위 <신하는 도의에 맞는다면 행하고, 구태여 명령을 기다릴 필요가 없다>고 한 것은 이런 경우를 두고 한 말일 게다. 오늘 내가 죽을 각오로 싸운다면 초나라 국도에 들어갈 수 있을 것이다."

하고, 부하 5천 명을 거느리고 먼저 자상의 보병대를 치니 자상의 보병은 도망가고, 초나라 진영은 혼란에 빠지니 오나라 군사는 이를 크게 패배시켰다. 자상은 정나라로 도망갔다. 사황은 자상의 지휘차를 타고 싸우다 전사했다.

오나라 군사는 초나라 군사를 쫓아 청발수(淸發水)까지 왔는데 추격하려 하자 부개왕은 말했다.

"곤경에 빠지면 짐승도 죽을힘을 다해 싸우는 법이거늘 하물며 사람이야 말할 것 있겠습니까? 저들이 살 길이 없다는 것을 알고 죽을힘을 다해 싸운다면 반드시 우리를 패배시킬 것입니다. 만약 먼저 강을 건넌 자는 살 수 있다고 믿게 하고, 뒤따르는 자를 부럽게 만든다면 싸울 마음이 없어질 것입니다. 저들의 병력이 절반쯤 건넜을 때 그때 치는 것이 좋겠습니다."

이 의견을 좇아 또 한 번 초군을 패배시켰다. 먼저 건너간 초나라 사람이 식사 준비를 하고 있을 때 오나라 사람이 덮치자 도망을 갔다. 그 밥을 먹고, 뒤쫓아가서 옹서(雍澨)에서 패배시키고, 다섯 차례 싸운 끝에 영(郢)[7]에 이르렀다. 기묘날, 초소왕은 누이동생 계미비아(季羋畀我)를 데리고 도성을 빠져나가 수수(睢水)를 건너는데, 침윤(鍼尹) 고(固)가 초왕과 한배를 탔다. 초왕은 불붙은 횃불을 코끼리의 꼬리에 매달아 오나라 군중으로 돌진하게 했다. 경진날, 오나라는 영으로 들어가 신분의 등급에 따라 왕궁에 거처를 정했다. 자산(子山)[8]이 영윤의 궁실을 차지했는데 부개왕이 공격하여 뺏으려 하자, 그이는 겁이 나서 다른 곳으로 갔고, 부개왕이 그 자리를 차지했다.

좌사마 술은 식(息)까지 갔다가 돌아와 오나라 군사를 옹서에서 패배시켰으나 부상을 입었다. 처음에 사마는 오왕 합려의 신하로 일한 적이 있었기 때문에 오나라의 포로가 되는 것을 수치로 알고, 자기 부하를 보고,

"누가 내 머리를 잘 감춰 줄 사람 없소?"

하고 물었다. 오구비(吳句卑)가 말했다.

"저는 천한 몸이온데 제가 해도 될까요?"

"내가 여태껏 정말 너를 몰라보았구나. 좋다마다."

그 뒤에도 그이는 세 번을 싸웠으나 번번이 부상을 당하니,

"나는 이젠 아무 짝에도 쓸모가 없는 몸이다."

하고 말했다. 구비는 치마를 땅에 깔아 놓고, 사마의 목을 베어 치마에 싼 다음, 그 몸은 감추고, 머리는 가지고 달아났다.

초소왕은 수수를 걸어서 건너고, 장강(長江)을 배로 건너서 운(雲)[9]으로 들어갔다. 왕이 잠든 사이에 강도가 덮쳐 창으로 왕을 쳤다. 왕손(王孫) 유우(由于)가 등으로 막았다가 어깨를 맞았다. 왕은 운(鄖)으로 도망가고, 종건(鍾建)은 계미를 업고 뒤따랐으며, 유우는 조금 뒤에 다시 깨어나서 그 뒤를 좇았다. 운공(鄖公) 신(辛)[10]의 아우 회(懷)가 장차 왕을 시해하려고 말했다.

"평왕(平王)은 우리 아버지를 죽였소. 내가 평왕의 아들을 죽인다고 안 될 게 뭐 있소?"

신은 말했다.

"임금이 신하를 죽였다고 누가 원수로 생각하겠는가? 임금의 명령은 곧 하늘의 명령인데 만일 천명에 죽는다면 누구를 원수로 삼는단 말인가? ≪시경≫에 읊었다.

　부드럽다고 삼키지 않고

　딱딱하다고 뱉지도 않으며

　홀아비와 과부를 업신여기지 않고

　강포한 자를 두려워하지 않네.[11]

어질지 못하면 할 수 없는 일이다. 강한 상대는 피하고, 약한 상대는 깔보는 것은 용기[勇]가 아니고, 남의 궁한 처지를 이용하는 것은 어질지[仁] 못하며, 자기 집안을 멸종시키고 제사를 끊어 버리는 것은 효(孝)가 아니고, 일을 해서 좋은 이름을 얻지 못하는 것은 지혜[智]가 아니다. 네가 만약 이 네 가지를 범하기만 하면 나는 너를 죽여 버릴 테다."

투신(鬪辛, 즉 운공 신)은 아우 소(巢)와 함께 초왕을 모시고 수(隨)나라로 도망갔다. 오나라 사람이 뒤를 쫓아가 수나라 사람에게 말했다.

"주나라 자손으로서 한수 부근에 있었던 나라는 초나라가 씨를 말려 버렸습니다. 이제 하늘이 속내를 드러내어 초나라에 벌을 내리고 있는 중인데 수나라 임금님은 초왕까지 숨기고 계십니다. 주왕실에 무슨 죄가 있습니까? 수나라 임금께서 만약 주나라의 은혜에 보답하고, 나아가서는 과군에게도 선심을 베푸셔서 하늘의 뜻을 도우신다면 더없이 고마운 일입니다. 한수 이북 땅은 임금님께서 가지십시오."

그때 초소왕은 수나라 공궁의 북쪽에 있었고, 오나라 사람은 그 남쪽에 있었다. 자기(子期)[12]는 생김새가 초왕을 그대로 빼

닮아서 왕을 도망시키고 자기가 초왕으로 분장하여 초왕 행세를 하면서 말했다.

"나를 잡아다가 오나라 사람에게 넘겨주면 초왕은 반드시 화를 면할 수 있을 것이오."

수나라 사람이 그 일을 가지고 거북점을 쳐보니 불길하다고 나왔다. 이에 수나라 사람은 오나라에 사절을 보내어 말했다.

"수나라는 구석진 곳에 있는 소국으로 초나라에 붙어 있는데도 초나라가 잘 지켜 주어서 대대손손 맹세를 맺어 왔고, 지금까지 바꾸지 않고 있습니다. 만약에 곤경에 빠졌다고 저버린다면 무슨 낯으로 저쪽 임금님을 대하겠습니까? 저희들 집사가 염려하는 것은 단지 초왕 한 분에 그치는 것이 아닙니다. 만약 초나라 국경 안까지 마저 안정시켜 주신다면 어찌 감히 명령을 거역하겠습니까?"

이에 오나라 사람은 물러갔다. 각설하고, 여금(鑢金)이란 자가 전에 자기씨(子期氏)의 가신으로 있었는데 그 사람과 수나라 사람 사이에 (수나라가 초왕과 자기를 오나라에 인도하지 않기로) 미리 약조한 바가 있었다. 그래서 초소왕이 그 사람을 만나 보려고 했으나 그이는 사양하고 말했다.

"임금님이 곤궁에 빠졌다고 해서 그것을 이용해서 사리를 도모하고 싶지 않습니다."

초왕은 자기(子期)의 가슴살에서 피를 뽑아 그것을 수나라 사람에게 주고 맹세를 맺었다.

주 석

1. 백씨(伯氏) 극완의 도당.

2. 예장(豫章) 한수 이동, 장강 이북 일대의 지구.

3. 좌사마(左司馬) 술(戌) 초나라의 좌사마, 즉 심윤술.

4. 방성(方城) 초나라의 장성을 기리킨다. 이 장성은 지금의 하남 방성
   현(方城縣) 북쪽에서 시작하여 지금의 필양현(泌陽縣) 동북에 이른
   다.

5. 세 관문 지금의 하남과 호북의 접경지역에 있는 세 관문, 즉 동쪽
   의 구리관(九里關), 가운데의 무승관(武勝關), 서쪽의 평정관(平靖
   關)이다.

6. 백거(柏擧) 초나라 지명, 지금의 호북 마성현(麻城縣) 동북.

7. 영(郢) 초나라 국도, 지금의 호북 형주시(荊州市) 서북의 기남성(紀
   南城).

8. 자산(子山) 오왕 합려의 아들.

9. 운(雲) 운몽택(雲夢澤). 운몽택은 장강 남북에 걸쳐 있는데 이것은
   강남의 운몽.

10. 운공(鄖公) 신(辛) 운(鄖) 땅의 장관, 투신(鬬辛).

11. 부드럽다고……두려워하지 않네 ≪시경≫ 대아·증민(烝民).

12. 자기(子期) 초소왕의 형, 공자 결(結).

도움말

백거의 전쟁은 춘추 후기에 오나라와 초나라 사이에 일어난 첫 번
째의 비교적 대규모 전쟁이다. 이 대목은 전쟁이 일어난 원인부터
시작하여 오초 양군이 회수(淮水)와 한수(漢水) 사이에서 싸워 초군
이 대패하고, 오나라 사람이 초나라 국도 영(郢)에 입성하자 초왕은
수(隨)나라로 도망가는 전 과정을 묘사하고 있다.

문장이 길어서 편의상 세 부분으로 나누어 보는 것이 좋다. 첫째 부
분은 백거 전쟁의 원인이고, 둘째 부분은 백거 전쟁의 교전 상황과
오나라 사람의 영도 입성이며, 셋째 부분은 초왕이 패하여 운중을
경유 운(鄖)과 수(隨)로 도망가는 과정이다.

우선 주나라 천자의 대신 류문공(劉文公)이 18개 제후국을 회맹에

초청하여 초나라를 칠 것을 공동 상의할 때 "심나라 사람이 소릉(召陵)의 모임에 불참하여", "채나라가 심나라를 멸하고", "초나라가 채나라를 포위하는" 일련의 사건이 발생하여 백거 전쟁의 도화선에 불을 당겼다.

크게 보면 수대에 걸쳐 초왕이 대신을 남살하고 스스로 사직을 훼손하여 적지 않은 인재가 타국으로 망명했고, 가깝게는 가렴주구와 주변 약소국을 괴롭힌 영윤 자상의 패거리들에 기인한다. 특히 오원과 백비는 초나라에 대하여 깊은 한을 품고 초나라 평왕(平王)이 각각 아버지와 조부를 죽인 원수를 갚기 위하여 오나라를 부추겨서 초나라를 친 탓이다.

낭와(囊瓦)는 실제로 "삼탐(三貪)"의 영윤이다. 재물을 탐하여 뇌물을 요구하는 것이 그 하나요, 공을 탐하여 이름을 구하는 것이 그 둘이요, 목숨을 아까워하여 죽음을 두려워하는 것이 그 셋이다.

자상과 심윤술의 대비가 너무 뚜렷하다. 심윤술의 작전 계획은 정확했다. 자기가 오연합군이 버린 배를 파괴하고 세 개의 좁은 길목을 봉쇄하여 적의 퇴로를 차단하는 동안, 자상은 한수 연안을 굳게 지켜 오연합군의 도하를 막는다는 계획이었다. 그랬는데 자상이 사심에서 출발하여 신의를 버리고 한수를 도하함으로써 초군 참패의 원인을 제공했다. 심윤술은 결사적으로 싸워 최후에 장렬한 최후를 맞았다. 자상은 첫 전투에서 실패하자 도망갈 생각부터 먼저 하다 결국 "정나라로 도망을 갔다."

오왕 합려가 영도로 입성한 것은 좋았으나 내부의 부패상을 드러내고 말았다. 그것은 즉 "이반처궁(以班處宮)"으로 신분의 등급에 따라 왕궁에 거처를 정한 것인데 여기에 문제가 있었다. 부개왕은 궁실의 선택을 놓고 숙질간에 추태를 부리고 말았다. ≪공양전(公羊傳)≫에 의하면 <임금은 초나라 임금의 내실에서 거처하고, 대부는 초나라 대부의 내실에서 거처했다>고 적고, 이것은 이적(夷狄)의 오랑캐로 돌아간 짓이라고 했다.

초나라가 싸움에 진 이후 소왕은 도망갔는데 그 과정에서 많은 사건과 사람을 만난다. 운중에 있을 때에는 강도가 초왕을 습격했는데 왕손 유우가 자기 몸으로 초왕을 엄호했다. 노상에서 종건은 줄곧 계미를 등에 업고 도주했다. 운에 도착해서는 운공의 아우 회가 소왕을 죽이려 하자 운공 신은 다른 또 한 명의 아우 소와 함께 초왕을 보호하여 수나라까지 도망갔다.

오나라 사람이 초왕을 추격해 올 때 자기(子期)는 자원해서 초왕을 대신했다. 수나라 임금은 완곡하게 오나라 사람을 거절하고 초왕이나 자기를 넘겨주지 않았다. 여금은 또 개인적으로 수나라 사람과 약속을 맺어 초왕을 보호했다. 이런 많은 사람의 보호를 받았기에 초왕은 비로소 위난을 면할 수 있었던 것이다. 초왕을 보호한 군상(群像)의 형상이 생기발랄하게 묘사되어 있다.

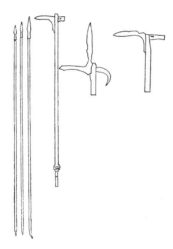

_ 병기兵器(왼쪽부터 모矛, 과戈, 극戟, 과戈)

92. 신포서(申包胥)가 진(秦)나라에 파병을 구걸하다

정공定公 4년

처음에, 오원(伍員)과 신포서(申包胥)[1]는 친한 벗이었다. 오원이 도망갈 때 신포서에게 말했다.

"나는 반드시 초나라를 뒤집어엎고 말테다."

"잘해보게. 자네가 초나라를 뒤집어엎을 수 있다면 나는 반드시 일으켜 세워 놓겠네."

초소왕이 수(隨)나라로 피신가자 신포서는 진(秦)나라로 가 구원병을 요청하여 말했다.

"오나라가 큰 돼지나 큰 뱀처럼 날뛰면서 중원의 여러 나라들을 잠식하기에 이르렀는데 그 행패가 초나라에서 시작되었습니다. 과군께서는 사직을 지키지 못하여 시골에 피신중에 있습니다.

저로 하여금 임금님께 급한 사정을 고하게 하면서 말씀하시기를, '오랑캐의 본성은 욕심에 한이 없습니다. 이놈이 만약 임금님과 이웃하고 있다면 변경의 골칫거리가 되었을 것입니다. 오나라가 아직 완전히 자리 잡기 전에 임금님께서는 자기 몫을 챙기십시오. 만약 초나라가 끝내 망하게 된다면 그것은 임금님의 땅이 될 것입니다. 만약 임금님 덕택으로 초나라가 무사할 수 있다면 초나라는 대대손손 임금님을 섬길 것입니다'고 하셨습니다."

진애공(秦哀公)은 사람을 시켜 거절하게 했다.

"과인은 분부를 잘 들었소. 그대는 잠시 객관에 들어가 쉬시오. 상의해 보고 결과를 알려 드리겠소."

"과군은 시골에 피신중이며 편히 쉴 곳도 없는 형편입니다. 하신이 어찌 감히 편안히 쉴 수가 있겠습니까?"

그리고는 선 채로 조정의 담벼락에 기대어 통곡했는데 밤낮으로 울음소리를 그치지 않고, 물 한 모금도 마시지 않은 채 이레 동안을 버티었다. 진애공이 그이를 위하여 '무의(無衣)'[2]의 시를 읊으니 포서는 아홉 번 돈수(頓首)의 절을 하고 나서 앉았다. 진나라 군사가 출동하게 되었다.

주 석

1. 신포서(申包胥) 초나라 대부. 신은 식읍, 포서는 자, 분모발소(蚡冒勃蘇)라고도 부른다.
2. 무의(無衣) ≪시경≫ 진풍(秦風)·무의(無衣)의 "주왕께서 군사를 일으킨다면 내 짧은 창, 긴 창을 손질하여 그대와 함께 원수를 무찌르리라"는 글귀를 취한 것이다. 출병할 의사가 있음을 표시한 것이다.

도움말

신포서는 초소왕을 따라 철수, 수나라를 전전하다가 자원해서 진나라로 가서 구원을 요청했다. 이레 동안 먹지 않고 담장에 기대어 대성통곡했다. 진나라의 정리불통(情理不通)에 대한 애원이자 눈앞에 닥친 조국의 멸망에 대한 상심이요, 오나라 사람의 종주국 침입에 대한 분노였으리라. 처음에는 사절했던 진나라 애공도 신포서의 지극한 애국심에 감동 받아 출병을 허가하고 5백 승의 전차를 출동시켰다.

영도(郢都) 수복 후 그이에게 논공행상하려 했으나 신포서는 거절하고 곧바로 산에 들어가 은거하면서 여생을 보냈다. 신포서야말로 애국심을 실제 행동으로 보인 애국자의 표본이다.

이 대목에서 나온 성어는 봉시장사(封豕長蛇), 진정지곡(秦庭之哭)이다.

_ 정鼎

93. 초나라 유우(由于)가 균(麇)에 성을 쌓다

정공定公 5년

초소왕(楚昭王)이 수(隨)나라에 피란 가 있었을 때 자서(子西)[1]
는 초왕의 수레와 복장을 모조하여 차려 입고 길 위의 피란민
을 보호하고, 비설(脾泄)에다 초나라의 국도를 설치했다. 그러
다가 임금의 소재를 알고는 달려가서 그 후 줄곧 소왕을 모시
고 다녔다. 각설하고 초소왕이 유우(由于)에게 명하여 균(麇)에
성을 쌓게 했다. 유우가 공사를 마치고 복명할 때 자서가 성의
높이・부피가 얼마나 되느냐고 물었더니 대답을 못했다. 자서
는 말했다.

"일을 할 줄 모르면 진작 그만두었어야지. 자기가 쌓은 성의
높이와 부피, 그리고 크기도 모른다면 무엇을 안단 말인가?"

"할 줄 모른다고 고사했는데도 어르신이 시키지 않았습니까?
사람은 각기 할 수 있는 일이 있고, 할 수 없는 일이 따로 있
는 법입니다. 대왕께서 운중에서 강도를 만났을 때 제가 강도
의 칼을 몸으로 막았습니다. 그 흔적이 아직도 남아 있습니다."
그리고는 웃옷을 벗어 등을 보이면서 다시 말했다.

"이런 일은 제 능사입니다. 하지만 비설에 조정을 만드는 일과
같은 것은 저로서는 엄두도 못 내는 일입니다."

주 석

1. 자서(子西) 초나라 영윤, 평왕의 서제, 공자 신(申)이다. 사마자서, 투의신(鬪宜申)이라고도 부른다.

도움말

왕손 유우가 균에 축성을 명받아 완성되었을 때, 자서가 성벽의 높이와 부피를 물었을 때 대답을 못했다. 그러자 유우는 운중에서 초소왕이 강도를 만났을 때 자기가 몸으로 막은 일을 예로 들면서, 사람은 각기 자기의 장기(長技)가 따로 있는 법이라고 설파했다.

이 대목에서 나온 성어는 인각유능유불능(人各有能有不能)이다.

94. 제로(齊魯) 협곡(夾谷)의 회맹

정공定公 10년

10년 봄, 노나라와 제나라가 강화를 했다.

여름, 노정공(魯定公)이 제경공(齊景公)과 축기(祝其)에서 만났다. 축기는 곧 지금의 협곡(夾谷)[1]이다. 공구(孔丘)[2]가 정공의 예를 돕는 도우미가 되었다. 이미(犂彌)가 제경공에게 의견을 내놓았다.

"공구는 예는 잘 알겠지만 용기는 없습니다. 만일 내(萊) 사람을 시켜 무기를 가지고 노정공을 위협하게 한다면 반드시 우리 뜻대로 할 수 있을 것입니다."

제경공은 그이의 말대로 했다. 그러자 공구는 정공을 모시고 그 자리에서 물러나와 말했다.

"군인들은 저 난동자를 사살하시오! 두 나라 임금이 우호를 맺는 자리인데 변방 오랑캐 주제에 무기를 들고 난동을 부린다는 것은 제나라 임금이 제후에게 호령하시는 올바른 자세가 아니라고 사료되오. 변방의 오랑캐는 중원을 넘겨보지 못하고, 이적(夷狄)의 오랑캐는 중화 나라를 어지럽히지 못하며, 포로는 회맹에 참가할 수 없고, 무력으로 우호를 윽박지르는 법이 아니오. 이런 일은 신령에게는 불공스럽고, 덕행으로 봐도 도의에 어긋나며, 사람에게는 실례가 되는 것이니 제나라 임금이 반드시 그런 일을 시키실 리가 만무하오."

제경공은 이 말을 듣자 서둘러 내 사람들을 나가게 했다.

맹약을 맺으려는 계제에 제나라 사람이 맹서상에 다음과 같은 말을 추가했다.

<제나라 군사가 국경 밖으로 출동할 때 만약 노나라가 전차 3백 대를 거느리고 우리를 따르지 않는다면 이 맹약에 의하여 벌을 받으리라.>

공구는 자무환(玆無還)으로 하여금 읍(揖)하고 대답하게 했다.

"만약 제나라가 우리의 문양(汶陽) 땅을 반환하지 않는데, 우리가 제나라의 명에 따르는 일이 있다면 이 또한 맹약에 의하여 벌을 받으리라."

제경공이 노정공에게 향연을 베풀려고 하자 공구는 양구거(梁丘據)에게 말했다.

"제나라와 노나라 양국의 선례를 당신이 설마 모르실 리 없겠지만 일이 이미 끝났는데 다시 향연을 베푼다는 것은 집사를 수고롭게 할 뿐입니다. 게다가 소나 코끼리 형상을 한 술잔은 궁문 밖으로 나오지 않는 법이고, 종(鐘)이나 경쇠 같은 가악(嘉樂)은 이런 야외에서 연주하지 않는 법입니다. 향연을 벌여 이 모든 것을 다 갖춘다면 그것은 예를 저버리는 것이 되고, 만약 다 갖추지 못한다면 그 향연은 쭉정이나 피처럼 하찮은 것이 됩니다. 쭉정이나 피를 사용하면 제나라 임금에게 욕이 돌아가고, 예를 저버린다면 명성이 망가지게 되는 것입니다. 그런데 당신은 어찌 이 일을 깊이 생각하시지 않으십니까? 무릇 향례란 베푸는 분의 덕을 드러내는 자리입니다. 덕을 드러내지 못한다면 그만둠만 못합니다."

그래서 결국 향연은 취소되고, 제나라 사람이 와서 운(鄆)·환(讙)·귀음(龜陰) 땅을 반환했다.

주 석

1. 협곡(夾谷) 지명, 지금의 산동 내무(萊蕪) 협곡욕(夾谷峪)이다.
2. 공구(孔丘) 공자(孔子), 이름은 구(丘), 자는 중니(仲尼). 노정공 9년에 공자는 대사구(大司寇, 형옥과 조사를 관장하는 벼슬)가 되었고, 그때 나이 50세였다.

도움말

제나라와 노나라간의 협곡의 회맹은 ≪좌전≫에 기재된 2백 여 차례의 회맹 중의 하나이지만 공자가 참여함으로써 청사에 길이 이름을 남긴 회맹이 되었다.

이 대목은 제로(齊魯) 두 나라가 강화를 맺는데, 세 가지 외교적인 사건의 도전을 받아 원만히 해결하여 공자의 면모를 천하에 알린 일을 다루고 있다. 우선 예의 도우미, 즉 상례(相禮)는 보통 공실의 성원 중에서 경 벼슬에 있는 자를 선임하는데 서성(庶姓)이며 대사구인 공자를 발탁한 것은 파격적인 일이다.

첫 번째 대결은 제나라의 이미가 "공자는 예는 알지만 용기는 없다"고 얕잡아보고 무력으로 협박해 왔다. 이에 대해 공자는 무력에는 무력으로, 첨예하게 대립하는 투쟁 방식을 택하여 추호도 약점을 보이지 않았다. 뿐만 아니라 이러한 무례한 짓을 제나라 임금이 시켰을 리 만무하다고 제경공의 체면까지 세워 주는 아량까지 보였다.

두 번째 사건은 맹서 내용의 개서(改書) 문제이다. 제나라는 출병할 때 노나라가 3백 승을 가지고 참가하기를 요구했다. 희공 28년의 성복의 대전 때 진(晉)나라가 출동시킨 전차는 7백 승이었다. 노나라 같은 소국은 전체를 동원해도 3백 승이 될까 말까한데 너무 무리한 요구였다. 이에 대해 공자는 이치를 따져서 제나라가 침탈한 노나라의 땅을 돌려주라고 요구하여 승리했다. 이치로 따져서 국가 이익을 생각한 것이다.

세 번째 사건은 향연(享宴)의 예는 반드시 예에 맞는 것이라야 하고 그렇지 않으면 아니함만 못하다고 주장했다. 만약 협곡 같은 야외에서 귀한 기물과 장엄한 가악(嘉樂)을 동원해서 향례를 거행한다는 것은 "예를 저버리는 짓"이나 다름없다고 주장하니 상대방은 반박할 방도가 없었다.

결국 공구는 확실히 "예를 알고" 또 "용기와 재간"을 가지고 예의 존엄을 수호할 줄 안다는 것을 보여준 것이다.

95. 오월(吳越) 취리(檇李)의 전쟁

정공定公 14년

오나라가 월나라를 치자 월왕(越王) 구천(句踐)은 이를 막아 취리(檇李)[1]에 진을 쳤다. 구천은 오나라 군사의 질서정연함에 골치를 앓아 결사대를 두 번이나 투입하여 오나라 군사를 생포하려 했건만 오나라 진영은 꿈쩍도 안했다. 그래서 이번에는 죄수들을 석 줄로 나누어 저마다 목에 칼을 차고 오나라 진영으로 가서 말하게 했다.

"두 나라 임금님이 전쟁을 치르시는 마당에 신들은 군령을 어겨 임금님의 대열 앞에서 무능을 드러내보였습니다. 형벌을 피할 생각은 없으므로 자수하고 죽겠습니다."

그러고는 바로 스스로 목을 베고 죽었다. 오나라 군사는 이 모습을 넋을 잃고 바라보았다. 월왕은 그 틈을 타서 오군을 쳐서 대패시켰다. 월나라 영고부(靈姑浮)는 창으로 합려(闔廬)를 쳐서 합려의 엄지발가락에 부상을 입히고, 신발 한 짝을 얻었다. 합려는 회군 도중 형(陘)에서 죽었는데 취리에서 7리 떨어진 곳이다. 부차(夫差)는 사람을 뜰에 세워놓고 드나들 때마다 꼭 자기에게 말하게 했다.

"부차야, 너는 월왕이 네 아버지를 죽인 것을 잊었느냐?"

"예, 절대로 잊지 않겠습니다."
3년 후 월나라에 보복했다.

1. 취리(檇李) 지금의 절강 가흥현(嘉興縣).

———— 도움말

노소공 32년(기원전 510년) 오나라는 초나라 진공을 준비하기 전에 뒷걱정을 덜기 위하여 먼저, 그리고 사상 최초로 월나라를 공격했다. 정공 5년, 오군의 주력이 아직 초나라 수도 영(郢)에 있을 때 월나라는 그 기회를 틈타 오나라 국경을 침범하여 쌍방의 모순이 날로 격화했다.

오나라가 중원을 쟁패하려면 반드시 먼저 월나라를 정복하여 그 후방의 위협을 없애야 했고, 월나라도 중원으로 북진하려면 더욱 반드시 먼저 오나라를 정복해야만 했다. 그래서 20여 년에 걸친 오월의 전쟁이 계속되었던 것이다.

정공 14년, 오왕 합려는 군사를 이끌고 월나라를 공격했으나 성공하지 못하고, 합려는 부상으로 죽고 부차는 그 뒤를 이어 왕이 되었다. 부차는 원수를 갚기 위하여 사람을 뜰에 세워놓고 자기가 드나들 때마다 일깨우게 했다. 그래서 그는 3년 후에 원수를 갚았다.

96. 자공(子貢)이 옥을 바치는 형상을 살피다

정공定公 15년

15년 봄, 주(邾)나라 은공(隱公)이 노나라를 예방했다. 자공(子貢)[1]이 두 나라 임금이 취하는 거동을 살펴보았다. 주은공은 옥을 너무 높이 들어 그 얼굴이 우러러보는 것 같았고, 우리 노나라 정공은 옥을 받는 자세가 너무 낮아 그 얼굴이 굽어보는 것 같았다. 자공은 말했다.

"예의 관점에서 본다면 이 두 임금님은 모두 돌아가실 것이다. 예라는 것은 사람이 죽고 살고, 나라가 살아남고 망하는 근본인 것이다. 사람이 취하는 좌우 동작, 몸의 회전, 진퇴와 부앙(俯仰)과 같은 동작에서 사람의 생사의 조짐을 찾을 수 있고, 나라에서 행하는 조회, 제사, 상장(喪葬), 전쟁과 같은 행사에서 나라의 존망의 실마리를 볼 수 있다.

지금 정월에 서로 만나 인사를 나누는 자리에서 두 분의 거동이 모두 법도에 맞지 않으니 그분들의 마음이 이미 딴 데 가 있는 것이다. 좋은 일에도 예의를 지키지 못하니 어찌 오래 살 수가 있겠는가? 손의 위치가 높고 우러러본다는 것은 교만함을 뜻하고, 손의 위치가 낮고 굽어본다는 것은 기운이 빠졌음을 나타내는 것이다. 교만하면 난을 불러일으키기 쉽고, 기운이 빠지면 병에 걸리기 쉽다. 우리 임금님이 주인격이니 아마 먼저 돌아가실 것이다."

여름 임신날에 노나라 정공이 돌아가셨다. 중니(仲尼)가 말했다.

"사(賜)가 한 말이 불행하게도 맞았다. 이래서 사를 말 많은 사람이라고 하는구나."

주 석

1. 자공(子貢) 위나라 사람, 성은 단목(端木), 이름은 사(賜), 자공은 자(字). 공자의 제자이며, 재능이 뛰어났고, 변설에 능했다. 공자보다 31살 아래였다.

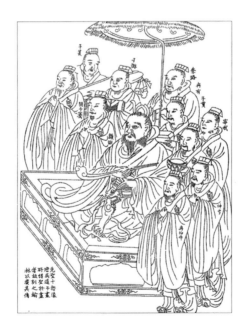

_ 공문십철孔門十哲 (공자의 제자 중 학덕이 높은 10명. 자공子貢은 언어로 이름이 높았다)

이 대목은 ≪좌전≫에 나타난 예언의 다섯 가지 유형 중에서 사람의 겉모양을 보고 자공이 예언한 것을 다루고 있다. 나머지 유형은 꿈, 거북점과 시초점, 낌새, 가요다.

≪좌전≫에서 사람의 겉모양을 보고 앞일을 예언한다는 것은 비단 사람의 생김새만 보는 것이 아니라 음성, 품행, 현우(賢愚) 등을 관찰해서 사람의 길흉을 재단한다. 바꾸어 말하면 겉모양을 보고 예언한다는 것은 사실은 행위의 인과를 근거로 해서 사람의 길흉화복을 저울질한다는 말이다.

놀라운 것은 자공이 예의 또 하나의 정의를 내리고, "예란 사람이 죽고 살고, 나라가 살아남고 망하는 근본"이라고 했다. 개인이 취하는 여러 동작과, 나라가 행하는 여러 행사에서 그 조짐과 실마리를 찾을 수 있다고 했다.

남송 초의 ≪좌전≫ 학자 여조겸(呂祖謙)이 한 말이 있다.

"≪좌전≫을 읽을 때에는 일대의 승강(昇降)의 원인, 일국의 성쇠(盛衰)의 원인, 일국의 치란(治亂)의 원인, 한 사람의 변천(變遷)의 원인을 보아야 한다."

이 대목에서 나온 성어는 생사존망(生死存亡), 불행이언중(不幸而言中)이다.

97. 오왕이 월나라에 강화를 허락하다

애공哀公 원년

오왕 부차(夫差)가 부초(夫椒)1에서 월나라 군사를 쳐부수었다. 그것은 취리(檇李)의 전쟁에 대한 보복이었다. 오나라는 이긴 김에 바로 월나라로 들어갔다. 월왕 구천(句踐)은 무장병 5천을 거느리고 회계산(會稽山)2으로 물러나 지키고, 대부 종(種)3으로 하여금 오나라의 태재 비(嚭)를 통하여 강화를 맺게 했다. 오왕 이 허락하려 하자 오원이 말했다.

"그건 안 됩니다. 신이 듣건대 <은혜를 베풀려면 많을수록 좋고, 병을 제거하려면 깡그리 없애는 것이 좋다>고 합니다. 옛날 유과(有過)4의 요(澆)가 짐관(斟灌)을 죽이고 나서, 짐심(斟尋)을 쳐서 하나라 임금 상(夏后相)을 멸망시켰을 때 왕비 민(緡)은 마침 임신중이었으나 하수구로 도망쳐 나와 친정 나라 유잉(有仍)으로 돌아가 소강(少康)5을 낳았습니다.

소강은 커서 유잉의 목장장이 되었으나 요를 몹시 미워하여 늘 경계하고 있던 중 요가 초(椒)를 시켜 소강을 잡으려 하자 유우(有虞)로 도망가서 그 나라의 주방장이 되어서 위해를 피했습니다. 그러다가 우사(虞思)가 두 딸을 소강에게 주어 아내로 삼게 하고 윤(綸)에 도읍을 정하고 살게 했습니다. 그분이 얻은 땅은 사방 10리, 인구는 5백 명에 불과했지만 덕을 널리 베풀어 하나라의 부흥에 착수하여 하나라 사람들을 거두어들이고, 관원을 어루만져 주었습니다.

여애(女艾)를 시켜 요의 동정을 살피게 하고, 계저(季杼)를 시켜 요의 아우 희(豷)를 꾀어내게 하여 곧 과(過)와 과(戈)⁶를 멸망시켜 하우(夏禹)의 업적을 회복하고, 하나라 역대 왕을 종묘에 제사지내며, 동시에 천제도 배향하여, 조상이 남긴 모든 것을 다 되찾았습니다. 지금 우리 오나라는 옛날의 과나라만도 못하나 월나라는 소강의 처지보다도 더 강합니다.

게다가 하늘이 월나라를 더 커지게 만든다면 곤란한 일이 아니겠습니까? 구천은 친하기 쉽고 베풀기에 힘쓰고 있기 때문에 베풀면 사람이 따르고, 친하면 수고를 아끼지 않습니다. 월나라는 우리나라와 국토가 서로 붙어 있어 대대로 원수지간입니다. 싸움에 이긴 이 마당에 그 땅을 차지하지 않고 그대로 살려둔다는 것은 하늘의 뜻을 어기고 원수를 키워 주는 것입니다. 나중에 후회하셔도 그때는 분을 삭일 방법이 없습니다.

희성인 우리나라가 쇠망할 날도 얼마 남지 않았습니다. 만이(蠻夷)의 나라 사이에 끼어 있으면서 오히려 원수를 키워 주고, 그래도 패자가 되겠다고 한다면 그것은 절대로 될 수 없는 일입니다."

그러나 오왕은 말을 들으려 하지 않았다. 오원은 물러나와서 다른 사람에게 말했다.

"월나라가 앞으로 10년간 인구를 늘리고, 부를 축적하여, 다시 10년간 백성을 가르치고 훈련시킨다면 지금부터 20년 뒤엔 우리 오나라는 못으로 변해 있을 것이다."

3월에 월나라와 오나라는 강화를 맺었다.

주 석

1. 부초(夫椒) 월나라 땅, 지금의 절강 소흥시(紹興市) 북쪽.
2. 회계산(會稽山) 지금의 소흥시 동남에 있는 산.
3. 대부 종(種) 대부는 벼슬 이름. 문은 씨, 종은 이름. 자는 금(禽).
4. 유과(有過), 유잉(有仍), 유우(有虞) 국명 앞에 접두사 "유(有)"자가 붙는 것은 별 뜻이 없다. 《상서(尙書)》에서 쓰기 시작했고, 국명 앞에 유자가 붙은 예가 56개나 된다고 한다. "유무(有無)"의 유(有)가 아니다.
5. 소강(少康) 하나라 임금 상의 유복자. 후에 한착(寒浞)을 죽이고 하나라를 중흥시키고 제왕으로 즉위한다.
6. 과(過)와 과(戈) 과(過)는 요국(澆國), 과(戈)는 희국(豷國).

도움말

오나라와 월나라는 춘추 시기 최후의 두 패주(霸主)이다. 오월이 패권을 다투는 시대가 종전의 진초 쟁패시대를 대체한 것이다.
부초의 전쟁에서 패한 월왕 구천은 남은 5천 명을 이끌고 회계산에 최후의 보루를 설치하고, 대부 종을 보내 강화를 청했다. 오왕은 허가하려 했으나 오자서의 강력한 반대에 부딪힌다. 이 대목은 거의 전편을 할애하여 강화를 반대하는 오자서의 장편 호소문을 싣고 있다. 오자서는 오나라와 월나라의 강화에 반대하는 이유를 두 가지 방면에서 논술하고 있다.
첫째는 소강이 하나라를 복국(復國)한 고사를 인용하여 "지금 오나라는 유과나라만도 못하나 월나라는 소강의 처지보다 강대합니다. 혹시 하늘이 월나라를 더 커지게 만든다면 곤란하지 않겠습니까?" 하고 지금의 상황에 대한 참신한 인식을 촉구한다.
둘째는 월왕 구천은 친하기 쉽고 베풀기에 힘쓰는 지도자임을 지적하고, 오월이 대대로 원수지간임을 상기시키고 이 호기를 놓치면 후회해도 그때는 어찌할 수가 없다고 강조한다. 그리고 오자서는 20년 후에는 오나라는 월나라에 의해 멸망할 것이라고 예언한다. 그리고 이 예언은 맞아떨어진다.

오왕 부차는 바삐 중원의 쟁패를 위하여 북상하느라 오자서의 건의를 채납하지 못하고, 월왕을 인질로 한다는 조건으로 항복을 받아들이고 철군한다. 구천 부부가 굴욕적인 노역에 복역한 지 3년 만에 석방되어 귀국해서는 와신상담(臥薪嘗膽), 모신(謀臣) 문종과 범려(范蠡)의 보좌를 받아 십년생취(十年生聚), 십년교훈(十年敎訓)으로 단번에 이전의 수치를 설분한다.

이 대목에서 나온 성어는 제악무진(除惡務盡), 유전일성(有田一成) 유중일려(有衆一旅), 십년생취(十年生聚), 생취교훈(生聚敎訓)이다.

_ 범려范蠡

98. 진정(晉鄭) 철(鐵)의 전쟁

애공衰公 2년

가을 8월에 제(齊)나라 사람이 진(晉)나라의 범씨(范氏)[1]에게 양식을 보냈다. 정나라의 자요(子姚)·자반(子般)[2]이 수송을 담당했고, 사길석(土吉射)이 수령하러 나갔다. 조앙(趙鞅)[3]이 그것을 막으러 나갔다가 양군이 척(戚)[4]에서 조우했다. 양호(陽虎)[5]가 말했다.

"우리 편은 전차가 적습니다. 그러니 대장기(大將旗)를 전차 위에 꽂아 정나라의 한달(罕達)과 사홍(駟弘)이 이끄는 전차부대가 오기 전에 먼저 진을 쳐두면, 한달과 사홍의 군이 뒤에서 따라와 그들이 우리의 모습을 본다면 반드시 겁을 먹을 것입니다. 그때 교전을 벌인다면 반드시 대승할 수 있습니다."

그이의 말대로 하기로 했다. 싸움의 길흉을 거북점을 쳐서 물었더니 거북의 등이 타버렸다. 그러자 악정(樂丁)이 말했다.

"≪시경≫에 읊기를,

　우선 모의를 하고 계획을 세운 다음

　거북을 구워 점을 쳐보시니[6]

라고 말했습니다. 계획은 이미 세웠으므로 처음에 쳤던 거북점[7]의 조짐을 믿는 것이 좋을 듯합니다."

간자(簡子)는 군사들 앞에서 맹세하여 말했다.

"범씨와 중행씨(中行氏)[8]는 천명을 어겨 민초를 베어 죽이고, 진나라를 제멋대로 하고, 그 임금까지도 없애려 하고 있다. 과군은 정나라에 의지하여 나라를 보존하려 했던 것인데 지금 정나라는 무도하게도 임금을 버리고 반신(叛臣)을 돕고 있다. 여러분이 천명에 순종하고, 임금의 명령에 복종하며, 덕의(德義)를 추진하고 치욕을 씻어내는 기회는 이번 행동에 달려 있다. 적을 이긴 사람은 상대부는 현(縣), 하대부는 군(郡)[9], 사(土)는 10만 무(畝)의 땅, 서민과 공상인은 벼슬, 노예와 천역자는 면천(免賤)을 상으로 얻게 될 것이다.

나 지보(志父)가 만약 이 전쟁에서 이겨서 죄과를 면한다면 주상께서는 반드시 이 포상을 선처하실 것이다. 만약 싸움에 져서 죄가 있으면 나를 목매어 죽여서 벌을 주고, 세 치 두께의 오동나무 관에 넣되, 일체의 내관을 쓰지 않고, 아무 장식도 없는 수레에 얹어, 갈기도 자르지 않은 말을 사용하여, 선영의 묘지가 아닌 다른 곳에 묻게 될 것이다. 이것은 하경(下卿)에게 내리는 벌이다."

갑술날, 싸움이 시작되려 할 때 우무휼(郵無恤)이 간자의 말몰이가 되고, 위나라의 태자[10]가 거우가 되었다. 태자는 철(鐵)[11]이라는 언덕에 올라 정나라 군사가 많은 것을 보고 질급하고 전차 아래로 굴러떨어졌다. 자량(子良, 즉 무휼)은 태자에게 밧줄을 던져 주어 올라타게 하고는 말했다.

"여자처럼 무슨 짓이오!"

간자는 대열을 순시하면서 말했다.

"필만(畢萬)은 보통남자에 불과했는데도 일곱 번 싸움에 나가 번번이 적을 생포했고, 나중에 말 4백 필을 가진 신분이 되어 명대로 살다 창 밑에서 편안히 죽었다. 여러분은 분발하라. 사람의 목숨이란 천명에 있는 것이지 적에게 달려 있는 것이 아니다."

번우(繁羽)는 조라(趙羅)의 말몰이가 되고, 송용(宋勇)이 거우가 되었는데, 조라가 용기가 없어서 두 사람은 그이를 움직이지 못하게 좌석에 묶어 두었다. 군관이 보고 따져 물으니 말몰이가 대답했다.

"학질이 발작해서 저렇게 엎드려 있습니다."

위나라 태자는 기도했다.

"증손자[12] 괴외(蒯瞶)는 삼가 황조(皇祖) 문왕(文王)·열조(烈祖) 강숙(康叔)·문조(文祖) 양공(襄公)[13]에게 아룁니다. 정나라의 승(勝)은 상도를 어지럽히고, 진나라의 오(午)[14]는 위난에 처하여 난리를 수습할 수가 없어서, 조앙에게 명하여 적을 토벌하게 하였습니다. 저 괴외는 가만히 보고만 있을 수 없어 창을 들고 거우 자리를 채웠습니다.

아무쪼록 힘줄이 끊어지지 않고, 뼈가 부러지지 않으며, 얼굴에 상처가 나지 않게 하시어 꼭 이 전쟁에 이겨서 세 분 조상님에게 수치가 돌아가지 않게 하옵소서. 제 자신의 생사는 천명에 달렸으므로 구차스러운 부탁을 드리지 않겠으며, 차고 있는 패옥도 아낄 생각이 추호도 없습니다."

정나라 사람이 조간자를 쳐서 어깨를 맞혀 차 안에 쓰러지자 그 봉기(蜂旗)[15]를 빼앗아갔다. 태자가 창을 가지고 조앙을 구했다. 정나라 군사는 패하여 달아났으나 온(溫) 대부 조라(趙羅)[16]를 잡아갔다. 태자가 다시 정나라 군사를 쳐서 대패시키고,

제나라가 보낸 천 대분의 양식을 노획했다. 조맹(趙孟)은 기뻐서,

"이젠 됐다!"

라고 했으나 부수(傅叟)는 말했다.

"정나라 군사에게 이기기는 했으나 아직 지씨(知氏)가 건재하고 있으니 우리 걱정이 없어진 것은 아닙니다."

처음에 주나라 사람이 범씨에게 땅을 주었다. 공손방(公孫尨)이 그 세금을 거두러 갔을 때 조씨의 가신이 그 사람을 잡아서 조앙에게 바쳤다. 군관은 죽이자고 건의했으나 조맹은 말했다.

"주인을 위해 한 짓인데 무슨 죄가 있단 말이냐?"

하고 말리고 그이를 수하에 두고 토지를 나누어 주었다. 철의 전쟁이 나자 공손방은 보병 5백 명을 거느리고 저녁에 정나라 군사를 공격하여, 자요의 군막에서 빼앗긴 봉기를 도로 찾아 간자에게 바치면서 말했다.

"이것으로 주인장의 은혜에 보답하고 싶습니다."

정나라 군사를 추격하는데 자요·자반·공손림(公孫林)이 후진을 맡아 연거푸 활을 쏘아대는 바람에 진군의 전열이 많이 죽었다. 조맹이 말했다.

"나라가 작다고 얕볼 건 아니로군."

싸움이 끝났다. 조간자는 말했다.

"나는 활집 위에 쓰러져 피를 토하면서도 공격을 재촉하는 북소리를 멈춘 적이 없다. 오늘의 전공은 내가 으뜸이다."

태자는 말했다.

"나는 전차 위에서 장군을 구했고, 전차 아래에서는 적군을 물리쳤습니다. 나는 거우 중의 으뜸입니다."

우량(郵良)은 말했다.

"나는 양쪽 곁마의 가슴걸이가 곧 끊어지려는 것을, 말을 잘 부려 그것을 막았습니다. 나는 말몰이 중의 으뜸입니다."

그러고는 다시 말을 수레에 매고, 토막나무를 싣자마자 금방 양쪽 곁마의 가슴걸이가 모두 끊어졌다.

주 석

1. 범씨(范氏) 즉 범길석, 또는 사길석, 진나라 반신(叛臣) 사길석이라 고도 부른다.
2. 자요(子姚)·자반(子般) 자요는 한달, 자반은 사홍.
3. 조앙(趙鞅) 조간자, 조맹, 지보 등으로 부른다. 춘추 말기 진(晋)나라 정치 무대에서 가장 활약이 많았던 인물. 노정공 13년에 정권을 잡았다.
4. 척(戚) 지금의 하남 복양현(濮陽縣) 북쪽.
5. 양호(陽虎) 양화(陽貨)). 노나라 계씨의 가신이었는데 진나라로 망명했다.
6. 우선 모의를…쳐보시니 ≪시경≫ 대아·면(綿).
7. 처음에 쳤던 거북점 위나라 태자를 들여보낼 때 쳤던 거북점. 길하다고 나왔다.
8. 중행씨(中行氏) 순인, 또는 중행문자라고도 부른다.
9. 현(縣), 군(郡) 이때 처음으로 채읍 대신에 현, 군제가 채택되었다. 현이 크고, 군이 작았다. 1현에 4군이 있었다.
10. 위나라의 태자 괴외(蒯聵). 괴외가 죄를 지어 국외로 망명 나온 사이 괴외의 아들 출공(出公) 첩(輒)이 즉위하고, 괴외를 거부하자 조앙이 군사를 이끌고 척에 들여보냈다.
11. 철(鐵) 언덕 이름. 지금의 하남 복양현 서북.
12. 증손자 손자 이하는 조상을 제사지낼 때 모두 "증손자"라고 자칭한다.

13. **문왕(文王)・강숙(康叔)・양공(襄公)** 문왕은 주문왕. 열조는 맨 처음 분봉 받은 임금을 가리킨다. 강숙은 위나라 초대 임금, 양공은 괴외의 조부.

14. **승(勝)・오(午)** 정성공(鄭聲公)의 이름은 승(勝), 진정공(晋定公)의 이름은 오(午).

15. **봉기(蜂旗)** 벌 모양을 그린 군기(軍旗) 이름.

16. **조라(趙羅)** 범씨 도당. 윗글의 진나라 대부 조라가 아니다.

도움말

제나라 사람이 진나라의 반신 범씨에게 양식을 보내는데, 범씨를 지지하는 정나라의 대부 한달과 사홍이 호송하고, 범길석이 영접하러 나가는 것을 조간자가 군사를 이끌고 도중에서 차단하기 위하여 나갔다가 쌍방이 척(戚)에서 맞닥뜨려 철(鐵)의 전쟁이 일어났다.

이 대목은 조간자가 임전 맹세(臨戰盟誓)에서 전공을 세우는 자에 대한 파격적인 포상 방침과 자신의 비장한 결심을 밝히고, 위나라 태자가 조상의 영전에 바친 이색적인 기도와, 전쟁이 끝난 후 전차를 함께 탔던 세 사람의 무공 자랑을 담고 있다.

조간자의 맹세에서 주목되는 부분은 "적을 이긴 사람은 상대부는 현(縣), 하대부는 군(郡)을 받게 될 것이다"라고 한 부분이다. 이것은 완전히 새로운 제도의 출현을 의미한다. 춘추시대의 세경(世卿), 세족(世族)제도가 관료제도에 밀려남에 따라 채읍(采邑)제도도 현군(縣郡)제도로 이행한 것이다. 이때의 현의 건제(建制)는 군보다 컸다. 네 군이 한 현을 이루었다. 다만 현이나 군을 받는다는 것은 결코 과거의 분봉, 즉 땅을 하사받는 것이 아니라 이것은 일개 현이나 군의 부세를 상으로 주는 것이다.

위나라 태자 괴외의 기도 중에 이색적인 부분은 전쟁에서 부상은 피할 수 없는 것이지만 "힘줄이 끊어지지 않고, 뼈가 부러지지 않으며, 얼굴에 상처가 나지 않게 하시옵소서"하는 부분이다. 이것은 몸의 급소 부분만은 피하게 해주십사고 빈 것으로 흥미롭다.

싸움이 끝나고 같은 전차를 탔던 세 사람이 각각 주장으로서, 거우로서, 말몰이로서 천하제일의 전사인 것을 자랑한 것은 단순한 기량과 용기의 자랑이라기보다, 이번 전쟁은 조씨가 "이소승중(以少勝衆)"한 전쟁으로 이 주장차(主將車)의 역할이 중대한 변수가 되었으므로 그들 자신의 입으로 싸움에 이긴 원인을 설명한 것이다.

특히 전쟁 벽두에 적군 수에 질렸던 위나라 태자가 나약한 겁쟁이로부터 용맹무쌍한 용사로 거듭나서 다수의 적을 격퇴하고, 봉기를 되찾으며, 제나라가 보낸 수레 천 대분의 양곡을 노획한 일은 인상적이다.

공손방의 에피소드는 조간자가 포용력이 큰 위인임을 단적으로 보여준다. 또 간자의 임전 맹세와 대열 순시중 행한 두 차례의 연설은 용맹하고 선전(善戰)하는 그의 개성을 잘 나타내고 있다.

99. 초나라 소왕(楚昭王)이 액막이를 안 믿다

애공哀公 6년

이 해에, 붉은 새떼 같은 구름이 태양을 끼고 날아가는 모양이 사흘이나 계속되었다. 초소왕은 그 현상을 사람을 시켜 주나라의 태사에게 물었더니 태사는 대답했다.

"아마도 화가 왕의 신상에 미칠 듯합니다. 만일 액막이 제사를 올린다면 그 화는 영윤이나 사마에게로 옮겨갈 수 있습니다."

왕은 말했다.

"배와 가슴의 병을 고친다고 하면서 그 병을 팔다리에 옮겨 놓는다면 무슨 이익이 있겠소? 나에게 큰 허물이 없는 이상 하늘이 나를 요절¹시키겠는가? 만약 죄가 있다면 내가 벌을 받으리라. 어찌 그것을 남에게 옮길 수 있단 말인가?"

이에 액막이 제사를 거행하지 않았다.

처음에 소왕이 병이 났는데 거북점을 쳐보니 황하의 신이 빌미붙었다는 것이었다. 그러나 왕은 액막이 제사를 지내지 않았다. 대부들이 교외에서 황하의 신에게 제사지내기를 청하니 소왕은,

"하(夏)·상(商)·주(周)의 3대가 정한 제사 규정에 의하면 제후는 자기 영토 내의 산천 이외에는 망제(望祭)²를 지내지 않는

법이오. 장강(長江)·한수(漢水)·수수(雎水)·장수(漳水)는 초나라가 제사지낼 강이요, 화복의 강림은 오로지 이 신들로 말미암는 것이오. 나는 비록 부덕하지만 황하의 신에게 죄를 지을 일이 없소."

이렇게 말하고 끝내 제사를 지내지 않았다. 공자는 말했다.

"초소왕은 큰 도리를 알고 있었다. 그분이 나라를 잃지 않은 것은 당연한 일이다. '하서(夏書)'에 이르기를, <오직 저 요임금만 천도(天道)를 따랐기 때문에 기주(冀州)를 차지하셨도다. 그러나 지금은 군왕의 도를 잃고 치국의 기강을 어지럽히더니 결국 나라가 멸망하고 말았구나>[3]고 했다. 또 이르기를, <진심으로 덕을 추진할 사람은 바로 이 사람이다>[4]고 했다. 자기부터 먼저 상도(常道)를 따라야만 되는 일이다."

주 석

1. 요절 젊은 나이에 죽음. 초소왕은 어려서 즉위하여 재위 27년, 이때 나이 30세 전후이므로, 요절이라고 한 것이다.
2. 망제(望祭) 산천의 신을 바라보며 제사를 올리므로 망(望)이라고 한다.
3. 오직……멸망하고 말았구나 '하서'는 일서이지만 위고문(僞古文) ≪상서≫ 오자지가(五子之歌)에 실려 있다. 일설에는 하걸왕(夏桀王), 일설에는 하태강(夏太康).
4. 진심으로……이 사람이다 역시 일서. 그러나 위고문 ≪상서≫ 대우모(大禹謨)에 실려 있다.

도움말

초소왕이 서거하기 전 붉은 새떼 같은 구름이 해를 끼고 날아가는 기이한 자연현상이 일어나 주나라 태사에게 물었더니 초왕이 곧 사망할 것이라고 답했다. 태사가 이런 판단을 내린 데는 당시의 사회가 보편적으로 가지고 있던, "해가 곧 임금"이란 관념 때문이다.

초소왕이 액막이를 반대할 때 자기를 초나라의 가슴과 배, 영윤과 사마를 다리와 팔에 비유해서 병을 남에게 전가해서 무슨 이득이 있겠느냐고 했다. 당시의 영윤은 자서(子西), 사마는 자기(子期)로서 그들은 초왕의 형제였다. 초소왕의 비유는 군신의 의를 침투시켰을 뿐만 아니라 형제간의 정의도 돈독히 했다. 초왕은 남의 생명까지 빼앗아가면서 자기 생명을 연장하고 싶지 않았던 것이다.

'주례·소종백(小宗伯)'에 따르면 주왕은 교제(郊祭)를 지낸 후 또 오악(五岳)·사독(四瀆)·사진(四鎭)에 망제를 지내야 한다고 했다. 그러나 이런 것들은 하나같이 한쪽에 멀리 치우쳐 있어 일일이 그곳까지 가서 제사지내기가 어려웠다. 그래서 도성의 네 교외에 단을 설치하여 멀리 바라보면서 제사를 지냈다. 그러므로 "망제(望祭)"라고 부른다. "망제는 국경 밖의 산천에는 제사를 지내지 않는다(祭不越望)"는 말은 예부터 내려오는 규칙이다.

100. 오원(伍員)이 제나라 침공을 간하다

애공哀公 11년

오나라가 제나라를 치려고 할 때 월왕 구천(句踐)은 자기 부하를 거느리고 오왕 부차(夫差)를 조현하러 갔다. 그때 오왕과 대소 관리에게 고루고루 선물을 돌렸다. 오나라 사람은 모두 다 기뻐했으나 오직 오자서(伍子胥)만은 두려워하여 말하기를,

"이것은 오나라에 낚싯밥을 던져 주고 있는 것이다."

하고 오왕에게 충고하여 말렸다.

"월나라는 우리나라에게 몸속에 숨어 있는 병과도 같은 존재입니다. 같은 땅덩이 위에 살면서 우리에게 욕심을 품고 있습니다. 저렇게 고분고분하게 구는 것은 그 야심을 이루려는 데 목적이 있습니다. 빨리 손쓰는 것이 상책입니다. 제나라를 손아귀에 넣어 보았자 마치 자갈밭을 얻는 것과 같아서 아무 소용이 없습니다. 월나라를 뭉개서 못으로 만들어 버리지 않는 이상 오나라는 멸망합니다.

의사에게 병의 치료를 맡기면서 부디 병의 뿌리는 남겨 달라고 말하는 사람은 없을 것입니다. '반경지고(盤庚之誥)'에 이르기를, <오만방자하여 명령을 듣지 않는 자가 있으면 완전히 없애어 그 후손을 남기지 않고, 그 씨앗이 새 도성까지 번지지 못

하게 하라>[1]고 했습니다. 이것이 상나라가 흥하게 된 원인입니다. 그런데 지금 주상께서 하시는 일은 이와 정반대입니다. 그런 방법으로 패권의 대업을 추구한다는 것은 어려운 일이 아니겠습니까?"

오왕은 이 말을 받아들이지 않았다. 오자서는 제나라에 출사한 김에 자기 아들을 포씨(鮑氏)네에 맡기고 왕손씨(王孫氏)로 씨를 바꾸었다. 애릉(艾陵)의 싸움에서 돌아와 오왕은 이 사실을 알고 사람을 시켜 촉루(屬鏤)[2]라는 칼을 하사하고 자살하게 했다. 죽을 때 자서는 말했다.

"내 무덤 위에 개오동나무를 심어다오. 개오동나무는 관재(棺材)로 좋다니까. 오나라는 아마 망할 것이다. 3년 후면 쇠약해지기 시작할 것이다. 가득 차면 반드시 기우는 것이 하늘의 법칙이다. "

—— 주 석

1. 오만방자하여……못하게 하라 출처는 ≪상서≫ 반경. 단 생략된 부분이 있다.
2. 촉루(屬鏤) 오나라 검 이름.

—— 도움말

오나라가 제나라를 치려고 할 때 월왕 구천은 대거 신하를 대동하고 선물을 지참하여 오왕을 조현하고 축하한다. 이때 유독 오자서는 이것은 오나라를 미끼로 유혹하는 월나라의 심보라고 간파하고, 월나라는 오나라의 몸속에 숨어 있는 병이니 빨리 해치우지 않으면 오히려 오나라가 당한다고 강력히 경고한다. 설사 이번 전쟁에서 제나라에 이긴다 하더라도 자갈밭이나 다름없는 무용지물이라고 지적한다.

당시 오나라는 전성기에 있었으므로 오왕이 완미하고 깨닫지 못하는 것을 보고, 오자서는 자진하여 제나라에 사신으로 갔다가 제나라 포씨네에 아들을 맡기고, 씨도 왕손씨로 바꾸었다. 애릉의 전쟁에서 대승하고 돌아온 오왕 부차는 이 사실을 알고 오자서에게 오나라의 명검 촉루를 하사하여 자살하게 한다.

이 대목에서 나온 성어는 심복지환(心腹之患), 여획석전(如獲石田)이다.

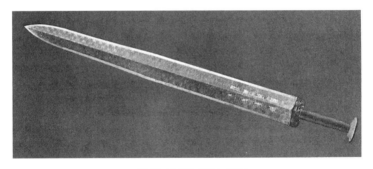

_ 월왕 구천句踐의 검劍

▌ 참고문헌 ▌

楊伯俊 編著, 春秋左傳注(修訂本), 中華書局, 2000.

沈玉成 譯, 左傳譯文, 中華書局, 1997.

文璇奎 譯, 春秋左氏傳, 明文堂, 1993.

竹內照夫(일본) 譯, 春秋左氏傳, 平凡社, 1998.

李夢生 注釋, 左傳今注, 鳳凰出版社, 2008.

張有池(대만) 發行, 春秋左傳(國學基本叢書), 智揚出版社, 1998.

葉農 注譯, 左傳, 花城出版社, 2007.

陳克炯, 左傳詳解詞典, 中州古籍出版社, 2004.

李建國 著, 周禮文化與社會風情, 人民敎育出版社, 1995.

晁福林 著, 先秦民俗史, 上海人民出版社, 2001.

劉洪仁 著, 中國古代文化精要, 巴蜀書社, 2003.

王力主 編, 中國古代文化常識圖典, 中國言實出版社, 2002.

顧德融, 朱順龍 共著, 春秋史, 上海人民出版社, 2001.

童書業 撰, 春秋史, 上海古籍出版社, 2003.

史仲文, 胡曉林 主編, 中國全史—春秋戰國, 人民出版社, 1994.

楊福平, 杜維夏 著, 鄭國史話, 中州古籍出版社, 2005.

朱瑞玟 編著, 成語探源辭典, 首都師範大學出版社, 1996.

張林川 主編, 中華成語全典, 湖北辭書出版社, 2003.

찾아보기 Ⅰ : 문화 상식 이야기

찾아보기 Ⅱ: 좌전에 나오는 성어

춘추좌전 백경百景

초판 인쇄 – 2016년 3월 21일
초판 발행 – 2016년 3월 25일

편역자 – 최 종 례
발행인 – 金 東 求
발행처 – 명 문 당(창립 1923년 10월 1일)
　　　　서울특별시 종로구 윤보선길 61(안국동)
　　　　우체국 010579-01-000682
　　　　전 화 (02) 733-3039, 734-4798
　　　　FAX (02) 734-9209
　　　　Homepage www.myungmundang.net
　　　　E-mail mmdbook1@hanmail.net
　　　　등록 1977.11.19. 제1-148호

ISBN 979-11-80704-63-0　03820